第十三辑
世界华文文学研究
SHIJIE HUAWEN WENXUE YANJIU
DISHISANJI

朱文斌 刘红英 ◎ 主编

时代出版传媒股份有限公司
安徽文艺出版社

图书在版编目（CIP）数据

世界华文文学研究.第十三辑/朱文斌,刘红英主编.—合肥：安徽文艺出版社,2020.12
ISBN 978-7-5396-7097-3

Ⅰ.①世… Ⅱ.①朱… ②刘… Ⅲ.①华文文学－文学研究－世界－文集 Ⅳ.①I106-53

中国版本图书馆CIP数据核字(2020)第230278号

出 版 人：段晓静
责任编辑：秦 雯　　　　　　　装帧设计：徐 睿

出版发行：时代出版传媒股份有限公司　www.press-mart.com
　　　　　安徽文艺出版社　　www.awpub.com
地　　址：合肥市翡翠路1118号　邮政编码：230071
营 销 部：(0551)63533889
印　　制：合肥创新印务有限公司　(0551)64456946

开本：700×1000　1/16　印张：17　字数：300千字
版次：2020年12月第1版
印次：2020年12月第1次印刷
定价：68.00元

（如发现印装质量问题，影响阅读，请与出版社联系调换）
版权所有，侵权必究

目 录

写在前面 ……………………………………………… 朱文斌　刘红英(1)

2019第六届国际新移民华文作家笔会暨"新移民文学研究"国际学术研讨会专辑

华文文学研究四十年 …………………………………………… 公仲(3)
一部丰美、扎实的拓荒力作
　　——评《加拿大华人文学史论：多元和整合》 ………… 曹惠民(12)
海外华文文学社团与华文作家 ……………………………[美]王威(16)
兼顾创作与华媒·促新移民文学发展 ……………………[美]吕红(22)
欧美新移民作家比较 ……………………………………[美]陈瑞琳(29)
论新移民文学生产的危与机 ………………………………… 朱崇科(38)
历史悠悠路漫漫 …………………………………………[澳]张奥列(47)
中日混血的女性身体与跨文化叙事
　　——评华人女作家元山里子(李小婵)的自传体小说 …[日]林祁(53)
张爱玲的双语写作 …………………………………………… 张曦(65)
"文学共同体"视域下台湾及海外新移民小说中的东北书写
　　………………………………………………… 许文畅　贾卉羽(78)
论周洁茹小说中的异域空间与女性精神隐痛 ………………赵丽琴(86)
论几米绘本中对立型张力的体现 ……………………………张其月(97)
从《忽如归》《因为有情》谈我的创作观 …………[马来]戴小华(112)
谈作家的正业和副业 ………………………………[德]穆紫荆(117)

— 1 —

2019年北美华文文学研究综述……………………………………刘雪娥(122)
2019年欧华、澳华文学研究概况 ……………………欧阳光明 聂文旭(141)
第六届国际新移民华文作家笔会暨"新移民文学研究"国际学术研讨会综述
………………………………………………………………刘红英 张明慧(159)

2019第一届欧洲华文文学国际研讨会暨第五届中欧跨文化作家协会年会专辑

"在艺术的祭坛上,我们是祭祀者与牺牲者"
——欧华文学的传统、现状及反思 ………………………赵学勇(165)
世界华文文学的经典建构与文学史重述 …………………………李洪华(174)
离散叙事"传统"书写的突破与欧华文学的"欧洲风" ……………陆卓宁(181)
追求自由的灵魂
——评关愚谦的文学自传《浪:一个为自由而浪迹天涯者的自述》
………………………………………………………………………胡德才(189)
"二我差"与转述:论虹影《饥饿的女儿》中的不可靠叙述
………………………………………………………汪梦玲 赵小琪(201)
"别处"叙事与中西文化的体察感悟
——论欧洲华文作家刘瑛的系列中篇小说创作 …………王荣(212)
惊悚的悬念　冒险的游戏
——论旅德华文作家梁柯的小说创作 ……………………封艳梅(218)
写作必备的勇气 …………………………………………………[德]刘瑛(228)
好奇心:文学创作的原动力 ………………………………………[德]昔月(233)
悟与求索:对欧洲华文文学创作的思考与实践 …………………[德]子初(237)
从拒绝到深陷其中的作家梦 …………………………………[德]谭绿屏(245)
聆听内心的召唤 …………………………………………………[德]夏青青(248)
漂泊的灵魂需要港湾
——小说《永远的漂泊》的创作 ………………………[德]丁恩丽(253)
多瑙河畔的生命舞曲 ……………………………………………[匈]阿心(255)

— 2 —

写在前面

▶朱文斌　刘红英

《世界华文文学研究》从 2003 年出版,至今已十七个年头。出版以来,得到国内外同人的大力支持,在此表示特别感谢! 今年呈现在大家面前的是第十三辑。本辑与前面不同的是,我们设置了 2019 年两次新移民文学国际会议专辑。其一是 2019 年 11 月 1 日至 4 日在绍兴浙江越秀外国语学院召开的"第六届国际新移民华文作家笔会暨'新移民文学研究'国际学术研讨会"(以下简称绍兴会议)。会议主旨在于推进世界华文文学研究,特别是新移民文学的发展,进而为中西文化的交流起到桥梁性作用,为"人类命运共同体"的建构尽一份绵薄之力。会议由浙江越秀外国语学院副校长朱文斌教授主持。为期四天的会议非常成功,有来自十七个国家的作家队伍,以及国内外高校的知名学者参与,共计一百六十余人,规模宏大,盛况空前。此次会议被认为是新移民文学会议有史以来召开得最成功的一次。其二是 2019 年 5 月 18 日至 25 日在德国法兰克福召开的"第一届欧洲华文文学国际研讨会暨第五届中欧跨文化作家协会年会"(以下简称法兰克福会议)。会议邀请来自德国、西班牙、匈牙利、美国等欧美多国华文作家和中国的知名学者、文艺评论家近六十人参与,开幕式由中欧跨文化协会会长刘瑛致辞。会议收录论文三十余篇,展现出欧华文学的发展势头与壮大的趋势。两次会议各具特色,各显风采。这两次会议具有很高的权威性,收集了 200 余篇优秀论文。因版面有限,本辑中我们共选录三十一篇论文,其中包括理论视点、作家作品阐释、期刊社团研究、创作论、综述等几个方面。作为会议专辑,目录中没有再做细致分类,但宏观纵谈、微观评论一览尽显。

绍兴会议选录的十七篇论文中,第一部分是对华文文学研究的综论。包括公仲的《华文文学研究四十年》、曹惠民的《一部丰美、扎实的拓荒力作——评〈加拿大华人文学史论：多元和整合〉》。他们的论文纵横捭阖、高屋建瓴。公仲的《华文文学研究四十年》对四十年来的华文文学研究，进行了详细总结，史料详尽、论述严谨。他从1979年海外华文文学起步谈起，将每十年分为一个阶段。每一阶段都有新的文学现象与新的突破。娓娓道来，有点有面。最后，他总结了研究的不足，比如资料的难以收集、研究与创作的脱节、评论者对文本重视程度的不够等。这对后来的研究者起到了指导性的作用。曹惠民的《一部丰美、扎实的拓荒力作——评〈加拿大华人文学史论：多元和整合〉》对赵庆庆的《加拿大华人文学史论：多元和整合》进行评说。文章言简意赅，却羚羊挂角。就全球华人文学而言，他认为该著有其独到的贡献与标志性突破。在总体评价的基础上，他对该著的文学史意义、资料价值等做了细致的分析。评说中坚持客观公正，赞美处击节称好，却无溢美之词。第二部分是对期刊社团的研究与介绍。有王威（美国）的《海外华文文学社团与华文作家》、吕红（美国）的《兼顾创作与华媒·促新移民文学发展》。王威的《海外华文文学社团与华文作家》对海外华文文学，特别是新移民文学进行了细致、精要的介绍与梳理，是一篇精彩的讲话稿，也是一篇严谨的学术论文，同时提供给我们关于海外华文文学社团与华人作家一批非常珍贵的资料。其文情感激荡却意蕴深沉，条分缕析却纲举目张，既有对新移民文学发展的历史回顾，又着眼当下，同时有对未来前景的预测。吕红的《兼顾创作与华媒·促新移民文学发展》以北美华文期刊《红杉林》为中心，谈新移民文学的海外阵地与未来发展。北美《红杉林》杂志在海外华人传媒中，是比较有创意、有特色的。它以人物访谈见长，同时刊载作家批评家对话、名家名篇以及80后、90后新锐作家创作。杂志旨在"搭建中美文化交流平台""弘扬中华历史文化精神""整合力量以共同创造文明世界"。《红杉林》是目前影响特别大的华文期刊之一，为中西文化的交融与作家作品推介做出了巨大的贡献。第三部分是对新移民文学的整体评价与作家比较研究。有陈瑞琳（美国）的《欧美新移民作家比较》、朱崇科的《论新移民文学生产的危与机》。陈瑞琳的《欧美新移民作家比较》首先梳理了欧洲新移民文学的概况，其次选取欧美具有代表性且创作风格相似的作家进行比较，呈现同中之异、异中之同。如：周励与虹影的独特个人经验，苏炜与章平的独特历史经验，融融、黄宗之与刘瑛的独特文化经验，薛忆沩与方丽娜的独特跨国经验等。作为新移民批评的"第一快手"，陈瑞琳的批评风格细致缜密、诙谐幽默。朱崇科的《论新移民文学生产的危与机》独具慧眼，在蓬蓬勃勃的研究话语中,他让我们看到"危"与"机"。他提出,为防止限制我们的研究视域和问题意识,我们要警惕并修正其间的权宜性和画地为牢的封闭性。同时,注意利用机遇提升自我,比如可兼具本土性与中国性的双重优势,同时又要具有超越性,让质变后的"华语移民文学"脱胎换骨、多出经典。第四部分是作家作品评论。每年的作家评论是数量最多的一个板块,但今年受限于版面,只录用了6篇论文。分别是:张奥列(澳大利亚)的《历史悠悠路漫漫》,林祁(日本)的《中日混血的女性身体与跨文化叙事——评华人女作家元山里子(李小婵)的自传体小说》,张曦的《张爱玲的双语写作》,许文畅、贾卉羽的《"文学共同体"视域下台湾及海外新移民小说中的东北书写》,赵丽琴的《论周洁茹小说中的异域空间与女性精神隐痛》,张其月的《论几米绘本中对立型张力的体现》。张奥列的《历史悠悠路漫漫》是对澳大利亚华人沈志敏先生的《先锋步行者——重走淘金路札记》的评论,不能算是严格的学术论文,但述中带论,论中带情,笔触感慨万端,跌宕起伏,呈现出先锋淘金者的足迹。林祁的《中日混血的女性身体与跨文化叙事——评华人女作家元山里子(李小婵)的自传体小说》叙述日本华人女作家元山里子(李小婵)以三代人东瀛留学的两部家史,见证中国近现代史的沉浮;用自序体"物语"的形式叙述日本丈夫从"鬼子兵"到反战救赎者的历程,穿越中日两国的藩篱,写出了真实的焦虑、人性的救赎。张曦的《张爱玲的双语写作》思维独到,切入角度新颖,资料充盈。她首先梳理张爱玲双语写作的几个阶段,后以两个文本为例探讨张爱玲双语(主要是英文)写作的实绩,最后结合移民作家问题做一些开拓。许文畅、贾卉羽的《"文学共同体"视域下台湾及海外新移民小说中的东北书写》挖掘台湾及海外新移民作家的东北书写,认为台湾及新移民小说中的东北书写仍难以跳脱出"精神原乡"的窠臼,对于东北原乡的描写也难免出现模式化等问题。赵丽琴的《论周洁茹小说中的异域空间与女性精神隐痛》对周洁茹的《岛上蔷薇》以及其他以香港为主题的短篇小说进行分析,认为周洁茹现在的写作风格与其以往的不同,开创了新的在地书写模式。她的小说在聚焦移民女性群体,对迁移者所在地进行书写时,表现她们因不断迁移变化的空间而面临的生存压力与精神隐痛,呈现出了独特的文学魅力和艺术个性。张其月的《论几米绘本中对立型张力的体现》对几米的绘本做了深入分析。几米的绘本无论是图画部分还是文字部分都有着相当深厚的文化底蕴和生活启示,同时体现了浓厚的文学理论内涵。第五部分是创作谈。有戴小华(马来西亚)的《从

《忽如归》〈因为有情〉谈我的创作观》和穆紫荆（德国）的《谈作家的正业和副业》。戴小华的《从〈忽如归〉〈因为有情〉谈我的创作观》从写作《忽如归》《因为有情》谈起，在实践创作中，她认为，文学创作是一种情感的驱动、历史的关怀，但更是一种生命力的表达。穆紫荆的《谈作家的正业和副业》从日常生活中人们的习惯性思维问题入手，她认为作家首先要有生活。最后是三篇综述：刘雪娥的《2019年北美华文文学研究综述》和欧阳光明、聂文旭的《2019年欧华、澳华文学研究概况》以及刘红英、张明慧的《第六届国际新移民华文作家笔会暨"新移民文学研究"国际学术研讨会综述》。前两篇正好形成互补，全面呈现了2019年欧美澳华文文学研究的整体概貌。刘雪娥的《2019年北美华文文学研究综述》重点对北美华文文学研究做了整理和归纳。她从作家、作品阐释到期刊、社团研究，从理论争鸣到方法探索，从四个方面梳理了2019年北美华文文学的研究概况，给我们提供了丰富的资料和清晰的思路。欧阳光明、聂文旭的《2019年欧华、澳华文学研究概况》认为，2019年的欧华、澳华文学批评与研究，呈现出不错的增长态势。作家、作品论依然是研究的大宗，并且呈现出向重点作家、作品集中的趋势。与此相比，宏观性、综合性文章的"产量"明显减少，可能与研究的难度直接相关。与此同时，批评与研究中的问题依然存在，主要表现为研究者批评意识和重构文本能力的不足，从而制约了文学研究的深入推进。刘红英、张明慧的《第六届国际新移民华文作家笔会暨"新移民文学研究"国际学术研讨会综述》，对这次会议所收集的论文从五个方面进行了归类分析，即：新移民文学的总体评估与诗学建构；新移民作家群的类型特征与比较研究；新移民作家综论与作品细读；新移民文学的研究阵地与史料建设；新移民作家创作谈。体例详尽、内容充盈，全面呈现出新移民文学的历史状况与未来发展态势，特别是对当前的动态展现。需要补充说明的是，在以上论文中，最后两篇综述的作者因会议当天有事未能参会，但他们被列入与会者初拟名单中，并提交了论文。这两篇论文非常具有代表性，是对2019年世界新移民文学概况的回顾与总结。

法兰克福会议的14篇论文中，第一部分是关于欧洲华文文学的综论，共3篇。它们分别从欧华文学的发生发展、文学史与经典、流散与欧华文学的特质这三方面进行阐述，视野宏阔，论证缜密，逻辑性强。有赵学勇的《"在艺术的祭坛上，我们是祭祀者与牺牲者"——欧华文学的传统、现状及反思》、李洪华的《世界华文文学的经典建构与文学史重述》、陆卓宁的《离散叙事"传统"书写的突破与欧华文学的"欧洲风"》。赵学勇的《"在艺术的祭坛上,我们是祭祀者与牺牲者"——欧华文学的传统、现状及反思》以欧华文学的重要作家作品为切入点,既历时性地回溯了20世纪以来复杂嬗变的欧华文学发展历史,亦共时性地考察其于北美、澳大利亚、东南亚等华文文学板块中的独特价值取向与审美趣味。通过观照与考辨,对欧华文学的创作局限做出反思,对其发展前景做进一步的展望。李洪华的《世界华文文学的经典建构与文学史重述》提出文学经典对文学史的撰写具有极其重要的意义。当下地域性、板块式的文学史叙述必然导致文学谱系去中心化的"离散"、作家作品浅表化的"陈列"。世界华文文学整体观和文学谱系的形成迫切需要进行经典建构和文学史重述。陆卓宁的《离散叙事"传统"书写的突破与欧华文学的"欧洲风"》认为乡愁体验、家园记忆、文化认同完全构成其最本质的问题。但是,二元意识形态与文化政治架构下所表现出来的乡愁、记忆、认同诸如此类的"历史"征象及其内涵,在全球化时代下的多元文化的冲突与融合中,发生了位移。如何面对这一错综复杂的语境中的主体建构,进而"想象"人类的"文明共同体",构成了全球化语境下海外华文文学的"新质"。第二部分是作家作品阐述。有胡德才的《追求自由的灵魂——评关愚谦的文学自传〈浪:一个为自由而浪迹天涯者的自述〉》,汪梦玲、赵小琪的《"二我差"与转述:论虹影〈饥饿的女儿〉中的不可靠叙述》,王荣的《"别处"叙事与中西文化的体察感悟——论欧洲华文作家刘瑛的系列中篇小说创作》,封艳梅的《惊悚的悬念　冒险的游戏——论旅德华文作家梁柯的小说创作》。胡德才的《追求自由的灵魂——评关愚谦的文学自传〈浪:一个为自由而浪迹天涯者的自述〉》认为《浪:一个为自由而浪迹天涯者的自述》的思想价值就在于书中始终活跃着一个坚忍不拔地执着追求自由的灵魂。《浪:一个为自由而浪迹天涯者的自述》在人物形象创造、故事情节组织以及文学语言运用上显示了较高的文学价值。汪梦玲、赵小琪的《"二我差"与转述:论虹影〈饥饿的女儿〉中的不可靠叙述》认为《饥饿的女儿》包含了大量不可靠叙述,作为叙述人的"我"和作为故事中的"我"的叙述形成了"二我差"。发现独到,观点新颖。这里要补充说明的是,汪梦玲没有参会,这篇论文是他在赵小琪教授的指导下完成的。经赵教授建议,他署名为第一作者。王荣的《"别处"叙事与中西文化的体察感悟——论欧洲华文作家刘瑛的系列中篇小说创作》认为,欧洲华文作家刘瑛的小说创作表现并突出中西文化的差异和对当下社会的反思评判,从而她成为当代海外华文文学的重要作家之一。封艳梅的《惊悚的悬念 冒险的游戏——论旅德华文作家梁柯的小说创作》以旅居德国的新锐作家梁柯的悬疑小说为研究对象,她认为梁柯的悬疑小说巧妙地糅合了悬疑、惊悚、推理、冒险、复仇及软科幻等因素,形成了自己的艺术特色。第三部分是德国新移民作家创作谈。有刘瑛的《写作必备的勇气》、昔月的《好奇心:文学创作的原动力》、子初的《悟与求索:对欧洲华文文学创作的思考与实践》、谭绿屏的《从拒绝到深陷其中的作家梦》、夏青青的《聆听内心的召唤》、丁恩丽的《漂泊的灵魂需要港湾——小说〈永远的漂泊〉的创作》。刘瑛的《写作必备的勇气》认为作家创作需要有面对真实的勇气、面对政治的勇气、面对未来的勇气、面对孤独的勇气。昔月的《好奇心:文学创作的原动力》认为创作题材、写作技巧、行文特色等等,均是技术问题,都在好奇心之后。子初的《悟与求索:对欧洲华文文学创作的思考与实践》谈到了欧洲华文文学,是立足于欧洲之土壤,用中文创作的文学。与国内本土文学相比,它以跨文化的视角描写新环境下演绎的故事和人性。谭绿屏的《从拒绝到深陷其中的作家梦》从自己的人生经历,从小梦想做个画家开始讲起,谈到作为一个作家的使命与责任。夏青青的《聆听内心的召唤》谈及自己受祖父影响,热爱中华文化。在故国文化的滋养中创作,感受"青青子衿,悠悠我心"的那份赤子之诚,无疑道出了一个海外作家的心声。丁恩丽的《漂泊的灵魂需要港湾——小说〈永远的漂泊〉的创作》以简短的文字表达了创作是一种灵魂需求。此外,匈牙利新移民作家阿心的《多瑙河畔的生命舞曲》强调:"文学创作始终是我的精神家园。"这些来自生命体验的创作谈,为我们提供了海外华文文学研究最宝贵的资料,推动了该学科研究更好地发展。

  收笔之际,不禁感怀。镜水湖畔,水波不兴。五月的江南,郁郁生机。而2020年5月,带有一丝悄然的哀伤。想起鲁迅先生的哲言:"无穷的远方,无数的人们,都和我有关。"为那些在疫情中罹难的人,致以默悼。我们唯一能做的,就是把工作做好。《世界华文文学研究》丛书如期推出,再次感谢每一位作者与文友。另外,在编排过程中,难免有一些疏漏,希望大家多包容、多提议、多指导。不胜感激!

写于绍兴镜水湖畔

2020年5月

2019 第六届国际新移民华文作家笔会暨

"新移民文学研究"国际学术研讨会专辑

2019第六届国际新移民华文作家笔会暨"新移民文学研究"国际学术研讨会专辑

华文文学研究四十年

▶公仲①

在改革开放的伟大历史变革进程中,一门新兴的文学学科——世界华文文学研究,也已走过了四十年艰辛漫长、成就卓著的历程。此刻,我特别忘不了那些为我们这共同的事业献出了自己宝贵生命的先驱者、开拓者、奠基人。他们就是:萧乾、秦牧、曾敏之、叶子铭、陈辽、秦家琪、张超、汪景寿、武治纯、王淑秧、蔡洪声、王晋民、杨越、潘亚暾、赖伯疆、许翼心、庄明萱、黄重添、林承璜、封祖盛、顾圣皓、谭湘等。是他们披荆斩棘、筚路蓝缕、砥砺前行,才能有今日的辉煌。对于他们,我们无比敬仰,无限缅怀!世界华文文学研究的四十年,我看大致可以分成三个阶段:第一个十年(1979—1989)可谓初创期,第二个十年(1989—1999)是发展期,第三个时期(21世纪前20年)应该是成熟期了。

初创期,我们是从研究旅美的一批台湾作家作品起始的。中国门户开放了,1979年,第一批旅美的中国台湾作家作品涌现出来,公认的第一篇发表于大陆的作品是聂华苓的《爱国奖券》,发表在《上海文学》1979年第3期上。1979年6月,文学期刊《当代》创刊号刊出了白先勇的《永远的尹雪艳》。1979年底,海峡文艺出版社出版了於梨华的长篇小说《又见棕榈,又见棕榈》,接着,人民文学出版社出版了《台湾小说选》,中国社会科学出版社出版了张葆莘编的《台湾作家小说选集》,研究台湾、香港、澳门作家作品渐成热门。在北京、广州、上海、福建以及南昌等地,恢复高考后的大学中文系,纷纷设立了"台港澳文学"选修课或讲座,选修者和听者空前踊跃。不过,当时研究台港澳文学还是有许多意想不到的麻烦和困难。首先,研究人员当时大都是大专院校的老师,主要是教现当代文学的,当然也有教文艺理论,

---
① 作者单位:南昌大学。

甚至教比较文学的。他们大多对于台港澳文学几乎一无所知，还得从头学起，边学边教。其次，资料匮乏，当时一般学校的图书馆、资料室，这方面的书籍资料几乎是空白，要通过公与私的各种方式去买、去借、去"乞讨"。其三，通讯联系困难，当时没有互联网，与台港澳院校及海外大学无法快捷顺利联系，更别说索取资料了。这些只有靠"八仙过海，各显神通"了。20世纪80年代，我们学术研究主要有三种方式：一是作家学者的互访交流和学术报告；二是各种形式的学术研讨会议；三是学术刊物、出版社与报纸杂志出版、发表专著、论文及学术信息。最早来大陆访问交流的有聂华苓、於梨华、陈若曦、施叔青、白先勇、杜国清、郑愁予、李欧梵、叶维廉、洪铭水等，特别是陈若曦，"文革"中曾在北京、南京待过，20世纪80年代后回大陆，在北京受到领导人的接见，并带团去了西藏等西南地区访问。她在许多地方做过有关台湾暨海外华文文学的学术报告，与各地的作家学者有广泛的接触，提供不少台湾暨海外华文文学的信息资料。稍后，还有东南亚和欧洲一些华人作家，如陈春德、尤今、戴小华、黄孟文、骆明、司马攻、梦莉、蓉子、赵淑侠、赵淑敏、林湄、郭名凤、池莲子、章平、池元莲、谭绿屏等，也经常来到中国做信息交流和学术报告。有关学术研讨会也日渐兴起，从1982年在暨南大学举办的第一届台港文学研讨会起，1984年第二届、1986年第三届、1989年第四届台港文学研讨会先后在深圳、厦门、上海召开，引起全国学界的广泛关注，全国各地的大专院校、文艺单位、社科研究部门都积极参加，影响很大，效果显著。今日看来，当时的会议是有学术普及性的价值的，也有联络交友打开学术交流门户的作用。1987年夏天，芝加哥大学举办了"台湾文学国际研讨会"，大陆去了14人的代表团，团长是中国社科院美国研究所所长资中筠，社科院文学所古继堂和我有幸参加。古继堂带去了刚出版的《台湾女作家十四家》，我则在大会上宣读了论文《海峡两岸当代文学的异同和其发展趋向》。《台湾女作家十四家》在大会上特别是在台湾代表中引起了褒奖和热议，我的论文当即被中外记者要去，在美国和台港地区的媒体上都发表出来了。人民文学出版社在《出版通讯》上全文转载了海外报刊发表的我的这篇论文。20世纪80年代，是研究台港澳文学的兴盛时期，中央人民广播电台武治纯、北京大学汪景寿、中山大学王晋民，暨南大学潘亚暾，广东社科院文学所许翼心、厦门大学黄重添、复旦大学陆士清、深圳大学封祖盛等，他们为普通读者和大学生阅读而编选了多套台湾、香港文学作品选；同时，研究台港澳文学的学术论文和专著也陆续发表出来了，影响较大的有：1983年汪景寿的《台湾小说作家论》、陆士清的《台湾小说选讲》,1986年社科院文学所古继堂的《台湾新诗发展史》《台湾小说发展史》,黄重添的《台湾新文学概观》《台湾长篇小说论》,潘亚暾的《台港文学导论》,陈辽、汤淑敏、秦家琪、张超主编的《台湾港澳与海外华文文学辞典》,以及《文学评论》发表的两篇论文——1983年张超的《借欧美现代派之琴,唱中国流浪者之歌——论於梨华的创作》,1986年刘登翰的观点新颖、内容翔实的论文《特殊心态的呈示和文学经验的互补——从当代中国文学的整体格局看台湾文学》等。1989年,我与汪义生不自量力地想打破集体编写文学史的某些弊端,尝试有个性的个人编写,在江西人民出版社出版了一本30多万字的《台湾新文学史初编》,未想到引起了海峡两岸的关注。艾青作序,《文艺报》召开了研讨会,冯牧著文评价"是同类论著中的上乘之作"。台湾文学史料专家陈信元特地率作家团来当时的江西大学(即现在南昌大学)访问交流,知名作家黄春明、张晓风、廖辉英、龚鹏程、林瑞明等都来了,还给江西大学中文系资料室赠送了50多套《台湾作家全集》(每位作家一本)。

20世纪90年代,台港澳暨海外华文文学的研究,进入了一个泉涌井喷的发展阶段,而且,研究的方向,从台港澳文学进一步向海外华文文学拓展。两岸文学的交流已成常态,与海外华文文学团体和作家的联系也日渐紧密。台港澳暨海外华文文学学会1991年在中山市召开了第五届研讨会,并正式换届,选举了秦牧为会长,曾敏之、饶芃子、陈辽、刘登翰及我等为副会长。1993年,在庐山举行了第六届世界华文文学国际研讨会。这次会议被认为在华文文学研究史上具有里程碑的意义,并被正式定名为世界华文文学研究大会。出席代表共150多人(台港澳、东南亚及欧美地区的代表60多人)。新任会长曾敏之致辞说:"在庐山召开会议与在平原地区不同,因为我们在此可以登高望远,开阔眼界,看得更远,思考得更深。""名称的改变也证实了作家、学者们在研究上已经上了一个新的台阶。"之后,在昆明、南京等地又召开了几次全国性的世界华文文学学术研讨会。值得特别一提的是,1995年在上海宝钢,由陆士清、戴小华共同策划举办的"世界华文女作家创作研讨会",对美国华人作家聂华苓、於梨华、陈若曦、丛甦,欧洲华人作家赵淑侠、吕大明,泰国华人作家梦莉,马来西亚华人作家戴小华,新加坡华人作家淡莹,以及香港作家周密密等人的创作进行了深入的探讨,并展开了作家与评论家面对面的对话,相得益彰。这在世界华文文学学术活动中尚属首创。

20世纪90年代,学科建设和学术成果突出表现为世界华文文学研究领域的一批史书相继问世。首推的是由刘登翰、庄明萱、黄重添、林承璜共同主编的《台湾文学史》(120万字),于1995年正式出版。陈辽评价其为"开创和奠基之作"。接着,刘登翰牵头出版了《香港文学史》《澳门文学概观》;潘亚暾主编了《香港文学概观》;中山大学王剑丛个人编写,在江西出版了《香港文学史》;朱双一更是出版了富有个性特色的40万字巨著《近二十年台湾文学流脉——"战后新世纪"文学论》。专门面对海外华文文学的研究也渐起高潮:庄明萱任主编,陈贤茂、潘亚暾任副主编的一套海外华文文学丛书出版了;赖伯疆著的《海外华文文学概观》也问世了;特别是1999年,由陈贤茂主编的一套4卷本约200万字的《海外华文文学史》,正式出版发行。陈辽说,这是"新学科建立的标志"。至此,世界华文文学这一学科的全貌已完全显现了。饶芃子在她的论文《关于海外华文文学研究的思考》中,对这一新学科确立和发展的合法性与意义,做了理论上的阐释、论断和小结。20世纪90年代世界华文文学研究的兴盛,还得益于四大专刊:《台港文学选刊》《四海》《世界华文文学论坛》《华文文学》。它们是以研究世界华文文学为宗旨而创立和发展起来的。《台港文学选刊》是我国第一家专门介绍台港澳暨海外华文文学作品和评介的期刊,至今整整三十五年,长盛不衰,福建省委原书记项南誉其为"窗口加纽带","骄骄海内外"。此刊长期主持工作的杨际岚辛苦经营,功不可没!从《四海》到《华人世界》,再到《世界华文文学》,从1990年到1999年,主编白舒荣坚持十年之久,号称"华文作家之母",今日她又转战《文讯》,深受华文作家的爱戴。陈辽为《世界华文文学论坛》倾注了心血,人已逝,刊长存,汤淑敏、刘红林、李良仍是华文文学研究园地的辛劳园丁,泽被后人。《华文文学》开创者是汕头大学资深教授陈贤茂,虽主编换届更迭,但《华文文学》学术研究的核心地位不变。

世界华文文学研究,在20世纪90年代已向纵深掘进,遍地开花,成果累累。袁良骏的两个"大部头"——《白先勇论》《香港小说史》学术氛围很浓;古远清的两部文学批评史——《台湾当代文学理论批评史》《香港当代文学批评史》更是"火药味"十足;黄万华的《文化转换中的世界华文文学》《美国华文文学论》论述稳健;曹惠民的《台港澳文学教程》堪称独树一帜;施建伟主编的"港台作家丛书",首辑就有《余光中传》《金庸传》《张爱玲传》《亦舒传》等,分量厚重;王宗法的《走向世界的华文文学》《昨夜星辰昨夜风——〈玉烟集〉综论》别开生面;杨振昆等的《东南亚华文文学论》《世界华文文学的多元审视》独辟蹊径;徐学选编的《李昂施叔青小说精粹》独具慧眼;张默芸的《林海音传》《琦君传》《三毛传》、梁若梅的《陈若曦创作论》,两位资深女评论家的人物专论更是引人入胜。这里,特别要提出的是张炯在庐山会上提交的重磅长篇论文《走向世纪之交的世界华文文学》。其被认为是对20世纪八九十年代我国华文文学研究的一个全面总结,也可说是为新世纪华文文学研究提供了一个明确的新方向和远大目标。

到了21世纪,世界华文文学的研究进入成熟期。饶芃子曾有文章说其是"相对的成熟期",也未尝不可。我认为,成熟期的标志有三:一是学科的概念界定已经明确,理论框架、研究方向、范畴、内容基本成型;二是宏观的、专题的学术理论著述已经全面、完整、充实;三是已经有了一支壮大、成熟、有水平、有实力的学术队伍,学术活动活跃规范,学术成就更丰厚,水平更高。2002年,筹备多年的以研究世界华文文学为宗旨的中国世界华文文学学会正式成立,这可算是成熟的一个重要标志。学会提出:"华文文学是当今世界最大的语种文学,较之英语文学、法语文学、俄语文学、西班牙语文学等,在世界上拥有更广泛的读者。作为一门新兴学科,世界华文文学经历了从'台港文学'到'世界华文文学'20年的发展历程,20年来,从事世界华文文学研究、教学的中国高校,由20多所发展至现在的50多所,几乎遍布中国所有重点大学与主要研究机构,大批中青学者、研究者进入该领域。此前,世界华文文学学会已先后在广东、福建、江西、上海、云南、江苏、北京等地召开了十一次全国性的学术研讨会和国际研讨会,并出版多本论文集。"几乎与此同时,人民文学出版社正式出版了《世界华文文学概要》。它第一次开宗明义地把世界华文文学的概念界定、研究方向、研究范围、研究内容和方法,一一交代明白,阐述清楚了。文学是语言的艺术,是以语言作为载体的,用语言种类来界定是最科学的。"语种文学"与"人种(族群)文学""地域文学""国别文学",尽管有千丝万缕的联系,但其概念内涵是有严格界限的,中国内地的文学当然属于世界华文文学,而且是主体部分,但并不是我们研究的主要方向。研究方向与概念内涵是两回事,不能将"狭义""广义"混为一谈。正如"世界文学"学科,不言自明,当然包括中国文学,但其研究方向主要是外国文学。学界实在没有必要在这文辞上嚼舌,甚至几十年不休,还怨此学科不成熟,我看还是多多去研究作家作品文本才是。《世界华文文学概要》的出版,是世界华文文学研究成熟的又一证明。《人民日报》《光明日报》《文艺报》及海外的《世界日报》等先后都发表了评论文章。陈辽在《文艺报》上用了大半版篇幅评论此书，说"这是在世界华文文学研究的普及基础上的提高"。《香港文艺家》说"全书高屋建瓴，对整个世界华文文学作了全面的论述，又条分缕析，对多区域华文作家作品和文化身份作了深入的研究，和个别著者的'教程''史论'的主观、偏颇和逆我者亡的粗暴行径相比，形成了鲜明的对照"。没想到此书一出版即销售一空，四年内再版五次，韩国一教授说，他们现在还在选用此书做教材。

新世纪世界华文文学研究的成果再上一层楼，规模空前，名目繁多，成绩突出，影响深远。由中国世界华文文学学会编撰的《海外华文文学教程》，2009年在暨南大学出版社出版，被教育部选为大学本科教材。国家社科基金重点项目《中国文化中的台湾文学》，由杨匡汉牵头主编，在新世纪结题正式出版，属新世纪出版的重头著作。出版的专著还有：老一代学者刘登翰的《中华文化与闽台社会》、汤淑敏"几乎付出了生命的代价"而创作的《陈若曦：自愿背十字架的人》、陆士清的《探索文学星空——寻美的旅程》、赵遐秋的《生命的思索与呐喊——陈映真的小说气象》、白舒荣的《自我完成自我挑战——施淑青评传》、王宗法的《台湾文学观察》等，中年实力派学者黎湘萍的《文学台湾》、曹惠民的《出走的夏娃——一位大陆学人的台湾文学观》、陆卓宁的《边缘诉求与跨域经验》、钱虹的《文学与性别研究》、刘红林的《台湾新文学之父——赖和》、樊洛平的《当代台湾女性小说史论》，还有60后俊才赵稀方的《小说香港》《后殖民理论与台湾文学》、刘俊的《悲悯情怀——白先勇评传》《论〈现代文学〉对台湾文学的贡献和影响》、方忠的《郁达夫传》《台湾散文纵横论》、朱立立的《知识人的精神私史：台湾现代派小说的一种解读》、白杨的《台港文学——文化生态与写作范式考察》、刘小新的《阐释的焦虑——当代台湾理论思潮解读》、肖成的《台湾"左翼"文学中的"革命+恋爱"小说》、计璧瑞的《被殖民者的精神印记：殖民时期台湾新文学论》、庄若江的《台湾女作家散文论稿》、程国君的《从乡愁言说到性别抗争》、李洪华的《欲望的挣扎——试论陈映真早期小说的悲剧形式》等。

以上所列著作主要是台港澳文学研究，而新世纪世界华文文学研究的亮点，表现在两个方面：一是对新移民文学研究一浪高过一浪，形成热潮；二是中青年专家学者蜂拥而出，他们的研究水平和成果，青出于蓝而胜于蓝，成了研究的主力军。2002年在上海世界华文文学国际研讨会上，新移民作家代表少君、张翎、陈瑞琳、沈宁等集体亮相，呼吁大家关注新移民文学的兴起。《世界华文文学概要》也专列了一节，提出："世纪之交，在华文文学世里有一种新兴的繁荣茂盛、绚丽多彩的文学现象,令人瞩目。……无疑带来了一个新的生长点、一个新的生机。它为世界华文文学注入了一股新鲜的血液,并正逐步形成了一支新生的主力军。它所创造出的欣欣向荣的文学新景观,成了世界华文文学走向新世纪的新成就的新标志。这就是人们经常约定俗成地称之为的'新移民文学'。"2002年,少君、陈瑞琳、张翎、沈宁新移民作家四人团,参加上海国际研论会后,即到南昌大学考察,做讲座,被聘请为客座教授。2004年,在南昌大学举行了首届国际新移民华文作家笔会,十多个国家的新移民作家和国内代表共60多人与会。海外作家酝酿成立国际新移民华文作家笔会,拟在南昌大学设立联络处。之后,他们的笔会在美国正式注册,并先后在成都、西安、福州等地召开了多次国际笔会。此外,以施雨为会长,团结广大海外新移民作家的"文心社"更为活跃起来。海外知名评论家陈瑞琳、林楠、徐学清、梁丽芳、高关中、倪立秋等,也积极参与了对中国新移民文学的研究评论。这样,新移民文学研究在国内外齐头并进,开辟了世界华文文学研究的一片新天地。经过整整十年,在新移民文学研究大发展的大好形势下,2014年,还是在南昌大学,再次举行了空前规模的中国新移民文学研讨大会。到会150多人,其中海外代表60多人。知名新移民作家"三驾马车"(严歌苓、张翎、虹影)及"陈氏四杰"(陈河、陈瑞琳、陈九、陈谦)等几乎被"一网打尽"。这是全球新移民作家40年后的胜利大会师、成果总检阅,是世界华文文学研究发展的一座里程碑。正如《世界华文文学概要》认为,新移民文学"是一个新的命题,是一个较之过去所谓的'留学生文学'更为宽泛更为切实更为现代的一个新的文学命题。这主要是对八九十年代从中国大陆移民海外的留学生、学者、知识层的文学创作一种概括,从某种意义上说,这在一定程度上显示了当下世界华文文学的新成果和新水平,预示了世界华文文学的新希望和新方向,这也就成了世界华文文学研究的重大的新课题"。

令人欣喜的是,新世纪前二十年,新移民文学新课题的研究成绩斐然,学术专著、论文层出不穷,有宏观论述,有专题专人研究,特别是中青年学者,群星璀璨,美不胜收。除了上文提到的《世界华文文学概要》《海外华文文学教程》外,吴奕锜、陈涵平合著的《寻找身份——全球视野中的新移民文学研究》,对新移民文学研究具有前瞻性导向意义。分类专题研究,有王列耀的《北美新移民文学中的另类亲情》、钱超英的《文明对话与文化比较——澳大利亚:移民、多元文化与身份困惑》、张奥列的《澳华文学史迹》、朱文斌的《跨国界的追寻——世界华文文学诠释与批评》《文学多棱镜——中国现当代文学散点透视》、凌鼎年的《微型小说：新移民文学的奇葩》、梁燕丽的《中外文学审美漫步》、池雷鸣的《面向他者——北美新移民文学研究的新思考》、张俏静的《北美新世纪华文小说综论》、吴奕锜与赵顺宏的《菲律宾华文文学史稿》、戴冠青的《菲华文学中的闽南情结》、戴瑶琴的《彼岸的文学现场》、李诠林的《论华文文学中的"回归"写作》；作家作品专论，有江少川的《严歌苓小说的伦理叙事》、胡德才的《论张翎的长篇小说〈金山〉》、黄红春的《"裂缝"与"光"的书写——张翎小说论》、倪立秋的《虹影：写实，是因为不满足于虚构》、宋晓英的《海外文坛多面手——陈瑞琳印象》、刘俊的《不可理喻：新移民社会的另类展示——论沙石小说的创作》、王红旗的《"望云看世界"的荷兰女作家——与林湄谈〈天望〉》、计红芳的《孤独者的怀乡之旅——读王性初》、刘红林的《刘瑛依旧》。特别是新一代年轻学者张娟的《海外华人如何书写"中国故事"——以陈河〈甲骨时光〉为例》、戴瑶琴的《平静的忧伤——读张惠雯》、汤俏的《从〈扶桑〉看严歌苓小说的女性形象》、颜敏的《异域的位置——探寻陈谦小说特质的可能路径》等，视野开阔，立意高远，文辞新颖，代表了研究评论的一种新趋向。海外评论家、作家对新移民文学的研究，也上了一个新台阶，与国内的研究评论交相辉映，分外生色。有陈瑞琳的《鸟瞰当代"海外新移民文学"》、林楠的《移民文学的学科理论建设迫在眉睫》、吕红的《文坛中的柔性与韧性——海外女性文学流播与嬗变》、梁丽芳的《从变与不变看百年来的加拿大华人文学》、倪立秋的《新移民小说研究》、黄宗之的《新移民文学的历史挑战》《从疏离迈向融合的实践》、庄伟杰的《海外新移民作家的写作空间与身份迷思》、孟悟的《汉语是心灵的家》、徐学清的《加拿大华人历史的重新书写：华裔小说中的历史性和文学想象》、宇秀的《我是一条变色龙——新移民文学个体生命在迁徙过程中的角色变幻》、陈浩泉的《从无根浮萍到落地生根——我的身份认同与离散写作》、高关中的《列国风土与传记写作的体会》、虔谦的《走出虚幻的爱情沼泽——读施玮小说〈红墙白玉兰〉》、古大勇和王宏蕊的《社会透视、文化思考和女性关怀——论"新移民文学"作家施雨的小说创作》、谭绿屏的《2014年新移民文学南昌嘉年华之遐想》等。

纵观近四十年的世界华文文学研究，几乎是从零发展到今日的蔚为壮观，实在令人惊喜。然而，我以为，面对世界华文文学创作当下蓬勃发展、空前兴盛的态势，我们的研究评论似乎还显滞后，个中缘由该是多方面的。在这里,我只想谈两点:首先是我们评论界对于世界华文文学似乎还未给予足够重视。这一学科至今还是附属于中国当代文学的二级学科,这显然是不科学、不合情理的。这一世界最大的语种文学,先不算主体部分大陆及台港澳文学,光海外就能涵盖五大洲五千多万人口,而且与国内有着千丝万缕的联系,又有着许多与众不同的特质,为什么不可以独立出来成为一个学科呢?另一方面,我们可供研究的图书资料仍不充分,还是主要靠国内出版发表的书籍资料来研究,而现在海外华文出版社和报刊也已不少,而且有进一步发展的势头,可我们由于种种原因,难以收集。其次,从我们评论研究自身而言,我们似乎逐渐养成了一种通病:研究与创作脱节,各自为政,渐行渐远。评论家孤芳自赏,隔靴搔痒;作家则"事不关己,高高挂起",不愿过问评论,当然评奖除外。这样评论自然就会枯萎滞后。我倒怀念起19世纪俄国,托尔斯泰、屠格涅夫、契诃夫与别林斯基、车尔尼雪夫斯基、杜勃罗留波夫之间的作家与评论家相互尊重、坦诚、友好、平等的关系,那里没有"棍子、轿子、叭儿狗"。可我们现在还有不少评论,热衷于笼而统之,大而化之,套话、空话、行话充斥其间。好谈经典,大谈经典化,对文学创作文本中的细节和语言却关注不够。其实,文学所揭示的人性奥秘,正是隐藏在作品细枝末节的深处,正是凭借文学语言的精准、优美、奇妙而传达出来的。经典是客观存在的现实,是作家完全主观独立的创造,点石成金,化平庸为神奇,是魔术家的本事,我们评论家是"化"不出来的。我们可以发掘、总结、点评、宣扬经典,但非经典的是"化"不为经典的。所谓经典化的提法,我是持存疑的态度的。最后,我想用歌德在《浮士德》中的一句话作结:"理论是灰色的,而生命之树常青。"

一部丰美、扎实的拓荒力作
——评《加拿大华人文学史论：多元和整合》

▶曹惠民

《加拿大华人文学史论：多元和整合》是作者赵庆庆用十年时间向读者奉献的一部关于加拿大华人文学的著述。全书约40万字，加上200余幅图照，读之顿有美不胜收之感，可读可赞，可喜可贺！

早在十几年前，庆庆在取得南京大学英美文学硕士学位后，毅然前往遥远的加拿大艾伯塔大学（University of Alberta），攻读比较文学博士学位。在此期间，她与加拿大学术界，特别是华人华裔文学学术圈，有了直接的接触和联系，后陆续成为加拿大华人文学学会委员、加拿大华裔作家协会会员、加中笔会会员和《世界日报》华章版的编委，深度融入了加华文坛。即使回国后，她也一直没有中断对加交流，像"走亲戚"一样在中加之间往返，经常去加访学、参会、查找资料，从容地在地观察、在地交流、在地研究。她走访了几十位重要的加华作家和学者（成果见南京大学出版社2011年出版的《枫语心香：加拿大华裔作家访谈录》），积累了不少原始材料和第一手资料，这是很多学者不可能做到的。她还曾参与国家社科基金项目"中外文学交流史"中加拿大部分的撰写，现在又主持完成了中国教育部人文社科青年基金项目"加拿大华人文学史论"。

为了中加文化交流，主业为南京大学大学外语部副教授的赵庆庆，对加华文学可谓倾心尽力，情有独钟，华丽变身为国内屈指可数的研究加拿大华人文学的专业学者。《枫语心香：加拿大华裔作家访谈录》得到了加拿大政府的支持和时任加拿大驻华大使马大维（David Mulroney）先生的高度肯定，他称赞该书"丰富洞见""卓有独创"。应邀作序的我，则特别赞赏庆庆"为她所钟爱的加华文学贡献的挚诚爱心""对加华文学不遗余力的推展之心"，以及"真刀真枪做学问的态度和功夫"。她"重视原典实证"的学术追求更给我留下了深刻印象。

此次,又承庆庆盛情邀约作序,我得享先睹之快,既觉荣幸,更感庆幸。读着这本即将出版的厚重专著《加拿大华人文学史论:多元和整合》(以下简称《史论》),震撼之余又感到十分欣慰,因为它又一次全面集中地证实了庆庆的学术坚持、学术积累和治学原则,可以说是一次酣畅淋漓的呈现。就她个人来说,《史论》是对《枫语心香:加拿大华裔作家访谈录》研究思路的延续、扩展和深化,而就全球的华人文学研究来说,《史论》可谓既有独到的贡献,又有标志性的突破,堪称一部丰美、扎实的拓荒力作。

加拿大华人文学研究是一个充满创意的新课题,国内外还没有具有相近规模的成果。庆庆在主客观条件均具优势的情况下,凭一己之力,承担起这一课题,可谓顺势而为,立足前沿,在中外文学比较和世界华人文学的研究领域,具有明显的开创性:在爬梳浩繁资料、归类整理的基础上,在学术著作的体例形制上,都有先声夺人的创新,填补了国内长期以来加华文学研究的空白,是世界华文文学研究领域不可忽视的重大推进。《史论》体大思精,史料浩繁,整体构想明晰,思路展开从容,在宏观视角下的多角度论述又不失周全细腻。作者采用了新颖的研究方法,在纵向和横向的结合上,对加拿大华人的汉语、英语、法语和双语书写进行了全面深入的研究,纵深感、立体感、形象可视感兼备,显示了很高的学术水准,不难看出作者所具有的加华文学的丰厚底蕴与积累。

《史论》从明朝中国人通过耶稣会士初识加拿大讲起,寻根溯源,给加华文学史辅以厚重的华侨史背景。而加华文学之滥觞,则追溯至19世纪中后期华人刻在加拿大海关羁留所墙上的诗歌,即"先侨壁诗"。接着对1907年问世的《大汉公报》展开考察。该著的主体部分,板块状地一一展示,解读加拿大华人最为集中的三个区域——以温哥华为中心的中西部、以多伦多为中心的东部、以蒙特利尔为中心的法语区——的华人华裔文学(包括汉语、英语、法语和双语写作)的发展。这些区域是加华文学发展得非常成熟的地方,聚集着主要的华人华裔作家。《史论》论述了上述三个区域加华文学的历史演变和重要的作家、作品、社团,勾勒出加华文学的概貌,显示出它所具有的历史性、时代性和世界性。再以"北美华裔女性""族裔成长小说"和"自我译写"诸方面为话题,不仅挖掘出加华文学多元风貌的历史成因,而且深化了对主要的加华文学作家和作品的研究,揭示出加华文学作品的内在联系,以及与美国华人文学创作的异同。

　　作者视野开阔而悠远,思维缜密而周全,将纵向的历史梳理、板块状的扫描和个案的点式深入三者有机结合,进行跨语种、跨国界的整合和比较,全面又不失穿透性地勾画出了加拿大华人文学的面貌。应当说,这样涉及多个语种、多元文化的具有拓荒性质的国别华人文学史,实非有扎实学植者而不敢为,也不能为也!

　　全书涉及的作家有数百之众,极大地扩展了读者的认知视野:"地广人稀"的北美大地其实地广人不稀,居然有这么多优秀的华人作家和这么多有意思的作品。即以非汉语写作的作家而言,从19世纪末首开华裔英语写作先河、被视作"加美华裔英语文学祖母"的水仙花(本名伊迪丝·伊顿),到继巴金之后获得法国骑士勋章殊荣、被认为是最成功的华人法语作家应晨,乃至80后双语写作才女曹禅,林林总总,使人如行走于文学百花园,处处美景,目不暇接。

　　庆庆的论述涵盖全面,挖掘深入,持论客观,也常见新意,自可见出她的独立思考,贯穿着论从史出的强烈意识。如对于一些评论家认为伊顿有自我东方主义之嫌的看法,她认为,其实,伊顿比较注意避免自我东方化。对张芷美自传《狐狸精》中的忏悔意识的剖析,对李彦的《海底》(中译本)与其译写的英文原著《雪百合》的精细比照,解读其艺术匠心,都能言之成理。她把应晨的作品分为表现母国叙事的族裔化小说,以及回避人物族裔身份、隐去故事时间和地点的去族裔化小说,也很有启示性。对叶嘉莹诗词弱德之美的阐释则显示了她古典诗词的修养……不能不说,这样有心的解读实在难得。

　　《史论》图文并茂,可读性强,大量的图片,琳琅满目,有效地加深了读者的形象认知和感性记忆。这些图片,既有百年以来各个时期加拿大报刊上的原图,也有近期的新照(包括庆庆亲摄的照片),加上与作家面对面的访谈记录和照片——大量第一手可视可感的视像资料的搜集,亦为原本可能读之无味的史论类著作增色不少,使内容显得格外生动和充实。这些无疑需要作者拥有相应的知识结构,较高的外语文献收集、整理和阅读能力,殊为难得。

　　作者精心编制的附录《加拿大华人文学大事记》,更是具有前所未见的重要学术价值的成果。这是国内外首份加拿大华人文学的大事年表,旨在为读者迅速了解加华文学的发展概貌提供津梁之便。其所显示的搜罗史料的能力也不能不令人钦佩,非常值得后学者学之。

总之,《史论》是具有突出原创性、很高的学术价值与明显现实意义的优秀成果。正如加华文学前辈、诗家痖弦先生所言:"这是一部具有历史寻根意义的拓荒之作,是在世界华人文学原野上用心耕耘结出的硕果。"无论是资料的搜集、问题的发掘,乃至理论方法的运用,都对整个学科的发展具有促进和启示作用。读着这本书,看到一些熟悉的人名、地名和书名,我不由得想起十年前的加拿大文学之旅:从温哥华到渥太华、从多伦多到滑铁卢,都留下了美好的印象。与郑霭玲等知名作家及瑞纳森学院孔子学院李彦院长倾心交流,专程参观白求恩故居留下了珍贵的照片,对法裔聚居的蒙特利尔的迷人魅力,更有无法忘怀的独特记忆……但愿所有读过此著的朋友由此走近加拿大,对北美之北的广袤大地感到不再陌生、不再遥远。

海外华文文学社团与华文作家

▶ [美] 王威

一、海外华文文学社团

  文学创作，是高度个性化的事。历来文人墨客尽管恣意潇洒，但仍然会有自己的文化圈，不可能脱离人和社会群体，索然独居而赋成大作。近现代更是如此，世界各国都有不同的文化社团和作家组织。这些名称迥异的写作者的组织，姑且统一称其为作协。它们既有大大小小、形色各异的各国各地民间作协，也有权威的国家级作协和世界范围联盟性质的作家组织。不管什么形式，作协组织的出现，是作家们创作交流和社会生活的需要，至今鲜有作家完全脱离任何文化社团而终老不相往来的。

  海外华人文学社团，不同于中国国内。其基本都是在较小范围内的文学之友的组合，不存在一统的覆盖，也不存在权威管理，只是一批批志同道合的文友，开展群体活动的松散组合。当今在海外各国华人群居的区域，此类华文写作者的文学社团数以百计。一些国家存在几个、几十个华文文学社团的现象很普遍。有的城市甚至就存在数个。多数社团的核心名称大同小异，前缀为地名，比如某某地区的华文作协、中文作协、笔会、文学联合会、诗社等。华文文学社团的规模从数人到数百人不等。常见的覆盖规模是所在城市的范围，也有覆盖所在国的范围的。前者以美国、加拿大、澳大利亚等地域较广，华人较多的地区为常见，比如洛杉矶华文作协、休斯敦华文作协、魁北克华文作协、纽约华文作协、墨尔本华文作协等。后者以华人作家相对较少的中小国家为常见，比如捷克华文作协、菲律宾华文作协、泰国华文作协、匈牙利华文作协、印尼华文作协、马来西亚华人文化协会等。在较大国家，也有覆盖全国的文学社团，如加华作协、澳华作协、日华文学笔会等。

还有少数规模相对较大的文学社团,即涵盖了多个国家华人作家的文学组织,比如世界华文作协、世界华文女作家协会、文心社、世界华文旅游文学联会、国际新移民华文作家笔会等。有的大型文学社团还会建立若干国家或城市的分会,像世界华文作协、文心社等都有分会。

也有一些文学社团的名称以特质色彩呈现,有的覆盖范围比较广泛,不仅涵盖本国,也涵盖其他国家,有的成员甚至包括中国国内的作家,比如文心社、美华文协、海外文轩等。各类文学社团的定位,大多比较明确,一般各地作协的成员既要是华文作家,又要有本地区身份的认同。还有的社团的创建有其独特的指向性,比如纽约女作家协会、世界华文旅游文学联会、国际新移民华文作家笔会等。所有的海外文学社团,都是相对比较松散自由的非营利性民间组织,大多数既不求权威性,也不求统一性,旨在推动当地写作者之间的创作、沟通、互动、联谊、互助、推介。

海外华文文学社团的成立时间,大多始于 20 世纪 90 年代后期,尤其是进入 21 世纪后出现得更多。此段时期,中国大陆的移民开始大量拥入世界各国,特别是西方国家,随着新移民的艰苦创业,生活、事业的逐步稳定和发展,对文化和精神层面的需求越来越多。移民海外的作家及萌发写作愿望的知识群体,对故国故乡、对新世界新生活、对亲情和人生、对创业和未来、对新文化和新思维等,有不吐不快的需求,有大量的情感、省悟和心灵冲撞,需要书写、倾诉、传递,需要与故国、与世界沟通。联谊的华文文学社团以及承载文字的华文媒体平台,如雨后春笋般应运而生。我们今天所接触到的大部分海外华文文学社团,都是于这段时期内催生建立起来的。

二、国际新移民华文作家笔会

国际新移民华文作家笔会成立于 2004 年,注册地为美国。2004 年,在中国南昌举办了首届国际新移民华文作家笔会和国际学术研讨会。新移民华文作家,是最近一二十年被学界越来越多地使用的概念。新移民指的是:在中国改革开放以后,从中国大陆移民国外的华人。而在他们中间出现的作家,被称为"新移民华文作家",这些作家的文学创作也多被称为"新移民文学"。目前在华文文学领域里,新移民华文作家独领风骚,其作品逐渐成为世界华文文学的重要板块,他们也是当今海外华文文坛最为活跃的文学群体。国际新移民华文作家笔会，就是在这样的环境下创建和发展起来的。

笔会至今已经走过了十五个年头，举办了多次大型笔会和国际研讨会，参与了海内外广泛的学术活动和文化采风活动。在这段时间里，世界各国的新移民华文文学呈现出突飞猛进的发展势头，从稚嫩到成长壮大，涌现出一批批优秀作家和作品。新移民作家和他们的创作，日益得到海内外学术界和出版界的高度关注和认同，也赢得众多的读者和市场。

国际新移民华文作家笔会是覆盖宽泛的华文文学社团。参与笔会活动的作家来自几大洲数十个国家，其中以北美为最多。在它举办的各类大型活动中，参加者多来自十几个国家，其核心是新移民作家，也会邀请少量与新移民作家联系沟通密切的非新移民作家。国际新移民华文作家笔会是个组织结构宽松而温馨的文学社团，为大家提供的是一个积极、有益、健康的文学平台。国际新移民华文作家笔会，至今一共召开了六届大规模的会议（国际学术研讨会）。它们是：

第一届国际新移民华文作家笔会（南昌），时间2004年，会长少君。

第二届国际新移民华文作家笔会（成都），时间2006年，会长少君。

第三届国际新移民华文作家笔会（西安），时间2009年，会长陈瑞琳。

第四届国际新移民华文作家笔会（福州），时间2011年，会长施雨。

第五届国际新移民华文作家笔会（徐州），时间2017年，会长陈瑞琳。

第六届国际新移民华文作家笔会（绍兴），时间2019年，会长王威。

另外，在笔会成立十周年之际，于南昌举办了大型"首届新移民华文文学国际研讨会"，时间2014年，会长陈瑞琳。笔会从创建至今，先后由少君、陈瑞琳、施雨、王威担任会长。国际新移民华文作家笔会的会员，还参与了众多文学活动，如第一届世界华文文学大会、第二届世界华文文学大会、数次海外作家上海论坛、中国世界华文文学学会的多届研讨会等大型文学会议；在昆明、杭州等多地举办的华文文学学术研讨会，在香港举办的历届世界华文旅游文学年会，以及在德国、菲律宾、捷克、日本、美国、泰国、印尼等多国举办的文学研讨会。

三、新移民文学生态特点和趋势

新移民文学的提出，有别于过去海外华文文学的意义。大家都知道，近代以来的海外华文文学，直到不久前还是传统的老作家和台港及东南亚地区的华人作家一统天下。这些作家的创作和文学地位,几乎经历了两三代人近百年的发展历史。1949 年以前,曾有很多文学家侨居海外从事写作,并在文坛有相当大的影响。过去的老作家如老舍、巴金、郭沫若、鲁迅、冰心、胡适、林语堂、林徽因、郁达夫、茅盾、钱锺书、徐志摩等,都有在海外生活和创作的经历(其中大部分人最终返回中国)。他们的创作,体现了五四以来中国文坛的特色,也明显受到西方文明的濡染,这和他们的海外生活是分不开的。而现代海外华文作家,主要指 1949 年以后,特别是 20 世纪七八十年代,从台港地区移居或主要生活在西方的华文作家,像三毛、白先勇、於梨华、张爱玲、董鼎山、王鼎钧、夏志清、赵淑侠等。而今,则是尽显新移民华文作家的风采。随着来自中国大陆的华人移民的迅速增加,新移民华文作家成了海外华文文学近年来成就最大和影响最广泛的群体。如严歌苓、袁劲梅、陈河、张翎、卢新华、虹影、陈九、陈谦、周励、沈宁、少君、陈瑞琳、刘荒田、二湘、曾晓文、柳营、张宗子、朱颂瑜、方丽娜、张惠雯、鲁娃等。公仲教授的《新时代海外华文文学的发展》等文,对此有着详尽的论述。白舒荣老师在文集《海上明月共潮生》等著述中,对海外女作家和东南亚作家有深入的研究。

数十年来,对新移民文学研究和推介的重要专家学者非常多,如饶芃子教授、陆士清教授、刘登翰教授、黄万华教授、王列耀教授、黎湘萍教授、蒋述卓教授、刘红林老师、戴冠青教授、杨振昆教授、陆卓宁教授、钱虹教授、俞大翔教授、杨建龙教授、杨际岚老师、黄汉平教授、陈涵平教授、江少川教授等,他们对新移民华文文学,都有非常厚重的研究文章和特殊的贡献。

而中青年一代学者,对华文文学特别是新移民文学的研究,更有独具时代特色的精彩论述。如白杨、赵稀方、方忠、胡德才、程国军、熊岩、许爱珠、凌逾、朱文斌、刘俊、金进、李良、赵树勤、赵小琪、王文胜、宋晓英、李洪华、王艳芳、肖成、艾尤、陈庆妃、张娟、朱云霞、刘红英、汤俏、计红芳等,有了这些重要学者对新移民文学和作家的重视、研究和推介,新移民文学近年来迅速发展、提高,被读者和市场接受,成了华文文学中得到雨露滋润最丰、受惠最多的板块。新移民文学的这些硕果,与大批中国学者的辛勤研究和厚爱密不可分。在这样的条件下,新移民作家不断焕发出创作激情,佳作频频,更上一层楼。

新移民文学的创作,因社会和生活环境的变迁,而明显区别于过去的华文文学和老一代作家的写作。新移民作家的生活和创作与当今时代的脉搏相吻合，尤其是体现了20世纪后期和21世纪海内、海外两方面的特点，不仅体现在文化色彩、语言文字表述方式、社会生活环境上，更体现在思维、视角、多元化和境界等方面。特别是汉语母国中国的高速发展和大变革，为作家们提供了极大的创作空间和条件。

新移民作家是历来与中国内地往来接触最为密切的海外华文作家群，虽然移民海外二三十年甚至四十年，但他们中的大多数人从来没和母国长期阻绝隔膜过，他们频繁往来于海内外，穿梭在大洋两岸，密切关注并亲身体验、亲眼看见母国的社会发展和变迁，亲身感受全世界的不同文化和社会环境。所以这恰恰是新移民作家最大的优势和资源，也往往成为他们创作的亮点。

近年来，几乎所有的新移民华文作家的作品都在"海归"，越来越多的新移民作家的作品刊载在国内顶级文学报刊上，或被重要的出版社出版发行，并频繁获奖。如严歌苓的《陆犯焉识》《芳华》《妈阁是座城》、二湘的《白的粉》《狂流》，陈九的《挫指柔》《活着就要热气腾腾》、方丽娜的《蝴蝶飞过的村庄》《蓝色乡愁》、陈谦的《爱在无爱的硅谷》《虎妹孟加拉》、陈河的《布偶》《甲骨时光》、张翎的《流年物语》《劳燕》、卢新华的《紫禁女》《伤魂》、鲁娃的《女儿的四季歌谣》《彼岸》、朱颂瑜的《把草木染进岁月》、张惠雯的《一瞬的光线、色彩和阴影》、柳营的《姐姐》、虹影的《好儿女花》、余泽民的《纸鱼缸》、刘荒田的《刘荒田美国笔记》、李长声的《居酒屋闲话》、蔡维忠的《尺八之诺》、张宗子的《梦境烟尘》、黄宗之的《藤校逐梦》等等。

华文文学的发展，走过漫长的历程，却依然闪闪发光。新移民文学群体仍在逐渐壮大，呈现越来越喜人的局面。尽管如此，仍需要保持清醒的认识，无论海外华文文学的大范围，还是新移民文学的小范围，都是整个中国文学或者说华文文学的一个有限的领域，中国内地的文学创作有着更为丰厚的基础和强大的实力。新移民文学尽管发展了三四十年，但它的兴旺不过就在近十几年中，未来的路还很长。要知道，不管海外文学社团多么庞大和热闹，它仍然是一个相对有限的圈子，良莠不齐的现象也很多。尤其是还有大批华文作家并没有进入各个文学社团，没有被世人广泛关注，但他们并不是不存在，他们的作品可能更惊人、更优秀。21世纪的今天，要逐渐把眼光放到更年轻的海外华文作家和作品上，像80后、90后的青年作家，以及把目光投射到一代代更年轻的读者身上。让我们的写作更有活力，让我们的视野更开阔，思维更深刻，文笔更流畅，文字更生动精练而富于时代感。淡化对文学奖项、对诺贝尔文学桂冠、对市场、对点击量的过度敏感和关注。作家追求的是让自己心灵的激情和感悟在笔端自由自在地流淌,是对情感和精神的高度升华和文字艺术的绝妙提炼,让笔随心走。

为方兴未艾的海外新移民华文文学鼓掌与欢呼!

兼顾创作与华媒·促新移民文学发展

▶[美]吕红

　　人生在世离不开智慧的博弈，虽然人人都有梦想，但是如何面对选择、面对挑战，如何化险为夷、化敌为友、化干戈为玉帛，需要高超的智慧。智慧即为颖悟力：聪颖，机智，才智，包含知识、学问、学识，明智的选择，能迅速、灵活、正确处理事情的能力。智慧可分为三类：创新智慧、发现智慧和规整智慧。谁都免不了受到历史、社会及自身环境条件的局限，有这样或那样的精彩或遗憾——然而关键是，如何在人生舞台上，尽可能将自己发挥得更好！现代人身处在变动快速的社会，面对庞杂的信息，难免心浮气躁。如果没有坚定的意志和明晰的目标，很容易迷失自我、迷失方向。世上的事情往往都是好事多磨。我们唯有持之以恒地坚持、全心全意地付出，才能获得圆满丰盈的果实：春华秋实，不是虚妄之言。要相信自己，凭着执着，矢志不渝，就可以达成心灵救赎。只有超越世俗的烦琐平庸，去呈现生命最真实隐秘的愿望，才能获得洞察人性的睿智，洞穿世事的真谛。星云大师曾言"自古文人命坎坷"。不过，文人的精神是富有的，智慧也高于一般人。心甘情愿做文人是很了不起的，有责任感且不求富贵，为思想而开拓人生的理想。笔是很有力量的，新闻记者很了不起，一支笔增加世间的光明，一支笔表现对社会的关怀。作家的各种文章丰富了人生，娱乐了人生。与历史同在，与日月同光。司马迁被汉武帝处罚，没人敬重汉武帝，司马迁却为大家所纪念，名垂千古。帝王的丰功伟业会随着历史消失，但文人的作品可流传久远！文学不仅增长人生智慧，也促进我们成长。

一、传递华人心声，书写华人故事

　　在海外华人传媒中，北美《红杉林》杂志应属于比较有创意、有特色的。中国驻旧金山前总领事袁南生大使曾诗赞《红杉林》"一枝独秀"，"华美光阴留笔底，古今轶事付文丛"，为时代留下见证。表达华人心声、讲好华人故事，始终是华人媒体追求的目标。在报刊、网络及新媒体留下足迹与心路历程的有来自各个领域的业界精英与侨领：留美学子跨越大洋创下辉煌；土生土长的华裔，为推广中华文化而呕心沥血；为民众服务脱颖而出的华人市长，阅历丰富、胆识兼具的外交家，高科技领域纵横驰骋的创投家，跨域搭建经济桥梁的金融家，舞艺超群的艺术家……他们凸显华人精英融入主流并勇于担起肩上重任的靓丽风采。当今社会国际风云变幻，正发生一些非常激烈的变化。或许看起来是不起眼的细枝末节，但是暗涌汇聚在一起，就可能会形成滔天的巨浪，裹挟着人们向未来而去。《红杉林》顾问陈万雄先生也曾说过，在历史上一些艰难的时代，总会出现一些有灵光的人，在思想文化界，这些有灵光的人为时势造英雄做出了最佳的诠释。

　　为了让不同地域、不同领域、不同风格的创作者花费宝贵文思、呕心沥血创作的精神产品有交流的平台，《红杉林》应运而生。它独树一帜，荟萃人文，办刊人员既是创作者也是传播者，具有专业素质及奉献精神。顾问团、董事会及编委们活跃在地广人博、中西文化交汇的北美华人社区，依托侨团与文化团体人脉资源共荣共生，搭建交流平台，促进海内外交流，功莫大焉。这也是海外作家及媒体人走遍海角天涯、五湖四海，锲而不舍、孜孜不倦追求的境界——"对宇宙人生，须入乎其内，又须出乎其外。入乎其内，故能写之。出乎其外，故能观之。入乎其内，故有生气。出乎其外，故有高致"。在国际学术研讨会上，专家学者各抒己见，各有不同立场或角度；但不可否认，世界是一个共同体，任何事情变化发展都有着千丝万缕之联系。对于文化的多元思考、社会现象的解读、思潮文化脉动的梳理而言，思辨力尤为重要。万物皆有阴阳，大千世界，是正反，是矛盾，是对话，是发展。所谓物极必反，有舍方有得，千锤百炼，更显出人文传播之于民族血脉之可贵的精神价值。

二、联合搭建中美文化交流平台

　　海外华人对中华文化那份恒久不变的爱与传承,是华人传媒发展延续的力量。正如江少川教授在研讨中所指出的,《红杉林》最具特色的人物访谈、封面故事给海内外读者留下深刻印象,而访谈对象不仅来自文化教育界,还来自政商界、医药界,几乎全方位地展现出海外华人社会现状。不少篇章还获得北美传媒协会大奖!《红杉林》通过整合资源,联合文化教育基金会、中美教育机构、华人社团及传媒协会连续举办三届中美青少年中英文征文大赛。为了更好地弘扬中华文化,激励华人新生代勇于开拓、不断进取的精神,增进中美青少年之间的相互了解,并鼓励华裔子女有创意地写作,先后以"爱地球·爱家园""假如我是总统"等为主题,让不同族裔的青少年关注环境以及人与地球的和谐共存。中国驻旧金山前总领事袁南生、罗林泉对华人青少年教育事业极为关注,文化参赞肖夏勇连续多年参加颁奖典礼。联邦众议员赵美心、加州参议员威善高、加州众议员丁右立和邱信福、加州财务长余淑婷和马世云、旧金山市市长布里德等表彰《红杉林》对推动美中文化交流所做出的贡献。中国驻旧金山代总领事查立友,大赛共同主席刘源凯,州立大学副校长吴彦伯,中华总会馆代总董许可立主席,《红杉林》荣誉董事长尹集成,仁德基金会谭吴保仁,共同主席曹树堃、戴建民,欣欣教育基金会传媒会长余健强,中文学校联合会会长徐世强,美洲中华学校校长蔡炳乐,获奖学生及其家长出席。中美关系走过风雨四十年取得许多成就,侨界见证并推动中美友好关系发展,而今更寄望于华人下一代。据不完全统计,征文比赛中中美赛区参赛人数逾万,三百多位大中小学生获得不同奖项。纽约大学、杜克大学、加州大学以及旧金山、圣荷西、西雅图、戴维斯、沙加缅度、圣地亚哥、芝加哥、亚利桑那、纽约等地都有学生参加,最小的获奖者年仅7岁。参赛者还有中国中央财经大学、中南财经政法大学、南开大学、浙江大学、浙江越秀外国语学院、南京外国语学校以及偏远地区欣欣小学的学生。他们来自新疆、内蒙古、吉林、湖南、河南、宁夏、江苏、辽宁、山东、四川、陕西、安徽、江西、福建等省、市、自治区。大赛获得海内外教育学者、中小学教育工作者、教育机构的广泛关注,全美中文学校协会及各地华文学校广泛参与,成为展示中美文化交流的重要平台。

三、砥砺前行,弘扬历史文化精神

站在文化的高度,"位卑未敢忘忧国",扛着责任,怀着信念,一路前行。从北美到欧亚的一系列文化专辑:辛亥革命百年专辑、北美国际论坛专辑、世界华文文学专辑、海外女作家专辑、美华文协专辑、海外文轩专辑、北海采风专辑、美华专辑、欧华专辑、加华专辑等,以及国内文化专辑:陕西师范大学高研院学术论坛专辑、香港科技大学五四百年国际论坛专辑等,对海内外华文创作研究起了相当强劲的推动作用。回眸十四载春秋,从2006年到2019年总共50多期,《红杉林》作为思想文化交流平台,凝聚了海内外有影响力的作家、评论家及教育专家。尤其值得一提的是,每期人物访谈都是创作与研究互动交流的最佳方式,如名作家聂华苓、白先勇、哈金、严歌苓、虹影、陈河、薛忆沩、舒婷、张晓风、阎连科等人的访谈,还有王列耀与颜敏的对话,江少川对查建英、苏炜、陈河的访谈,吕红对严歌苓、卢新华的访谈,黎湘萍对戴小华创作的评论,程国君对沙石的研究,等等;刊发海内外评论家如张炯、饶芃子、公仲、古远清、白舒荣、陈晓明、陈国恩、陈美兰、陈菊先、陈瑞琳、陆士清、刘俊、李凤亮、鲁晓鹏、宋晓英、赵稀方、赵树勤、朴宰雨、王德威、李欧梵、汪应果、何与怀、王红旗、王宗法、乔以钢、林丹娅、吕周聚、丰云、戴冠青、陆卓宁、聂尔、汤哲声、欧阳光明、翟业军、张重岗、邓菡彬、于文涛、王文胜、温奉桥、施玮、施雨、石娟、向忆秋、梁丽芳等人的逾百篇评论,硕果累累,颇有建树。

耕耘者或活跃在平面媒体,或流动在网络纵横交错的多维时空,逐渐形成千山万壑、异峰凸起的态势。面对不断嬗变的文学世界,研究模式与结论殊异,作为重要的话语资源与参照系统,将形成"多元共生、互补交融"的学术风格,为文学史的重写提供参照。而吸取其他族裔文化精华,转化为自身的文化资本,是促进文化交流的更为积极的策略。2018年6月,中国浙江越秀外国语学院副校长朱文斌教授一行三人访问旧金山,与美国华文文艺界协会商讨共建美华文学与文化研究中心等事宜。在热烈融洽的氛围中,朱文斌代表浙江越秀外国语学院与美国华文文艺界协会正式签订了合作协议。合作协议内容主要包括:双方相互交换学术数据,包含学者的主要著作、出版社的出版物,相互交流相关的科学研究资料;相互邀请研究人员开展学术访问、讲学及共同主办国际学术会议等其他学术交流活动;共同筹建成立美华文学与文化研究中心,研究美国华文文学以及华人文化等,传承中华文明,共促文化交流。

协会成立二十多年来,举办各类创作交流会、论坛、峰会等,多次组织北美华文文艺界参与中国举办的活动,与北美多个华人文化组织一起,成为积极推动华文文学发展的中坚力量。海外华文作家站在东西方文化的结合点上,融合其丰富的人生阅历与文化底蕴,从不同的地域出发,寻找着共同的精神归宿。随着地球村的发展趋势,如今东西方交流更频繁,协会不仅组织会员回国参加文学大会,而且深耕细作,与许多组织一起联手打造作家创作基地,组织作家采风等。浙江越秀外国语学院与美国华文文艺界协会强强联手,共同编选《新世纪美篇·美华文协作家作品选》,是双方良好合作的开端。作品选全面展示了以美国旧金山为中心的华文文学创作成就,从中可以观察华人移民作家如何以跨时空的人生阅历和个性化的语言来创作,如何将自己较好的文学功底与异乡生活催生的新的灵感相融合,如何表现东西方文化的差异和精神碰撞等。展读这些作品,我们能够充分感受到海外华文作家在艰难曲折中坚持华文创作,在创作上注重揭示人格独立、人性解放和生命意识等深层内容。这些作品风格以现实主义为主,也融入了浪漫主义、现代主义、后现代主义等多种风格元素,文体实验和多种话语体系的建构呈现出蓬勃的生命力。这也许就是海外华文文学的民族性、本土性与世界性等融合与延伸的魅力所在,恰如专家所言:大批海外移民使华文文学始终处于一种动态的状态中,它的疆界是不断扩大的。《新世纪美篇·美华文协作家作品选》共收录了40多位作家的作品及评论,它将作为第六届国际新移民华文作家笔会暨"新移民文学研究"国际学术研讨会的献礼之一。期待本作品选的出版能够为新移民文学发展推波助澜,在世界文学领域产生更为广泛的影响。

四、整合力量,共同创造文明世界

身在其中,甘苦自知。迥异于国内的文学生产及运营机制以及文化生态,海外华文报刊呈现出此消彼长之态。在海外做文化传播工作或有时间与精力的失衡、想法与现实的纠结、脑力与体力的背离等矛盾,然而,恒心与毅力终究会有成效。经历岁月风霜,当初上路时的豪迈与雄心似乎已被岁月磨损,尤其是新技术来势凶猛,将各种观念冲击得无所适从,如何在众声喧哗中独树一帜,在转折嬗变中前行?我们深知,在纷繁复杂的世界生存,毕竟羽化成蝶者为异数,失败者为常数,唯有执着梦想之人,才会付出高昂的代价去追寻不可知的未来。所谓创刊容易坚持难,沧海横流方显出英雄本色。

在海外做传媒基本上就是知其不可而为之。这也是我们不断地参与传媒协会评奖或推荐参评人争取奖项的原因之一,比如最有影响力的传媒终身成就奖、社区贡献奖以及其他各项传媒大奖。或许每位评委及成员都有不同观点及选择,但初衷仍是选出那些在主流社会、在社区影响和贡献巨大的人!其实,对于华人社区中在某一领域突出,能够专注于自身熟悉的领域,而且长期付出努力,有益于华人的,我们都应该给予鼓励,特别是精神上的鼓励。这是我们设这个奖的目的所在。他们锲而不舍地为社区做出一定的成绩,难道不值得传媒表扬一下吗?为了尽可能得到不同领域中的华人的关注与支持,提升传媒协会的关注度,这些年,他们在晚宴宣传册上做广告也好,买席支持也好,都是一种力量,那么我们为什么不能敞开大门,欢迎这些有能力也有实力的人呢?总之,加强传媒与社区的密切联系是推动传媒发展的重要因素。吕红、绮屏、唯唯、江雪、江蓝、茜苓、时江等以独特风格、深度人物访谈,以及扎实的功底在北美杰出华人传媒评选中被提名并获多项大奖,社长王灵智教授荣获终身成就奖,董事长尹集成、常务副社长陈杰民获社区贡献奖,等等,显示出良好的发展势头及人才实力!近年给《红杉林》颁奖的主流政要有中国驻旧金山的历任总领事、美国国会议员赵美心、加州参议员威善高、加州第17选区州众议员邱信福、第19选区州众议员丁右立、第25选区州众议员朱感生、第28选区州众议员罗达伦、加州主计长余淑婷、加州财务长马世云、旧金山前市长纽森、华人市长李孟贤、现任市长布里德及市议会成员等。

新世纪全球变局,科学飞速发展,日新月异,全球化传播手段的多元化促使文学形态多元化,文学思潮、文学流派也因此不断派生、不断嬗变。这种全开放和多方位的转型,无疑使文学内涵更丰富,审美特性更繁复,也使技术性、现代性并行不悖,互补交融,使得华文文学由小到大、由弱到强,在北美的天空下逐步成长起来。《红杉林》创办这些年正是海外华人创作蓬勃发展时期,恰逢互联网与纸张印刷术新旧技术交替之际,无论是传播形式还是思想观念都面临着巨大的转变。技术手段与传媒载体的改变,致使某些传统形式式微,但又催生了微博、微信等新的传播手段。互联网时代,不等于传统就此终结,而是要推开新的大门,面向未来,凝聚文化力量。当今世界"八仙过海,各显神通",网媒与纸媒并存,优势互补,不断扩展纸媒的影响。在艰难中我们努力前行,提升新媒体领域的业务技能,为华文文学融合转型发展奠定根基,寻找机会为开拓更大的格局而殚精竭虑。相比而言,海外媒体优势在于,可发挥跨文化身份的独特作用,推动东西方在文化领域中的理解和交流,共同创造世界文明的美好未来。2019年新春,美国国会议员赵美心致贺美国华文文艺界协会暨《红杉林》对促进中美文化交流的贡献、对促进社区和谐发展的贡献。都柏林市市长大卫·休伯特致贺函并鼓励大家记住加入该组织的使命,"培养独立思考的精神,通过创作来改善人生和社会"。正如专家所总结的:海外华文文学社团、期刊网络是华文文学史书写的重要史料基础,也是我们认识海外华文文学发展的重要资料。随着发掘经典的意识增强,时代精神、传统文化和文学的审美特性被全面整合。这种整合又被推向世界,成为全球化语境下人类共同文化的重要组成部分。所谓"行万里路,读万卷书",其核心内涵,就是不断地造就生命的丰富,重新确立人生的坐标和存在的依据。无论在行走还是创作中,我们都深深地感受着来自生命的丰富内涵。艺术创造的世界是轻灵的、斑斓多彩的,现实的世界是沉重的;抑或相反,物质的世界是浮华的表象,而精神的世界是丰满的、纯粹的。用时光沉淀阅历,用情爱延绵生命,用文字凝聚记忆,用艺术滋养灵魂。唯感欣慰的是,梦里百转千回,沟壑纵横,仍在探求之路上行走着。

欧美新移民作家比较

▶ [美]陈瑞琳

任何一个文学浪潮的兴起,都有它深刻的历史背景。欧美新移民文学的浪潮虽然同源,却有不同侧重的风貌。

一、来自20世纪旅欧作家的钟声

早期留学欧洲的作家有：巴金、老舍、林语堂、徐志摩、林徽因、苏雪林、凌叔华、陈西滢、戴望舒、许地山、钱锺书、冯至、艾青、陈学昭、胡品清等。到了20世纪下半叶,留学欧洲的台湾作家有席慕蓉、赵淑侠、吕大明、蒋勋、丘彦明、麦胜梅、郭凤西等,为华文文学史留下浓墨重彩的一笔。

二、欧洲新移民文学的崛起

进入21世纪,欧洲华文文学(以下简称"欧华文学")新移民作家全面崛起,除了早期的虹影、章平等杰出作家,一批优秀作家一举从20世纪末的"散兵游勇"进入"骑兵纵队"的方阵,尤其以德国及中欧各国新移民文学的成就最为显著。需要指出的是,自冷战结束后,统一后的德国逐渐取代了英、法,而成为欧洲文学的"心脏",德华文学也随之兴盛起来,德国的新移民作家不断涌现,如刘瑛、海饶、黄雨欣、穆紫荆、昔月、夏青青等,德国成为欧华新移民文学的重镇。与此同时,中东欧的新移民作家也迅速崛起。近年来引起学界广泛关注的中东欧新移民作家首屈一指的是匈牙利的余泽民,他著有中篇小说集《匈牙利舞曲》、长篇小说《狭窄的天光》《纸鱼缸》、文化专著《咖啡馆里看欧洲》《欧洲醉行》以及散文集《欧洲的另一种色彩》等,表现的是移民浪潮中最难安放的灵魂。此外，奥地利作家方丽娜近年来创作的小说也获得了广泛赞誉。还有捷克作家李永华的小说、捷克诗人汪温妮的诗歌、奥地利作家颜向红的散文和评论、匈牙利作家张执任的影视文学、匈牙利作家阿心的短篇小说，都取得了很好的成绩。另外，在欧华新移民文学的版图上，法国作家山飒的小说、比利时作家谢凌洁的小说、西班牙作家张琴的诗文、瑞士作家朱颂瑜的散文，也都是欧华文坛值得关注的新移民文学的重要成果。

很显然，欧洲的新移民文学进入开花结果的成熟阶段，作家们已经告别了早年的多愁善感，勇敢地在文化对比的精神之海畅游。他们以自己独特的个人经验、历史经验、文化经验和中国经验，为世界华文文学的发展开辟了新的战场。

三、欧美重点作家案例分析

（一）周励与虹影的独特个人经验

周励，海外新移民文学的重要先驱者。海外新移民文学的灵魂之精髓就是在浴火后重生，新移民文学与海外留学生文学最大的区别就是新移民文学着眼于如何在陌生的土壤里扎根发芽，而不仅仅是从生养自己的土壤里拔出来。正是在这个分水岭上，周励的小说具有了特别的意义。美国早期的新移民文学大都带有强烈的个人自传性色彩。但难能可贵的是，作者将生活的原汁重新酿造，在纪实的土壤中走向了诗意的虚构和想象，从而在文学的高度上完成了对时代风云的把握。1992年，一部《曼哈顿的中国女人》，让周励的名字被百万读者记住，当时该书发行了160万册，轰动了中国。在那个时代，这部自传体长篇小说给了多少年轻的学子实现新梦想的勇气，也为海外的中国人，尤其是来自大陆的新移民，开辟了一条走向新世界的精神之路。该小说的思想精髓，除了浴火和重生的胆量和智慧，还在于书中引用的尼克松先生的那句话："自由的精髓在于我们每一个人都参加决定了自己的命运！"作为一部被读者反复阅读的小说，《曼哈顿的中国女人》以其饱满的激情和豪情，描述了作者在大时代所经历的丰富人生，表现了来自大陆的一代新移民不畏艰难、勇敢进取的人生故事。作品的主人公，经历过"文革"的风暴，经历过北大荒的磨炼，又经历了改革开放的脱胎换骨，戏剧性的曲折经历成为一代人的真实写照。一时间这部小说成为轰动文坛的

"留学宝典",也被誉为新移民文学的开山之作。

著名学者陆士清教授认为:"值得注意的是,小说主人公周励从坎坷走向辉煌的历史,是与中国历史发展的进程同步的,而且是与中国的发展紧密相连的。她的代理贸易,推动中国提高商品的档次,乃至生产先前没有生产和不能生产的商品,去占领美欧国家的市场。所以周励贸易事业的成功,也是中国进步的历史的投影,乃至是中国成功的历史喻示。"董鼎山先生说,《曼哈顿的中国女人》"整部书40万字,读来就像她与你侃侃而谈,她对一个新时代新机遇的大气描写以及对自己戏剧性曲折经历和人生价值观的倾诉,令人在神往之后闭卷三思,跃跃欲试"。《曼哈顿的中国女人》,不仅是海外新移民对异域生活的文学表现,而且是一代中华儿女努力战胜环境,在异国他乡奋斗崛起的精神写照。2016年5月,北京大学陈平原教授在一次学术讲座中,特别指出从周励等当代作家的创作中,可以感受到现代中国文人"开眼看世界"之于中国的多重意义。

虹影,被誉为"搅动国人心灵禁区的文字魔女",她的创作一直是面对自己,超然坦率,出格甚至离经叛道,从而使她成为当代华语文坛上的"另类"。从《饥饿的女儿》《阿难》到《上海王》《好儿女花》,虹影的创作,一次次冲击着当代中国文坛,震撼之中带来颠覆。这个从川南重庆的江边走到伦敦泰晤士河畔的中国女人,在她心灵流浪的途中,她说"自己曾经被毁灭过,但后来重生了"。虹影"重生"的原因是来自新世界的"光"。写作,对于虹影来说,就是鲁迅先生说的"抉心自食",其创痛之剧,非寻常人所能为。虹影写自己的灵魂,写自己的身体,鲜血淋漓,她却不怕痛,因为她知道自己是在与一个时代一起受难。其成名作《饥饿的女儿》,正如西方评论界所说:"这本书属于一个时代,一个地方,在最终意义上,属于一个民族。"从《饥饿的女儿》里面的长江,到《阿难》里面的恒河,虹影所思考的并不是个人的痛苦和哀伤,而是一个民族在苦难中寻找的悲歌,甚至是世界性的"大流散民族"的文化哀歌,更是对人的命运在现代时空中处于"流浪"状态下的挣扎思考。作为当代文坛一个惊世骇俗的作家,相比于国内的作家,虹影的了不起正在于她敢于直面我们所生存的这个真实世界的勇气,她的无畏和彻底,堪为一道令人惊叹的彩虹。她的作品中所充满的那种可贵的忏悔精神和洗涤精神,既是为她自己,也是为了我们的时代。由最个人化的讲述,实现了宏大叙事的讲述。

(二)苏炜与章平的独特历史经验:激情与荒诞

苏炜,"文革"中曾在海南岛下乡十年。发表长篇小说《渡口,又一个早晨》(《花城》杂志,1982)、《迷谷》(台北尔雅出版社,1999;作家出版社,2006)、《米调》(花城出版社,2007),短篇小说集《远行人》(北京出版社,1987),学术随笔集《西洋镜语》(浙江文艺出版社,1988),散文集《独自面对》(上海三联书店,2003)、《走进耶鲁》(台北九歌出版社,2006)等。

他的"知青三部曲"——《迷谷》《米调》《磨坊的故事》,在海内外都引起了强烈反响。《迷谷》是截取时光之流中一滴水珠,对它作透视性的放大、观察。《米调》则是截取各个时光之流的片段,想在每一段历史碎片里,观察时光和世态的维度。《磨坊的故事》则是从特异的"革命与美学""审美与政治"切入,写一个"荒诞现实"或"现实荒诞"的故事。在艺术手法上,苏炜的小说一直有一种浪漫与激情,在作者幻想的空间里,见识种种充满浪漫色彩的奇人异事,既是现实的颠覆,又充满了自然诗性的魅力。如果整体来读"知青三部曲",从《迷谷》的意境神秘、《米调》的情绪伤感,到《磨坊的故事》,三部小说都采用了相当独特的角度。在艺术上,《米调》是碎片化的宏大叙事,《迷谷》则是从一颗水珠里透视世态的个人叙事,《磨坊的故事》则是从革命与艺术、审美的内在联系去正面切入,剖析其内在逻辑。

章平的创作起步很早,以诗歌和小说创作为主,"红尘往事三部曲"以及《阿骨打与楼兰》为其代表作。他一直是国内海外华文文学研究的热门作家之一,也被视为"欧华文学界的代表作家之一"。章平于2006年出版了80多万字的"红尘往事三部曲"——《红皮影》《天阴石》和《桃源》,从而表明了他在关注新移民的现实生存状况的同时,更从文化上反思造成这种状态的历史根源。尽管这三部小说没有一以贯之的人物和线索,但主题都是一致的,这种通过民众具体生活经验来体察和反映历史的书写方式,使作品成为近年来同类题材小说中少有的力作。在"红尘往事三部曲"中,涌现大量的奇幻事象,构成强烈的神秘色彩。章平正是在对江南巫道文化的漫忆中,为他后来创作魔幻小说进行了成功的铺垫。章平说:"选择一次有创造意义而冒险的写作,比那种四平八稳的写作,对我具有更大的诱惑。"他渴望以虚幻的文字来阐释真实的灵魂,建构一个独立的精神世界。从长篇小说《阿骨打与楼兰》开始,章平进入了魔幻小说的创作。在美学上他相信,只有"落差产生想象",他期望从幻想的世界来表达深层的历史。反思对亲情伦理的残害,是"红尘往事三部曲"贯穿始终的主题。章平认为:从某种意义来说,《红皮影》写了那段特定历史中人的命运之"荒唐",《天阴石》写了人的命运之"悲凉",《桃源》写了人的命运之"恍惚"。学术界、评论界都发有诸多探讨"红尘往事三部曲"的文章。

(三)黄宗之、融融与刘瑛的独特文化经验

北美新移民文学的一个重要成就,就是正面书写异域生活的文化冲突。2001年,旅居在洛杉矶的科学家黄宗之、朱雪梅夫妇,带着他们的长篇处女力作《阳光西海岸》一举登上文坛。此后的十多年,他们在"移民人生"的战场上不断探索,不断发现,以自己移居美国二十多年的亲身经历,继续再现一代科技新移民闯荡北美新大陆的各种人生风暴,记录了一个海内与海外大变革的风云时代。从《阳光西海岸》的学子艰辛到《未遂的疯狂》的科学震撼,从《破茧》的理想追问到《平静生活》的生命回归,以及二十多篇精湛的中短篇小说,每一部作品都是北美大地神奇的故事。他们的了不起,是敢于站在海外生活的前沿阵地,逐浪前行,勇于开掘,从而把北美新移民文学推向了新的领域和高度。回首黄宗之夫妇的长篇创作,可以看到他们总是抓住了令人心跳的时代脉搏,找到了读者最关心的话题。2017年初,《小说月报·原创版》的长篇小说专号贺岁版隆重推出了他们的长篇新作《藤校逐梦》,这部小说不仅标志着他们对新移民人生理想的重新思考,也标志着东西方教育理念探索的重大突破。审视当今"移民潮"的动力,首先是来自追寻梦想的勇气,与此同时,这也是众多中国父母渴望在孩子身上实现"人生梦想"的长期战略。所以,在海外第一代移民的梦里,除了自己的安身立命,最重要的就是孩子的"藤校梦"!所谓的"藤校梦",其实就是当今"移民梦"的一个延伸。海外作家的华文创作,一直是在东西方文化的"交战""交融"状态中递进成长的。他们由于心灵自由和想象力的释放,在人性及现实的挖掘上,都展现出不同寻常的精神风采。

融融笔下的故事之所以动人心魄,不仅是异国文化碰撞出的"灰姑娘童话",而且是对生命能量的挖掘和由此发出的衷心礼赞。在北美当代华语文坛,以"性爱"的杠杆,正面撬开"生命移植"的人性深广度的作家,融融可说是第一人。2002年,中国青年出版社出版了她的首部长篇小说《素素的美国恋情》。在这里,读者虽然关注的是跨国婚姻的传奇性,欣赏的是在东西文化撞击下的一个成人童话,但融融的创作本意则是希望在这部小说中通过一个中国留学生为白人家庭带孩子最终寻找到幸福的故事,展现一种人类生存状态的无限可能性。2004年,融融完成了她新创作的长篇小说《夫妻笔记》。小说表现的是一对中国夫妻在美国申请绿卡前的情感冲突,深刻地挖掘了中西文化中性爱价值观的根本不同,并深入男女主人公的内心隐私,大胆而真实地再现了人物潜意识深处的情感世界,同时刻画了美国社会的风俗文化,是近年来少有的表现中西文化内在人性冲突的杰作。其中所塑造的女主人公佩芬的形象也堪称海外文学画廊里的奇葩,给人以强烈的艺术震撼。

刘瑛小说的突出贡献是展现文化冲突,发掘历史底蕴,对人类的生存进行思考。刘瑛1994年初到德国,2009年底开始写作,2010年开始发表文学作品。第一部中篇小说《生活在别处》就刊登在《中国作家》2010年第4期,接着发表了系列中篇小说。第二部中篇小说《马蒂纳与爱丽丝》发表在《青年作家》2011年第3期;第三部中篇小说《不一样的太阳》发表在《十月》2012年第5期;第四部中篇小说《遭遇"被保护"》被收入《飞花轻梦》一书,2013年由北京九州出版社出版发行;第五部中篇小说《大维的叛逆》发表在美国《红杉林》杂志2014年夏季号;第六部中篇小说《梦颖经历的那些事儿》发表在《中国作家》2014年第6期。与此同时,她还不断在国内外报刊上发表散文随笔。从2010年至2015年,她的写作状态可以说是"井喷"式的高产,虽然起步晚,但一出手就是"重磅"。2016年中篇小说集《不一样的太阳》被收入"新世纪海外华文女作家丛书",同名小说后被改编拍摄成电影。

第一次读到刘瑛的小说就让人相当惊艳,她笔下的故事很好看,文字具有诱惑力,有着一种天然的诙谐幽默的气韵,同时又闪烁着感受生命冷暖的智慧之光。刘瑛的小说之所以受到出版界的欢迎,正是因为她对东西方世界的深入了解和理解。她特别善于以德华女性的视角写两种文化以及两代人的差异,令人感到震撼,引人思考。刘瑛的小说,已经越过了移民生涯早期的那种生存挣扎,从而进入东西方文化的碰撞和震撼中。她写出了文化冲突的深邃内涵,也写出了德国人民的心理变化和民族性格特征。刘瑛的小说,表现的不是简单的异域风情,而是深入激烈的文化冲突、移民心态的转化,同时写到了德国的历史变迁,还涉及二战的悲剧,涉及德国人与土耳其人的关系和冲突等重大题材。现实与历史的深度让她成为欧洲新移民文学中非常难得的一位代表性作家。刘瑛的作品有两大主题:第一个主题是写孩子在德国上学的故事,中国孩子逐渐适应并融入所在学校的过程,也是中德家庭、学校之间教育理念、教育制度、教育方法的巨大差异得以显现的过程。小说集《不一样的太阳》中6篇有4篇(《不一样的太阳》《生活在别处》《大维的叛逆》《梦颖经历的那些事儿》）都以此为核心。这部分作品是刘瑛观察最细、思考最多的，也是对国内读者最具启发性的。第二个主题是探讨女性情感，如《马蒂纳与爱丽丝》通过主人公奕丽的眼睛，刻画了德国两代妇女对待爱情、婚姻、家庭的不同态度。一条情节线是老一代德国女性爱丽丝在战争中的遭遇、对爱情的向往和对婚姻的守护；另一条是年轻一代德国女性马蒂纳对婚姻的叛逆，最后又回归婚姻。生活仿佛画了一个圈，绕了一周，又回到了原点。刘瑛的第一部中篇小说《生活在别处》广泛涉及了德国社会生活的方方面面，虽然发表时被删掉了一半（把我个人认为最有力度，也最想表达的部分删除了），但至少保留了一部分对文化、对宗教的思考和质疑。而《遭遇"被保护"》，则从夫妻关系、非职业女性的家庭地位等特定角度，饶有兴味地描绘了家庭主妇赵莹因一次普通的夫妻口角而"被保护"的喜剧性遭遇。刘瑛在第三届世界华文女性文学论坛上，谈到其创作特点时说："对异质文化观念的不断认知、不断适应，使华人女性的生命体验不断丰厚；对自身文化传统的不断回望、不断反思，使华人女性的生命故事不断升华；从不同角度、不同视野对优劣异同的不断对比、不断探求，又使华人女性的思考打上了浓厚的东西方文化相交错、相印证、相磨合的底色。这一切，已成为海外华文文学创作园地中不可忽视的一朵奇异之花。"

（四）薛忆沩与方丽娜的独特跨国经验：现代主义与批判现实主义

薛忆沩，生于1964年，湖南人。截至2017年，薛忆沩已出版长篇小说《遗弃》《空巢》、小说集《流动的房间》《不肯离去的海豚》《出租车司机》《首战告捷》《十二月三十一日》、随笔集《文学的祖国》《一个年代的副本》《与马可·波罗同行——读〈看不见的城市〉》《献给孤独的挽歌——从不同的方向看"诺贝尔文学奖"》以及访谈集《薛忆沩对话薛忆沩》等。在薛忆沩的小说中，个人与历史之间的冲突与撕扯是一以贯之的主题，与存在主义哲学"暗通款曲"，所以"个人"是不变的叙事视点和基本动力。在他看来，只有个人才能承载起通往存在的重任。薛忆沩的小说具有鲜明的现代主义色彩，他喜欢抓取人物生活的片段，通过回忆和内心活动来扩展小说的叙事空间。从这个意义上来说，薛忆沩的小说是个体寻找内心风景的见证。值得注意的是，2013年薛忆沩出版了"深圳人系列小说"之《出租车司机》。他笔下的深圳犹如乔伊斯笔下的都柏林，那些平淡无奇的市民生活，那些急速碎片化的都市经验，那些局促不安、随时可能崩塌的信念和希望，都散佚在随时可能开始却又看不到结局的繁复叙事之中。小说以节制的语言表现巨大的伤痛，并借此隐喻"看不见"的城市的普遍命运，从而呈现出这种诗性启示的现实意义。

第一眼读到方丽娜的小说就有异样的惊艳之感，那是一种属于欧华文学的独特气质。她的创作虽然爆发在近十年的时间里，但起点很高，出手不凡。她的小说一举超越了海外华文学多年来所表现的文化冲突的传统母题，直指人类的情感困境和生存困境。正如邱华栋所说："她异军突起的写作姿态，超越了诗情消解的日常生活场景，细腻的笔触已自觉指向人物的生存境遇和困境。"强烈的预感告诉我，云遮雾障的欧华文学走到了一个新的高度，方丽娜在登攀文学山巅的路上找到了属于自己的支点。她被誉为近十年来深具实力的欧华作家之一。2011年方丽娜发表的第一部短篇小说《花粉》，其鲜明成熟的风格就已形成。奥地利评论家颜向红明确指出："方丽娜的创作多产而高质，具有很强的辨识度、很高的可读性和思考性。"另有中短篇小说集《蝴蝶飞过的村庄》《夜蝴蝶》。方丽娜的作品，不仅有一种来自北方厚土的历史积淀的大格局，而且具有冷峻犀利的哲学思考。她喜欢写人类的情感困境，实际上表达的是她对人类的性别、家国的苦难充满悲悯情怀的哲学思考。她看到的是人类的生存困境，是一种无法圆满的悲凉和无奈，也是一种绝地逢生的挣扎与寻找。方丽娜的了不起，是她用自己的笔，非常典型地再现了在全球化的新时代，中国新移民在走向世界的过程中所经历的身心困境以及那种来自灵魂深处的疼痛。她的这一努力，让海外新移民文学在题材及主题的拓展上都获得了重大突破。读方丽娜的小说，首先被吸引的就是她对人性的敏感度和洞察力。对于小说家而言，写出历史的回忆，写出人物的悲欢都不难，难的是写出人物的灵魂。方丽娜小说中的蝴蝶意象，实际上就是人物灵魂的象征。

在小说集《蝴蝶飞过的村庄》里，方丽娜的笔端浸染着浓郁的女性主义深情，美丽的蝴蝶其实就是女性的灵魂，也是跨越生死的幻影。在大时代的转折与动荡中，女性移民的个体生命更加坎坷与艰辛，她们匍匐在大浪淘沙的前沿，经历着极为残酷的博弈与挣扎。无论是从奥地利到中国，还是从中国到奥地利，在时间与空间的大跳跃中，方丽娜塑造了一系列个性鲜明的人物，毫不留情地挖掘着人性的黑洞，从而对现实人生展开了凛冽的批判。通过人物的悲怆命运，她向读者发出了震撼性的诘问：我们这个民族曾经经历了什么？当我们走向世界的时候，我们面对的又是什么？从《夜蝴蝶》到近期完成的《蝴蝶坊》，小说的主角依然是凄苦无助的女性，但作者的国际性大视野不断拓展，批判现实的锋芒更加犀利。作为一个移民作家，方丽娜毫不掩饰地写出了中国人走向世界所面临的各种困境，尤其是女性同胞所经历的痛苦和屈辱。

小说《斯特拉斯堡之恋》呈现的则是当代文学的新景观。在一个跌宕起伏的跨国故事里，书写历史的重逢，充满了往昔的回忆。但旧梦毕竟是旧梦，已无法再与新梦接轨。方丽娜在处理这类国际题材时下手很重，直面命运转折的痛苦，身处异国他乡，旧情无法续缘，人生也无法从头再来。在北美，近年来的新移民小说创作，除了历史题材的挖掘，描写现实的作品总感觉刀功不够。反观方丽娜的批判现实主义作品，横贯海内海外，涉及的现实危机包括失业、难民、信仰、妇女、种族、暴动等，尺幅之中所展现的却是人类命运的大格局、大视野和大胸怀。

当然，欧华文坛还未出现像严歌苓、张翎、卢新华、陈河、陈谦、刘荒田、袁劲梅这样的作家，我们的比较也是选取了四个角度，不是全部。由此看来，欧美的华文文学正处于一个开花结果的成熟阶段，但都面临着新的问题和挑战。未来的世界文坛，由移民创作的文学将会占据越来越重要的地位。这种文学潮流不仅仅体现在英国获诺贝尔文学奖的作家身上，亚洲、欧洲、美洲的移民文学都在蓬勃发展。欧美作家的小说，以其移民文学的独特气质，将成为世界华文文学发展浪潮中的最宝贵的收获。

论新移民文学生产的危与机

▶朱崇科

　　新移民文学及其话语生产在中国似乎日益成为一种显学,这当然是和中国改革开放之后的新移民大潮息息相关。尤其是20世纪70年代末出国风始盛,八九十年代继续推波助澜,到了21世纪随着中国大国地位的强势崛起,回国潮又勃兴,呈现出"三十年河东、三十年河西"的吊诡而又合理的弧线形态。需要说明的是,这批出国人士往往具有较好的学历/教育背景、激昂的学习热情和对新环境的适应能力,加上在海内外摸爬滚打的经历,无论成败,他们在国内外都拥有了相对丰富的人生阅历,其中也产生了不少文学高手。可以理解的是,新移民文学的兴旺繁荣自有其表现,无论是文学生产,还是研究话语营构(discursive formation)①都显得生机勃勃,一方面,代表性作家如严歌苓、哈金、陈河、虹影、卢新华、张翎等异军突起,他们的作品有的是水准平平但风靡一时的畅销书,比如《曼哈顿的中国女人》《北京人在纽约》等等;有的是文学与影视跨界互补、相辅相成的佳作,如《芳华》、《金陵十三钗》《陆犯焉识》(电影名《归来》)、《余震》(电影名《唐山大地震》)等等。另一方面,研究成果也堪称硕果累累,有关作家专论层出不穷,比如关于严歌苓的专论就包括:庄园编《女作家严歌苓研究》(汕头大学出版社,2006)、李燕著《跨文化视野下的严歌苓小说与影视作品研究》(暨南大学出版社,2014)、葛亮著《此心安处亦吾乡——严歌苓的移民小说文化版图》(香港三联书店,2014)、杨利娟著《传媒时代的文学存在——以严歌苓的创作为例》(红旗出版社,2017)、周航著《严歌苓小说叙事三元素研究》(暨南大学出版

---

① 有关话语营构的借鉴和实践,可参拙著《鲁迅小说中的话语营构》,广州:中山大学出版社,2017年版。

社,2017)、董娜著《严歌苓小说的叙事伦理》(中国社会科学出版社,2018)、刘艳著《严歌苓论》(作家出版社,2018)等等。而在对新移民文学的整体观照上,成绩也令人欣慰,代表性论著包括:黄万华著《在旅行中拒绝旅行:华人新生代和新华侨华人作家的比较研究》(中国社会科学出版社,2008)、丰云著《新移民文学:融合与疏离》(中国社会科学出版社,2009)、倪立秋著《新移民小说研究》(上海交通大学出版社,2009)、吴奕锜与陈涵平合著《寻找身份——全球视野中的新移民文学研究》(中国社会科学出版社,2012)等。而《寻找身份——全球视野中的新移民文学研究》一书更是把有关研究提升到一个理论和视域的新高度。[①] 除此以外,发表于权威学术期刊上的成果也锦上添花,《中国社会科学》《文学评论》等长期以来频繁刊登有关论文,比如洪治纲《中国当代文学视域中的新移民文学》(《中国社会科学》2012 年第 11 期)、吴奕锜《寻找身份——论"新移民文学"》(《文学评论》2000 年第 6 期)、胡德才《论张翎小说的结构艺术》(《文学评论》2010 年第 6 期)、曹霞《"异域"与"历史"书写:讲述"中国"的方法——论严歌苓的小说及其创作转变》(《文学评论》2016 年第 5 期)、张娟《海外华人如何书写"中国故事"——以陈河〈甲骨时光〉为例》(《文学评论》2019 年第 1 期)等等。实事求是地说,上述研究对新移民文学现象和群体创作及单个优秀作家的观察、反思自有其推进作用,丰富与拓展了华文文学研究的面向,同时也引领我们继续关注新时期中国文学及其可能性,毕竟新移民文学关注的时间段和新时期吻合,而且新移民的出走地多是中国。但需要提醒的是,随着新移民文学及其话语生产的日益繁荣、强大和可能普及化的趋势,我们也有必要反思术语的限制和文学生产泡沫化的可能性。实际上笔者也曾经做过一些相关思考(拙文《"新移民文学":"新"的悖谬?》,刊发于《华侨华人历史研究》2009 年第 2 期),如今继续深化和提醒,也即本文标题所言的"危与机"。

一、危:权宜与封闭

在新移民文学创制与相关研究话语风光无限的背后,我们也必须看到其可能产生的危机,实际上也的确潜伏了一些问题。某种意义上说,在这种

[①] 有关书评具体可参拙文《从问题意识中提升的诗学建构》,《暨南大学学报》2013 年第 2 期。

现象与热潮的背后其实也暗含了命名的权宜与短视、文学创作者与学术研究者有意无意的共谋以及封闭性特征，如果长此以往，反而会挫伤了新移民文学的积极性、前瞻性和未来性。

（一）权宜性

"新移民文学"命名的最大弊端就在于其权宜性，它更多是出于当代学者为其量身定做的权宜性实践，特指改革开放后出国的中国作家的创作。表面上看，此概念清晰准确，具有较强的可操作性。实际上一旦以长线眼光思考，此概念的涵盖性就瞬间漏洞百出。常见的质疑就是：新移民文学到底可以"新"多久？到底是谁的新移民文学？需要强调的是，所谓的"新移民"是相较于本土接受/接收国而言的"新"，可能两三代以后就从政治认同、身份认同等诸多层面归化成了本土或本地人。尽管在文化认同上新移民可以一时选择多元主义，但总的趋势是逐步归化，如果其不能够保有对自我文化身份的高度自信和坚守的话。在我看来，"新移民文学"天然地具有难以避免的缺陷，"过分强调了新移民作者书写中的某一时间段特征，而不能放眼长远，预设其总体上的本土化趋势，自然也就决定了其临时性/权宜性特征，我们对此必须有清醒的认识，当然，我们也要注意到新移民文学对某种共性特征的精深关注——'夹缝性'特征"①。我们的新移民文学的"新"从时间上看，很难具有长期有效性，因为数百年后，此时的"新"已经成为后人眼里的传统；退一步来说，即使新移民不断拥入，从质地角度思考，不同的时代遭遇、代际形构、个体差异往往会产生不同的"情感结构"（structure of feeling）②，所谓的"新"其实质地已经不同，这又带来了群名称涵盖力的下降。从研究角度看，百年之后的新移民文学（无论是文学创作还是有关研究）都显得陈旧不堪，甚至有些作品已经成为经典，此时以年代或文学现象/流派命名显得更具长远眼光。新移民文学概念的出现有一个重要的推手，就是相对新兴的（华文文学）研究拓展的需要，尤其是它更属于中国当代文学研究视域下的名词炮制实践，特别方便中国学者的研究操作。一方面，研究者

---

① 参见拙文《"新移民文学"："新"的悖谬？》，《华侨华人历史研究》2009年第2期。

② 有关论述贯穿于威廉斯的有关论述中，最早在《电影序言》（*Preface to Film*，1954）里提出，后来在《漫长的革命》（*The Long Revolution*，1961）和《马克思主义与文学》（*Marxism and Literature*，1977）中继续加以阐发。集中论述可参雷蒙德·威廉斯：《漫长的革命》，北京：外语教学与研究出版社，2019年版，第69—91页。

对这些文学生产者的出身、背景、经历相对熟悉,甚至是共同生活过、战斗过的同志,相较于其他区域/国别文学研究来讲,不会因为历史背景和文化语境的差异而显得隔膜;另一方面,这些文学无论其发表如何,在何地萌蘖甚至壮大,中国最终往往成为最重要最庞大的市场/场域及其成色检验地,颇有一种"肥水不流外人田"和"近水楼台先得月"的共享却也狭隘化的实践。纵览20世纪80年代以来的新移民文学书写,不难发现,有时候也出现了有关研究和海外书写、海外书写与中国主流写作互相影响的同质化倾向,如公仲教授所言,新移民小说"从题材来看,还是回顾故国故乡的多,展望异国他乡的少。还有个奇怪现象,这和国内情况一样:历史小说,尽是帝王将相,现代小说,都是社会底层人物。全景式地反映一个时代一个社会的史诗,如《战争与和平》《九十三年》《静静的顿河》仍未能出现。人性的深挖与拓展,还有待于时日,需加大力气"[1]。这当然值得警惕,因为这恰恰部分地反映出新移民文学之命名的权宜性弊端继续发酵后在文学书写、研究视域和高度方面出现同质的传染性弊病,必须引起高度重视。

(二)封闭性

从某种意义上说,新移民文学的定义之于研究者(尤其是大陆研究者)的便利,也恰恰折射出有关研究的可能取巧的风格,不是苦练杀敌本领,兼具外来者的客观和本土者的内行的双重优势,多学习理论新知,多了解异域文化,进行对症下药(因材施教)、多管齐下的研究,而是按照自己既有的能力进行整齐划一的处理,有可能吞下"近亲繁殖"的恶果。新移民文学研究相当封闭的一面就是比较潇洒地卸下了20世纪50—70年代港台留学生的丰富文学生产(代表人物包括白先勇、於梨华等),而它们是应该被纳入有关研究序列中的。实际上新移民文学作者群中不少作家已经入籍移入国,严格意义上说,我们研究的该是外国(华语)文学。当然,也有论者从研究的时效性和研究对象自身的处境角度觉得新移民文学也可被纳入中国当代文学史,如毕光明就认为:"在西方从事写作的新移民作家,不必担心在写作高度自由的西方国家进行写作会触碰母国的禁忌,他们的作品在隐含的政治话语上与中国当代文学并无扞格。因此,他们的事实上的中国写作进入中国当代文学史具有合法性。中国当代文学将新移民作家的创作纳入中国文学版图加以考察,这些作家也不会反对,因为他们在国外目前还是文化寄居

---

[1] 公仲:《论新世纪新移民小说的发展》,《小说评论》2010年第2期。

者,是中国文学的游牧民族,他们需要逐水草而居,而中国大陆的当代文学史才是他们的最好归宿。"①这自然还是考虑到本领域研究的实际需要以及替新移民作家的中国市场做体贴考量,但这并不妨碍我们必须更好地研究新移民文学之前的华语文学生产。严格说来,研究华文文学必须具有开阔的视野、跨学科的能力和穿越时空的感悟力及联动性,这样才能让自己的研究显得更高端大气上档次、全面深刻有追求。比如"南来作家",这一文学现象在香港文坛上可谓非常重要,至少有三次大的文人南来,分别是:日本侵略中国时期(尤其是上海等城市沦陷以后,代表作家包括萧红、郭沫若、茅盾、戴望舒、端木蕻良、萧乾、夏衍、聂绀弩等);1949年前后,代表作家包括徐訏、曹聚仁、叶灵凤、李辉英、张爱玲、金庸、梁羽生、刘以鬯等;改革开放前后大批作家到达香港。他们中不少人功成名就,完美实现了从"南来作家"到香港作家的转换,比如"香港文坛常青树"刘以鬯(1918—2018)。而此类议题,也有学者进行了研究,那就是计红芳著《香港南来作家的身份建构》(中国社会科学出版社,2007)。但需要注意的是,20世纪50—70年代的香港和马来(西)亚地区互动频繁,甚至可谓文化血脉相连。在新加坡华文文学史上也有"南来作家",至少二战时期是一个不容忽视的时间段,林万菁教授著述的《中国作家在新加坡及其影响(1927—1948)》(新加坡万里书局,1994)特别值得关注,他对此现象做出了精深而丰富的研究。关键是,香港和当时的马来(西)亚(含新加坡)地区之间有着频繁而绵密的互动,有不少议题可以深挖。不难看出,如果有"华语比较文学"②的眼光,有关论述则会显得更全面深刻。我曾经在《从问题意识中提升的诗学建构》一文中指出,新移民文学整体研究的缺陷之一就是对东南亚,尤其是新马华文文学的漠视,"东南亚华文文学,尤其是更加丰富多彩、源远流长的新马华文文学,是世界华文文学大家庭中除大中华文学圈外最复杂、丰富和资源充盈的板块,由于其华人移民历史悠久,文化人旅居、聚居或定居的频率和人数众多,故而和中国始终保持着千丝万缕、方方面面的密切关联,故其华文文学亦长期表现出

---

① 毕光明:《中国经验与期待视野:新移民小说的入史依据》,《南方文坛》2014年第6期。
② 具体可参拙文《华语比较文学:超越主流支流的迷思》,《文学评论》2007年第6期。

强烈的'移民性'特征"①。而实际上新加坡华文文学(简称"新华文学")中密集贯穿了真正的移民性,迄今绵延不绝,而且作为移民国家,其华文文学的不同时代特征明显,同时又实现了本土性与外来性的对流②,乃至有机转化与融合,值得仔细探勘。

二、机:更名与拓展

平心而论,新移民文学的概念如果力图传之久远则必须更名,比如更名为"华语移民文学",即指20世纪以来华人移民的文学创作,而且它也具有延展性,可以多个世纪使用,在空间上自然也可以加上国别/区域,尤其是接纳或输出文学移民较多的地方。名正言顺是一方面,另一方面,在我看来,则必须要继续拓展此类移民文学的书写宽度、自我优势与生存空间。

（一）本土中国性

作为华文文学的重要构成部分,结合自身的人生阅历和创作资源,"华语移民文学"必须同时处理好"华语""移民"两个维度。从整体趋势上看,移民终将告别离散(diaspora)走向地理与文化的双重定居,虽然可以因国际化和跨国际遇继续漂移,或有另外的文化认同,但对于本土资源的汲取与内化却必不可少,否则,书写者既不能很好地充实升华自己,又不能给目标读者(target reader)带来新质,这就意味着在他们书写资源中移入国的本土性必须不断增强。而不容忽视的是,他们是华人,要利用自己得天独厚的文化优势进行创造,甚至代代相传的中华性,而这些资源的交汇、融合就变成了本土中国性。③当然如果处理不好这两种需要兼顾的优势,也可能变成双重边缘化的劣势。《沙捞越战事》中陈河书写了在美国出生的华人、被简称为ABC(American born Chinese)的身份复杂的周天化的故事——他在英军136

---

① 参见拙文《从问题意识中提升的诗学建构》,《暨南大学学报》2013年第2期。

② 我曾经分别以九丹和唐正明、九丹和卡夫的书写为例,说明新加坡华文文学中的本土性和外来性的复杂对视与流动,具体可参拙文《看与被看:中国女人与新加坡的对视——以〈乌鸦〉和〈玫瑰园〉为例论"新移民文学"中的新加坡镜像》,《新加坡文艺》第83期,2003年9月;《当移民性遭遇本土性——以〈乌鸦〉与〈我这滥男人〉为例论本土的流动性》,《海南师范学院学报》2006年第2期。

③ 有关解释可参拙著《"南洋"纠葛与本土中国性》,广州:广东人民出版社,2014年版。

部队、华人红色抗日游击队和土著猎头依班人部落等复杂力量中周旋。他的角色充满了悖谬,比如,长于加拿大日本街却又参加了东南亚的抗日战事。陈河自然有他的优势,比如在对越自卫反击战中对残酷战争的体验,但此书中也彰显出他的不足——对当时婆罗洲场域的纸上谈兵式的理解,这一点呈现在:1. 自然风物上有隔膜感,和真正的本土书写差距明显,比如杨艺雄《猎钓婆罗洲》(吉隆坡:大将出版社,2003)、张贵兴的雨林书写[1];2. 在重大事件和氛围处理上亦有弊端,显得缩手缩脚,尽管作者查阅了不少第一、二手资料。相较而言,陈河的《甲骨时光》《义乌之囚》别有洞天:前者反观中国[2],利用了诸多叙事策略和神话、历史、现实等杂烩交织的多元观照手法,令人印象深刻;后者出入于中、非商务与人际反思之间,显得生机勃勃,那当然是因为陈河对这些时空相当熟稔而且有独特反思。类似的问题还可继续挖掘,比如因为同名电影而影响深远的严歌苓的《芳华》,在我看来,这并非也不能成为她的代表作——此部作品可能挪用了她凸显自己青春记忆和人生经历的重要资源,但缺乏深沉的文化反思与制度考问而难免带上了相对浮浅的消费型特征,从某种角度上说,她在此书中彰显的视野依然是相对单一的。吊诡的是,她在海外,在国家的边缘感觉反倒可以让她有更大的穿透力,如人所论,"移民带来的'边缘化',恰恰让'痛'变为深刻成为可能,让他们除了成为局外人,还变得更加敏感,在苦痛之后具有更丰富的人生经历。所以边缘化的身份也成为创作的根本,严歌苓的作品由此变得多样与深刻。这样的文学作品不仅不边缘化,而且更加有力量"[3]。这种表现吊诡地呈现出"诗人不幸读者幸"的常态逻辑。

(二)超越中国性

严格说来,可供"华语移民作家"大力汲取并挪用的本土性并不必然保证其作品的优质性乃至超越性,尤其是经典作品的炮制必须超越诸多限制,其中也包括本土性这一点。出生于婆罗洲、终老于台湾的马华作家李永平(1947—2017)或许是"华语移民作家"可资借鉴的高手。

---

[1] 具体可参拙著《马华文学12家》,北京:三联书店,2019年版,第153—184页。

[2] 具体可参张娟:《海外华人如何书写"中国故事"——以陈河〈甲骨时光〉为例》,《文学评论》2019年第1期。

[3] 梁艳:《文学"新天下主义"中"边缘化"和"中心性"的纠葛——严歌苓和新移民文学价值的再讨论》,《中国比较文学》2016年第3期。

毫无疑问,李永平是书写本土性的高手,无论是婆罗洲(他早期的成名作和晚年的"月河三部曲"皆以此为中心)、台湾(《海东青》等作品以此为中心)还是台砂并置①,都是他的拿手好戏。但堪称李永平经典作品的《吉陵春秋》却彰显出"四不像"(有台湾、大陆东南、大陆北部和马来西亚古晋文化特征但又都不能坐实)的哲学②,他再现了吉陵这个"恶托邦"(dystopia),偏偏又具有华人性乃至人性关怀,骨子里有一种致敬鲁迅先生的野心。易言之,一个作家处理的题材可以是区域的,也可以是作家本人熟悉的有特色的,但思考的眼光、叙事手法、意义探寻与反思高度却必须是胸怀天下、锐意创新的,唯其如此,才能让"华语移民文学"精彩不断,产生经典文本。"华语移民文学"还有其题材优势,那就是对当今重大或敏感历史(包括中国当代史)事件的再现、反思与升华,不是悲情主义的苦难控诉、撒娇宣泄(如"伤痕文学"),也不是立场迥异的反派书写,而是对中华文化历程与生成的深切反省与强势担当,这也包括了对移民命运、苦难和哲学的高度总结。穿梭于多元文化之间,在处理中西文化关系时也要注意"超克"一些自我东方化的弊端和其他文化缺陷,比如论者指出的,"新移民作家在小说中设置的中/西二元对立的空间,不但是结构小说的一种常用叙事技巧,而且也清楚地表明了小说巨大的象征意味,这是西方价值体系的参照之下,在'看/被看'的权力关系中的必然产物,也是西方强势文化所表现出来的傲慢与偏见。新移民作家原本试图在他者文化的观照之下,来审视中国文化的弊端和'病变基因',却不其然也带上了浓浓的'东方主义'眼光"③。

结　语

新移民文学的创作与研究话语生产伴随着改革开放的实行与推进而蓬蓬勃勃,值得肯定,但我们同时也要看到其中的危与机。我们要警惕并修正其权宜性和画地为牢的封闭性特征,这会限制我们的研究视域,不利于问题

---

① 具体可参拙文《台砂并置:原乡/异乡的技艺与迷思》,《中山大学学报》2015年第4期。
② 具体可参拙文《旅行本土:游移的"恶"托邦——以李永平〈吉陵春秋〉为中心》,《华侨大学学报》2007年第3期。
③ 欧阳光明:《论新移民文学的历史叙事》,《中国现代文学研究丛刊》2015年第8期。

意识更新。同时，我们也要注意利用机遇提升自我，比如可兼具本土性与中国性的双重优势，并且要具有超越性，让质变后的"华语移民文学"脱胎换骨，多出经典。

历史悠悠路漫漫

▶ [澳]张奥列

我曾读过几本关于澳大利亚华人历史的书,作者有西方本土学者,也有华裔学者,还有中国学者,都是些引经据典的学术著作,都有可考究的时间、地点、数据、背景。通读这些书,我对中国先民移民澳大利亚的历史轨迹大抵有一个整体印象。但是,蔚为大观的澳华历史,不仅仅是时间、地点、数据、背景的记录,还有很多人物的经历、环境的氛围、移民的心态、有血有肉的影像,那是一部血泪与重生交集、辛酸与荣耀交织的大书。我也曾尝试用纪实的笔触书写几章澳华历史的篇什,如悉尼唐人街的历史变迁、澳大利亚要人的菜园生涯,但都是澳华历史这部大书中的一个小小剪影、澳大利亚华人生存发展的一块小小碎片。我一直希望,能有一部大型纪实文学作品,从总体上描述澳华历史的风风雨雨,不仅有筋骨,而且有肌肉,有温度,能给予人一种感性的体验和理性的认知。正是在这种期盼下,我在澳大利亚《大洋时报》上读到了沈志敏先生的《先锋步行者——重走淘金路札记》,虽然洋洋洒洒,分多期连载,但追读之后,喜出望外。这正是我的期盼之作,一幅不可多得的色彩斑驳的澳大利亚华裔先民的历史画卷,填补了澳华文学的空白。说不可多得,是因为这是第一部文学纪实性的澳华移民史话,将过去澳华史书的抽象概说,转化为形象描述,将一组组冰冷的数据,从历史故纸堆中扒出,转化为一幅幅有热度有质感的具象画面。这里面有作者的现场观察、作者的个人体验、作者的深入解读。今天的华人社会,与近两百年前的华裔先民是一种血脉承传,今天华人的生存状况,也是早期华人拼搏的一种折射。与其说这是读史,毋宁说是从历史发展的轨迹中检视今天华人的生存状态,从今昔对照中解构华人的生命力。

一般说来,学者写历史,有一种深邃的目光,表述严谨,理据充分,逻辑性强;而作家写生活,则有一种细腻的触觉,现场感强,情景融和,渲染力强。各有侧重,各有取舍。而志敏兄则两种笔力皆有,述中有情,情中见理,是书写澳华史话的极佳人选。

我移居澳大利亚不久,就认识了志敏兄,开始是在当地华文报刊上读到他的一些小说。那是20世纪90年代初,他的小说不仅在悉尼发表,还在他的原居地上海的杂志上刊登。我和他有时在文学社团活动中见面,但聊得不多。公众场合,他比较低调,不是一个口若悬河的人,但作品(主要是小说,也有散文随笔)源源不断。对于一个打工者来说,业余时间很有限,这却没有阻止他写作的热情。后来他移居墨尔本,有了小生意,我们没再见面,但他的作品还是不断地读到,而且看见他不断获奖,从大陆到台湾,从中国到美国,都留下他获小说、散文、学术论著等各类奖项的履痕。福建海峡文艺出版社出版"澳洲华文文学丛书"时,我受丛书总编之托,主编小说卷。我毫不犹豫地把他的一篇小说编入集子,并以他的小说篇名《与袋鼠搏击》作为该小说卷的书名,因为这个标题及内容很能展示志敏兄,也包括其他澳华作家的生活视点和艺术眼光。我也为他写过一些评介文字。他每次出书,都寄给我,粗略一算,都有一大沓,且不少获文学奖。如长篇小说《动感宝藏》获海外华文著述奖小说首奖,中篇小说《变色湖》获世界华文优秀小说奖,散文《街对面的小屋》获华文文学星云奖优秀散文奖。令我惊奇的是,他长于形象思维的同时,竟然还沉迷于逻辑思考,出版了学术专著《综合逻辑论》,并获海外华文著述奖人文科学类第三名。回想起来,他的一些文学作品,其实也常常闪耀着他思辨的火花。所以,他在《先锋步行者——重走淘金路札记》中,能将历史与现实、文学与学术结合起来,体现了一种时间、空间、力量、情感逻辑、历史关联以及命运无常的生命形态,在展示族群迁徙、历史传说中,有那么一点点大开大阖的史诗味道。澳华历史既斑驳又庞杂,林林总总,难以归拢。志敏兄却选取了一个巧妙的切入点——走路,重走160多年前华裔先民的淘金路,把一路的所见所闻、所思所感记录下来,通过生动的文学描绘、幽默的情景展现,将历史记忆和现实体验对接起来,从而揭开这部澳华史书的第一页。

重走淘金路,从组织、发动,到欢迎、参与,都显示华人社区对历史的尊重,对参与开发澳大利亚的认同,也为作者身临其境的体验、设身处地的感受、历史资料的整合,提供了一个难得的机会。重走,首先是体验当年路上的艰辛、淘金的艰辛、生存的艰辛。

从华裔先民登陆的南澳罗布港,到维多利亚州的各个淘金地,有几百公里。今天步行队的行走,是空手上路,酒足饭饱,还有后勤车队保障。而当年先民的行走,却是戴斗笠、肩挑担、挨饥困、风餐露宿,两者有着强烈的反差。然而在这种不同条件下,志敏兄及其步行队也深深品尝到"走路"的滋味。他们既在艳阳下一脚深一脚浅地翻山,又在风雨中朦朦胧胧地闷头行走。当洪水冲垮公路,他们折入荒野,踏步草丛,寻路而行时,显然感受到当年先民在荒原上奔走,在野岭中淘金的艰辛。那些先民要抵御环境的恶劣,要面对设备的简陋,还要对付白人的挑衅,提防土著的攻击,可以想象,昔日淘金者比起今日步行队,更是"七分像人三分像鬼"的狼狈模样。

文学区别于史料,就在于充满现场感与具象性。志敏兄跋涉行走,参与其中,获得了体验,触摸到具象,让尘封的历史活起来,一幅幅鲜活的画面展现眼前。今天的重走,步行队获得了体验,只是付出体力的代价;而当年的行走,先民虽可获得些许金银的回报,却要付出生命的代价。华人先行者的道路,无疑是一段炙烤灵魂的炼狱之行。既然是炼狱之行,肯定是苦头吃尽,灵魂煎熬。昔日华人来淘金,今日华人在行走,华人居澳生活,都是一种历史因缘,令华人成为澳大利亚发展的一种力量。今日华人重走淘金路,检视历史,检视自身,也是一种历史因缘。今天,他们行走在这条路上,坐在小镇上喝咖啡,与当年的华人状况肯定是天壤之别。澳大利亚19世纪50年代,既是辉煌的淘金时代,也是写满心酸的华工血泪史的时代。

金灿灿的淘金地,是华裔先民的悲情伤心地,澳大利亚排华就是从淘金地开始的。白人矿工反抗政府苛捐的同时,也反对华工抢白人的饭碗,这是人类社会复杂的生存竞争。华人尽管对澳大利亚繁荣发展功不可没,但文化的不相容,与白人争淘金份额,在异域被当作异类,所以华人不断被排斥,催生了白澳政策,让华人安身立命极为艰难。华人不断减少,有人栽倒不起,有人折返故乡,许许多多人有去无回。当然,重走,不仅仅看到悲情,同时也会看到血汗结出的硕果——华人对历史的贡献。一路走来,作者看到当地民众对华人有负面也有正面的行为,既有当地人派警察阻挡华人入镇,也有当地人让华人安营扎寨,有时还会看到白人帮助华人的情景,这在当年歧视华人的政策背景下,也潜藏着一点进步的亮光。

华人来澳大利亚淘金,参与开发澳大利亚,当然是苦事,但苦中也有贡献,苦中也有成就。如华人种菜、开店、做慈善,因而被当地人所纪念,有些地方还为华人贡献者修建铜像,小溪小街以华人之名命名,等等。

澳大利亚华人的早期历史，当然不仅仅是淘金史，还有蔬菜水果的种植史、餐馆店铺的经营史，甚至有社会慈善的筹款，这是华人对澳大利亚社会的参与和贡献，这些都是不能被遗忘的事。志敏兄不仅执笔书写淘金史，也不忘挖掘华人生存的其他方面，展现华人的贡献，揭示华人在澳大利亚历史中的完整形象。志敏兄一路走去，看到许多小镇、废墟、田井，现在都没什么华人了，而这些地方，当年因华人涌入而兴盛，如今，关于华人的记忆只留在当地的档案、博物馆的名册，以及寥寥几位白人长者的脑海中。幸而，一路上还是留下许多华人遗存，如古井、营地、坟场、庙宇、店铺、矿场、旷野小径，还有物件、文字，这些都是一种历史记忆，是华人历史篇章中的无数标点，既有顿号、逗号、分号，也有问号、冒号、感叹号……不断延伸，不断谱写。

志敏兄除了写自己的见闻和感受，也写了步行队员，他们大都是华人或有华裔血脉者，他们的经历、他们的感受，也是对百年前先辈生存的回应。写步行队员其实也不是闲笔，作者透过这个步行群体，呈现了一种反差：时空的反差、生存条件的反差，以及年纪的反差。坟场的墓碑显示，当年去世的华人，大部分不满四十岁，而今天步行的华人，许多已是五六十岁了。正是各种反差，显示着历史流动的态势。

一路走来，志敏兄用眼去看物和景，用心去感受历史情景，串成一部早期华人移民史，而且是更全面深入、丰富多彩的华人奋斗史。当年谋生挣钱，现在从政、从事专业工作，当年打"死"工，现在商机处处，作者借助重走淘金路，加深对历史的认识，对自身的把握。

历史，就是一种不可估量的财富，它发现过去，展示未来。志敏兄不光在复述历史，而且透过眼前的情景体验、盛衰变迁，去倾听历史的回声。书中既揭示了华人受歧视的一面，也展示了华人发挥积极作用的一面，还反映了当时社会的各种矛盾，有些不仅仅是华人本身的问题。

脚踏原野芳草，穿越废墟残舍，放眼天高云淡，不时会引起作者的某些思考。比如，澳华历史与澳大利亚历史时间跨度差不多，当两百多年前，英国人踏上南半球这块新大陆时，同船抵达的也有个别中国人。之后，有数批契约华工从中国南方陆续到达，再至19世纪中叶大批淘金华工涌入。即使从中国人大规模来澳淘金时期算起，与欧洲人开发澳大利亚也只相差六七十年。但是，白人淘金者在人权、生存权的争取中碰撞出自由民主思想的火花，推动了国家政治的发展。而华人在经济上虽有所贡献，但在文化上只是点缀，而在思想上更无建树，所以一直被排挤在社会边缘。

又比如,中国人身上的中国文化,难以与西方文化融合,却可以兼容,可以入乡随俗。华人可以用洋名,可以娶洋女,在沿途看到的不少历史照片中,都显示着西装与辫子并存。华人庙宇,供奉祭拜各路神仙,不仅有观音菩萨,有关公妈祖,还有基督洋教,可见在文化上华人还是有一种实用主义态度的,这也是一种生存本能。

再比如,淘金路上,华人菜地、华人餐馆,大多已无后人继承,前代和后代之间的断层,既令人哀叹,又让人充满期待。因为这种代沟,正是时代发展的使然,也是华人后代融入主流生活的呈现。

这种种思考,既是对历史的反刍,也是对现今华人社区生态的解惑。

文学的史诗元素,除了历史纵横、古今传说,还有英雄品格。诚然,志敏兄并没有专注着墨于哪个华人英雄,但那些在淘金地留名,被当地人纪念的成功华人,是华人群体的典范。那些华人先民奋勇前行,旅澳华人一代代自强不息,在弱势与逆境中成长,成功地融入澳大利亚,与各族裔同舟共济,不也是一种英雄品格的展示吗?澳华群体,可以说是一个英雄群体;中华民族之于世界之林,也是一个英雄族群。

所以,在重走淘金路的尾声,当步行队来到维多利亚州议会大厦时,州长代表政府,首次对160年前征收华人人头税的不公平的历史政策,向华人表示了真诚的歉意。这也是向为澳大利亚洒下无尽血汗的华人群体表达的一种英雄的敬意。著名华裔歌唱家俞淑琴,在议会大厦前,高歌中文歌曲《龙的传人》和英文歌曲《我仍然呼唤着澳大利亚的家》,表明了澳大利亚华人对国家、民族这种双重身份的认同,这也可以看作是澳大利亚华人身上的一种英雄气概。志敏兄和步行队20天走了500多公里,而中国人在澳大利亚则走了200多年。历史不会重复,精神、文化却一脉相承。在本迪戈的金龙博物馆中,收藏着一条一百多米长的色彩斑斓的巨龙,它有一百多年历史,是从当地华人的祖居地广东运来的。龙是中国文化的图腾,在澳大利亚,龙也是中国人生存奋进的历史象征。每逢重大节日,就由一千人轮番舞动这条巨龙上街庆祝。过去,舞龙者是华人,如今,舞龙者大部分是金发碧眼的西方人。这种中国元素、文化标签的微妙转换,不也显示了中华文化传承发展的新质、中华民族坚忍不拔的生命力?中国人在澳大利亚生存的历史,其实就是一个从幻象到现实,从想象到创造的过程。澳大利亚历史很独特,虽然短暂,但金光闪闪;澳大利亚华人的形象同样独特,同样金光闪闪。他们过去是澳大利亚的淘金者,今天是澳大利亚的献金者,是澳大利亚财富的创造者之一。

　　这就是沈志敏先生重走淘金路的感悟,书写的十多万字的《先锋步行者——重走淘金路札记》的意义所在。我希望这部长篇纪实作品能早日出版,相信读者掩卷之后,也会产生许多感悟、感慨……正所谓,历史悠悠路漫漫!

中日混血的女性身体与跨文化叙事
——评华人女作家元山里子(李小婵)的自传体小说

▶ [日]林祁[①]

近两年,花城出版社连续出版了元山里子(李小婵)的两部家史:《三代东瀛物语》[②]《他和我的东瀛物语》[③]。《三代东瀛物语》以百年家族记忆为线索,描写了三个时代的三代人做出了东渡留学日本的相同选择。元山里子以自序体的形式讲述百年三代人东瀛留学的故事,见证中国近现代史的沉浮。在她的笔下,一切国史都是人的历史;家庭的悲喜,穿越了中日两国的藩篱。

《他和我的东瀛物语》更为独特,女作家用日式的"物语"[④]风格娓娓讲述日本丈夫从"鬼子兵"到反战救赎者的艰难历程,在家与国之间、爱与恨之间、灵与肉之间,写出真实的焦虑、人性的救赎。一个女人可以有两部家史。"一个区别于男人的意外,就是一个男人只能有一部家史,而一个女人,或许可以有两部家史,这就是婚前的家史与婚后的家史。特别是在日本,结婚以后的女性,不再姓自己父亲的姓氏,而必须改姓夫君家的姓氏。"中日混血的元山里子写出有关中日两国的两部家史,虽不算轰轰烈烈,却可歌可泣、真实动人。这是一种混血的"间性"写作,展示了日本华人文学的特性。它对中国当代文学是一种拓展。

---

① 本文为国家社会科学基金项目"日本新华侨华人文学三十年"(13BZW13)、国家社会科学基金项目中华学术外译项目"中国现代小说的起点"(18WZW009)部分内容。
② 元山里子:《三代东瀛物语》,广州:花城出版社,2017年版。
③ 元山里子:《他和我的东瀛物语》,广州:花城出版社,2019年版。
④ 物语:小说的意思,指一种不同于中国文学概念的日式小说。

一、鼓浪屿的"出征"与"回归"

出征与回归是世界文学永恒的主题。荷马史诗《伊利亚特》出征之壮烈,《奥德赛》回归之艰辛,象征着人类文明初期的生命体验模式。及至海外华文文学,出征与回归的主题层出不穷,生生不息。我们看到,中国百年留学浪潮中有这么一个鼓浪屿的女儿,她乘着改革开放之风从鼓浪屿到东京,体验日本,回馈家园。她的两部家史作品,就是她文化回归的一个壮举。说起文化回归,我们并不陌生,起始于20世纪80年代,海外华文作家,特别是以严歌苓、张翎等为代表的北美作家以其新鲜的作品在中国文学界掀起热潮,引起学界的热评。然而日本华人文学发出的声音却很微弱。近来,元山里子接连两部"东瀛物语"在花城出版社出版,引起了中日舆论界的注意。其实说到回归,应该先从她的父亲说起。没有父亲的回归,就没有她的出征与回归。她的这种精神与父辈一脉相承。她的《三代东瀛物语》真实地记叙了父亲李文清的留学奋斗史,他从日本回国,选择在厦门大学任教并在鼓浪屿居住。应该说这是一种明智而富有诗意的选择。元山里子在新书发布会上答记者问说:那些年,鼓浪屿是一个特殊的岛,是中国少有的"世外桃源"之一。我们家在"反右"以前从厦大宿舍搬到鼓浪屿,当时鼓浪屿大约两万人,每三家中有两家有海外关系,其中大部分人靠海外寄来的汇款即"侨汇"生活。在这样一个大背景下,鼓浪屿成为那时中国一片红色海洋中奇迹般的"异地"。那里文化生活很丰富,外国小说、钢琴、小提琴、基督教和天主教并行不悖。"文革"中,鼓浪屿相对来说没有内陆城市那种斗争的火药味。因为这里大家都是"小资",也就无从谁批斗谁了。像母亲这样与日本,与台湾地区都有关系的身份复杂的人,在岛上根本不算是有大问题的人。我们一家人也就安然度过那段特殊岁月。作为鼓浪屿的女儿,李小婵是幸运的。她说父亲1950年响应新中国的号召,放弃在东京的高薪工作回国,并非出于政治热情,只是为了回家尽孝,栽培失学的弟弟,更想做回他的专业。他果然做回专业而且做得很出色,业绩之一是培养出学生陈景润。数学上1+1=2,但在人才培养上1+1可就不仅等于2吧。

李文清回归祖国,回归专业,是人生路上的重要选择,应该说他选择鼓浪屿也是一种精神上的回归:复得返自然;一种中国文人精神的回归:悠然见南山。我们从三代"东瀛物语",可以读出中国知识分子的清醒与无奈,或者叫人生智慧吧。正如此书编辑林宋瑜所言,兼济独善其身和顺势而为,是动荡时世里书生保有片刻宁静的生存态度,是老庄哲学影响下形成的与"儒"不同的另一种文化——隐逸之道。李小婵认为,鼓浪屿对她最深的影响是文化的多元性。正如鼓浪屿文史研究专家詹朝霞所概括的:鼓浪屿文化首先是具有教会色彩的西方文化,第二是具有南洋色彩的华侨文化,第三是具有闽南色彩的本土文化。对于鼓浪屿,詹朝霞认为,这是一个历史的人文居住社区。由是,李小婵在回答《厦门日报》记者宋智明时说:其实,我最喜欢的一个身份是鼓浪屿的女儿! 我是一个中西合璧的人,今天回到中西合璧的岛上。我所取得的一点成绩,离不开厦门、离不开鼓浪屿对我"润物细无声"的培养。故乡鼓浪屿对女作家的影响无疑是巨大的,双亲对女儿的影响更是潜移默化的。应该说,鼓浪屿是这种精神力量的来源之一。父亲出国留学而后回归鼓浪屿,是一种精神的回归。女儿从鼓浪屿出发,留学东京再作文化回归,即便入了日本籍也还要以坚持华文写作的方式回归故里,继承的还是这种精神。别看鼓浪屿只是个小小的岛屿,它在东西交流、中日关系之间就像个港口,港口可以避风,而避风为的是出征。出发与回归是人生永恒的主题。因此,出发与回归,既是时空意义上的,更是情感和精神意义上的。恰如鼓浪屿之名,鼓浪屿人无论在任何历史时期,都会"鼓浪鼓浪",自强不息,正如闽南歌所唱"爱拼才会赢"。显然,出征与回归也是鼓浪屿文学的主题。

二、性别、家国与日本体验

中日两国一衣带水,看起来很近,其实很远。两国之间的家国意识、文化观念与意识形态相差甚远。李小婵从鼓浪屿到东京留学,难的不在语言不通(毕竟她毕业于厦门大学外语系),而在观念不同。她从东渡日本的那一天起,就开始了从家国认同到自我认同的痛苦转换。她如实道来,"在日本的第一夜,就花尽全部财产",不得不去打工。但店长田中问她为什么打工时,她说:"为了建设祖国,为了报效国家……"

> 田中店长突然脸色严峻起来,他似乎是激动地站起身来,用严厉的口气对我说:"你知道国家是什么吗?"
> 我一时愣了,因为我从来没有想过国家是什么的问题,只好说:"国

家……就是……国家吧?"

而当田中店长对她说"不要为了国家,要为你自己"时,不亚于一种"震荡"。这种"震荡"被她用几近"深描"(人类学民族志的书写方法)的手法,平实地一一道来,让读者身临其境。百年家史,如泣如诉,但只有爱、温暖、隐忍、宽恕和感恩,没有怨恨也没有抱怨,实在难能可贵。看来,李小婵的叙事追求"画面感强",同时追求"思想性"。但她注意到哲理不是用"高调"喊出来的。通过这件事的叙述,我们看到一位充满"国家认同"的留学生所面临的"文化震撼",她的叙事认同、她的生命故事由此转向"个人认同"。心理学家、叙事认同理论的提出者萨宾(Theodore R. Sarbin)认为,任何一种体验只有通过语言的构建才变得有意义,个体是通过话语来构建自我的。叙事通常指叙述故事或讲述事件,而个体的生命故事常以时间为主要维度对生命中的事件予以组织,这非常有利于体现个体生命的连续性和意义。生命故事是一种内化的、不断展开的自我叙事,人们由此整合过去、现在和未来,为生命赋予某种统一感、目的感和意义感,生命故事表明了人格中的认同和整合问题。① 李小婵的叙事就是她生命故事中的认同和整合。现代阐释学的创立人伽达默尔曾经为我们考察过"体验"的认识史,他想通过考察提醒我们注意体验之于生命存在的本体性意义。"它不是概念性地被规定的。在体验中所表现出的东西就是生命。""每一种体验都是从生命的延续中产生的,而且同时是与其自身生命的整体相连的。"② 而中国学者李怡则进一步考察"体验",提出"日本体验"的重要性:"与影响研究中经常涉及的'知识''观念''概念'这一类东西不同,'体验'更直接地联系着我们自己的生命存在方式。包括美学趣味、文学选择在内的人类文化现象的转变,归根结底可以说就是体验——包括体验内涵与体验方式——的转变,这正是西方20世纪思想家与美学家的一个重要发现。"③ 正如有学者所言:"中国现代性的发生,是与人们(无论是精英人物还是普通民众)的现实生存体验密切相关的。

---

① 威廉·托德·舒尔茨主编:《心理传记学手册》,郑剑虹等译,广州:暨南大学出版社,2005年版,第83—105页。

② 伽达默尔:《真理与方法》,王才勇译,沈阳:辽宁人民出版社,1987年版,第94、99页。

③ 李怡:《"日本体验"与中国现代文学的发生》,《中国社会科学》2004年第1期。

这是比任何思想活动远为根本而重要的层次。现代性,归根到底是人的生存体验问题。"①李小婵在中日之间体验现代性,体验这一人类根本的生存问题,并追求如何真实记录这些珍贵的生存体验。《厦门日报》记者宋智明在采访中特意问李小婵:"你的书细节丰富而生动,语言画面感强,是有师承还是有意的追求?"答曰:我在大学学服装设计,里面有一门服装杂志编辑课,其中有作文课,我记得印象最深的有一条,要打动读者最简单的办法就是讲细节。比如说谈恋爱,两人一起吃拉面,男友爱不爱你,就看他肯不肯喝你喝剩下的拉面汤。我写小说不喊口号,我把口号化为细节。至于画面感强,这是我的小骄傲:我认为我的故事一定会拍成电影、电视剧,我就不想让导演太辛苦,我直接展现一个个画面好了,对话也比较讲究。②

穿着打扮和行为举止都特别用心、讲究的她让厦大学生成为"热粉"。有学生问:服装设计对您来说,除了是一份工作,它还意味着什么?李小婵答道:"最直接的回馈就是追求美。让自己形象更好。"显然,中外文化交流的问题其实并不是简单的文化观念的传递,而是在这样的过程中,既有人生的感受又有文化的感受。在主体体验的世界里,所有外来的文化观念,最终都不可能是固有形态的原样复制,而是必然经过主体筛选、过滤甚至改装的。这位华人女作家也是在充分调动东瀛经历的种种体验的基础上,实现了精神的新创造。

三、跨国婚姻与中日关系

最惊人的"新创造"要数她的跨国婚姻了。当一个女留学生进入日本,必然体验两个国家不同政治、文化的焦虑;两个国家的矛盾在她身上简直被"激化"了。当然这种"激化"可以,也可能成为文学的张力:一部"鬼子兵"反思侵华罪行的自传,却出自"我"——一个华人妻子之手;一部以女作家的眼光与口吻娓娓道来的夫君家史,透过男女之情反思的却是沉甸甸的中日关系;一部华文自传体小说,却以日本"物语"风格书写抗战大题材,从内容

---

① 王一川:《中国现代性体验的发生》,北京:北京师范大学出版社,2001年版,第2页。
② 宋智明:《元山里子:把中国美好的文化呈现给下一代》,引自宋智明:《文化的盛宴》,北京:新世界出版社,2017年版。

上颠覆了日本传统物语的概念,而在叙事上发扬了物语风格。正是这一系列的"轻"与"重"构成了文学的张力,在"轻"与"重"之间,一部中日文学融合的思想型回忆录诞生了。在中日文学关系中,此书别具一格:它不同于某些抗战作品,而以真情、真实、真切的态度,力求写出抗战"真相",重塑华人笔下的日本形象。这是一部让世界了解中日战争的活生生的历史教材。它讲的不仅是战争受害者的创伤,而且更深入一步,从人性的层次来揭示战争的悲剧;它不仅真实记录了战争加害者忏悔、反战与救赎的人生经历,而且深刻揭示出战争中超越国家观念的人性救赎之可能、之伟大。在战争岁月里,人性的善良可以融化敌对的坚冰;在和平年代里,人性的关爱同样可以融化跨国婚姻的坚冰。"可是自从遇到一个人后,我的世界观再一次不知不觉地走入了另外一个世界。我发现,世界上还有与父亲完全不同的另外一类人。"而且这个"不安分守己的人",居然闯入了她的世界,并最终成为她的丈夫。可以看出,这种跨越相当不容易,甚至会有撕裂的痛苦。但李小婵跨出去了,体验着,思考着,成长了。她说:"自己想要走什么路,不管前方有无阻碍,坚持走下去就是胜利。"①这种坚持,来自一种自信、一种传承、一种正面的自我认同。正如《三代东瀛物语》的策划编辑林宋瑜在编此书时所感受到的:"置身于世界的苦难与阳光之间,生命不仅意味着活在世上,也意味着存在的超越与自由。人不仅需要有感受悲剧的敏感,还要拥有超越悲剧的力量。"②女作家在《三代东瀛物语》的第五章里毫不讳言地谈及她生命中的这个重要变化:我以前一直遵从父亲的世界观,决心做一个安分守己的"好人"。可是自从遇到一个人后,我的世界观再一次不知不觉地走入了另外一个世界。我发现,世界上还有与父亲完全不同的另外一类人。这另外一类人,不能用"好人"来形容,他们是另类的。他们的世界观,不是老老实实地遵守现行的社会规矩,而是要打破这些规矩,改造这些规矩。用褒义词来说,这些人可被称为"革命家""改革家"等等,用贬义词来说,这些人又可以称为"不安分守己的人"。长期以来,我并不欣赏那种"不安分守己的人",也没有想到与那样的人交往。在日本,我遇到了不少"好人",包括格尔罗,他也是一个安分守己的"好人"。可是没想到,后来居然有一个"不安分守己的

---

① 宋智明:《元山里子:把中国美好的文化呈现给下一代》,引自宋智明:《文化的盛宴》,北京:新世界出版社,2017年版。
② 珍茵:《置身于苦难与阳光之间》,引自微信公众号"琴心会"。

人",闯入了我的世界。① 李小婵毕业于厦门大学日语系。为什么学日语?似乎与母亲是日本人有关。当年母亲嫁给在东瀛留学的父亲并跟随他到厦大。尽管风风雨雨,但日本人嫁给中国人,在中国人的传统观念里还是可以接受的。而一个中国女孩要嫁给日本人,就连她的日本母亲也要反对。何况她嫁的是一个比她年长三十岁的"鬼子兵"。为什么嫁给曾经的"鬼子兵"? 她在给笔者的微信里写道:"我是很可以面对这种八卦的,所以干脆就在导读里写了:小伙伴们,花城出版社真的出版了"东瀛物语系列"的第二本书,这本书,可以让你们对一直存在的谜有一个解答:为什么她嫁给一个三无——无钱、无学历、无工作——的"鬼子兵"? 意在读后,人们会知道真相。"其实,写出真相是更不容易的。在中日之间,在当今社会,活得真实并写出真实是需要足够的勇气的。由是,我们看到,在国与家之间、爱与恨之间、灵与肉之间,多少纠结,何等焦虑。李小婵为什么嫁给日本兵? 你可以理解吗? 人性可以跨越战争的沟壑,情爱可以超越家国的恩怨,你信吗? 笔者曾经陪同日本老板、东京大学学者走访鼓浪屿,在日本监狱旧址前他狠批日本军国主义,代表"少数精英"(他说以后会变为多数人)向中国人民谢罪。他的忏悔精神使我感动。李小婵在书里也写到这种感动。她不但被"鬼子兵"老公反战的行为所感动,也被他的忏悔精神所感动。2000 年,元山俊美与他的反战同志们,从日本再次来到文明铺。1945 年,元山作为侵略军士兵,第一次踏入文明铺;时隔 55 年后的 2000 年,元山再次踏上文明铺的土地。不过这次元山带来的不是侵略军的刺刀,而是象征和平的 200 株樱花。元山把这些樱花种植于昔日的战场上,表示他对中国人民的歉意,并寄托了中日两国人民世世代代友好下去的愿望。由是,我理解了李小婵的感动。但我不曾想到这感动的力量可以促使李小婵继承丈夫的遗愿,代表他来文明铺种植樱花,向中国表示忏悔并寄托友好和平的心愿。而且,毫不遮掩地真实地写出这部"另类"家史,为中日友好树碑立传。可谓惊天地、泣鬼神也。在中日关系之间,战争这道疮疤不断被强调而成为公众记忆。回望1945 年至今日本学界有关它的作品,尽管我们可以通过日本人"受害者"的目光,去发现那场战争的伤害并反思,而遗憾的是,对侵华战争的伤口,作为加害者的日本人对其自身的认罪与反思,却远远不够。力求填补这一空白,《他和我的东瀛物语》在真实性方面做出了令人赞赏的努力。女作家不仅为

---

① 元山里子:《他和我的东瀛物语》,广州:花城出版社,2019 年版,第 338—339 页。

我们留下了"第一手文本史料",而且留下了一部具有存在感和重要性的心灵物语。

四、"混血"女作家与"间性"写作

　　李小婵是个中日混血儿、中日双语作家。她的第一部小说以日文在日本出版,引起过纠纷。超越往昔的日语"私小说"写作,她向华文的心灵物语迈进,在历史与文学之间探索。她以具有日本物语风格的女性笔调写就两部家史,让我们读到中国百年留学风云和中日两国复杂的关系史,她的写作是颇有价值。李小婵说她写书是"反哺":"我在日本,先是在别人的服装公司当高级打工仔,后来自己创办了服装公司,收入还不错。时间一久,悠闲之余觉得生活很单调,就想做点有意义的事,于是想到写作。2002年写了一篇言情小说,反响不大;2010年开始写《三代东瀛物语》,一天写五百字,写完马上在网上发表,可以收到读者的反馈,有人关注,写得很开心,就这样写了一年。后来就投稿参加海外中文网家史征文活动,获得一等奖。写作辛苦而孤独,看不到有什么回报。在日本生活,深深觉得应该把中国美好的东西呈现给下一代学习。"[①]毋庸置疑,日本华人女作家或多或少都受到日本文化的浸染,但如李小婵如此深入体肤者并不多见吧。李小婵不但受到其日本母亲的浸染,而且留学后又与日本人结婚,相濡以沫,徐徐潜入日本文化的海洋。

　　在回答笔者的访谈提纲中的问题时,她直言不讳,侃侃而谈。

　　——你喜欢日本文化吗?喜欢它的什么?

　　——我很喜欢日本文化,其中之一就是日本女性的价值观。这应该可以代表日本文化的一部分。日本女性文化水平普遍非常高,不管农村还是城市,至少都是高中毕业,而且很多大学毕业。但是,日本女性婚后几乎不工作,而是全心全意相夫教子。她们认为,知识不是用来换钱的,知识是用来教育孩子的。我母亲就是这样一个被日本文化观念教育出来的典型女性。她的一生,全心全意为丈夫孩子。因此我们一家不论在什么环境下,都是丰衣足食,心灵安逸。这就是日本文化。女人崇尚自己牵着孩子的手,把

[①] 宋智明:《元山里子:把中国美好的文化呈现给下一代》,引自宋智明:《文化的盛宴》,北京:新世界出版社,2017年版。

亲自做的饭菜装进孩子的便当盒,晚上与孩子一起在浴缸里泡澡,睡前为孩子读美好的童话。日本战后经济高速发展,大多数人家早在40年前,就进入中产甚至富裕阶层,可是他们没有娇惯孩子,就是因为女性素质高,懂得孩子在心灵成长期,最需要父母在身边精心教育。于是,一个真正和谐的社会你不必强调,它就自然而然地出现了。再就是中国很多很好的文化,在日本得到传承,我也很喜欢。比如日本人待人接物,他们不论男女都崇尚君子之交淡如水,也就是保持距离感。我在日本有很多知己,但是没有我们中国人所谓的"朋友"。知己和朋友不一样。朋友没有距离,可以在任何时候敲你的门,在日本很难有这样的关系。去别人家,日本人要提前一星期跟你说,去的前一天还要再确认一下。因为在日本,人与人之间有距离,不像中国人这样零距离。打个比方,我去坐高铁,或者去鼓浪屿坐轮船,因为我已经没有了鼓浪屿老家的户口,必须与游客一起过海,排队时都是前胸贴后背,脚还会时不时被踩到。在日本,不会看到这种现象,日本人排队时一定是保持距离的。就像我们中国古代所说的那样,君子之交淡如水,不是那么近距离。即使在地铁高峰期,大家也保持距离进入车厢。由于空间有限,人们偶尔不得不背贴胸,但也会很克制地静待下车。就算在发生地震的时候,人们也不会拥挤无序。日本还有很多其他独特的文化,比如哀而不伤、静寂修身养性、热爱自然等等。(且让我们等着她的随笔不断发现吧。)

其实这种随笔风格一直贯穿在她的两部大部头——真实的厚重的两部家史中。笔者以为,在中国留日学生叙事中,李小婵的自序体叙事最为独特。在李小婵的叙事中,自我认同鲜活明晰,生命故事传奇而充满正能量。它在中日之间穿梭交融,共生共存,获得女性自序体小说的历史纵深感与现实意义。一位在日资深华人作家如此评价李小婵的第二部著作:"小婵的《他和我的东瀛物语》,即使不敢与芥川龙之介比,至少可以说是'思想型'作品,是中国文学,特别是战争题材文学中的一个突破,就是在日本也称得上是独树一帜的。"花城出版社资深编审、《三代东瀛物语》的策划编辑林宋瑜慧眼识"货",她认为:"其背景贯穿现代中国的转型史、中日关系史。从有血有肉的人物故事看历史,我们更能看到真实的历史细节,一定有一种精神血脉相传。"[①]女作家本人在给我的微信中补充道:"我对家史的书写,尽量客观,不做控诉,尽量让读者看到,历史为我们铺就的道路,虽然有艰难坎坷、

---

① 珍茵:《世家行已远》,引自微信公众号"琴心会"。

有荆棘陷阱、有伤心痛苦,但是,我们走过来了,我们心怀感激。"追寻这"血脉相传"的精神,本论着眼于叙事认同的结构和内容,深入探讨李小婵生命故事的特征与积极心理适应之间的关系,剖析文化背景在其叙事认同发展中的作用。

日本文化对李小婵的影响虽是"后致性"的,但不亚于"先赋性"的。对我们的访谈提纲中的问题:"你喜欢哪位日本作家及其作品?"她作如是答:"喜欢好几位作家,今天就举其中之最吧,毫不犹豫,那就是芥川龙之介。读芥川的文字,不难发现,他在作为一位文学家之前,首先是一位伟大的思想家和伟大的创新作家,最著名的作品是《竹林中》《阿富的贞操》。黑泽明的著名电影《罗生门》,就是取自芥川的《竹林中》,它颠覆了迄今为止所有文学作品的套路。三个当事人居然都说凶手是自己,不是别人。这样一来,就可以推理出三个真相,每个真相都能自圆其说,合情合理。也就是说,福尔摩斯的小说中,真相只有一个,而芥川龙之介的小说中,真相却有三个,这就让读者陷入深深的思索。芥川的《阿富的贞操》,也是打破常规,强暴者让美丽的女孩子阿富选择:是选择自己被性侵,还是杀死一只猫来做交换。阿富居然选择了前者,紧接着又让强暴者主动放弃性侵。这样就使读者从故事情节中解放出来,让读者体会失而复得和良心发现的阅读快感,使人的情操升华。芥川龙之介以后,日本没有出现这样的思想型作家了,这其实也是世界文学界的一个共同的现象。文学家的写作趋向商业化、小市民化,甚至低级趣味化。和芥川龙之介比起来,川端康成、三岛由纪夫,就不是同一个水平的了,而村上春树太'鸡汤'化了。芥川龙之介的文学,是写给高端阶层看的,绝对不迎合读者的口味,令我有一种隔世知己的感觉。另外,读芥川龙之介的日语原文,简直是一种享受,我经常在旅途上携带他的文库本。他的日语表达一扫日文固有的啰唆、暧昧、累赘之感,而独树一帜,呈现简洁、敏锐、凄美、悲壮、鬼气之风,且又不失优雅气度。我把芥川龙之介称为思想型作家。我愿意追随这样的千年大师,尽量打破如今描写日本人的神剧风格,我写了一个独一无二的中国战场上的日本人。我强调的是一个人,他是一个非自愿参加侵略中国的战争的人……"(以上为实录,不代表笔者观点)

由是,我们看到,在李小婵的生命故事中,过程一波三折,笔下却娓娓道来,"有惊无险"。她将她个人所经历的生命事件整合成两部家族史,前者可窥见一个国家百年的兴衰及永不褪色的"纯粹";后者可看到两个国家近百年来的交往关系。这使她的叙事有了前所未有的高度,她的自我认同坚定无比。一位在日资深作家这样评价李小婵:"李小婵的书完全不同,没有煽情、没有口号,也没有公式化,即使是丑恶的、残酷的杀人战场,也只在哪个角落。元山俊美的战场觉醒中,存在人性的刹那间的闪光,这种人性战胜兽性,反而使读者更加向往人性的光辉,而痛恨兽性的丑恶。李小婵的叙事给了我们这样的启示:当个体融合了自身价值观和生命意义,有目的性和意义感,并组织了一个包含过去、现在和未来有意义的叙事模式时,个体自我就有可能获得认同。"叙事认同是近来研究者关注的热点,研究者已对叙事认同的理论、影响因素及发展进行了诸多探讨。学者辛格进一步阐释了叙事认同理论,其中提出自传记忆是叙事认同中重要的组成部分;自传记忆包括生命故事记忆和自定义记忆两个部分。李小婵的两部东瀛物语,成为百年留学记忆中极为特别的一种叙事。她以女性特殊的眼光、细腻的笔触,真实而真切地描写了她"这一个",也表现出这一特殊人群——日本华人,在生存的焦虑中,在文化的夹缝中,在记忆与现实的混杂中,在灵与肉的搏斗中,艰难成长,漂泊"鼓浪"。她的出发与回归,体现了日本华侨华人的心路历程,也是各国华侨华人以及所有移民的普遍历程。笔者将这些在日华侨华人作家定位于"之间":在中日两国之间,在两种语言之间,在历史与现代之间,在昼夜之间,在男女之间……"之间"是一种不安定的变化状态,在"之间"碰撞,在"之间"彷徨,在"之间"焦虑。但"之间"促使思与诗成长,并促使了海外华文文学的产生与发展。"之间"是一种状态,在哲学上被称为"间性",属于"间性哲学"的跨文化研究。[①] 我们看到,使用日本物语这一风格,在文体上是一种跨的实践。而在内容上就更是跨时空了,横空出世,写出国与国之间、家与国之间、爱与恨之间、灵与肉之间、真实与焦虑之间的人性的救赎。作家是混血的,作品是混血的,这种混血的"间性"文学,是日本华文文学的特性。对以往历史的深切关注,特别是对中日纠结的历史的关注,成为日本华文文学中一个重要的书写领域。它对中国当代文学是一种刺激与拓展。李小婵的家国物语是一种"间性"文学,而她深受浸染的鼓浪屿文学,也是"间性"文学之一。鼓浪屿不仅有本土作家舒婷,以"日光岩下的三角梅"走向世界文学海洋,也有中日混血的作家李小婵,以她的东瀛物语走向世界。不过,舒婷毕竟只是心灵"向洋",而李小婵则身心"渡洋";舒婷以诗的崛起进入文学史,李小婵则以史的厚重回归鼓浪屿。她们促使我们思考鼓浪屿

---

① 周宁:《走向"间性哲学"的跨文化研究》,《社会科学》2007年第10期。

精神与文学的关系、历史与文学的关系等。且不论文学上孰重孰轻,笔者想强调的是中国文学需要土洋结合、中西合璧。一种具有开放性、丰富性的文学,才能生生不息,有如不断"鼓浪"的海洋。

张爱玲的双语写作

▶ 张曦

1955年,张爱玲取道香港前往美国,开始了她人生的"下半场"。而无论在香港,在上海,还是在美国,她心心念念的只有一事,就是卖文为生,成为受欢迎的作家。她在上海做到了,她成就了沦陷区文学,沦陷区的文学版图因为有了她而熠熠生辉;沦陷区也成就了她,就像柯灵所说,偌大文学史,只有一个沦陷区能够安放张爱玲。然而在美国,情况显然两样。

事实上她在美国逗留的时间更长,从1955年到1995年的四十年,她以一个美国人的身份存在于世。初期也曾雄心勃勃,意欲征服美国文坛——早在成名前的少女时代,她就向往成为林语堂那样在美国大受欢迎的中国作家。纵观张爱玲一生的写作,从某种意义上讲,她是更自觉地潜心于英文写作,更意图在英文世界取得成功。从时间上看,张爱玲的英文写作甚至早于她的中文写作。从数量上看,她的英文创作也不输于中文,无论小说、译作、考证文章……终其一生她是勤奋执着的,她是为文学而生的人。但是,她的创作,在美国却不太幸运地走了一条向下的曲线:最早创作的 The Rice-Sprout Song(《秧歌》)经由伯克利出版社出版之后,引发了多方关注且好评如潮,更得到胡适、夏志清等华人学者的激赏,奠定了其在海外华人作家中的地位。但她继之而写的 The Nake Love(《赤地之恋》)则多为人诟病,被指责为应制文学,更是遭遇被退稿的命运(仅香港出版了英文版且销路惨淡)。她根据自己的代表作《金锁记》改写的英文长篇小说 Pink Tears(《粉泪》),不但被美国查尔斯·斯克里布纳之子公司退稿,编辑在退稿信里还进行了尖锐的批评;之后,她将其改写为 The Rouge of the North(《北地胭脂》),最终于1967年由英国凯赛尔出版社出版,但反响依旧惨淡。而这个长篇被她自译为中文版《怨女》,在华文文坛受到的关注,则不可同日而语。她在20

世纪五六十年代精心为英美读者写作的自传性长篇 The Fall of the Pagoda (《雷峰塔》)和 The Book of Change(《易经》),虽经多方辗转,但始终未得出版,在她去世后翻译为中文才得以面世……

　　本文想要尝试探讨的有如下几个问题:一是梳理张爱玲双语写作的几个阶段;二是以《秧歌》(The Rice-Sprout Song,创作)和《金锁记》(The Golden Cangue,自译)两个文本为例探讨张爱玲双语——主要是英文——写作的实绩;三是结合移民作家问题做一些开拓。

一

　　我们更容易注意到张爱玲的父系一脉所代表的中国传统文化的因子:李鸿章、姨太太、鸦片烟、小报、唐诗……却忽略代表现代激进性的母系一脉:出国留洋、离婚、波西米亚式的世界漫游、西洋小说、老舍……尽管有深厚的传统文化底子,但张爱玲在初中和高中均就读于圣玛利亚教会女校,直到在香港就读大学,她花了多年时间努力钻研、掌握英文,显示出英文方面的极高造诣。近年来从当时校刊发掘出的张爱玲的英文短文,体现了她对于英语娴熟高超的驾驭能力。1938 年,她在《大美晚报》发表了一篇英文短文,被编者加了一个耸人听闻的题目:What a Life! What a Girl's Life!(《怎样的生活!一个女孩怎样的生活!》),就是以自己的旧式大家庭、以父亲对自己的囚禁为素材创作的。正如标题所示,抒发了一种无法摆脱、无法遏制的惊讶之情:这是怎样的生活?而这种回身反注式的惊讶,似乎贯穿在她一生的创作之中。

　　1942 年回到沦陷区上海后,她非常集中地向德国人克劳斯·梅涅特在上海主办的英文月刊《二十世纪》投稿,主要可分为两类:一是影评,一是向西方人介绍中国文化。而这时候,她也显示了在两种语言之间自如腾挪的能力——英文被改写为中文后,成为耳熟能详、脍炙人口的散文。统计如下:

　　1. Chinese Life and Fashions,载 1943 年(下略)4 卷 1 期。附手绘插图 12 幅。即中文《更衣记》。

　　2. 影评 Wife, Vamp, Child,评电影《梅娘曲》和《桃李争春》,载 4 卷 5 期。即中文《借银灯》。

　　3. Still Alive,载 4 卷 6 期,即中文《洋人看京戏及其他》。同期还有影评

The Opium War(《鸦片战争》)评的是以鸦片战争为题材的电影《万世流芳》。

4. 评电影《秋之歌》(*Song of Autumn*)和《浮云掩月》(*Cloud over the Moon*)的无题影评,载5卷1期。

5. 影评 *Mother and Daughters-in-Law*,评影片《自由钟》《两代女性》《母亲》,载5卷2、3期合刊。

6. 评电影《万紫千红》和《迎春燕》的无题影评,载5卷4期。

7. 影评 *China: Education of the Family*,评影片《新生》《渔家女》,载5卷5期。即中文《银宫就学记》。

8. 散文 *Demons and Fairis*,载5卷6期。即中文《中国人的宗教》。

而此时张爱玲暂时中断了英文写作,因为她的中文写作在沦陷区上海大获成功,红极一时。这不是本文讨论的重点,但是它依然透露出英文思考和英文写作带给张爱玲的中文作品的特殊气息——还是回到《传奇》的封面上来。古老的中国社会最家常的一景,却在一个孜孜往里看的现代人视野下,显出了不一样甚至有几分恐怖的意味,也就是张爱玲终其一生始终缠绕其中而不可解的困惑:这也是生活?一个女人的生活?而她之所以对此有如此切肤之痛,在于她所受的西方化的教育,对于人生的理念,有太多不同的理解,才使得司空见惯的生活成了一个问题,一个不能承受乃至需要一生来反复咀嚼的问题。而这和取西方之火来反照古旧中国的五四精神,其暗中精神是相通的。也就是说,张爱玲写作着"恶俗不堪"的市民遗老人生,表面看来充满了市民趣味,但支撑的观照点是批判的。这一超然其上的眼光和思维,与她的英语写作思维密切相关。

新中国成立后,张爱玲多少受到时代气息的感召,希望能够跟上时代步伐,从此期的两个长篇(《小艾》和《十八春》)来看,她的创作面貌也有了较大的改变,眼界开阔了,社会意识增强了,人物更多样化,也不回避政治。直到她悄然离开上海前往香港,写作《秧歌》《赤地之恋》,仍然能看到这方面的改变,而政治立场的改变,带来了作品面貌的幡然扭转。

比较而言,《秧歌》是一次成功的英语写作,甫写出就由美国伯克利出版社于1953年出版,并且好评如潮,受到北美汉学界的重视。《秧歌》的成功,跟张爱玲刚离开中国,对中国的生活还有较深切的体会有关。特别是我们如果将其与《异乡记》对照阅读,就会发现,《异乡记》从某种意义上可谓《秧歌》的采风日记——1944年,张爱玲前往宁波寻找胡兰成,盘桓几个月,因而对于中国的"乡下"有较为真切的体验和记忆。《秧歌》的很多章节,特别是那些栩栩如生地表达农村生活的细节(做年糕、杀猪等等),都从《异乡记》而来。《秧歌》开篇描写的村镇景象,就将《异乡记》中的内容直接挪用,两个乡村人物对于芝麻糖的推让,既表现了张爱玲一向冷眼看人间的写作态度,同时不露声色地自然嫁接到主人公金根妹妹出嫁的情节上,生动巧妙,不着痕迹。

在《秧歌》成功的基础上,张爱玲继续写作《赤地之恋》,这次是受美国新闻处授权,大致章节内容也都有所安排。但与我们想象的应制文学不同,它面世后却没有得到宣传和推广。"书成后,美国出版商却没有兴趣,仅找到香港出版社分别印了中文本和英文本。中文本还有销路,英文本则印刷不够水准,宣传也不充分,难得有人问津。"(宋淇《私语张爱玲》)就这样,此书被雪藏多年,直到1978年、1991年才分别由台湾慧龙、皇冠两大出版社推出修订中文版《赤地之恋》。

张爱玲吸取教训,转而远离政治,仍旧从记忆里寻找最熟悉的人和事来写作,1955 年,刚到美国的张爱玲推出了以《金锁记》为原本的英文改写作品《粉泪》。我们知道《金锁记》是张爱玲杰出的代表作,被傅雷誉为可与《狂人日记》媲美的"我们文坛最美的收获",她用英文改写此文,表现了其征服美国文坛的雄心,但此书却遭遇退稿。张爱玲再次将其改写为《北地胭脂》,1967 年终于由英国凯赛尔出版社出版,但英国的批评家并不看好,反而尖锐批评,抱怨主人公银娣"简直令人作呕"(*revolting*)。最终张爱玲严格按照《金锁记》中文本翻译为 *The Golden Congue*,收入夏志清 1971 年编选的《二十世纪中国小说选》(*Twentieth Century Chinese Stories*),成为北美华文研究的重要文本,在学术界享有较高地位。

此时张爱玲已有《色·戒》(*The Spy Ring*)的构思,但在经历了二十余年的修改斟酌后,这个女特工刺杀汉奸的政治文本(取材于抗战时期郑苹如刺杀丁默邨),已被悄然置换为对于女子的某种寓言性文本:戒-色,最终于 1978 年 1 月在台湾《皇冠》杂志发表中文本,英文本则迟至 2008 年才在香港的 *MUSE*(《缪斯》)杂志上发表。

于 1957—1964 年的漫长岁月里,张爱玲致力于用英文写作自传性长篇小说 *The Fall of the Pagoda* 和 *The Book of Change*。但此书的命运更惨,始终找不到出版商愿意出版此书,在她去世后才出版了由他人翻译的中文版(即《雷峰塔》与《易经》)。

在她写作自传的同时,她还有其他英文作品面世,1956 年 9 月 12 日

Stale Mates 发表于美国的《记者》杂志,也就是1957年发表于夏济安主编的台湾《文学杂志》1卷5期上的《五四遗事》,这是一个反讽五四激进婚恋观的作品。1961年张爱玲赴台湾,为写作张学良传记搜索素材,1963年她将赴台见闻写为 A Return to the Frontier 一文,于3月28日发表在美国的《记者》杂志。2008年台湾《皇冠》杂志以《重访边城》为名发表了中文版。而1963年动笔的 The Young Marshal,写到两万三千英文字而未完而终。最终出版的也是中文译作,即《少帅》。而这部作品和《色·戒》《五四遗事》一样,从最基本的人性落脚,把政治历史文本置换成探究男女爱恋情欲的故事,波澜壮阔的历史沧桑巨变不过是人物日常生活斑斓的底子。

除了自己的创作之外,张爱玲的双语实践还包括大量译作,或将海明威、爱默生、欧文等人的英文作品翻译为中文;或将《海上花列传》由吴语翻译为白话文,再翻译为英文;亦有研究性作品如《红楼梦魇》中英文版本的互译,这不在本文考察范围以内,从略。

二

如上,张爱玲的中英文写作是紧密结合在一起的,是一种典型的双语创作:既有先写英文后译为中文,如《秧歌》《赤地之恋》,还有《雷峰塔》《易经》(这个情况稍微不同,最后是由他人翻译为中文);也有对中文旧著的改写和翻译,如将《金锁记》改写为《粉泪》和《北地胭脂》,后又直译为《金锁记》;还有中英文都写,而且各有各的写法,如《五四遗事》和《色·戒》,中英文版本差异很大。

顺着时间脉络,我们可以理出其海外双语写作的几个特色:

一是由"传奇"式的充满张力的写作,到追求平淡而近自然的风格。这与多方面因素相关,有对人生认知和对文学的理解的转变,这个转变本身是一个值得挖掘的话题,但不是本文主要探讨的内容。简单归纳一下,有如下几个因素:首先是她生活方式的转变。在沦陷区的张爱玲虽然高冷,但依然对他人的生活、对自己置身其中的世界充满兴趣。然而令人惊诧的是,张爱玲在美国四十年,笔下竟无一字一句语涉她所生活的世界,没有一篇文章取材于美国,对于一个以现实观察而非想象取胜的作家来说,这是一件相当难以想象的事情。这就带来了第二个因素:对文学理解的转变。张爱玲既然拒绝从现实生活中获得灵感,便固执地回归自我那些古老而深刻的回忆中,从现时的中国,到沦陷区时期的"汉奸故事",到"五四遗事",最终沉入自我生命细节的回顾与反刍,《雷峰塔》《易经》中的很多故事:大家庭、姨太太、母亲出走、被监禁、香港读书、倾城之恋……这些已被她用各种文本表现过的旧事,再一次汇聚起来,构成她自我抒写文本中的重要一环。应该说,张爱玲此时的写作,已经不仅仅是一种借以出名、满足其文学雄心的工具,更成为她人生的基本依托。她一再说,面对剧烈变化的外界,人只能求助于古老的记忆。她距离古老的过去越远,就越要用琐碎的细节来复活曾经唯一亲切、真实(尽管是不可理喻)的生活。她在写作里、在过去的记忆里生活,自然笔端不再激烈,反而采用了一种和现实人生节奏较为接近的"流水账"式的漫溢的手法,同时这与她翻译《海上花列传》并深受其感染,亦有一定关系。最后,我们还应该看到这种写作方式下,潜藏着一位身居海外的华人作家的雄心,就是希望还原给西方读者一个更为真实的"中国的日夜",一个既不美化也不丑化的、与西方有着相通的人性的中国。为什么要改写《金锁记》,把七巧那样一个因为充沛的生命力被压抑而扭曲的"恶"人,改写成银娣那样的小奸小坏的较为普通的人?多少是有这方面的考量。但问题是,张爱玲没有想到,美国读者不同于沦陷区的中国读者,他们对于一个沦落的王朝及其阴影下沦落的人们,并没有多大兴趣。如果他们对"东方"、对中国感兴趣,那么也是为了在其中寻找到和西方不一样的、非日常的元素(比如直到现在,中国的纯文学作品在西方的影响力,也远远不及类型化的武侠、宫廷、玄幻和科幻小说)。这样看来,在题材方面——流水一般悠长的日夜、处处裸露而不张扬的人性,张爱玲就并不讨巧。更不用说她还抛弃了自己年轻时充满戏剧化张力的写作技巧,追求平淡自然,将年轻时推崇但尚未做到的"参差的对照"做到极致,这在当时夸张的后现代主义兴盛的美国文坛,不啻天人相隔。

  所以我们可以理解,《金锁记》的改写本、翻译本的不同命运。相比较而言,自译虽然也受到语言不可译因素的影响,但得力于原作本身的故事结构和意义深度,还是保留了较高的可读性。但她对《金锁记》的改写,无论是《粉泪》还是后来的《北地胭脂》,恰恰损失了原作最重要的一部分,就是母亲七巧和女儿长安之间那种残酷紧张的母女关系,而对这种母女关系的赤裸裸的揭露,可谓《金锁记》除了情欲之外,人性揭示得最残忍也最见深度的部分。但张爱玲在两次改写里,都把这个部分拿掉了,把七巧紧张曲折、"戴着黄金的枷锁""劈杀了几个人"的强力人生,写成了"眼睛瞄发瞄发"的小奸小坏的人生,等于把一折高潮迭起的悲剧大戏掺水(从中文文本来看,《金锁记》仅18000字,《怨女》在删去后半部的母女纠葛后,字数还增加了一倍多),变成平淡无味的流水账,难怪会遭编辑退稿,还在退改信里表示了对人物的极端厌恶。这自然也有原因,就是张爱玲对于人性的认识,由激烈趋于平淡,也可能因为她对于和母亲关系的反思,所以有了这样的改动。但文学作品不是人生哲理,有时必须偏激才得其味。过于平淡是很难写出好的文学作品的。所以最后她直译《金锁记》,这个文本倒是因为夏志清等汉学家的大力推荐,于1971年被收入《二十世纪中国小说选》,成为北美学术界华文研究的重要文本。

《秧歌》是张爱玲离开大陆后创作的首部长篇,应该说,此时她对于大陆的人与事记忆犹新,文中关于农村的描写,又有1944年的下乡笔记《异乡记》托底,因此还是有着鲜活的现实感的。在保留其对于人生一贯的悲剧态度的同时,较为阔大的生活现实和人物群像刻画突破了她以前的风格,是非常优秀的作品。她用英文创作,对象是英美读者,笔调洗练而不拘泥,很多词由中文音译,如"干部"译为 kanpu,为新嫁娘梳头的"全福太太",译为 the ch'uen fu t'ai t'ai on the special occasion-the completely blessed lady. 虽有人指责张爱玲音译太多,但从上下文看,张爱玲也有很多的叙述,像对于"全福太太",出现前就有多子多寿等关于"福气"的介绍,读者也就能够明白这四个音译词的意思。又比如金花结婚时胸前佩着大红花,她特意解释, the same kind as was worn by Labor Heroes and newly enlisted men in the big meetings to recruit soldiers to go fight in Korea. (跟劳动英雄和目前参加朝鲜战争的新兵胸前佩戴的一样)也是为了突出时代感,同时方便英美读者的理解。自然,把新娘的穿戴和劳动英雄、参战士兵联系起来,其中的政治意味,也是含而不露地表现出来了。

《秧歌》保留了张爱玲擅长的对于人物日常生活的细腻刻画,同时在一些充满温情的时刻突然通过几个细节,流露出无尽的苍凉和森冷的批判。这个"秧歌"的世界被"正确"的言论所塑造,但就如月香刚刚返乡和亲人闲谈,提到没有下雪,而一贯"政治正确"的大妈立即做了纠正,作者用了一个颇具幽默感的句子来表达月香此时的感受:She could not understand the way they rushed to the defense of the weather as if it was their own son. (她不理解,他们为何要像对待自己的儿子一样,冲上去捍卫天气。)而金花结婚时,作者细腻刻画乡干部费同志一心"与民同乐",但金花一个鲁莽的动作"得罪"了起哄的费同志,特别是如同闲笔一般提到守旧的妇联同志捆住寻求保护的妇女,亦表达了村民嬉笑之下无所不在的恐惧。

　　从文本阅读体验而言,双语作家的创作,依然是第一文本的可读性更胜一筹:《秧歌》英文本的流畅和多维的意蕴胜过她的中文译本,《金锁记》深邃华丽的中文表达胜过略显拘谨的英文翻译,虽然无论中文、英文都是张爱玲自己所为。

三

　　张爱玲的英文水平究竟如何呢？看她现存文本,作为非母语语言,她的英文写作的水平已经很高了。《秧歌》的写法,和她早期投稿《二十世纪》的那些散文、影评一样,以一双由外向内透视的眼睛,自觉地承担着向异国读者介绍这一段生活的使命,语言表达方面的流利娴熟自不待言。不过,就像张爱玲的中文写作一样,她的英文写作也是放恣的,并不寻求归化的、地道的英语,而是充满自信地保留了很多汉语的特色。这种写作,表现了她语言能力中汉语的强势地位,也形成了别具一格、具有鲜明辨识度的"张氏英文"风格。

　　但这种风格也多被人诟病,认为影响了她的作品在英美文学界的接受度。李鸥梵、哈金等人都有这方面的指责。比如哈金对《秧歌》和《赤地之恋》的英文写作有如下批评:

　　　　张爱玲十几岁就开始英文写作,对英文十分娴熟,也清楚只有风格才能最终使作家在一种语言中立身。从《秧歌》的行文来看,她力争写出与众不同的英文,在风格上独树一帜。然而她的方法却有些极端:在英文中大量地直接插入汉语的表达方式,不是赛珍珠那种精心的意译以使"英语耳朵"能听明白,而是连汉语发音一同转入英文。这样就有了各种各样词组:lu t'iao(路条),kung liang(公粮),ch'uen fu t'ai t'ai(全福太太)等等。这些声译的表达方式并没有完全融入《秧歌》的英文,读起来疙疙瘩瘩,很吃力。像"全福太太"我在英文原著里猜不出原意,要比较张氏自己的译文才能弄清。更有甚者,这种声译竟直接放入对话:"'Ging-lai tzau! Come in and sit down.'月香劝道。"没有人这样说"进来坐"——先说汉语再用英语重复一遍,但这种笨拙的对话在《秧歌》中系统地出现。客观地说，这是风格上的差误。

但是，这也可以理解为张爱玲语言方面的一种努力，就是在英文作品里尽量保留更多的汉语风味，就如哈金提到的ch'uen fu t'ai t'ai，张爱玲并没有单独写出这个词，而是在上下文用了不少笔墨来表达它所代表的福寿德行全面的老年妇女这一概念。又如在金花婚礼上打碎了茶壶——"Sui – sui ping – an！Every year safe and sound"，Big Aunt said immediately，almost automatically，punning on the word sui，which also meant"break"。——寓意"岁岁（碎碎）平安"。我们可以看到张爱玲在保留这些汉语独特的表述时所费的苦心。

张爱玲对于语词有着天才作家的敏感，也小心翼翼地维护着汉语的独特性和完整性，对于《秧歌》里那些无法在英文里找到对应词语的中文词，她都是先出现汉语的音译词，同时翻译出它的英文意思，比如立春："It won't be good if it snows after *li chuen*，the first day of spring."；又比如粥："*jho*，rice gruel"，公粮："There was only one tax nowa – days，this tax called the *kung liang*，the Public Grain"，千层底："the *chien tsung ti*，the thousand – layer rag shoes"，路条："*lutiao*，road pass"……这样的表达方式贯穿在《秧歌》里，显示了张爱玲双语创作中强大的汉语优势。

由于《秧歌》故事本身极强的推进力，这种语言上的问题——汉语优势下的英文写作——被掩盖了，以至于她在《赤地之恋》前半部变本加厉地使用音译的汉语：

在《赤地之恋》里继续大量插入汉语的表达方式，其中许多是直接的音译，许多加入对话中。第一页上就有这样的汉语："T'a ma tid！"（他妈的）和"tso – feng"（作风）。这些生硬的"疙瘩"到处都是，有的相当长，如"Tan – pai shi sheng – lu；k'ang ch·shi ssu – lu"（坦白是生路；抗拒是死路）。这就使英文读起来别别扭扭，有夹生的感觉。技术上，这种加入异国元素的做法有其内在的逻辑，一般是要向读者显示作家熟悉当地的语言，只要能让读者相信作者懂汉语，就不应过多运用，尤其在对话中要格外节制，不能破坏句子的流动感。好像张爱玲意识到自己这种做法不妥，在《赤地之恋》的下半部里基本不再用那些音译的汉语词组了。……平心而论，《赤地之恋》的下半部分是张爱玲英文写得最漂亮的篇章。许多句子亮晶晶的,生动得像柔韧的枝条随风飘动,故事也十分自然,有时还很生猛。有兴趣的读者可以读一下原文,尤其是从第十六到第二十章。这些章节中完全没有插入笨拙的汉语音译,读起来畅快。这种清新的风格可能与张爱玲当时刚翻译过海明威的《老人与海》有关。

鉴于《赤地之恋》在语言上的问题,十多年后张爱玲自译《金锁记》,对于很多成语典故,她没有如之前一般音译再加上英文解释,而是直译。这样的句子在在皆是:

The three matchmakers and six gifts(三媒六聘)

The street of flowers and the lane of willows(花街柳巷)

Not a cloud within ten thousand li(万里无云)

Man stand low in dog's eyes(狗眼看人低)

You can be a thief all your life but you can't always be on guard against thieves(只有千年做贼的,没有千年防贼的)

还有这样的表达:say a few words into Changpai's ears(对着长白的耳朵说了几句),behind Chang-an's back(背着长安……)

但对于非汉语读者,意思可能仍然费解,而且这样的直译,显得沉闷、呆板,仍然不能传达出原文的韵味。

不仅是词语,整段的表达也可能与原著出现很大的偏差,不过,译著也并非处处不如原著。我们选取《金锁记》两个不同的段落做一对比。首先是《金锁记》经典的苍凉的开头,中英文分别如下:

三十年前的上海,一个有月亮的晚上……我们也许没赶上看见三十年前的月亮。年轻的人想着三十年前的月亮该是铜钱大的一个红黄的湿晕,像朵云轩信笺上落了一滴泪珠,陈旧而迷糊。老年人回忆中的三十年前的月亮是欢愉的,比眼前的月亮大、圆、白;然而隔着三十年的辛苦路往回看,再好的月色也不免带点凄凉。

Shanghai thirty years ago on a moonlit night... maybe we did not get to see the moon of thirty years ago. To young people the moon of thirty years ago should be a reddish-yellow wet stain the size of a copper coin, like a teardrop on letter paper by To-yün Hsüan' worn and blurred. In old people's memory the moon of thirty years ago was gay, larger, rounder, and whiter than the moon now. But looked back on after thirty years on a rough road, the best of moons is apt to be tinged with sadness.

英文读来实在平淡。就如张爱玲自己在给夏志清的信里说:"《金锁记》说实话译得极不满意,一开始就苦于没有19世纪英文小说的笔调,达不出时代氛围。旧小说我只喜欢中国的,所以统未看过。"

但这里更多是一个传统文化意涵的问题,张爱玲在翻译中遭遇了翻译最困难的东西,就是文化韵味的传达。月亮、铜钱、朵云轩、信笺……这些简单的语词,在汉语里都承载了极其丰富的文化内涵,层层叠叠着几千年的历史意味,它们的搭配出现,立即晕染、勾勒出了一幅极具中国标识的优美而古雅的图卷。但是翻译成英文,也就是几个简单的词——moon, copper coin, letter paper by To – yün Hsüan. 与中国读者的感受相比,它们能在一个异国读者心里牵起的感动,就单薄得多了。

但是,如果是以人物强烈、鲜明的内心活动为主的段落,英文不但不逊色,有时还比汉语表达得更为细腻,更有层次。我们来看同样是《金锁记》里出彩的一段,就是分家不久,七巧暗恋已久的二少爷姜季泽忽然来向七巧表白了他的爱意后,七巧剧烈的心理波动:

Ch'i – ch'iao bowed her head, basking in glory, in the soft music of his voice and the delicate pleasure of this occasion. So many years now, she had been playing hide – and – seek with him and never could get close, and there had still been a day like this in store for her. True, half a lifetime had gone by—the flower – years of her youth. Life is so devious and unreasonable. Why had she married into the Chiang family? For money? No, for meeting Chi – tse, because it was fated that she should be in love with him. She lifted her face slightly. He was standing in front of her with flat hands closed on her fan and his cheek pressed against it. He was also ten years older, but he was after all the same person. Could he be lying to her? He wanted her money the money she had sold 20 her life for? The very idea enraged her. Even if she had him wrong there, could he have suffered as much for her as she did for him? Now that she had finally given up all thoughts of love he was here again to provoke her. She hated him. He was still looking at her. His eyes—after ten years he was still the same person. Even if he was lying to her,wouldn't it be better to find out a little later? Even if she knew very well it was lies,he was such a good actor,wouldn't it be almost real?

以上这段描写,显示出了英文表达在心理上的层层揭示、突然的转变再转变——在这样的千回百转中,英文比汉语表达得更为细腻,更具推动力,人物在逻辑方面的缺失也显得更为清晰。不仅这一段,整篇小说里,七巧这个人物的疯性、缺乏理由的残忍,在英文表达中更为突出。

总的来说,在服饰器物、文化背景、氛围营造方面,汉语能够传达出来的魅力在英语表达里很大程度上确实是缺失了,但在人物个性的刻画、心理和动作的表达方面,英文翻译并没有逊色,甚至更尖锐更激烈。而在《秧歌》里,重大的政治历史背景,鲜明的人物生平和个性刻画,农村紧张的亲戚关系、官民关系,农民的热望和失望……这些微妙而紧张的因素突破了非母语写作的劣势,张爱玲充满汉语因子、不拘一格的英文表达,取得了很好的效果。如此看来,张爱玲若想在美国文坛获得认可,本应该扬长避短。尖锐、紧张、激烈的人物和故事,势必要求作家有较高的现实参与度,然而,正如夏志清所说:"张爱玲对现实的社会和人失去了兴趣,这是她的致命伤。"不论是现实的中国,还是她置身其中的美国,她都与之日渐隔绝,她几乎是活在回忆中。这样的生活状态,使她后期越发以背景文化、氛围营造为主,情节越发缓慢,个性越发平淡,这样的写作,在英文上的惨败,是难以避免的。

四

事实上几乎所有的移民作家,都会在一段时间内有意地将写作重心调整至海外生活上,保持一个作家对于现实生活、对活生生的人和事的关怀和热情。即使融入不了本地人的生活,也会和身边的移民、与自己打交道的人有联系,并使之成为新的写作对象。然而,他们在语言上却未必有能力调整过来。而张爱玲恰恰相反,一方面,她以极大的兴趣投入新语言的实践,并执着于自己带有强势母语特征的英语,但另一方面,她的笔下,从始至终四十余年,却决绝地没有出现移入国的一人一物一事(除了在一些散文中片段地提及),而一直以中国的人和事为表现对象。以香港和台湾为主体写作的长文《重返边城》,大概已经是她记忆中最后对中国的灵光反照。

这里是否表现了移民作家的某种心理需求？正如她自己所说,始终感到旧的一切在消失,人们正在被历史抛弃,"影子一般地沉下去"。她孜孜以求的就是把这传统中国的历史文化记忆用另一种更具国际性的语言表达出来,传播出来,"立此存照"。她独特的张氏英语,正是这一尝试的具体表现。

的确,在异国孤绝的环境中,张爱玲基本放弃了与现实层面的交流与融入,但依然执着地用英语传达出自己的交流需要,所以我们看到的是一个如此独特的现象:无论是《秧歌》《赤地之恋》中大量的汉语拼音式的英文表达,还是《金锁记》里对汉语俗语的英文直译,这娴熟的英文有一张地道的中国面孔,刻画的是记忆中悠长得"仿佛永生"般的中国的日夜。也许在这里,我们可以感知到移民作家内心深处的母国情结,无论他是用中文,还是用英文。

"文学共同体"视域下台湾及海外新移民小说中的东北书写[1]

▶许文畅 贾卉羽[2]

如果把目光追溯至古代,东北书写最早由汉、肃慎、夫余、高句丽以及后来的勿吉、靺鞨、契丹、蒙古、满族的神话传说共同凝成;有清一代,尤其是顺、康、雍三朝,以"流人"诗文创作为特征的关东文学代表了关东文化的发展水平。"流人"对东北乡土的赞美、对命运的抗争、对历史的忧思在诗作中展露无余。近代以来,东北书写肩负起迎接现代转型及反殖民斗争的重任。在"伪满洲国"的异态时空下,诸多进步文学青年以文艺副刊为中心,通过东北书写来表达精神抵抗。1931年"九·一八"事变后,东北作家通过一系列的抗日文字痛斥了日本殖民者的侵略行径,反映了沦陷区劳苦大众的悲惨生活,鼓舞了人民的抗日救亡斗志。1949年前后,部分东北籍作家无意间被卷入历史的洪流,他们虽然渡海赴台,但仍在20世纪五六十年代的台湾文坛上孜孜不倦地书写着故乡的面影,如司马桑顿、齐邦媛、梅济民、赵淑敏、孙陵、纪刚、田原、潘人木等。至20世纪80年代,海外新移民作家中的"东北帮"开始崭露头角,如黑龙江籍的哈金、曾晓文、黄雨欣等,当然部分非东北籍作家笔下也不乏精彩的东北书写,如严歌苓、山飒、程抱一等,他们的作品无疑赋予了东北书写全球化的格局,延续了东北文脉。但台湾及海外华文文学中的东北书写研究在学界始终遇冷,究竟是民族与历史问题的拘囿,还是作品艺术力的缺失?究竟是研究资料的匮乏,还是边缘研究的习惯性忽视?或许,只有把眼光置于更广阔的文学共同体视域下,才能解锁东北书写

---

[1] 基金项目:本论文系吉林省社会科学项目"台湾文学中的东北书写研究"(项目编号:2019C82)及长春师范大学科研项目"海外华文小说的空间叙事研究"(项目编号:长师大社科合字[2019]第004号)阶段性成果。

[2] 作者单位:长春师范大学。

的密码,或可为当下的文学研究提供有益参照。

一、被文学史淹没的"东北书写"

在大陆出版的台港及海外华文文学史著作中,很难找到"东北书写"的痕迹,仅在部分研究专著中有所提及。比如朱双一在《台湾文学与中华地域文化》中论述了台湾文学中的东北地域文化呈现,重点阐释了东北民俗风情、民性特征和文化根源,谈及田园、梅济民、李春阳等作家。随后,张羽以"殖民地台湾与'满洲'文学圈考论"为核心议题,相继发表了一系列以东北与台湾为比较研究对象的论文,其从文化地理学出发,运用两岸互看的视角,探析两者的异同,带动了新的学术增长点。近年来,董慧在其博士论文的基础上出版了《台湾文学中的东北书写》一书,该书包含日本殖民统治台湾时期的"满洲"书写、东北精神、东北民俗、美学风格四个主题,其中涉及齐邦媛、司马桑敦等9位东北籍作家,是较为系统的台湾文学中的东北书写研究。

在个案研究方面,1949年前后,被政治洪流裹挟至台湾岛上的东北籍作家以怀乡书写来煮字疗饥和心归故园。其中以司马桑敦、赵淑敏、孙陵、梅济民、纪刚、田原、李春阳、潘人木等人为代表,但学界对他们的关注度始终不高。直至2009年,辽宁铁岭籍作家齐邦媛发表了《巨流河》,东北书写才再次引起海峡两岸的关注。关于《巨流河》的个案研究多以知识分子、故乡、自传等为关键词。其中,刘俊的《齐邦媛:在人生的长河中映现历史变迁和民族命运》一文分析了作者的家族经历、人生变迁、爱情迷惘和学业进取,在历史兴衰中演绎个人悲欢,阐释了两代知识分子由巨流河到哑口海的漂泊经历。另外,廖斌的《家国史诗 人生悲歌——评齐邦媛文学回忆录〈巨流河〉》从中华民族饱受异族凌辱和分离之苦、人世沧桑与人生感怀等维度给予深刻挖掘。

如果以两岸互望的视角观之,台湾学界对外省作家原乡书写的关注要远远早于大陆。《文讯》杂志较早地刊载了相关作家的自述和访谈。如葛浩文《看古知今——评介孙陵的〈觉醒的人〉》(1983),赵淑敏《大乡土上的子民——〈松花江上的浪〉后记》(1985),应凤凰《田原生平及其作品目录》(1987),朱星鹤介绍李春阳的文章《写坏了的故事——我读〈苍天悠悠〉》(1988),郑清文《读齐邦媛〈千年之泪〉》(1990),徐欣妍《东北流亡文学史论》(1993),纪刚《一股不能不写的力量》(2000)等。以上这些文章都极具文学性和史料价值。综上所述,两岸学界对赴台东北籍作家作品的研究有一定积累,但关注度始终不高,部分作家作品的史料意义仍有待挖掘。但不无遗憾的是,学界对于海外华文文学中的"东北书写"存在多种语焉不详之处。

二、边缘地景与身份焦虑

1949年前后,部分东北籍作家只身赴台后仍不忘故土,在台湾书写着东北乡土作品,如纪刚、司马桑敦、梅济民、赵淑敏、田园、齐邦媛等。他们和诸多流寓岛上的外省作家一样,无论身在何方都笔耕不辍,以期为一个风雨交加的时代留下印记。其中,司马桑敦等人的东北风情小说再现了独特的边缘地景和异质空间。我们以期透过他们的小说,探寻潜藏在大历史背面的小历史和小人物,挖掘空间与历史背后的寓意,从而展现文学世界和身份认同的复杂纠葛。

司马桑敦是赴台东北籍作家中的翘楚,他原籍辽宁,1949年8月赴台后担任《联合报》特派员,晚年为追寻终生的办报理想而移居美国,但壮志未酬便遗憾而逝。司马桑敦一生风萍雨絮,从中国流落到日本、美国,但始终追寻着自由的精神沃土,他的一生正是中国人在民族灾难中匍匐前行的真实写照,他的一生也在试图还原和反思中国历史。司马桑敦与"东北作家群"中的萧军和萧红可谓同辈人,也与萧军一样有着编辑和作家的双重身份。但司马桑敦不再写东北贫瘠的乡村和困难的民众,而是从荒山、工地、寺庙旁的住宅、绝崖、郊外、车站等边缘地带入手,来展现异态时空下的故乡。20世纪50年代,司马桑敦先后发表了《山洪暴发的时候》《湛山庄主人》《在寒冷的绝崖上》《艺妓小江》《玫瑰大姐》等短篇小说,这些故事皆发生在边缘地带,那么作者笔下的东北边缘地景有什么迥异之处?边缘与中心又有怎样的关系?

《山洪暴发的时候》(以下简称《山》)中的边缘地景最具代表性。《山》的空间背景是荒山中的工地,人物只有麦夫人、麦将军、山民和工程师。故事以麦夫人日记的形式展开,最终麦夫人抛弃名利双收的麦将军,与萍水相逢的工程师私奔了。显然,《山》淡化了情节,更架空了家国、民族的大历史。荒山工地是麦夫人、山民和工程师的世外桃源,在那里没有时代、阶级、痛苦、仇恨,只有最原始的欲望和热力在身体中游走;沉重的历史事件化为云烟,四个小人物仿佛生活在"乌托邦"之所。那么,边缘群体的"乌托邦"理想会被淹没在当权者的"异托邦"幻想中吗?小说虽然没有给出答案,但不时流露着隐隐的窒闷气息,作者仿佛想抓住什么,但伸出手去却是空空如也。也许,这种四顾茫然的无奈是一代人的无奈。司马桑敦的女儿周励曾发觉其父在早期作品中钟爱使用"山洪"这一主题,并且对于普通民众受压迫的情形怀着一种"山雨欲来风满楼"般的窒闷情绪。诚然,司马桑敦总是想借文学这个出口将感情倾泻出来,在早期作品中他选择了直白的暴露,但后期他却选择了节制,甚至在《山》中他有意虚置了故事发生的历史背景。

如果说《山洪暴发的时候》《湛山庄主人》《在寒冷的绝崖上》《艺妓小江》《玫瑰大姐》等表现了淹没在历史洪流中的边缘群体的命运,那么在《越狱杀人的十九号》《男与女》及长篇小说《野马传》中,司马桑敦则通过幽闭空间去窥视阴晴未定的中国历史。《越狱杀人的十九号》中的监狱、《男与女》中的警察局、《野马传》中的审讯室,都属于逼仄、幽暗的异质空间,其中,《越狱杀人的十九号》中监狱的格局是非常典型的:"这是一个大型鸟笼型的两层建筑。这所谓房间,前后都是用铁梁隔着的,形成大鸟笼中的小笼子,而且,整个大鸟笼中灯光通明,仅仅一名看守站在鸟笼的中央,便可监视到上下两层每个小笼中的每一个押犯的行动。"①这样精心营造的构型竟然与福柯笔下18世纪的全景式监狱构造别无二致,全景式监狱的构造无形中把犯人与看守进行了区隔。"在监督者看来,取而代之的仍然是一种群体,却易于计算,便于监视。从被囚禁者看来,取而代之的是一种被隔绝和受监视的孤独状态。"②其实,监狱是掌权者行使暴权的微观空间,同时,"被囚禁者在任何时候都不知道自己是否受到监视,但他心里应当清楚自己随时会受到监视"③。不管监视者在场与否,犯人都要受制于监狱这种权力环境,所以,空间便无形中成了权力的载体。更吊诡的是,全景式监狱成了一部滥用权力的机器,而谁来替机器行使权力并不重要,既可以是日本殖民者、掌握权力的党派,也可以是为虎作伥者(如《野马传》中的汉奸等)、投机分子(如《男与女》中的男主角等)或"落水文人"(如《越狱杀人的十九号》中的小南

---

① 司马桑敦:《雪乡集》,台北:长青文化公司,1992年版,第296页。
② 朱刚:《二十世纪西方文论》,北京:北京大学出版社,2006年版,第398页。
③ 朱刚:《二十世纪西方文论》,北京:北京大学出版社,2006年版,第398页。

等)。从这个意义上讲,权力也使人在黑暗的年代面临着身份认同的危机。边缘地带是与政治经济中心区隔的非显性空间,生活其中的也永远是历史的少数人。尽管真相总由权力中心炮制而成,并向边缘覆盖,但只有边缘发声才最贴近真相。就在中心与边缘并置的同时,真相与假象也颉颃对峙。所以,与其说边缘地带是一种存在,不如说是一种对中心的质疑和挑战。

相较之下,其他赴台东北籍作家也在自传体文本中展现了故园的边缘地景。辽阳籍作家纪刚的自传性小说《滚滚辽河》表现了一代热血青年在历史剧变中埋葬纯真爱情的悲悼心绪;铁岭籍作家齐邦媛的《巨流河》,通过书写齐氏家族史映现了中国近代历史的苦难记忆,把个人乡愁与杜鹃啼血般的家国之痛相融合。但总体来看,他们东北书写的史料意义远远大于文学价值。历史总是会留给人诸多虚无之感,有些事人们想忘却可始终不能忘,想挽回却又回不了头;希冀重回故土却只能终身流浪,盼望撇清过去却又不能重新来过……这是20世纪50年代许多赴台作家的迷茫和无奈。他们曾用火一样的青春去拥抱阴晴未定的时代,付出了血的代价,结果却是铁一般的教训;他们都是历史中的微小音符,不论曲高音低,或几经浮沉,最终都以悲凉的休止符收尾。如今回眸远望,他们的东北风情小说恰似一座雕塑,毅然矗立在历史的洪流中。

三、历史记忆与知识者的精神私史

受全球化的影响,海外作家回归故园和母国变得愈加便易,甚至越来越多的作家选择在移居国做中国人或"两栖人",因此故园的定位已然发生质变。正如学者江少川所言:"新移民作家的家园书写,就作家主体而言,大体经历了从中国经验到海外经验直至全球村视域的嬗变过程。"[①]因此,乡愁和离散不再是新移民作家的母题,但他们往往又不能完全脱离故乡的精神土壤,因此故乡成为小说中历久弥新的背景,乡人的性格和习惯亦成为贯穿小说的精神源泉。

在用英文进行创作的新移民作品中,李翊云的《漂泊者》以吉林白城为背景,哈金的《等待》则以黑龙江佳木斯为背景。最为典型的是哈金笔下常

---

① 江少川:《全球化语境中"离散"与家园写作的当代思考》,《华文文学》2019年第1期。

常出现东北地标性的景物,如松花江、黑土地、土炕、烧酒、风雪、松树、驴车等。与其他着意锤炼语言的作家不同,哈金甚至保留了东北俗语的原生态:"四月中旬,松花江开江,冰封解冻。大人孩子聚集在江边,看着江里的大冰坨子嘎巴嘎巴开裂,在泛黑发绿的水里浮动。"①哈金在进行中英文转换时,刻意直译,当读者看到那活灵活现的东北话文本时,一幅幅鲜活可感的东北民俗画便在心中油然浮现。如把"木耳"直译成"tree ear",把"高粱酒"直译成"sorghum liquor",把"马尿"(指啤酒,往往也形容啤酒的味道)直译成"horse pee"等,而且在翻译乡人的乳名时也刻意保留原生态,如"二驴"("second donkey")等。

再者,哈金从不掩饰东北人民性格中的质朴性和劣根性,其在小说中往往采用白描或零度书写,使东北乡村百姓的精神困境和惰性自然而然地展现出来,这既与"东北作家群"的苦难书写拉开了距离,又隐性地表达了海外作家的精神私史。如《等待》中的孔林正直,淑玉善良,孔华天真,孔林哥哥朴实,孔林小舅子笨拙、市侩和贪心;《主权》中的廖明让自己的本土种猪和村人的外国种猪决斗,最后却误伤了村民的孩子;《葬礼风云》中的丁亮为了不给对手留下把柄,被迫违背母亲的遗言把她火葬,最后却因祸得福,得到提拔等等。哈金笔下的东北乡亲可怜可恨又可爱可亲,他不同于萧军和萧红,不是以高高在上的启蒙者姿态来看芸芸众生,也无意于改变什么。

相比之下,加拿大华人女作家曾晓文(原籍黑龙江)并没有把东北原乡看成虚空的背景,反而成为精神皈依的原乡,甚至有了加斯东·巴什拉笔下的"诗学"意味。曾晓文将原乡文化根性中的"血性"和"豁达"投射在创作中,赋予人物强势的生存态度。《梦断得克萨斯》通过嘉雯99天的美国炼狱般的生活,叙述女性浴火重生的经历。母国的故乡永远是嘉雯的精神皈依之处,在监狱里,她梦见"一辆火车远远地驶过来,火车散发出的黑烟让冰城夏日的天空变得阴郁了。小嘉雯经常站在家乡冰城的小火车站里看火车,火车可以把她和外面的世界联系起来,而她是多么渴望看到外面的世界"②。嘉雯的记忆也像铁轨一样长,故乡虽千里冰封、万里雪飘,但对于深陷异国囹圄的游子仍是心中温暖的慰藉。嘉雯出狱后回国探亲,"当火车完全停了下来,她走下火车,双脚终于踏到了故乡的黑土地。她庆幸自己在戴着脚镣

---

① 哈金:《等待》,金亮译,成都:四川人民出版社,2015年版,第25页。
② 曾晓文:《白日飘行》,北京:法律出版社,2010年版,第344页。

走过了得克萨斯南部小城昏暗的监狱之后，又感受到了故乡土地的厚实和温暖，找回了意志和力量的源泉"①。

值得注意的是，与严歌苓、张翎等新移民女作家的自传体文本不同，曾晓文无意展现女性在西方世界的族裔和性别差异，而不惜笔墨将女主人公一次次推向灭顶之灾，她是要激发女主人公"置之死地而后生"的意志和血性，而那坚忍和果敢竟然都源自"阶下囚"对梦回故乡的期盼。故乡唤醒了女性的主体性，黑龙江的广袤无垠与极度严寒给予了女性原始的蛮力和生命力。

新移民小说中东北书写的力作的归属者也不乏非东北籍作家，如严歌苓、程抱一、山飒等。其中以严歌苓的《小姨多鹤》最为典型，其以日本遗孤的视角来看待战后的东北亚格局，而东北的地域空间也成为历史和政治的重要组成部分。"透过树的枝叶看，五百一十三个男女老少像是在野外扎营，一齐睡着了。土地淤透了血，成了黑色。血真的流得阔气，泼溅在树干和树叶上。有这么一家人，枪子都没有打散，血也流成一股，从两块石头之间的浅槽往稍低的地方涌流，却过分稠厚，在石头边沿凝结出一颗巨大鲜红的血球，凝而不固，果子冻一般。"②严歌苓并未止步于东北地理环境的描摹，而是把多鹤这个日籍东北人放置于中日关系的链条中，让人们重新思考东北人的定义和东北亚的格局。

严歌苓善于把女性人物放置于极致的历史环境中，以突显人性中最本质的东西。这在《小姨多鹤》中表现为对多鹤多重身份的"隐藏"，她是日本遗孤，是张家买来的代孕工具。她和张俭、朱小环之间是"三角"关系，她由张俭的情人最后演变为妻子，由孩子们的"小姨"演变为亲生母亲。她与朱小环的对峙夹杂着爱恨情仇和中日民族仇恨，这样的多重矛盾始终撕扯着多鹤。她在夹缝中选择了一条融合之路：三个成年人、三个孩子早就过得你中有我、我中有你、打断骨头连着筋了。但又被推进历史的极致，被卷入了"'文革'的政治漩涡"；正如她的儿子张铁所预言的那样："这场'文化大革命'的伟大之处，就是要搞清每个人的老底。谁也别想暗藏在阴暗角落里。"这无疑是一种反讽的历史叙事，揭示了那个时代荒诞的主题。这是严歌苓将东北地域置于亲缘、血缘、地缘三重矛盾中以突显历史隐喻的最佳答案。

---

① 曾晓文：《白日飘行》，北京：法律出版社，2010年版，第470页。
② 严歌苓：《小姨多鹤》，北京：作家出版社，2008年版，第5页。

与"东北作家群"和当代东北作家相比,台湾及海外新移民作家的东北书写拓展了更为广阔的视野,不论是民族预言还是全球化视域,都值得研究者挖掘。当然,台湾及新移民小说中的东北书写仍难以跳脱"精神原乡"的窠臼,对于东北原乡的描写也难免模式化。因此,如何在共同体视域下既延续东北文脉,同时创新东北书写是值得后继者思索的问题。

论周洁茹小说中的异域空间与女性精神隐痛

▶赵丽琴

20世纪末，周洁茹发表了《中国娃娃》《小妖的网》等长篇小说，也因此成为70后代表作家之一，在文坛上引起不小的轰动。21世纪初，周洁茹移居美国且突然封笔，时隔多年后，她又从香港出发，开始新的小说创作模式，这一次的复出也可以看到周洁茹的文学转向。她并没有在以往的风格上进行重复和延续，而是开始塑造着"从哪里来到什么地方去"的新的写作路径。在回归文坛之后的作品中，她不仅对自己的移民空间进行在地书写，更是将小说的关注点放在了移民女性群体身上，可以说，这次回归也带来了一定意义上的突破。

值得注意的是，在周洁茹的小说中，空间扮演着很重要的角色。空间不仅是国家、民族、文化内涵的载体和标志，更是容纳"迁移者""游移""记忆"的一个封闭性场所，这些空间都是陌生化的，是第三视角下的呈现。空间变成了虚化的地理标志，成为故事的背景和人物精神的载体。而这样的空间描写方式，也为读者提供了另一个视角去了解一个城市。周洁茹本人认为她和主流的香港作家的写作是不同的，她既不会讲粤语，也不打算用粤语写作，甚至连一个会讲粤语的朋友都没有，所以她笔下的香港是特殊的，是不同于传统香港本土作家的。作家本人的离散意识和清醒的自我立场，体现在她的小说创作中，从另一个视角为我们呈现了一个带着陌生感和距离感的香港。同时，周洁茹的写作也不只是聚焦于某一具体的空间，在对这一移民群体进行窥视的同时，更多的是去感悟和反思他们的生活，表达作者以及这群移民者的迁移感受：不同群体对于初到的陌生空间的生存感悟、移民女性在异域空间之下的精神痛感、迁移经历带来的新成长、现代人对社会的思考等。周洁茹的回归并没有延续以往的风格，而是开始了新的写作尝试，为我们呈现出不同的城市面貌和这座城市中特殊群体的生存状态。

一、迁移者视角下的异域空间

在周洁茹的小说中,空间是十分重要的概念。它不仅仅代表了游移者对某一个空间中的地标建筑或其周围环境的认识,还承载了独特的历史意义,以及对于这个空间之中所构筑的集体空间经验的认识。英国哲学家怀海特在1952年提出了"有机论"的观点,他认为人与所处的环境之间有着复杂的相互作用的关系。个体是独立存在的,但他是受限于整体环境的运作法则的。在周洁茹的小说中,主人公大都具有迁移经历,每一个迁移者对于自己新的生存空间的认知和体会是不同的。而正是这样的不同体验和认知构成了周洁茹小说中独特的空间书写风格。

周洁茹的很多短篇小说是直接以香港地名命名的,例如《尖东以东》《旺角》《旺角东》《佐敦》《到香港去》《新界》等。这种独特的命名方式,会给读者直接的背景的代入感。但是在这些故事里,作者所进行的描写也并不只是传统意义上的空间书写,她的文章以香港地名命名,但全文没有去刻意描写某一个具体的建筑或空间。在短篇小说《到香港去》中,作者通过一名内地游客张英的经历来呈现香港社会。置身于陌生空间中的张英是茫然的,她也不想过多地融入香港,只是目的明确地想给自己的孩子买奶粉。作者对于香港空间的呈现,是通过张英一次次地随着旅行团走马观花地游览体现的,通过张英所到之地,高楼、太平山、香港地铁、金铺……勾勒出香港的面貌。但是这些地理标志的描述也是模糊和陌生的,它们在游客的视角下只是到过的地点,是一个个虚化的标志。张英像是千千万万内地游客的缩影,他们只是短暂地到过香港,短暂地徘徊在香港。就像张英自己感慨道:"不管是北方人还是南方人,他们到了香港都是内地人了。"[1]内地游客视角下的香港是一个奇怪的罗列式呈现,张英没有初到香港的热情,也没有沉浸在新的环境之中的愉悦,只剩下和这个环境的格格不入,而这种格格不入既是现实生活之中的格格不入,也是心理上的极大落差。

在小说《邻居》中,"我"住在香港新界,但是"我"从来没有看清过邻居的长相,偶尔碰到,大家也都是默不作声的,"我"甚至惊讶地发现邻居和小

---

[1] 周洁茹:《到香港去》,《上海文学》2013年第9期。

区的管理员之间也都是不交流不打招呼的。第三视角窥探下的对香港现代社会的群居生活的描写，带给人的是扑面而来的压抑感。通过日常生活细节，通过逼仄的小空间的描写，呈现出整个香港社会人与人的距离和冷漠。在这种窥探式的描写下，作者给我们呈现出来的是有别于传统认知的空间。新界的豪宅本应该有大露台，是看海、看星星、玩BBQ(烧烤)的人满为患的地方，但是在独特的第三视角下，一切似乎都变样了，变成了扭曲的鬼屋，在这里我们只感觉到了冷漠和诡异。这种距离感不仅仅是人与人之间的，更是"我"和香港这座城市之间的。

移民者对于一个新的环境和空间，往往有着自己独特的体验。在周洁茹的小说中，这种第三视角下的空间呈现，也为我们提供了另一个视角去思考香港社会，而且这种阅读体验也是陌生的、新奇的。

她注重表现移民者的个人空间与领域感。过去，香港作为殖民地长达100年，"孤岛"的飘零感给一代香港人烙上了不可磨灭的印记，当他们的心灵漂泊无所依靠时，一栋栋房子成为他们的归依。很多香港女作家在小说中喜欢描写"房子"，"房子"成为这些女作家构建自己空间和领域感的重要的手段，房子成为她们的身份认同，也成为她们精神上的寄托。归属感似乎是移民者亘古不变的话题，在周洁茹的香港小说中，移民群体对于个人空间和领域的构建，也是通过各种各样奇怪的房子来呈现的。小说《邻居》是从一个诡异的梦开始描写的，主人公每晚都会梦到一座巨大破败的房子，像城堡那么大，也像城堡那么破败。但是，现实中"我"住在新界的小豪宅里，周围都是讲着英语的邻居，彼此是十分疏离的。所以，面对现实的落差时，"我"有些不愿意从梦里走出来。在这里，破败的房子成了"我"内心的映射，映射出"我"对新环境的恐慌。诡异的房子频繁地在梦中出现，"我"在那里打羽毛球、晒太阳，过着"我"觉得很安静的生活，没有人能够侵入，他们只要踏进这个房间就会摔死。作者通过对梦境和现实的穿插描写，通过房子这个意象的不断出现，强烈地体现出主人公的焦虑意识。

移民者不停地从一个城市到另一个城市去，似乎永远不会停歇。所以，房子似乎变得十分重要，房子成了他们的精神寄托，成了他们在这个新的地方明确自己和周围环境的关系的重要手段，通过一栋栋房子的描写也传达出了这个群体独有的焦虑和无奈。

二、异域空间与女性精神之痛

周洁茹重新回归文坛后,开始了带有旅游者意味的在地书写,但没有对在地环境进行烦琐复杂的描写,而是对背景进行了简单的处理,将一个个人物带到这个背景中,呈现出移民女性和迁移地点之间微妙的关系。在对于故事背景简单地带进和淡出之后,作者也用极富灵性的语言将一个个鲜活的女性形象呈现出来。

自1997年香港回归祖国后,大量内地人通过优才专才、投资等渠道进入香港,成为新香港人。当然在这个时期,还有一部分底层人员是通过香港政府颁发的每日单程旅客名额而到香港定居的。巧妙的是,作者并不想去赘述这些新中产阶层的危机与压力,而是将自己的关注点放在了香港社会底层女性身上。小说《佐敦》的主人公阿珍就属于后者,她并没有一定的谋生技能,丈夫重病在床,一家人的生活重担全都压在她身上。她每天都要倒三班车,先去很远的菜市场买菜,只为了能够便宜上一两块钱,再去过渡学校接自己的孩子……这种来自新生活的压力仿佛是一座大山,压得她喘不过气来,可初到香港的每一个人似乎都是这样无所适从,就像葛蕾丝说的:"这不仅仅是孩子的过渡校,不管是大人还是孩子,每一个来到香港的人都需要过渡。"①作者也并没有直接通过心理描写体现出这种在新生活面前的压抑和无力感,而是将这种危机从侧面表现出来:阿珍每天到学校接孩子的时候都要经过的佐敦长长的台阶,她觉得那是人生最为漫长的台阶。新生活的无力感,变成了一个个横亘在她面前无法跨越的台阶,似乎永远没有尽头。

但是,就算这类在知识和技能上都不如新中产阶层的移民,他们在这个陌生的环境之中也带着自己的信念,通过自己一点点的努力去克服生活上的难关。在最困难的时候,阿珍想到了申请社区中心的帮助,当管理人员打开了囤满物品的屋子让她随便挑选的时候,她却犹豫了:"最坏也不能拿援综,不能让香港人觉得自己对于这个社会是没有贡献的,反而还要用香港人

---

① 周洁茹:《佐敦》,《十月》2016年第2期。

的福利。"①面对新环境下的生存困难,她积极面对,顽强地在这个城市生活下去。故事的最后,一切都开始好转起来了,阿珍再也不需要穿越大半个城市,每天努力地跨过佐敦长长的台阶了。阿珍的故事似乎结束了,但是这样的故事也依旧在不同的移民者身上继续着。适应新环境的过程必然是痛苦的,它伴随着和原有生活模式的撕裂。在这样的过程中每一个人似乎都成长了,他们所面临的生存上的危机和精神上的压力,在无形之中也成了他们成长的催化剂,带给他们新的思考和对生活的感悟。周洁茹小说中的移民女性都有着共同的特点,她们在到达一个新的地点时,对于自己的身份认同是模糊的,也总是游移在"过去"和"现在"之间。异乡的彷徨者们在一次次游移的过程中,反复地确认自己的身份归属。

周洁茹文坛回归之作《岛上蔷薇》是另一个加长版的《中国娃娃》的故事,《岛上蔷薇》中的每一个人都是移民者,他们对于美国社会来说都是漂泊者。作者不厌其烦地对主人公在美国生活过的空间进行了详细的标注,例如加州、纽约、新泽西的新港、柏拉阿图……这样的描述,在清晰地呈现出故事地点的同时也带有强烈的隔阂感。萨义德在《东方学》中提出:"地域的边界以一种可以想见的方式与社会的、民族的、文化的边界相对应。"②这种强烈的隔阂感传达出来的是作者坚守着自己的民族文化阵地,这些标注着美利坚名字的土地是永远带着地域隔膜的。对于很多移民者而言,所在地的本地性永远蕴含着原有的文化底蕴。生活中的某一物象往往召唤抒情主体回到过去,形成了"过去"与"现在"之间的思考辩证点。作者所描写的这些美国的地方似乎也都成了故乡中国的参照物。在小说中,这些发生在美国的故事,也让"我"回忆起远在千里之外的故乡,中国的医生、中国的店铺,甚至是在中国生活的点点滴滴。

作者在小说的开头也有意地描写这些移民者的背景,来自波兰的阿妮塔、来自印度尼西亚的梅娣,以及和"我"一样来自中国的维维安,她们都漂泊到了美国,她们都不属于美国。小说中"我"是来找巴拿马的,而在这里"巴拿马"也成了一个特殊的象征,就像德国小说家乔伊斯的小说《到巴拿马

---

① 周洁茹:《佐敦》,《十月》2016年第2期。
② 爱德华·W.萨义德:《东方学》,王宇根译,北京:生活·读书·新知三联书店,1999年版,第68页。

去》一样,作家将巴拿马抽象为爱与自由、善良与自我的欲望的标志。"我"在十年的游移中不断变换自己的空间场所,但是好像永远找不到自己的"巴拿马"。这种漂泊的生活让"我"焦虑不安,一遍遍地强调着"我"不是美国人,"我"不属于美国。这种因为迁移地点的变化而带来的归属感的缺失,以及一次次的自我身份的确认也让"我"开始思考生活。

在周洁茹的小说中,主人公对于自己身份认同的缺失并不是个例。短篇小说《到香港去》中的内地游客张英与香港社会格格不入,《邻居》中的主人公"我"对于新界豪宅无所适从,《旺角》中的葛蕾丝对香港政治漠不关心,《佐敦》中的内地移民阿珍艰难融入香港社会……每一个到香港的人,都觉得自己不属于香港。身份的失落成了迁移人群永恒的主题。作者敏锐地捕捉着这种情绪的变化,在对背景地点的融入和淡出之中完成一次次自我身份认同的审视。主人公通过不同参照物的对比,进行一次次的自我身份认同,而这种身份认同和归属感的获得也在这一次次的回忆和思考之中嬗变。

周洁茹的小说中所聚焦的女性大多是香港社会的边缘人物,她们因为种种原因来到香港,面对陌生环境的压力和自我身份认同的缺失,她们对于人生的态度也变成了无望。她笔下的女性形象大多是不相信爱情的,但同时,她们又是渴望爱情的,所以出轨最终成为逃避现实的手段,爱情似乎成为她们打破沉闷生活的新的突破口。小说《到广州去》讲述的是一个出轨的故事。女主人公是一个被男人安置在香港的小老婆,她的男人在不同地方找到了第四个、第五个小老婆后,她开始被遗忘了。被迫移民到香港的生活,使得她脱离了原本的生活圈子,没有认识的朋友,没有熟悉的家人,一切都变得毫无趣味。所以当她的初恋情人出现在她枯燥的生活中时,她心急如焚,义无反顾地想要冲到广州去。因为这份感情的寄托,广州也成了她的理想之地,这份虚无缥缈的爱情成了她脱离现实的可能。作者通过女主人公葛蕾丝坐着火车从深圳到广州一路的奇遇,来反映她的心路历程以及最终爱情泡沫的幻灭。在深圳火车站买票遇到的黄牛,似乎永不移动的队伍,每一个人都没有座位的窘境,还有广州不打表的出租车司机……一切都和她想象之中的不太一样,她穿着高跟鞋走到这里没车,走到那里也没有车,一切都是乱了套的。在习惯了香港社会的井然有序之后,广州的一切都和她所期待的不太一样。她渴望在这次旅途中能够重新收获爱情,但是当她面对自己昔日的情人时,她却犹豫并且拒绝了,她穿着酒店的拖鞋,狼狈地逃走了,最终她的爱情泡沫也幻灭了。目的明确地前往自己的理想之地,但是这一切似乎都和她所想象的不同,爱情幻想的破灭,让她陷入了更大的迷茫中。当她穿着酒店的拖鞋,在深圳口岸仓皇地过关之时,遇到了一对蛮横无理的母子,男子嘶吼着:"那你就不要来深圳啊!谁叫你来深圳的!滚啊!"[①]她还未辩解,电梯门已经关上了。主人公像是直接从与她格格不入的"理想的世界"之中被驱逐了出来。对于香港而言,她是迁移者,而对于内地而言,她似乎也永远无法回归。城市的边缘人依旧漂浮在城市的边缘,守着不是自己的家园。作者在结尾处并没有描写葛蕾丝从广州回到香港的生活,留白的艺术手段让读者拥有想象的空间。单调和孤独依旧是生活的主调,或许在此之后葛蕾丝对自己的人生更加无望,依旧做着男人的附属品。

在小说《旺角东》的故事中,女主人公也叫葛蕾丝。她有两个情人,一个情人到死都不愿意说爱她,另一个情人只是因为性而说爱她。当她游荡在旺角的街头时,她忽然明白了,现实生活中"执子之手,与子偕老"的爱情是不存在的,是虚妄的追求。当她放弃对爱情的追求后,她认为所谓的爱情更多的是追求感官的刺激,所以她选择了彻底地放纵自己的肉体,在和不同男人的交往过程中获得短暂的快乐。《旺角东》和《到广州去》这两篇小说的主人公都叫葛蕾丝,面对情感的诱惑和自己无望的人生时,她们却做出了不同的反应,但是她们似乎又是相似的。当她们的肉体被困于他城的时候,情感变成了最脆弱的东西,所有的情绪宣泄都被寄托在虚妄的爱情上。所以,有的人选择了逾越常规,放纵自我,而有的人选择了逃避。这些出轨的女子,无一不过着富足的生活,可她们的精神世界却依旧充满了空虚寂寞。她们在生活中扮演着许多角色:操心家务的女主人、为孩子学业忧心的母亲、照顾丈夫的妻子……然而,尽管她们尽心尽力地扮演着家庭角色,也无法在她们的现实生活中获得对等的爱。被包养的香港二奶只能偶尔获得情人的怜爱,或是只能在偷情中获得短暂虚假的爱情。空洞匮乏的情感状态和现实生活中的种种压力和焦虑,使得渴望被爱的她做出了逾越之举。这所有的出轨行为和想法都是她们对于自己现实生活的抵抗,她们想要获得真正的爱情,想要打破自己沉闷的生活,所以她们都做出了尝试,即使很多时候她们都清楚这样的行为也未必能让自己获得爱情。爱情的幻灭成了她们精

---

① 周洁茹:《到广州去》,《上海文学》2017年第4期。

神上厚重的枷锁,束缚着她们,压榨着她们。一次次的尝试和失败之后,她们彻底失去了自己存留的对于爱情的向往、对于生活的热爱和期待。

三、女性精神之痛的书写意义

周洁茹的小说擅长描写人物的心理变化,她的文字像是一个人扯着尖锐的嗓音,在人们心间凌厉地诉说着一个个故事。谢有顺在评价周洁茹的作品时提出:"写作,不仅仅只是一种语言的狂欢,更要表现出来的是作家心灵是如何在语言的内部一步步地向前挺进的。周洁茹小说之中简洁的存在线条,压制不住的内心风暴以及那种令人心酸的人在存在面前的无能,曾深深地触动着我。"[①]她笔下的女性角色都是鲜活的,面对陌生环境压力的顽强反抗、面对自己人生困境的突破……而结合作家本人的经历来看,这样的写作也是作家对于自己人生经历的反思,作品是作家思考的呈现,也是作家内心世界的呈现。

李敬泽在评价周洁茹的作品时提出:"周洁茹是那一代人最初的,也是最灵敏的写作者之一:那些人的任性、隐痛、孤独、漂泊,那些人的世界前所未有的大,大得空空荡荡,她们在这空旷的世界里找寻着自己的岛屿。"[②]周洁茹身为70后女作家,有着和那个时代其他女作家同样的特性,她们对于人类内心的痛是十分敏感的。70后是见证着中国一步步走向崛起的一代,也同样是经历着现代文明一步步侵蚀着传统农耕文明的一代,工业生产逐渐打破了乡村的宁静,城市的发展美丽和丑陋并行着。作为平凡的个体生命,70后女作家亲身感受着这个发展过程中的变化,她们目睹了很多美丽消亡,让她们的心灵更加敏感、脆弱、孤独。所以,这一切都反映在她们的创作中,让她们笔下的每一个文字都带着强烈的刺痛感。

在周洁茹的小说中,生活的富足和窘迫是并存的,身体的痛感和快乐,感觉的敏锐和迟钝都在同一事件中被细致地描述着。甚至连她的小说标题都是相互对应的矛盾关系,"幸福"对应着"生病","结婚"对应着"离婚"。作家通过这样有趣的标题,将生活的不同层面都展示在读者面前。在小说《结婚》中,前妻带着孩子大闹婚礼的混乱场景,丝毫没有结婚的喜悦。在小

---

① 谢友顺:《奢侈的话语——1999年读70后作家》,《南方文坛》1999年第5期。
② 李敬泽:《穿越沉默——关于七十年代人》,《当代作家评论》1998年第4期。

说《离婚》中,作者将婚姻比作悬浮在没有地板的房间中的物件,从小说开始,好友四人各怀心事去寺庙求问姻缘,到最后四人的婚姻都以离婚收场,她们每一个人却都觉得如释重负。在这样一前一后的对比中,作者通过一个个故事传达着生活的真谛:叫作幸福的故事也不一定都是幸福,结婚不一定充满了喜悦,离婚也不一定只是痛苦。这些故事就像一幅幅剪贴画一样,凌乱地拼接在一起。但是,在这些杂乱无序的故事背后,作者也让我们去思考生活,去认清生活。或许,生活里所有的幸福似乎都带着不幸的基调,而所有的不幸也不一定带来的都是痛苦。

70后女作家作为社会的观察者,她们对于生活的感受和体验并不在于追求社会的共语性,她们把生活的琐碎作为自己的描写对象,拉近了小说的阅读距离。她们善于用此时此刻的叙述手法和同龄人的故事来进行创作,让小说中的所有人和事都能在读者身边得到印证。周洁茹小说中的毛毛、张英、葛蕾丝等女性人物都像是我们,又或者是我们的朋友,发生在她们身上的故事似乎也是我们身边的故事。作者用尖锐的声音不断地提醒着我们思考生活,思考自我。

周洁茹对于香港的在地书写,就如同波德莱尔对于巴黎冷静细致的观察一般,是带着距离感的审视和反思,同时也是作者对于自己多重处境的新的解读和认知。诚如本雅明评价波德莱尔时提到的:"与其说这位寓言诗人的目光凝视着巴黎城,不如说他凝视着异化的人。"[①]周洁茹的小说中的人物都带着陌生化视角审视着自己的所在地,他们身为迁移者,对于一个陌生环境的归属感的缺失和焦虑成了小说主要的书写对象,而这样的情感书写,也是作家对于自己内心和亲身经历的反思和感悟。

周洁茹的生活经历和她小说主人公的迁移过程是相似的。在她的小说中主人公对于香港的态度都是离散的,这样的情感态度也是作家本人态度的映射。周洁茹的写作是有别于香港本土作家的,就像她本人提到的:"作为一个香港居民,诚实地说,我对香港并没有很热爱。所以我的小说故事全都是发生在香港,但是主角都是讲着江苏话的。"[②]所以她的小说作品大多从第三视角入手,冷静地对香港进行在地书写。作家本人这种不断迁徙的经

[①] 瓦尔特·本雅明:《发达资本主义时代的抒情诗人》,王才勇译,南京:江苏人民出版社,2005年版。

[②] 周洁茹:《我们只写我们想写的》,《南方文学》2017年第1期。

历,反映在她的小说创作中,形成了独特的书写风格。但是,周洁茹对于香港的在地写作,也让她的小说成了香港文学的一部分。就如同作家自己提到的:"就冷漠到残忍的人与人之间的关系来说,这一点也确实是没有地域边界的。所以对我来说,香港人也是人,香港小说其实也是人的小说。"[①]虽然作品风格和本土香港作家的有所不同,但是周洁茹作品只是从另一个视角为我们呈现一个别样的香港,而在这个视角下的香港城市的繁华和喧嚣似乎都不是描写的主要对象,作家更想凸显的是一个移民者视角下的空间,以及在这个陌生空间中,每一个移民者内心的焦虑和无望。作家本人的离散意识体现在其小说创作中,形成了独特的在地书写,而这样的书写模式,也为我们提供了一个不一样的视角去看这个世界,去体会移民群体的成长和蜕变。

结　语

香港著名评论家蔡益怀曾经说过,周洁茹的作品是以随笔式的、感悟式的方式叙述着香港,完全没有夸张、变形、幻想式的书写,而是如实地进去。她写出了普通人仓皇无措的真实状况。[②] 不管是她的小说中带第三视角的在地书写抑或是描写这个特殊空间下的人物故事,她带着她独有的黑色幽默把一群人的生活展现在读者面前。或许在读者的眼中,周洁茹的小说是带着"先锋"味道和苍凉感的,她像所有 70 后作家一样,带着自己特立独行的写作风格,思考着这个世界,思考着生活。在周洁茹的小说中,她是坦诚的,她撕碎了自己的面具,和生活较着劲。在这个面具被撕毁之后,我们看到了生活赤裸裸的面貌,看到了这些移民群体身上的苦痛,也让我们思考自己的生活,思考生活的本质。周洁茹笔下的女性形象都是饱满鲜活的,她巧妙地在对每一个故事背景的融入和淡出中,勾勒着一个个人物的灵魂。在她的小说中,并没有关于这个时代的宏大叙事,只是以自己窥视的角度描写着一个特别的世界,描写着这群特殊的人,描写他们的成长蜕变。关于香港的故事很多,关于青春和生活的故事也很多,周洁茹的小说犹如一面镜子,

---

① 周洁茹:《我们只写我们想写的》,《南方文学》2017 年第 1 期。
② 蔡益怀、周洁茹、王威廉、李德南:《本土内外与岛屿写作》,《华文文学》2016 年第 4 期。

光影斑驳地映射着许多的人生碎片,而这些故事中,我们可以看见自己的生活。当我们穿透语言的外衣到达每一个人物的内心世界,他们用尖锐的声音传达着自己的生活感悟,这样的声音具有独特的文学魅力。

论几米绘本中对立型张力的体现[1]

▶张其月

绘本概念源自日本,译自英文"picture book"(图画书),但实际上"图画书"要比"绘本"的含义更加宽泛,指用"图"和"文"共同表现故事的书,是一种文字和图画结合得相当紧密的文本。"图文配合叙事手法的确立是现代图画书诞生的重要前提,这一手法同时也是现代图画书最显著的叙事特征之一。"随着新媒体技术的发展,文学形式渐渐呈现出多样化的趋势,读图时代的来临也让绘本这一文学形式日渐兴盛。文字与图画相配合的文学样式并不专属于这个时代,在中国,它远可追溯到汉初出现的《山海经》,近可追踪到近现代时期由石壁雕像和绣像小说发展而来的连环画艺术。在21世纪的时代语境和国内外其他图画文学艺术的影响下,绘本艺术有了长足的发展。

日本儿童文学家松居直认为绘本可以分为语言和图画两个系统,"绘本里有两个语言系统。一个是以文字来表记的文章,另一个是绘画。实际上,所有的绘画都能作为语言被阅读"[2]。从根本上讲,文字和图像都是一种符号,代表某种事物或者思想意识,绘本用图像符号和文字符号构筑了一种意义空间,文字和图像处于一种互补的关系之中。彭懿在《图画书——阅读与经典》中认为:"图画书是图画与文字共同叙述一个完整的故事,是图文合奏。说得抽象一点,它是透过图画与文字这两种媒介在两个不同层面上交

---

[1] 本文系2018年湖北省高等学校省级教学研究项目"基于慕课的《世界华文文学经典欣赏》混合式教学模式研究"(2018033)的阶段性成果。

[2] 河合隼雄、松居直、柳田邦男:《绘本之力》,朱自强译,贵阳:贵州人民出版社,2011年版,第21页。

织、互动,来讲述故事的一门艺术。"①在文字与图像的关系上,可以视其为两种符号间的对话,它们彼此之间互为语境,意义互补。绘本作为这两种符号所构成的独特文本形式,在与读者相接触的过程中生发出一种新的文本意义。

在最张狂辉煌的年纪里,一场突如其来的大病——急性骨髓性白血病,让几米在住院期间对生命有了更深的理解,当自己处于生命的紧张状态中,创作风格也随之改变。从无灵魂的赚钱工具,到注入灵魂的心曲,几米的绘本中不仅有神奇瑰丽的图像画面,就连辅助性的语言也如同一首清新隽永的小诗发人思考。绘本中一系列具有个人特色的图像符号和语言符号,例如,城市建筑、黑白斑马线、绿色的森林、神奇的动物、大大的眼睛以及无处不在的窗子等,这些独特的意象,共同构建了一个无论是语言还是画面都极具张力的世界。

一、色彩张力

几米对色彩的把握相当自如,光和影交汇,绚烂但不浮躁;用对比色调控制整个画面,含蓄稳重;简洁的冷暖调子营造出各种气氛,调节着故事的节奏,带动着读者的情绪。水彩的轻灵随意,与钢笔黑线的细密勾画搭配在一起,再加上木彩笔的轻松润色,松紧结合,虚实相生。颜色运用大胆,却显示出高度的融合性,同时能够结合人物的情绪来与之呼应,或者形成强烈反差。无论是人物的欢乐还是悲伤都能和色彩相契合,用色彩捕捉绘本人物的悲喜。用反差极大的两种色调,形成一种相反相成的和谐性,体现出一种色彩张力,并且有时会用一些简单的线条和色彩的组合来表现绘本人物内心的情感,隐射现代人内心的不安与混乱。

(一)明暗的对比融合

在《微笑月亮》中,一位父亲站在屋顶上向月亮许下心愿,希望月亮在女儿三岁生日的那天变成一轮满月,从女儿的窗前滑过。父亲的话语文字和父亲站在屋顶上微笑着向月亮祈求的画面,让读者可以感受到父亲对女儿的宠爱。而那愿望又是如此朴素简单,或许在成人看来,向月亮祈求有些过

---

① 彭懿:《图画书——阅读与经典》,南昌:二十一世纪出版社,2006年版,第10页。

(几米《我的心中每天开出一朵花》)

于荒诞,但在漫画世界中,这种无关物质、无关利益的愿望才是最朴素也是最贵重的。

在整个色彩的搭配中,几米选择了用跨页图来展示:一页图片是父亲向月亮祈求的画面,月光照射出的自然月色,柔和轻缓;另一页图片是女儿在黑暗中独坐床上等待的画面,整个场景除了女儿床边的一圈光亮之外,都处在黑暗中。极重的黑色铺了整幅画面近一半,只剩角落里的小片明色区,但是没有一种重量的失衡感,让人很容易将目光集中到右下角的小女孩身上。那个小女孩仿佛自带光芒,她用自己的生命力照亮了小小的一片世界,给人一种从内心散发出来的温暖感,与黑色区域相对抗。然而这种张力并不十分张扬,画者用一种隐隐的温暖笔调,传达出一种温柔的舒缓节奏,展现儿童世界的美好,观者也于不知不觉中生发出一种柔软的情愫。

《向左右,向右走》刻画了一对流浪在都市里的孤独青年男女的形象。他们在各自的生活轨迹里漂流,在一个偶然的时空下,他们相遇在公园的一角,一见钟情,度过了一个愉快的下午。然而当大雨来临匆匆分别之际,互相留下的写着电话号码的纸片被雨水无情地打湿,握在手中的风筝也随即

（几米《向左走，向右走》）

断了线。

这幅画里，男女主人中在雨中互留电话号码，匆匆分别。右上角的乌云不仅预示着即将到来的暴雨，而且也代表着他们即将遭遇的不幸。一幅画面的横向图被斜向切分，从左上角到右下角，形成两种对比强烈的风格。左下角部分是人物和草地，以黄绿色为主色调。人物的情绪和色调相呼应，共同组成明色调部分。右上角为携雨而来的巨大乌云，由墨黑和墨蓝色组成暗色调。乌云由上而来，逐渐逼近人物，有欲压倒之势，代表着人物轻松愉快的心情即将被失落悲伤所取代，预示着人物命运将出现悲剧性转折。

（二）形色的互补反差

《遥望》中，"我"表达了对自由的渴望，想要通过旅行来释放自己压抑的内心情感，但同时又因为恐惧感的增加，没有办法遵从自己的内心，所以只能告诉自己就像被绑住的小鸟，即使短暂高飞，在胡冲乱撞之后还是会回到牢笼，最终打消了旅行的想法。

画面左下角的人物脖子上戴着镣铐，面前放着一个笼子，手上牵着的线的尽头是一只奋力展翅的小鸟。整个画面中间是一团团混乱的线绳，而背景是淡雅的蓝白色。"我"脖子上的镣铐代表着生活对"我"的禁锢，让"我"无法逃脱生活的种种限制。"我"没有办法随自己的心而活。面对远方广阔

(几米《我的心中每天开出一朵花》)

的天空,"我"却只能偏于一隅,抬头仰望,表现对天空的向往。被束缚的鸟儿就是另一个自我的象征,那团团缠绕的线绳象征着生活中无端无序的限制,即使拥有翅膀,当另一端被线绳所牵,那么无论飞得多远也终究要返归鸟笼,不得自由。

　　背景的天空是淡淡的蓝白色,道路上也开着红绿相间的小野花,表现出一种春天到来的生机勃勃。由于蓝白色是浅色系,所以具有轻盈柔软性,让人在心理上产生一种轻快之感;同时蓝白色属明色系,暖色和亮色给人积极向上的感觉。所以整个天空的背景是一种轻快的、催人向上的色调。这样就和"画""语"产生一种对立的张力。背景的明快活泼与人物的困扰混乱相对比。画者并没有用强烈的暗色调来表达人物的内心阴郁和求而不得的痛苦,而是举重若轻,轻轻淡淡的几笔就将这种深沉的困囿感化于明色的画面中。这种悲伤是无形的,没有声嘶力竭,没有痛哭流涕,而是软弱无力,就像是躺在柔软的棉花上,可能没有太大的危害性,却让你失去原本的活力和色彩,留下的只有生活的一团乱线。

　　《向左走,向右走》中,男女主人公在失去联系之后,继续漂流在冷漠得令人窒息的城市中。关于那次愉悦的相逢时光的记忆似乎越来越远,变得越来越不真实。男女主人公各占据画面的一角,纵横交错的钢筋水泥柱阻隔了他们。这些几何形状的黑色水泥柱代表着工业化城市冰冷的一面,城

(几米《向左走,向右走》)

市中的人就迷失在这样的钢筋森林里。男女主人公的衣着颜色分别为黄色和红色,都是代表热烈明朗的明色调,却只在画面的两个角落闪现,大块的黑色将其覆盖吞没,对应着主人公从陌生时的孤独,到相遇相知的热烈,再到失联后的孤独。

二、构图张力

在构图方面,人与人、人与物、物与物之间,在画面中的比例并不完全是现实中的真实比例,相反会表现出一种怪异感与不和谐感。人有时与动物一样大,人与人之间的结构比例也有很大差异。绘本故事构图的安排规律,如全景构图、局部规图、横构图、竖构图等形式的变换,使得读者对绘本的阅读产生连贯流畅的艺术感。几米还善于运用各种构图素材,无论是落叶、树枝、电线杆还是楼群,到了几米的画面中,总能化为错落有致、聚散有时的元素,构成了现代化的视觉效果。

(一)个体与人群

《彩虹雨》中,"我"在灰黑的雨中放下手中的伞,面带微笑,仰头45度望着天空等待着梦幻的彩虹雨的到来。这是一种对美好希望的期待,虽然现在的雨是灰黑色的,但是春天将要来临,那么彩虹雨也将会到来。

(几米《我的心中每天开出一朵花》)

画面下方一排是动物和人类撑着雨伞,穿着雨衣,匆匆走过下着寒雨的大街。人类的面色更加凝重,他们呆呆地看向天空,雨加深了他们的愁苦,仿佛期望这样的寒冷雨季和灰暗生活早日结束。整个下方的颜色偏向厚重,占据画面的三分之一,向下沉淀的深色使画面具有坚实感。另外三分之二的画面是主人公穿着白色衣服,他手里拿着彩虹色的雨伞,面带微笑,仰头看向天空,他在期待着春天的到来、彩虹雨的到来。这三分之二的画面被明色调占据,主人公也呈现出一种欢快的神情,画面的基调是轻快的。虽然主人公身体的颜色与天空细雨的颜色几乎要融为一体,但他手中拿着的彩虹色雨伞正鲜明地暗示着他的心情,雨伞收至一边反手拿在背后,所占的画面面积虽然较小,却格外引人注目,读者几乎第一眼就会被这把伞的颜色吸引住,从而传达出乐观的情愫。

人群的苦闷抑郁与"我"的欢快窃喜,表明这是一种不流于俗的孤独,但同时也是一种无人能享的快乐。这种人群与个体相对立的张力表达出作者期待在生活的不美好中发现美好的积极心态,即使现在的雨是灰黑的,即使现在的天空是寒冷的,但彩虹雨一定会到来,春天一定会到来,哪怕只有一个人是那么期待。

就像都市里大多数人一样,一辈子也不会认识,却一直生活在一起……

(几米《向左走,向右走》)

松居直认为"能否进入绘本中的世界里,是评价绘本优劣的关键"①。几米的绘本世界并不是完全脱离现实的奇思漫谈,而是以坚实的现实基础为依据的。站台上来来往往的人是否让我们想到了生活中相似的场景?他们从事各种行业,过着各自的奔波生活,有着各自的心绪和烦恼。我们无从窥探,擦身而过的那几秒钟是我们仅有的缘分,然后各自消失在人海中。此时的我们似乎从现实生活跑到了绘本世界,再联想到自己的生活,一种意外的熟悉感油然而生。

男主人公抱着小提琴盒背身站在人群右侧,而头戴红帽的女主人公从左侧的地下通道走上来,双方没有注意到彼此。个体的鲜明色彩被人群冲淡,淡化为城市中的普通一员。阴沉的天空、熙攘的人群、笔直的铁轨……巨大的城市标记吞没了个人的存在感。个体在人群中是特殊而又平庸的存在。对于男女主人公而言,他们对彼此是特殊的存在,而对于画面中任何个体来说,他们身边的人都是一般的存在。他们被抛进这巨大的城市洪流中,所有人都沦落为人群中失去色彩的符号。这种个体与人群之间产生的对立

---

① 河合隼雄、松居直、柳田邦男:《绘本之力》,朱自强译,贵阳:贵州人民出版社,2011年版,第30页。

性张力展现了现代城市中人与人之间巨大的陌生感与距离感。

（几米《地下铁》）

（几米《地下铁》）

《地下铁》是以一个盲人女孩的心路历程为线索，以四季更迭为时间线，来探索城市及人群的多彩与孤独。这两幅绘图的主要内容都是盲人女孩与人群，它们有一个共同点就是盲人女孩以逆人潮为方向，一幅是在马路的人行道，一幅是在地铁通道。女孩孤独的身影穿梭在城市的各个角落，虽然看不见世界的匆忙与多彩，但是拥有丰富的内心世界，任由自己畅游在想象的空间。在人群中这样一个盲人女孩不那么起眼，却又是那么特殊，她与人群背道而驰。人人都在为生存奔忙，忽略了生活之美，忽略了自己生存于其中的城市之美，只有盲人女孩，用丰富的内心体会着城市的独特之美，感受着生活的赐予。个体对世界的丰富体验与感受和群体的匆忙与对世界的忽视，形成对立性张力。

（二）世界与窗口

几米绘本中最常出现的意象之一就是"窗子"，现实中窗子是面向外界的出口，它代表着一种视野的向外开拓，延伸一下就是当心灵被拘囿在内心的房间时，窗子就是人与外界交流的唯一通道。窗户的意象可以延伸变形，例如画框、电梯、鸟笼等，这些都是一种将自我与外在空间隔绝的方式。然而透过窗口或者鸟笼往外看，则会看到染上心灵色彩的世界。

（几米《我的心中每天开出一朵花》）

《等待等待》中是一个透过窗户静静等待的形象，生活中的你、我、他都是等待的形象，等待着春天、生日、欢乐、花开……各类事情的到来，期待一切美好的事情在不久的未来发生，所以这种等待是满怀期待的、乐观的。

画面中一棵巨型大树上有一个窗户,窗子里面透出温暖的橘色灯光,傍晚(或是阴沉)的天空下,树枝上坐着两个童话小人。窗户里面有一张圆圆的黄色面孔,不是正常的人物脸型比例,加上明亮的色调,共同代表的应该是人类内心中对明天的乐观期待。就像标题中的"等待",等待发生在"明天"的美好。然而,窗户里面的世界与外面的世界此时构成了一种内外的张力:窗户里的世界是明亮而又充满希望的,窗户外的世界是阴沉沉的,深蓝色容易让人感觉压抑和低落,仿佛在回应着窗户里的小人一样:你所期待的美好"明天"可能不会出现了。然而这样的画面又是如此安详,寂静的森林里,听不到一丝声响,无论是人物的内心还是读者的内心都陷入一种宁静。大家好像一起为明天等待,即使未知的将来无法预料,但这样安静地坐在树上等待也不失为一种积极的方法。

(几米《布瓜的世界》)

在《布瓜的世界》里,小孩子问着各种各样的问题,表达自己对世界的各种疑惑,看似幼稚的童言童语却包含着被大人忽视的真理。"再怎么伟大的道理,说多了也会变成陈词滥调。"①他们可以和小猫小狗建立自己的王国,他们可以对大人的爱发出自己的疑问,他们也可以在四季变化中感受时间的流逝悲欢。

小女孩趴在窗户上对着星星说话,怜悯星星承载过多的人类的愿望,在庆幸自己不是星星之后,她转而又开始说"而且我也要许愿"②。窗户外挂在天空上的星星代表着小女孩不可触及的小小心愿。孩子的童真善良让她真心地为星星的遭遇感到难过,这是天性使然。而后又向星星许下愿望,也是真心希望能够求得星星的帮助,看似矛盾的行为,却又合理真切。这是一个孩子的行为话语,无论怎样颠倒,都是那样可爱自然。

三、语言张力

绘本以图画为主、文字为辅,用简练含蓄的文字将图画的内涵表现出来,因此绘本中的文字具有蕴藉留白的特征,"绘本中的故事文本,由名词、动词、形容词构成陈述语句,不加连缀地依次排列,不仅很少有渲染和铺陈,也不具有通常文学作品所有的语言的丰富、形象、生动、精妙和细微。单独阅读绘本的文字,至多只能获得一个故事主干框架或梗概,在文字与文字之间、在句段与句段之间留有明显的断续、空白和间距"③。几米在绘本中赋予了文字和图画共同的生命力,不仅用"画"表达情感,更用"话"来谱写小诗。几米绘本中的文字叙述主要包括三种:序言性文字、独白性文字和旁白性文字。序言性文字主要出现在绘本开篇,打下整个绘本的感情基调,或者是提示即将展现的内容。独白性文字是指画中的主人公自己说出的话语,这是一种自己与自己的对话,呈现出众人对个体的不理解,尽显孤独感。旁白性文字是由于画中人物没有话语动作而作者对此作出补充解释性文字。虽然三种文字的表达主体和情感各不相同,但在显示文字的张力方面又具有一致性。

---

① 几米:《布瓜的世界》,北京:人民文学出版社,2002 年版,第 31 页。
② 几米:《布瓜的世界》,北京:人民文学出版社,2002 年版,第 29 页。
③ 陈晖:《论绘本的性质与特征》,《海南师范学院学报》(社会科学版)2006 年第 1 期。

（一）虚与实的尽情畅想

梦想·现实
我梦想了好几个世纪，
终于可以飘向太空。
我飘上太空，
那儿美不胜收，无拘无束，真好。
我飘上太空，
那儿安安静静，空空荡荡，真好。
但今天忽然想吃豆花、看电视、
为花草浇水、帮小猫搔痒、
想念巷口的芝麻饼……
我进入梦想，怀念现实，真好。
（几米《我的心中每天开出一朵花》）

"我"的梦想是飘向太空，当"我"终于进入了这个梦想的时候，感到了前所未有的满足。飘向太空是一个幻想，但这个虚幻却给了"我"欢乐，在那里"我"安安静静、无拘无束，尽情欣赏美不胜收的风景。然而"我"并没有沉迷于此，而是突然想起现实中的美好，那些真切的生活实感——吃豆花，看电视，为花草浇水，逗小猫，巷口的芝麻饼。琐细的生活场景与浩瀚的宇宙相比，一点也不逊色，它们同样让"我"着迷。对太空的虚幻追求，与对现实生活的想念之间构成了虚与实的张力。"我"可以同时拥有这两种美好，进入梦想，并怀念现实，并不会因为一方而放弃另一方，这样的生活真好。

《回家的路》并不一帆风顺，有时候一阵风就能吹折，一阵雨就能打湿，而在昨天，回家的路就被流星给撞落了，但"我"的想象还在，月亮和天使也还在，那么就可以重新打造一条秘密小路，尽情在蜿蜒诡谲的归途中冒险。每天回家的路途是枯燥无味的，但是可以用想象为自己营造一条独一无二的路。一条是现实中回家的路，一条是由想象、月亮和天使共同构筑的梦幻之路，现实和梦幻的结合让回家的路变得奇趣横生，妙不可言。

自由的畅想有时候能让枯燥平凡的生活变得多彩有趣，但当苍白的现实击碎多彩的梦想时，我们便开始怀念小时候的童真无虑。《森林唱游》里就描绘了这样的天真梦想：种一棵大树，然后修剪成一头大象的样子。童年的大象树和现实中的"我"窝在终日不见阳光的小小的公寓中的境况形成鲜明的对比。如同窗边枯萎的盆栽,真实而又苍白。虚幻的迷人梦想和现实的残酷生活,这是一种生活与梦想的对比,两者形成的虚实张力,既让人追忆往昔的美好,又感叹现实生活的无力反抗。

(二)内与外的等待发现

> 希望井
> 掉落深井,我大声呼喊,等待救援……
> 天黑了,安然低头,才发现睡眠满是闪烁的星光。
> 我总是在最深的绝望里,遇见最美丽的惊喜。
> (几米《我的心中每天开出一朵花》)

井类似于窗子,是一个相对封闭的空间,只有井口通向外界。但是井又比窗子更加绝望,因为井下离地面更远,更不容易得到救援;而窗子则直接连通外界,人也可以随时通过窗子获得信息,如果自己能再勇敢点的话,则可以直接打破窗户,解放自己。所以掉落深井中,能做的只是等待救援,而囿于窗内则能靠自己的勇气打破窗框。

深井内的环境是封闭狭小的,站在水中的"我"感受到寒意四处袭来。这是一种绝境中的无能为力之感。当环境坏到不能再坏的地步时,下一步可能就是希望。所以当"我"低下头,却发现水面上满是闪烁的星光。星光是从外界照射来的,给了绝望的"我"以希望。这是一种内与外的互相交流:在内的"我"有一种绝望的处境和心情;在外的星光则主动照射过来,增加"我"的勇气,让"我"发现美的存在,形成内与外的张力。最后一句"我总是在最深的绝望里,遇见最美丽的惊喜"[①],说明两种处境的对立形成张力感。绝望和惊喜是相互对立的,但是如果自己没有身处困顿中,可能由于生活的忙忙碌碌而忽略了生活中的美,所以在绝望中,我们能做的就是等待,这种等待给了我们停留和思考的机会,往往能发现平时发现不了的美丽的惊喜。

下雨的日子里只能在待在屋子里,盘算着天晴时候的各种计划——赏鸟、种花、玩水、采果,但雨始终不停,将"我"困在家中。屋外是自然,是自由,是玩乐;屋内是困顿,是等待,是无聊。这是截然对立、相互矛盾的两种

---

① 几米:《我的心中每天开出一朵花》,沈阳:辽宁教育出版社,2002年版,第16页。

处境、两种心情。但是"直到我决定在雨中赏鸟、在雨中种花、在雨中访友,雨才渐渐地停了"①,"我"开始带着欣赏的态度对待周围的一切,包括打乱计划的雨。雨渐渐停了,不仅是外面的雨停了,也是"我"内心惆怅的雨停了。当"我"学会在消极的环境下,转变自己的心态,改变行为态度时,周围的一切也就开始放晴,云破日出。在积极的等待中发现生活中的美。两种对立矛盾的转化,将外在消极环境带来的颓丧心态,扭转为个人乐观的心情,这也是一种内外对立型张力转化的体现。

几米的绘本以奇特的想象、多彩的笔触描绘出一片童真的世界,让成年人找回了丢失已久的童心,唤起了他们内心久违的温暖。通过几米绘本的张力性研究,我们可以发现,文学的跨学科研究不仅有利于扩大理论的适用性,还可以拓展学者的研究视野。用文学理论来阐释绘画领域的优秀作品,更加体现了比较文学的学科活力。随着社会的日益发展,绘本这种图文结合的文本形式,更有利于缓解人们心灵的压力,营造一个轻松愉悦的阅读空间。因此,对绘本的研究也将会越来越丰厚。

---

① 几米:《我的心中每天开出一朵花》,沈阳:辽宁教育出版社,2002年版,第70页。

从《忽如归》《因为有情》谈我的创作观

▶[马来]戴小华

《忽如归》是发生在20世纪70年代历史激流中一个家庭的真实故事。自从母亲1999年过世,这个故事就开始在我心中酝酿。然而,那时我刚担任马来西亚华人文化协会总会长,正在编辑出版《当代马华文存》,接着又出任马来西亚华文作家协会会长,需要完成《马华文学大系》。这两套共20本、1000多万字文献的编辑工作,让我一直无法定下心来书写。当然,最关键的还是缅怀往事,是我最艰难的挑战。往事不堪回首,一提起笔,就有不知从何说起的困难。这个真实故事里的幸存者多守口如瓶,不愿提及;而罹难者又死无对证。这种失语的痛苦不只是来自外部的压力,更是因为当事人内心驱之不去的创伤。

所以,我时写时停。在书写的过程中,眼泪经常会不受控制地流下来,有时甚至难以为继。还好资深出版人李昕不断催促我,鼓励我。他说,许多人写回忆录,是因为人们总是最关心自己,最忘不了自己;而大部分读者并不爱读别人的回忆录,也是因为别人的回忆录与自己无关,除非这个人的回忆录有其特殊性。你的家族史就具有特殊性。《忽如归》不仅仅是自己的家族书写,而且家族成员的各种命运,连接着海峡两岸半个多世纪的复杂关系,隐藏了一个大时代的流离和集体创伤记忆,展示了不为人知的血泪故事。而这种岁月的经历者都有职责把他们的记忆用文字书写下来,才不会使历史形成断层和真空。因为,除了官方记载也需要民间书写,这样才更容易看清历史的全貌。文学评论家陈思和教授说:《忽如归》的独特意义,就在于作者写出了20世纪两代中国人悲欢离合的历史:第一代人为了理想而战争,而分裂,而家破人亡;第二代人又为了理想而奔走,呼吁和平,弥合创伤。这是继聂华苓的《三生三世》、齐邦媛的《巨流河》之后又一部现代民族痛史。

此外,在国际文坛有着崇高声誉的王蒙先生,为了激励我尽快完成这部作品,还在百忙中主动提出为本书写序。这些都令我非常感动。

所以,这段历史"不能被淹没"的声音一直在我耳边频频催促,似乎不写出来,我的身心就无法得到安顿。何况,我也认为历史的真相需要不断补充,历史的延续需要不断叙述,只希望后人引以为鉴,让这段伤痛的历史不再重演。然而,《忽如归》并不只是诉说伤痛历史,而更愿意强调受难者和受难者家属在陷入极度孤绝和悲痛中,有着一股强大的救赎力量,也就是爱的力量。这些爱的力量包括亲情的、民族的、国家的、宗教的,这些都值得诉说。也正是因为这些亲情、正义、信念及信仰所产生的巨大力量,使他们能够迸发出奋勇向上以及超越苦难的决心,为这段冰冷的历史注入一股暖流。所以,《忽如归》不单记录了一个不正义的时代,同时也记录了一个有情义的时代。因而,中国评论家协会副主席毛时安先生非常感慨书中文字中表现出的"痛感",他说:"这种痛感非常特殊,非常淡,没有捶胸顿足但又是深入骨髓。"他又说:"《忽如归》书写坎坷却不沉溺于坎坷,书写苦难却又超拔于苦难,从亲情之爱、民族之爱到信仰之爱,层层升华。"中国社科院学者黎湘萍说:这是一本以"爱"反省"痛",以"爱"超越"痛",超越意识形态、政治立场、人为疆域与偏见的书。《忽如归》的核心在这个"归"字上,可以说它在几个层次上串起了全书的内容:意喻父母回归故土,回归心灵,海峡两岸关系能回归历史,回归文化,最后在历史激流中一切都回归平静。

今年5月由作家出版社出版的《因为有情:戴小华散文精选集》,是我从创作的众多散文中挑选和整理出来的,共84篇,记录了我内心深处曾经烙印的铭心记忆,和驻留某地所引发的心灵感动。全文分为4辑。辑一《往日情怀》。在这部分的21篇选文中,除了缅怀已逝的文坛前辈,还记录了我印象深刻的人与事。《阿春嫂》是我最早发表的一篇散文,此文写于1986年3月。当时看到《南洋商报》主办"记一个最难忘的人"征文比赛,我为了纪念为家人服务了半生的忠仆而参赛,没想到竟然得奖。之后,这篇文章又被选入南京大学的课外教材。《戈壁明珠》是1995年我到吐鲁番葡萄沟创作的,当时漫步葡萄架下,见品种繁多的串串葡萄晶莹光泽,有如进入珠宝宫,激动异常。此文被选入新疆中学语文地方教材(初中版)。辑二《因为有情》。这一辑的15篇选文,是我对爱情、亲情、世情的剖析和感悟。希望读者在阅读的同时,也能有所共鸣或领悟。其中《婚姻》一文被选入暨南大学预科系列教材(语文);《我的中国梦》则在"侨心共筑中国梦"全球征文比赛中获得一等奖。辑三《桑梓之情》。这一辑的29篇选文,书写与我有着深厚感情的马来西亚和我的祖国中国等地。辛弃疾说:"我见青山多妩媚,料青山见我应如是。"所谓"景附丽情",或许文中都蕴含着我的真情实意,因而《惊识大宝森节》和《寻找失落的伊班族》才能被选入马来西亚中二华文课本;《松花江的神奇》亦获得中国"徐霞客奖",又被选入《游记辞典》及《20世纪旅外华人散文百家》。辑四《寰宇风情》。共收录了我笔涉五大洲的游记19篇,是我对所经之地的自然景观及人文景观的所见、所闻、所感、所想。我以一个"地球人"的视角,在奇山异水间跋涉喟叹,在历史遗迹前驻足默想;或展现一幅幅瑰丽绚烂的自然奇景,或探求各民族性格及文明的发祥衰落,赋予笔下的游记以历史文化内蕴。整理这部跨越30余年时空的文稿的过程,其实也是对自我精神世界旅程的一次驻足、回首、审视、清理、批判和鞭策。谢冕先生为这部文稿作了热情真挚的序文《因为有情,更因为有爱》。

诚如巴金所言:"我之所以写作,不是我有才华,而是我有感情。"虽然,我从小就喜欢文学,但从来也没想要成为作家,因为当时在台湾写作很辛苦,收入又不高。20世纪50、60、70年代的台湾处于克难时期。因此,我只想大学毕业后多赚钱孝顺父母,所以修读的都是行政管理和商业课程。后来,我去了马来西亚定居,家里发生了非常重大的变故,想工作担起奉养父母的责任。然而,台湾的文凭不被当地政府承认,我只好去美国读研究院。在美国学习期间,马来西亚一位华裔政党领导人在新加坡涉及"新泛电诈欺事件",引发新马股市停止交易三天,最后演变成一场马来西亚华人的经济浩劫。出于激愤,再加上亲戚是做股票的,我及时捕捉了这场在1986年震撼马来西亚全国的合作社风暴事件,写就《沙城》。《沙城》不仅在当地华文报刊上连载,又被拍成电视剧。我就这样进入了文坛。

之后我又因《沙城》独得机缘,受到中国暨南大学和南京大学邀请,成为中马两国还未开放民间自由来往前,第一位被政府批准进入中国访问的"文化使者"。这趟刻骨铭心的旅程带给我的震撼和感动,又促使我写下了一系列的游记散文,如《戴小华中国行》《深情看世界》《闯进灵异世界》等。随后的作品以及去年上海三联书店出版的纪实文学《忽如归》都是因为某个人物或某个重大的历史事件,才让我有了创作的冲动。所以,我创作,不是因为我有才华,而是我的情感受到了某种强烈的撞击和敲打,让我不能不写,似乎不写出来,身心就无法得到安顿。因而我的创作观,其实都会受到我看过的书、所受的教育、所处的社会环境及政治局势的影响,这些影响也都快速地浓缩在我的创作实践中。或许创作的题材都是自己关心也是当地民众关注的,因而受到读者的欢迎。马来西亚《星洲日报》在20世纪90年代初主办了几届由读者票选当地最受欢迎的十大作家活动,我都是高票当选。即便如此,我还是有着困惑、心虚和不自信,因为我非常清楚,受欢迎未必就代表我的作品是好的,是优秀的。我曾读过一些有关文学创作的论述,有人认为,文学要和现实生活相结合,它必须和民众产生共鸣。但也有人认为,文学必须是纯而又纯、静而又静的,纯粹得像新鲜的空气,平静得像老子的哲学,这样的文学才是崇高的、永恒的。我对于此种文学境界,虽自己行不能至,但心向往之。我对于自己文学创作的道路,其实经常有着不安和困惑,一直到我读了中国敦煌艺术研究所第一任所长常书鸿先生亲身经历的真实故事,我才有所顿悟,豁然开朗。现在,我就和大家谈谈这个真实的故事。

当常书鸿先生在法国留学时,经常与一群年轻的艺术家探讨和争论创作观问题。那时的他,非常推崇"为艺术而艺术"的创作观。因此,那段时间,他千百次在罗浮宫和其他一些美术馆巡礼,对许多西方名家的绘画崇拜得五体投地,他相信这些才是世界美术的正宗、人类艺术的源泉。

直到有一天,他在塞纳河畔散步,无意中在一个旧书摊上发现了《敦煌石窟图录》,刹那间,他就被书中300幅敦煌壁画和雕塑的图片震撼了!那种遒劲有力的笔触、气魄雄伟的构图,完全可以和拜占庭基督教壁画相媲美。其狂野的画风,甚至比西方现代派还要奔放。而其中的人物又被刻画得那样生动细腻!然而,让他更为惊讶的是,这些竟都是1500年前一些不知名的民间画工创作的作品!这次意外的发现,竟使他验证了文艺作品中的绝对价值和相对价值。有些作品曾被视为杰作,然而随着时间的流逝,人们对它们的关注渐渐淡漠了。到了后来干脆就把它遗忘了。这就是一种相对价值。但是有的创作者并不把艺术当商品,不为了一时的利害,也不在意宣传效果,更不考虑各种各样的文学观,只是通过创作来表现对民众和艺术的发自内心的炽热感情。虽然,它们有些会在创作者生前被忽视或误断,死后才被有识之士发现,但经得起百年千年的历史检验,而成为真正的艺术珍品,这类作品才具有绝对价值。同时,这次意外的发现,也令他悟出一个在人生和社会所有场合中都通用的重要启示——虽然我们可以无须受制于既有的艺术理论,但我们不该忽视艺术的精髓是为了升华民众的心灵。

比如敦煌的画工,他们根本不理会世俗的想法,只是用自己整个心和灵魂去创作,去表达他们对宗教的虔诚,对生活的真实感情,因而具有了强大的生命力，即使经历千百年的风雨，仍然能给人以强烈的感染力，其影响经久不衰。过去，常书鸿一直抱着"为艺术而艺术"的想法；但是，看了敦煌的壁画和雕塑之后，他被这些画工的创作态度深深打动了，这群人才配称为真正的艺术家。自此之后，他感到，将自己局限在固有的艺术理论里，封闭在狭窄的象牙塔内，会流于轻率和武断。文学艺术家的天职，应是真诚地在作品中表现自己的思想和理想，奉献民众。常书鸿的亲身体悟，启发了我，只要是发自全身心全心灵，而不抱有任何功利的想法的创作，每个作家写他最擅长的，各展所长，读者选择他最感兴趣的，各取所需，这样才是一个非常开阔和多彩多姿的文学世界。文学是对人类生活与个体生命的关注与呈现。

谈作家的正业和副业

▶ [德]穆紫荆

一个作家,首先要有生活。有了生活之后,才能有好的创作。

作家这个称谓,一直以来在文学圈里就颇有争议。

中国人根深蒂固的等级观念,造成即便是在小小的一个写作圈里,也会有人喜欢把自己周围的人分个三六九等,其中,自己又总是被放在最高的位置,比如追捧所谓的纯文学。抑或有人喜欢将作家和作者区分开来。认为只有出了书的才算是作家,否则写得再多也无济于事。甚至有人将发表的园地和出版社也区分开来,或只承认纸媒不承认网络,或只承认大陆和台湾的出版社,不承认海外的等等,五花八门,可谓是各执一词。

这就是我们海外华文作家目前所面临的局面和环境。

对于创作这样一件原本十分个体化、自由化和个性化的事情,竟然会如此众说纷纭,这也和我们所处的时代有关。我们这几代人正处于一个手工与机械、人工与智能更迭的时代,不仅作家写作不再用纸和笔,读者的阅读渠道也从传统的纸媒迅速扩展到了网络和手机。信息的全球化、写作和阅读的全球化打破了区域之间的界限,作为一个作家,我们到底应该如何面对和接受这种新时代的产物,适应新时代的要求?这无疑是一个人人都无法回避的问题。

我个人对此的看法是:形式并不重要(正业还是副业都无所谓),重要的是源泉(你到底有没有创作的灵感?)和表达(你到底有没有属于自己的分析和经得住时间检验的观点?)。

下面我从两个方面来阐述。

一、什么是作家的正业，什么是作家的副业

我认为这本身就是个在立足点上有偏颇的问题。

我们说作家这个概念，无论是自我标榜还是别人尊称，都不是与生俱来的。也就是说，作家身份其实只是一个人无数生活常态之一，是人生中的一个标签。它既不能代表你的过去、现在和将来，也不能代表你的全部。无论什么职业和爱好，如果一个人只是专注在一个方面而不能顾及或者干脆放弃了其他方面，那这个人的人生肯定是不全面的。

更何况作家从事的是写作，人生阅历丰富的写作和人生阅历不丰富的写作，可以说会直接影响写作质量。所以说，什么是一个作家的正业，什么又是一个作家的副业，就看你如何看待自己的人生和生活在创作中的作用了。

我认为自己的生活既包括了作家的正业又包括了作家的副业。一个作家，只有生活丰富了，他的作品内容才能丰富。从这一点上说，我认为一个作家所从事的任何事情，都是其生活和写作的一部分，并且也是没有高低贵贱、正业和副业之分。

我自己的中短篇小说和长篇小说，都来源于我的生活。我在生活中的阅历和感悟，给我带来了创作的动机和源泉。一个作家，要具备一双观察的眼睛和一个思考的大脑，这两点"装备"，保证了他无论到哪里，无论经历什么事情，都能从中获益。

"作家"这两个字，不应该成为我们的牢笼，而我们也不应该陷入写什么和只能写什么，应该写什么和不应该写什么、不能写什么的这种无谓的歧途上去。而是应该敞开胸怀，积极投入生活，从生活的底蕴中去捕捉创作的灵感。生活给我们什么，我们就写什么，这样的创作才是生动的。比如：

> 初见阿朵的时候，我是先见到她的半只屁股的。在雪白而肥硕之中所凹进去的股沟边闪烁着一片细而金的汗毛。近年德国的年轻女孩子们流行穿无腰裤，它的特点就是当你蹲下去的时候，会露出你花而漂亮的丁字形内裤。然而，比那更流行的穿法就是根本不穿内裤，直接把半个屁股露给你看。当时的她就那样蹲在货架前做事，见我来了便站起，像一只毛绒大动物睡醒了似的，上下那么一抖，我才又发现她的个

子和我差不多。一般很少有个子比我矮的德国员工,阿朵却是个意外。她和我差不多,我就觉得是她比我矮。(摘自穆紫荆短篇小说《阿朵的幸福》)

这一段文字,如果没有生活是写不出来的。所以在我的眼里,什么是正业什么是副业没有人为的界限和划分。相反,我认为那种凡事都要画个圈,去人为地弄出个高上低下的事情,是作家的大忌。为什么呢?因为我们所面对的受众是各种各样的。有人不喜欢,必定就会有人喜欢。反过来,有人喜欢,必定就会有人不喜欢。这是规律,那么我们自己又为何要纠结呢?又有什么资格一定要别人去认同我们自己眼中的好或者坏呢?

我深信,只要是来源于生活的创作,就一定是对人类有意义的。所以我自己从不纠结于正业和副业的问题。人生长河处处有芬芳,你说我现在的状态是正业也好,副业也罢,其实从宏观来说,都是生命里的一个短暂的过程而已。

二、这世上有真正的纯文学吗

这个问题,和上面的正业、副业有一点关联,所以我就接着一气儿说了。

很多时候,当一个人在问自己或者看别人是不是在做着作家该做的"正业"的时候,在这个人的潜意识里,其实正说明他关注着纯文学。

这是历来在作家圈中容易引发讨论的一个误区。有的人以为世上有纯文学,而一个高雅的与众不同的作家,似乎就应该以追求纯文学为目的。

然而事实上,纯文学这样的真空地带在我们作家面前是不存在的。如果谁认为有,那是在自欺欺人。为什么这样说呢?因为我们作家并不是生活在真空里的。纵观古今中外,哪一部名垂青史的作品,不是和时代、政治以及文学以外的事情有关?《红楼梦》《水浒传》《三国演义》《西游记》等等如此,《红与黑》《悲惨世界》《茶花女》《战争与和平》等等也如此。

如果以为不涉及政治的文学就是纯文学,这样的看法是幼稚的。因为事实上,一个好的文学作品,不可能没有作家的主观意识。无论他想表达什么,他一定是受自己的思想意识所限制的。而这种具有局限性的思想意识又来自哪里呢?来自作家所处的环境。因为,只要他用文字写下来,他就是想给别人看,只要他想给别人看,就是想用自己的思想去影响别人。

所以我们说，一个好的作家，一个有担当、有思考的作家，必定是会和思想意识有关的，有忧患意识，会忧国忧民的。在他的作品中，也一定会反映出大时代的背景和与之有关的民生民情。

所以我特别感叹那些在群里不许大家讨论政治的规定，并打出政治和文学无关的理由。岂不知这样的做法，对作家的思想来说是一种反历史潮流的禁锢。问题还在于，思想是禁锢不了的，即便是在群里不讨论了，难道社会上也不讨论了？

就拿我们生活的欧洲来说，难民潮问题、欧盟议会大选问题、英国脱欧问题、德国警察中出现新纳粹组织问题等等，难道作为一个生活在其中的有头有脑的作家，可以视而不见吗？

再拿我们生活在欧洲的华人来说，中国改革开放四十年来经济的飞跃、东方新经济联盟的崛起、华为5G的超前发展、亚洲五国新共同体的出现以及由此而带来的有关集团资本主义和国家资本主义有何不同的思考，加之韩国和朝鲜的对话、中国传统文化的回归、中文在海外的地位提升等等问题，难道这些我们也能够视而不见、避而不谈吗？

如果我们连自己周围正在发生的变化和事情都不能正视、不敢讨论，那么我们的文学思维和创作就只能如空中楼阁和井底之蛙，对历史而言失去存在的意义。

所以，我主张一个作家，就应该时不时地、主动地，甚至多多地参与一些和写作无关的"副业"。这在某些人眼里也许会被看成是"不务正业"而不屑一顾，但没有关系。因为这些说别人是"不务正业"的人，不过是短视和暂时蒙了眼而已。根据我的经验和阅历，我深信，这些作家的"不务正业"，在经过一段时间的检验后，都能够成为创作源泉和让灵感喷发的"正业"。因为这就是创作来源于生活的规律。

结　语

一个作家，首先要有生活。有了生活之后，才能有好的创作。

为此，我个人历来是对己、对人、对所有的状态都保持欣赏和接纳的态度。因此，在生活上我也一直保持着出去工作的状态。至于什么工作，我是无所谓的。只要我能够胜任，我都很乐意去做。因为和社会的接触、和不同人群（不同种族）的沟通、和不同团队的合作，让我对己、对人、对事、对物都能够有更全面、更客观、更平和的认识和态度。

并且,也由此得到很多创作上的灵感。有了灵感,我就写。写成了,我就积累着。积累到一定的量了,我就拿出去出版。哪个出版社对我来说最经济、最快速,质量也最称心,我就在哪里出版。至于以上开头部分所提及的种种在人们眼里的分门别类,我都无所谓,因为对于作品来说,诞生了就是诞生了。就像灵感来了就来了,它才不会管你在哪里和以哪种形式。所以我的作品有在大陆出版的,有在台湾出版的,更有在海外(欧洲和美洲)出版的;出纸质版的,同时也出电子版和手机版的。

我觉得这就是在时代的潮流下,作为一个爱好写作的人(我更愿意这样称呼自己),应该去顺应的。摈弃人为的条条和框框,我们写什么、做什么、在哪里出版和以什么样的形式出版等等都不重要。重要的是你得到创作的灵感了吗?你有属于自己对人对事的分析吗?你拿得出经得住时间检验的思考和观点吗?

你如果有了这些,并将它们落实到文字上了,无论你写多还是写少,我认为你就是个合格的作家。

2019年北美华文文学研究综述[①]

▶刘雪娥[②]

北美华文文学研究是整个世界华文文学研究的重镇,2019年的北美华文文学研究成绩斐然,从作家、作品阐释到期刊社团研究,从理论争鸣到方法探索,都有新的开拓和发展。本文将从四个方面梳理2019年北美华文文学的研究面貌:作家和作品研究、社团期刊与文学现象研究、视角与术语研究、理论与方法研究。

一、作家和作品研究

作家和作品研究一直是华文文学研究的重要学术点。2019年北美华文文学研究也是如此,所占比重在整体研究中极为可观。其中,最受关注的是一直新作不断、创作丰富的"二苓(翎)"(严歌苓和张翎)。除此之外,"二陈"(陈河和陈谦)近年来的创作势头良好,关注度也在本年度明显上升。另外,卢新华、薛忆沩、吕红等作家也有些许关注度。

严歌苓是北美华文文学最具代表性的作家,也是创作最丰富、作品最多的作家。因此,关于她的研究成果也最为丰富。据笔者不完全统计,本年度严歌苓的相关研究论文共有76篇,其中硕博论文22篇。这些研究大体是从文学与影视改编、历史叙事、题材特征、语言特色等角度切入。比较研究是本年度研究者常用的研究思路,不过具体的研究角度较为多变。首先是严歌苓小说与影视改编两种媒介的比较研究。小说与影视改编一直是严歌苓

---

① 本文为中央高校基本科研业务费专项资金资助(2017TS078)。
② 作者单位:陕西师范大学文学院。

研究的热点,这两年又有《芳华》《妈阁是座城》两部电影票房大卖,所以从文学影视改编的角度进行研究的论文最多,且主要是围绕《芳华》《妈阁是座城》《陆犯焉识》这三部作品展开。比较有代表性的有叶航的《性别修辞与历史话语:海外华文女作家小说的电影改编》[1]、李晓娟的《〈妈阁是座城〉的边缘女性建构》[2]、骆淑文的《迷失的"归来"——论电影〈归来〉对小说〈陆犯焉识〉的改编》[3]、张燕和张亿的《电影〈妈阁是座城〉:被虚焦的澳门城市与历史文化》[4]、赵勇的《从小说到电影:〈芳华〉是怎样炼成的——兼论大众文化生产的秘密》[5]等。其次,还有从家族历史叙事的角度进行比较研究的,如刘红英的《新移民女作家如何叙述家族历史——以严歌苓、张翎、施玮小说为例》[6],有从严歌苓作品阶段性内容特征和艺术特色进行比较研究的,如张越和郭宝亮的《严歌苓小说创作的新趋向——以严歌苓近十年来长篇小说为中心的考察》[7]、邱月和朱瑞鸿的《女性的命运时空:严歌苓创作的成长节点与小说的艺术特色》[8],还有从人物形象、书写题材等角度进行研究的,如单援朝的《中日女性作家笔下的中国日本遗孤的形象——以山崎丰子〈大地之子〉和严歌苓〈小姨多鹤〉为例》[9]、颜敏和裴齐容的《历史的跨域想象——

---

[1] 叶航:《性别修辞与历史话语:海外华文女作家小说的电影改编》,《现代传播(中国传媒大学学报)》2019年第9期。

[2] 李晓娟:《〈妈阁是座城〉的边缘女性建构》,《电影文学》2019年第20期。

[3] 骆淑文:《迷失的"归来"——论电影〈归来〉对小说〈陆犯焉识〉的改编》,《华文文学》2019年第4期。

[4] 张燕、张亿:《电影〈妈阁是座城〉:被虚焦的澳门城市与历史文化》,《艺术评论》2019年第10期。

[5] 赵勇:《从小说到电影:〈芳华〉是怎样炼成的——兼论大众文化生产的秘密》,《文艺研究》2019年第3期。

[6] 刘红英:《新移民女作家如何叙述家族历史——以严歌苓、张翎、施玮小说为例》,《文艺争鸣》2019年第10期。

[7] 张越、郭宝亮:《严歌苓小说创作的新趋向——以严歌苓近十年来长篇小说为中心的考察》,《南京师范大学文学院学报》2019年第3期。

[8] 邱月、朱瑞鸿:《女性的命运时空:严歌苓创作的成长节点与小说的艺术特色》,《当代作家评论》2019年第3期。

[9] 单援朝:《中日女性作家笔下的中国日本遗孤的形象——以山崎丰子〈大地之子〉和严歌苓〈小姨多鹤〉为例》,《沈阳师范大学学报》(社会科学版)2019年第4期。

"南京大屠杀"的三种写法及其审美效应》①等。这些论文从严歌苓与其他作家创作的共性特点入手,多角度地分析了他们的差异和区别,从更宽广的维度确立了严歌苓书写的意义所在,是很有价值的研究。

再者,对严歌苓小说语言的关注也是本年度严歌苓研究的一大特点。严歌苓的语言很有特色,之前也有不少研究者注意到这一点,但系统地论述其语言特点的相对较少,本年度出现了几篇比较有分量且系统论述严歌苓语言特点的论文。如陈喆的《严歌苓小说语言风格探析》②从简约与细密、朴拙与华丽、幽默与冷峻三个方面点出了严歌苓的语言特点,并指出严歌苓的小说语言也存在"套路"与"重复"的问题;张越和郭宝亮的《论严歌苓小说语言的"正反对比"现象及其文化意蕴》对严歌苓"正反对比"的语言特色进行了深入的研究,并指出这种语言特点表明"严歌苓背后源自道家智慧的精髓,凸显出她看待世界的开放性视角和平常心,是她在独立咀嚼取舍的基础上对于道家文化的巧妙化用"③。陈文书的《超常搭配的语言研究——以严歌苓〈一个女人的史诗〉为例》则以《一个女人的史诗》为例,结合认知语言学、语义学、修辞学等的研究方法,详细地分析了严歌苓语言的超常规搭配现象,并探究了其功能。④ 除此之外,需要提及的是程国君的《"全球"视野与"中国故事"——严歌苓小说的全球性主题与叙事探索》⑤,这是程国君"新移民文学与全球化叙事"系列论文中的一篇,也是目前唯一一篇从全球性主题的角度对严歌苓的作品进行阐释的论文,其研究方法和学理思路值得借鉴。另外,杨超高的《论严歌苓〈芳华〉的身体书写》⑥、陈喆的《食物和衣物:严歌苓小说的两种意象》⑦、翟业军的《从系在扣子上的魂到情感的"孤儿

---

① 颜敏、裴齐容:《历史的跨域想象——"南京大屠杀"的三种写法及其审美效应》,《中国当代文学研究》2019年第2期。

② 陈喆:《严歌苓小说语言风格探析》,《当代文坛》2019年第4期。

③ 张越、郭宝亮:《论严歌苓小说语言的"正反对比"现象及其文化意蕴》,《天津师范大学学报》(社会科学版)2019年第5期。

④ 陈文书:《超常搭配的语言研究——以严歌苓〈一个女人的史诗〉为例》,《西南科技大学学报》(哲学社会科学版)2019年第1期。

⑤ 程国君:《"全球"视野与"中国故事"——严歌苓小说的全球性主题与叙事探索》,《兰州大学学报》(社会科学版)2019年第1期。

⑥ 杨超高:《论严歌苓〈芳华〉的身体书写》,《华文文学》2019年第3期。

⑦ 陈喆:《食物和衣物:严歌苓小说的两种意象》,《扬子江评论》2019年第2期。

院"——论〈陆犯焉识〉与〈芳华〉的文本旅行》①也是值得关注的,切入点虽小,但在文本细读、研究角度方面都颇见功力。

此外,值得一提的是严歌苓作品批评引发的一场讨论。此事肇始于2018年末杨光祖发表的一篇论文《"芳华"后的苍白与空洞——严歌苓小说缺失论》②。在该文中,杨光祖对《金陵十三钗》《陆犯焉识》《芳华》中的一些叙事细节、伦理倾向、叙事结构进行了批评。随后,许凡之、吴平安分别发表了论文《回到文本再看,严歌苓小说到底如何?——与杨光祖先生商榷》③《在雅与俗之间行走——就严歌苓小说的得失与杨光祖先生商榷》④与杨文进行商榷。这三篇论文,两篇发表在2018年末,只有吴文发表在2019年。虽然在年限上并不完全一致,但作为一种连续性的批评现象,不可做断裂式考察。尽管杨文的某些论断有失偏颇,批判态度也稍显苛刻,但他的观点并非没有道理,而严苛的写作要求背后何尝不是因为对严歌苓的创作有更高的期待?许文和吴文对杨文中的偏颇之处进行了矫正,所持态度也较为宽容。实际上,对于这场争论而言,最为重要的不是孰对孰错,而是不同声音的相互碰撞。商榷、争论本就是文学批评良性发展的一种表现。严歌苓还是一个处于创作中的作家,对她的创作评价也无法完全盖棺定论。况且,就算已然盖棺定论,不同的批评者也可以有不同的声音,也可以随着理解的变化推翻和重构曾经的论点。这本就是人文学科不同于理工科的一大重要特点,充满对话性、思辨性、批判性和不断阐释性。

整体来看,本年度的严歌苓研究呈现"跨界"的特点。研究者不局限于文学专业,而是涉及翻译学、语言学、文字学、影视学、人类学等多个学科,所使用的研究方法以比较研究为主,但其中既有跨体裁(影视与文学),还有跨文本、跨阶段、跨学科等的研究,维度多样,内容翔实,为我们深化对严歌苓小说创作的理解及其海外华文文学的认识提供了宝贵的学理经验,也丰富

---

① 翟业军:《从系在扣子上的魂到情感的"孤儿院"——论〈陆犯焉识〉与〈芳华〉的文本旅行》,《文艺争鸣》2019年第2期。
② 杨光祖:《"芳华"后的苍白与空洞——严歌苓小说缺失论》,《长江文艺评论》2018年第5期。
③ 许凡之:《回到文本再看,严歌苓小说到底如何?——与杨光祖先生商榷》,《长江文艺评论》2018年第6期。
④ 吴平安:《在雅与俗之间行走——就严歌苓小说的得失与杨光祖先生商榷》,《长江文艺评论》2019年第1期。

除了严歌苓,张翎也是近些年北美华文文学创作队伍中较为引人注目的一位。从1998年捧出处女作到2009年声名鹊起,再到2019年"生命力"三部曲的出版,张翎已经稳稳地在文坛走过二十余年。2019年张翎发表了中篇小说《胭脂》和《廊桥夜话》,由于研究的滞后性[1]和学界普遍对中短篇研究的忽视,张翎研究只有发表在报纸上的零星文章,系统、多元的研究还未展开。因而,学界这一年对张翎的研究大多仍集中在她2017年出版的小说《劳燕》上。相关的期刊论文有王春林的《战争中人性与命运的裂变——关于张翎长篇小说〈劳燕〉》[2]、韩宇瑄和伊艺飞的《论〈劳燕〉对"抗战书写"的突破与创新》[3]、周珉佳的《"亡灵隔空对话"——〈劳燕〉的叙事新法》[4]、刘世琴的《"归燕"何时归——论张翎小说〈劳燕〉中的文化选择》[5]、徐学清的《贞节观和性强暴:论〈劳燕〉》[6]、慕江伟的《战争叙事的探索及其突破——论张翎〈劳燕〉的抗战书写》[7]、何康莉和金进的《进入〈劳燕〉的三个维度:个人·性别·文化》[8]等。这些论文从《劳燕》的叙事探索、文化选择、思想观念、对抗战书写的突破和创新等角度不断深化对《劳燕》的理解。《劳燕》是张翎近年来的一部力作,对它的研究在某种程度上也是对张翎近年来创作功力的一种考察和评判。除此之外,另外两篇不是针对《劳燕》的张翎研究也需要注意。一是徐榛的《以疼痛的方式揭开人性的面纱——谈张翎

---

[1] 研究的滞后性,一是因为论文撰写需要一定的时间,二是因为论文发表周期较长。

[2] 王春林:《战争中人性与命运的裂变——关于张翎长篇小说〈劳燕〉》,《百家评论》2019年第5期。

[3] 韩宇瑄、伊艺飞:《论〈劳燕〉对"抗战书写"的突破与创新》,《温州大学学报》(社会科学版)2019年第5期。

[4] 周珉佳:《"亡灵隔空对话"——〈劳燕〉的叙事新法》,《东吴学术》2019年第4期。

[5] 刘世琴:《"归燕"何时归——论张翎小说〈劳燕〉中的文化选择》,《名作欣赏》2019年第17期。

[6] 徐学清:《贞节观和性强暴:论〈劳燕〉》,《华文文学》2019年第1期。

[7] 慕江伟:《战争叙事的探索及其突破——论张翎〈劳燕〉的抗战书写》,《中国现代文学研究丛刊》2019年第1期。

[8] 何康莉、金进:《进入〈劳燕〉的三个维度:个人·性别·文化》,《世界华文文学论坛》2019年第1期。

的"生命力"三部曲》①。他以张翎2018年的新作"生命力"三部曲为个例，从其前期到后期创作变化的角度来考察其创作的"恒常性"，即对疼痛的书写和对人的关注。这篇论文深刻把握了张翎创作的"变"与"不变"，并对其创作的核心进行了考察。二是刘雪娥的《从母体文化到混杂文化:新移民作家张翎的"寻根"叙事》②。她对张翎"寻根"叙事的三重意义进行了阐释。刘雪娥对张翎"寻根"叙事的界定其实也是对其"回望"叙事结构的探讨，而非"寻根"本身。结构即意义，无论刻意的还是无意的结构，都是以一种"不言说"的方式昭示着意义。

本年度研究关注度明显上升的两位作家是陈河和陈谦。和张翎同为温州人、同在加拿大，但创作风格截然不同的陈河，这几年的创作势头很强劲，《甲骨时光》《外苏河之战》都是近年颇受好评的作品。本年度关于陈河的研究也基本是围绕这两部作品展开的。如张娟的《海外华人如何书写"中国故事"——以陈河〈甲骨时光〉为例》③认为，陈河的《甲骨时光》以古典与先锋相结合的叙述方式，凭借其宽广的国际视野和双重文化的浸染，在重新审视中国经验的过程中塑造和构建了一个更为广阔的中国形象。沈嘉达和沈思涵的《基于"自由伦理"的个体叙事——〈牵风记〉〈外苏河之战〉论析》④是对2018年度小说排行榜中的两部战争题材小说的考察。论者认为，《牵风记》和《外苏河之战》都是基于"自由伦理"之上的个体叙事，这种叙事方式为战争小说的当代叙述提供了新的可能和方向。杨剑龙的《编织越战背景的悲情故事——读陈河的长篇小说〈外苏河之战〉》⑤从叙述方式、题材选择等角度论述了该小说的艺术得失。战争是陈河创作的重要题材，前有《沙捞越战事》《米罗山营地》《怡保之夜》，后有《外苏河之战》，所以也有不少研究者从

---

① 徐櫹:《以疼痛的方式揭开人性的面纱——谈张翎的"生命力"三部曲》，《文学评论》2019年第6期。
② 刘雪娥:《从母体文化到混杂文化:新移民作家张翎的"寻根"叙事》，《广西民族大学学报》(哲学社会科学版)2019年第2期。
③ 张娟:《海外华人如何书写"中国故事"——以陈河〈甲骨时光〉为例》，《文学评论》2019年第1期。
④ 沈嘉达、沈思涵:《基于"自由伦理"的个体叙事——〈牵风记〉〈外苏河之战〉论析》，《小说评论》2019年第4期。
⑤ 杨剑龙:《编织越战背景的悲情故事——读陈河的长篇小说〈外苏河之战〉》，《名作欣赏》2019年第10期。

战争书写的角度介入陈河的小说研究。如罗玉华的《论陈河的战争小说》[1]则从题材内容、主题思想、历史观、战争观、艺术特色等角度重点论述了陈河战争书写的个体化探索。陈庆妃和张嘉茵的《族裔政治与"他方"的战争——以陈河海外抗战小说为中心》[2]指出,对于海外华人华侨来说,由于空间地理上的疏离和参战立场的特殊性,抗日战争是一场"他方"战争。陈河对"他方"战争的书写一方面重现了海外华人的战争创伤和历史记忆,另一方面也使抗战文学增添了华侨华人独特的战争体验和历史维度。

  本年度的陈谦研究是以集体亮相的方式出现的。《广西民族师范学院学报》2019年第4期的"'文学桂军点将台'之陈谦论"刊登了一组论文:曾攀的《跨文化视域中的广西文学——以陈谦小说为中心》[3]、杨国伟的《新移民文学谱系中的个性与理性——以陈谦为中心》[4]、张厚刚和王希的《论陈谦小说的主题向度》[5]、李逊的《精神隐喻与欲望抗争——论陈谦小说中的记忆书写》[6]。曾攀将陈谦看作跨文化视域下广西文学中的"一个",从叙述模式、形象表达、文化建构的层面逐一考察陈谦的作品,认为陈谦对华人生活精致而有力的叙述,开阔了跨文化视域的新境界。杨国伟着重论述陈谦小说创作中主体性精神的表现,以及成因和意义。张厚刚与王希则对陈谦创作的主题向度进行开掘,认为"跨文化背景下的高科技领域华人女性精神成长""在人性与历史中对'文革'展开反思"和"对科技伦理困境的思考"这三个主题向度共同构成了陈谦的文本世界。李逊则从记忆原点、记忆选择和记忆重构三个层面探讨了陈谦的记忆书写,认为她对记忆的真实书写是在跨文化视域下探寻自我实现的精神途径。除"组团"研究外,陈谦的"单打"研

---

[1] 罗玉华:《论陈河的战争小说》,《小说评论》2019年第3期。

[2] 陈庆妃、张嘉茵:《族裔政治与"他方"的战争——以陈河海外抗战小说为中心》,《湘潭大学学报》(哲学社会科学版)2019年第5期。

[3] 曾攀:《跨文化视域中的广西文学——以陈谦小说为中心》,《广西民族师范学院学报》2019年第4期。

[4] 杨国伟:《新移民文学谱系中的个性与理性——以陈谦为中心》,《广西民族师范学院学报》2019年第4期。

[5] 张厚刚、王希:《论陈谦小说的主题向度》,《广西民族师范学院学报》2019年第4期。

[6] 李逊:《精神隐喻与欲望抗争——论陈谦小说中的记忆书写》,《广西民族师范学院学报》2019年第4期。

究中也有两篇论文很值得关注。一篇是聂梦的《陈谦的自我实现叙事兼及新移民文学的研究走向》①，该文从目前陈谦研究的盲区入手，将陈谦从新移民文学的"捆绑"中解脱出来，重新阐释和确立陈谦"自我"叙述的价值和意义，认为她的自我实现叙事"从新移民文学乃至海外华文文学于流散状态下确证文化身份，处理历史记忆、国族记忆的既有路径中跳出，通过自我建构实现了同全球视野中现代社会人类普遍经验的深刻勾连"。另一篇是杨一的《当代华文文学离散经验的辩证呈现——以广西新移民女作家江岚、陈谦、谢凌洁为案例》②，以广西的三位新移民女作家的创作为例，对其创作中不同离散经验的多重面向进行考察。

另外，卢新华、薛忆沩、吕红等作家也受到了研究者的关注。卢新华是新时期"伤痕文学"的开创者，深刻地影响了新时期的文学思潮。移民他国的卢新华虽然未将文学创作作为自己的主业，但依旧在断断续续地从事文学创作，出版了《紫禁女》《伤魂》《财富如水》《细节》《三本书主义》等小说和随笔。从1978年发表《伤痕》到2018年，卢新华已走过40年的创作之路，为了对卢新华的创作历程进行系统的总结和研究，《华文文学》2019年第3期组稿四篇，分别是钱虹的《铁肩担道义，妙手著文章——论卢新华40年的创作道路》、庄园的《论卢新华小说的异域书写与文化隐喻》、倪立秋的《思索的行者：卢新华其人其作》、彭志恒的《论卢新华叙事的价值》，以集体亮相的方式呈现了卢新华研究的最新成果。钱虹的《铁肩担道义，妙手著文章——论卢新华40年的创作道路》考察了卢新华40年的创作脉络，详细分析了他不同时期作品的创作意蕴、艺术追求和成败得失，并认为虽然卢新华的身份发生了变化，但他"依旧关注着中国大地的城乡变化，以及由此带给中国人从物质到精神，从思想到观念，从道德到心理层面的冲击与嬗变"，"依旧担负着反映中国现实问题的社会责任感，从未放弃中国文学'文以载道'的传统与作家'揭出病苦'的良知"。③ 庄园的《论卢新华小说的异域书写与文化隐喻》重点分析了《细节》和《紫禁女》这两部作品的文化隐喻和写作风格。倪

---

① 聂梦：《陈谦的自我实现叙事兼及新移民文学的研究走向》，《中国现代文学研究丛刊》2019年第2期。
② 杨一：《当代华文文学离散经验的辩证呈现——以广西新移民女作家江岚、陈谦、谢凌洁为案例》，《南方文坛》2019年第4期。
③ 钱虹：《铁肩担道义，妙手著文章——论卢新华40年的创作道路》，《华文文学》2019年第3期。

立秋的《思索的行者:卢新华其人其作》从卢新华的人生经历、文学作品入手,认为卢新华是一个"使命感很强的作家,他的解剖与哲思实际上是为了给自我、他人、民族、国家,乃至世界,寻找病灶,开下处方,疗救灵魂",并将其批判、反思的精神气质和文学精神追溯到鲁迅,认为两人遥相呼应,一脉相承。① 与倪立秋从批判精神、反思气质来勾连卢新华和鲁迅写作在精神内涵上的相通之处不同的是,彭志恒的《论卢新华叙事的价值》则是从整个现代文学的叙事脉络考察卢新华的深层叙事学结构与鲁迅的不谋而合之处,认为他们"同属于极简型的'人性与否定人性现实'的形式"。同时,彭志恒认为,卢新华的文学创作"体现了晚清以来不绝如缕的对中华民族生存境遇的真心关怀,对当下文学创作乃至文学批评具有珍贵的启发作用"②。四篇论文从卢新华作品的创作意蕴、文化隐喻、精神气质、叙事价值等方面,对他整整40年的文学创作进行了一次透彻的深描,是卢新华研究的大收获。

薛忆沩这两年的创作并不活跃,对他的研究依旧停留在他之前的代表性作品上,如《遗弃》、"深圳人系列"。比较值得关注的是朱旭的《论薛忆沩小说的自省叙事》③。这篇论文在对鲁迅《狂人日记》和薛忆沩《遗弃》《空巢》的对比中,考察了薛忆沩的自省叙事,认为他"继承了现代文学的自省叙事传统,且其自省的叙事重心因着社会转型与作家创作气质发生着变换,着重强调个体精神异化的自省策略;又承续自省和批判的价值尺度,是对人的尊严、价值充分尊重",并揭示了他在域内域外双重经验的熔铸中反思中国历史、文化、民族心理的自省叙事的独特价值。吕红近年来一直从事《红杉林》杂志的编辑、运营工作,为此耗费了大量心力,创作进展不大,本年度对她的研究有两篇。一是张清芳的《女性主义视角审视下的美国之"情殇"——以美华作家吕红的长篇小说为例》④以吕红代表作《美国情人》为研究对象,从女性主义的视角审视新移民女性在异国他乡遭遇的精神、物质上的诸多变化和困境,揭示了现代女性在标榜自由、平等的美国同样无法实现个人身心的解放之路。另一篇是古远清的《旅美作家小说中的中国经

---

① 倪立秋:《思索的行者:卢新华其人其作》,《华文文学》2019年第3期。
② 彭志恒:《论卢新华叙事的价值》,《华文文学》2019年第3期。
③ 朱旭:《论薛忆沩小说的自省叙事》,《中国现代文学研究丛刊》2019年第1期。
④ 张清芳:《女性主义视角审视下的美国之"情殇"——以美华作家吕红的长篇小说为例》,《中国当代文学研究》2019年第5期。

验——评吕红小说〈患难兄弟〉》[1],对《患难兄弟》中的主题意蕴、中国经验书写进行了评述。

整体来看,本年度北美华文文学的作家和作品研究呈现以下几个特点:一是作家研究呈现梯队式分布。最受关注的是严歌苓、张翎,其次是陈河、陈谦,再次是卢新华、薛忆沩、吕红等诸多作家。二是出现了两位组稿研究的作家:陈谦和卢新华。组稿研究一方面是期刊对作家的重视,以研究论文集体亮相的方式介绍和推出作家,本年度的陈谦研究即是如此;另一方面是期刊对中国当代文学史上有重要影响力的作家的创作历程的总结和回顾,以引起学界对作家作品的再认识和再反思,如本年度的卢新华研究。不管是出于怎样的目的,研究成果的集体展示对形成良好的学术对话和交流氛围都是极为有利的。三是研究内容、研究方法和研究视角呈现多样化。对作家的研究,从主题意蕴、创作理念、艺术特色、叙事探索、语言特点、文化立场等角度都有多方位的考察,而且注重挖掘单个作家创作的独特之处,发现其创作个性。作家和作品研究是文学研究的基础,本年度如此丰富多样的个案研究,极大地促进了北美华文文学的研究。

二、社团、期刊与文学现象研究

社团、期刊与文学的发生、发展紧密相连,因此,社团、期刊研究是文学研究中绕不开的重要组成部分。在百年北美华文文学的发展历程中,产生了众多的文学社团和文学期刊,它们对北美华文文学的历史进程产生了深远的影响。本年度北美华文社团、期刊研究极为凸显。北美华文文学期刊研究值得一提的是暨南大学的李亚萍,她长期致力于北美 20 世纪 40 年代华文现象、华文期刊的研究和整理工作,相继发表了《论 20 世纪 40 年代美华文学的发展及转变》《1940 年代美国华侨文艺的论争及意义》《胡风为〈希望〉杂志在美国的筹款前后》《美国华文杂志〈轻骑〉及其历史意义》等论文,对 20 世纪 40 年代北美华文期刊《华侨文阵》《轻骑》《美洲华侨日报》《希望》等的文学创作、历史意义、文化史料等方面进行了梳理评价。2019 年,她又发表了该系列研究论文《美国华文杂志〈新苗〉及其小说创作》和《重庆的文

---

[1] 古远清:《旅美作家小说中的中国经验——评吕红小说〈患难兄弟〉》,《世界文学评论》(高教版)2019 年第 2 期。

坛、报纸、剧坛——〈美洲华侨日报〉所刊荒芜散文》。《美国华文杂志〈新苗〉及其小说创作》研究了《新苗》发表的华文小说，这些小说"主要围绕20世纪40年代的唐人街社会，以写实笔法呈现各类华人的生活及其命运，着重呈现父子冲突、战争新娘等唐人街热点问题，表现出写作者对唐人街社区普遍的现实关怀和强烈的社会责任意识"[1]，在北美华文文学发展史上具有重要的节点意义。《重庆的文坛、报纸、剧坛——〈美洲华侨日报〉所刊荒芜散文》梳理了荒芜先生与《美洲华侨日报》的关系，并整理了他在1945—1947年在该刊物上发表的一组回忆战时重庆生活的散文。除此之外，还有吕红的《华文传媒的历史责任与时代担当——〈红杉林〉的创新及跨域特色》[2]，对《红杉林》这一期刊的创刊特色和跨域特点进行了研究。社团、期刊研究还应该注意的是2019年4月在陕西师范大学举办的一场学术研讨会——"欧美华文社团、期刊网络史料整理与华文文学史书写"。在此次会议上，与会学者就华文文学中期刊、社团研究的相关问题展开了讨论，一致认为华文文学社团、期刊研究目前是华文文学研究极其重要的学术增长点，它的意义和价值亟待挖掘。在北美华文文学研究中，期刊、社团研究一直是薄弱点，李亚萍、吕红等学者对期刊的关注，陕西师范大学关于社团、期刊研讨会的举行，都意味着北美社团、期刊研究已逐渐进入学者视野，将成为日后北美华文文学研究的一个重要趋势。

　　文学现象研究也是文学研究的重要组成部分。在百年北美华文文学发展史中，新移民文学是本年度研究的重心。具体分为三类：第一类是对新移民作家作品中的共性特点，如主题书写、艺术特色、叙事结构等的文本研究（不包括个案研究），如迟雷鸣的《新居残缺与故土召唤——论加拿大新移民华文小说》[3]。该文从加华小说中隐匿的"新居残缺—故土召唤"结构入手，考察了小说中新移民主体在种种"残缺"之中对西方"真相"的洞察，以及以

---

[1] 李亚萍：《美国华文杂志〈新苗〉及其小说创作》，《世界华文文学论坛》2019年第2期。

[2] 吕红：《华文传媒的历史责任与时代担当——〈红杉林〉的创新及跨域特色》，转引自国务院侨务办公室、河北省人民政府、中国新闻社主编：《牵手世界 见证时代——华文媒体的"中国故事"：第十届世界华文传媒论坛论文集》，香港：香港中国新闻出版社，2019年版，第85—90页。

[3] 迟雷鸣：《新居残缺与故土召唤——论加拿大新移民华文小说》，《东南学术》2019年第2期。

各种姿态聆听"故土召唤"而生成的情感"归境"。这篇论文以叙事学为基本研究方法,对加拿大华文小说中的叙事结构及其意义进行了深度分析,具有启发意义。第二类是对新移民文学的发展轨迹、意义与局限的研究。周之涵的《从留学生到新移民:海外华文文学创作的历史变奏》[1]梳理了华文文学的三个发展阶段:早期留学生文学、"保钓运动"影响下的留学生文学、新移民文学,并对每个阶段的文学风貌进行了描述。周之涵的研究标题虽然是"海外华文文学创作的历史变奏",但研究对象实际上是北美华文文学或者说是欧美华文文学。因为粗略的三阶段划分并不适合东南亚华文文学的发展轨迹。欧阳婷的《美国华人新移民文学的意义、局限与进阶路向》[2]在肯定了美国新移民文学的积极意义和积极影响的基础上,指出了其创作的局限性,即主题单一、功利性表达和中国想象的隔膜等问题,进而提出新移民文学发展的进阶之路。第三类是新移民文学的研究述评,如刘世琴的硕士论文《中国大陆新移民文学研究的学术历程》[3]。该文系统地梳理了大陆新移民文学研究的学术历程,从阶段划分、主题聚焦、区域专题、发展评估等方面进行了全面的扫描,是对大陆新移民文学研究三十年的一次大总结。新移民文学是北美华文文学的重要组成部分,也是彰显北美华文文学繁荣发展的重要指标,更是作家、作品、评论家同时"在场"的文学,成为本年度的研究热点是必然的,甚至它也必然会是日后北美华文文学研究绕不开的学术增长点。

三、视角与术语研究

本年度,北美华文文学研究的空间视角有所凸显。程小柏的硕士论文《北美新移民文学的空间叙事》借助空间叙事学的理论,从空间叙事类型、空间叙事结构、空间叙事意义等多个层面探讨北美新移民文学的思想艺术特征。除了对小说文本中的空间形态的研究之外,本年度的一些论文还对诗

---

[1] 周之涵:《从留学生到新移民:海外华文文学创作的历史变奏》,《汕头大学学报》(人文社会科学版)2019年第8期。

[2] 欧阳婷:《美国华人新移民文学的意义、局限与进阶路向》,《求是学刊》2019年第5期。

[3] 刘世琴:《中国大陆新移民文学研究的学术历程》,浙江师范大学硕士论文,2019年。

歌中的地理空间、空间意象、空间建构等问题进行了探讨。宋阳的《离散空间的衍变与再现——解读美华历史与文学中的天使岛》[1]以美国历史和华裔/华人文学中的天使岛为研究对象,探讨天使岛在美国华人族裔历史建构中的持续衍变和承接意义。宋阳认为,在不同时期的文学作品中,天使岛被赋予了不同的寓意:"从拘禁早期华人移民的霸权空间,到装载早期华人移民文化财产的文化空间,再到封存华裔族群先辈记忆的文学标本空间",这意味着天使岛在逐渐衍化成一种文学空间意象,"最终成为警示美国政府的排华黑暗历史、宣告早期华人移民的痛苦经验与不屈精神、标示华裔族群源头和身份合法性的独特族裔空间"。宋阳对天使岛的研究是以真实的地理空间为基础的,是一种文化地理学角度的空间研究。而胡王骏雄的《抵达诗人创作生命之源——论杨炼海外诗歌的空间建构》则是对诗歌内部叙述空间建构的一种考察。他认为杨炼始终坚持自己的"空间诗学观","在诗歌创作中以智力取代时间,构建起精神宇宙与外部世界互通互融的诗意空间,它们围绕着诗歌这个恒定的圆心层层荡开,又层层深入,最终构成了诗人'同心圆'式的诗歌与生命终极程式的诗歌追求与艺术价值"[2]。从上面三篇关于空间研究的论文可以看出,空间视角虽然是华文文学重要的研究维度,但是空间概念的强大包容性,使它的内涵并不统一。这也启示我们,对于空间问题的研究,既可以在虚拟态和真实态的维度上探讨,也可以在话语层和故事层、地理层和文本层等角度上审视。只是在运用术语时,一定要明晰研究对象的逻辑层和问题域,才能保证所探讨的问题在一定范畴内的有效性。

中国故事、中国书写、中国叙事、中国文化、中国表述、中国形象、文化中国等一直是华文文学研究的重要议题。本年度的此类研究也较多,基本都是对具体的华文文本中的中国书写、中国叙事、中国形象等进行阐释和分析。如马德生的《想象中国:"自我"与"他者"的互动融合——以新移民女作家严歌苓、张翎、虹影为例》[3]从新移民作家中最具代表性的三个女作家严

---

[1] 宋阳:《离散空间的衍变与再现——解读美华历史与文学中的天使岛》,《聊城大学学报》(社会科学版)2019年第2期。

[2] 胡王骏雄:《抵达诗人创作生命之源——论杨炼海外诗歌的空间建构》,《华文文学》2019年第1期。

[3] 马德生:《想象中国:"自我"与"他者"的互动融合——以新移民女作家严歌苓、张翎、虹影为例》,《河北大学学报》(哲学社会科学版)2019年第5期。

歌苓、张翎、虹影入手,考察她们的小说文本是如何在"自我"与"他者"的互动融合中想象中国的,并认为她们小说文本的"'异域书写'中呈现的'他者'的存在与'落地生根'的精神诉求、'自我'的寻找与文化身份的认同重构、'自我'与'他者'的互动与异质文化的对话融合,既显示出与大陆作家、早期海外华人作家不同的诗学内涵,也体现了在全球化、多元文化的时代语境下的有益探索和转型深化,更表明了如何面向世界讲好中国故事、塑造中国形象的文化自信和终极诉求"。冯晨旖的硕士论文《新世纪以来美国新移民小说中的中国书写》[1]从书写特点、主题选择、创作动机、文化姿态、艺术得失等角度考察了新世纪以来美国新移民小说中的中国书写,认为新移民小说在异域视角下观照中国历史和当下,是对中国本土书写的一种拓展和延伸。以上关于"中国性"问题的探讨,是建立在具体作品基础上的一种文本阐释,还未上升到理论探索的高度。

母题研究是指对反复出现的、有利于一部或多部作品之间形成有意义线索的"主题""情节""人物""意象"等的研究。在本年度的北美华文文学研究中,母题研究呈现多样化、多角度的趋势。丰云的《论北美新移民女作家的职场叙事》[2]以新移民女作家作品中的职场叙事为研究范畴,分析职场叙事中所呈现的文化冲突与文化交融,以及新移民女性在职场中的个体价值认知等。刘红英的《新移民女作家如何叙述家族历史——以严歌苓、张翎、施玮小说为例》[3]考察了构成中国历史文化中各种关系基础的家族关系,论述了新移民作家由于生长背景、所接收的文化资源等原因,在中国式家族历史叙事方面进行的探索。贾德春的硕士论文《20世纪50年代以来美国华文小说中"中国梦"书写研究》[4]是以"中国梦"的母题为考察核心,从"民族振兴梦""国家富强梦""人民幸福梦""文化自信梦"等角度阐释了美国华文

---

[1] 冯晨旖:《新世纪以来美国新移民小说中的中国书写》,南京师范大学硕士论文,2019年。

[2] 丰云:《论北美新移民女作家的职场叙事》,《华文文学》2019年第2期。

[3] 刘红英:《新移民女作家如何叙述家族历史——以严歌苓、张翎、施玮小说为例》,《文艺争鸣》2019年第10期。

[4] 贾德春:《20世纪50年代以来美国华文小说中"中国梦"书写研究》,大连理工大学硕士论文,2019年。

小说中的"中国梦"内涵。盖建平的《跨国的艰难:论美华文学中的"母亲之死"》①,分析汤亭亭的《华人·金山勇士》和白先勇的《芝加哥之死》中的"母亲之死",由此为切入点,揭示"20 世纪中期华人移民纠结于'做中国人还是做美国人'的文化心理困境"母题研究的跨文本性,决定了它所使用的基本研究方法是比较,而且不同的母题所形成的多样的意义线索,对华文文学实现深入研究具有重要意义。

四、理论与方法研究

在理论探索方面,"离散"话语和学科命名的争议与辨析是本年度最突出的两个方面。"离散"一度是华文文学批评的重要理论话语,但由于其学术研究议题的西方缘起,及自诞生之日起携带的"驱逐""流亡"等被迫离开的悲凉情绪,使它遭受了很多的批评和质疑。很多学者试图通过话语改造的方式让其适应于当下的华文文学批评,童明的"飞散"、王宁的"流散"、武文茹的"华散",都是这种努力的结果。事实上,这些话语改造除了"流散"获得部分的认可和接受之外,其他的都成了"一家之言",并未产生深刻的影响。本年度也有对"离散"话语进行反思和质疑的论文,如江少川的《全球化语境中"离散"与家园写作的当代思考》②。江少川认为,"离散"作为一个后殖民批评术语,它的含混性和倾向性,以及全球化时代世界格局的新变化,使它已经不符合新移民文学研究的现状和实际,提出应该用更加开放、包容、多元的"散居"来代替。江少川"散居"的提法与之前"飞散""流散""华散"的话语改造实践一脉相承,既承认海外华人、华文文学"散"的事实,也对"离"的内涵提出了质疑。"新移民文学研究为什么一定要沿用后殖民批评的术语?"这是江少川反对"离散"术语的原因之一。但是,他没有注意到的是,"散居"其实也是一个后殖民批评术语。③ 无独有偶,温明明的《从离散到

---

① 盖建平:《跨国的艰难:论美华文学中的"母亲之死"》,《华文文学》2019 年第 3 期。
② 江少川:《全球化语境中"离散"与家园写作的当代思考》,《华文文学》2019 年第 1 期。
③ "散居"一词来源于西方的族裔研究和文化研究。

跨国散居——论"全球化语境中的海外华文文学"》[1]却注意到了这个问题。他和江少川一样,都建议用"散居"替代"离散",并且追溯了其学理依据。他指出,"归返母体""后离散""旅行跨国性"都是目前全球化语境下华人流动的基本现象,这些现象的出现意味着"离散"已经无力涵盖和描述华人遭遇全球化的生存景象。因此,他认为应该重新阐释"diaspora"一词,将原来的"离散"翻译为"散居",并指出族裔研究、文化研究以及斯图亚特·霍尔等学者早就有过相关论述,如张冲、邹威华将这个词翻译为"散居",而且,"'散居'具有分散、扩散居住(留)等含义,既保留了'离散'中向外播散的含义,又摒弃了传统'离散'的悲情意味,更能反映出全球化时代'diaspora'的多样性。同时,与'移居'相比,'散居'因暗示无针对性的方向,又带有可逆性"。两位学者通过不同的学理路径,"异曲同工"地修正"离散"话语的努力为华文文学研究走出理论困境做出了一定贡献,其意义和价值值得被肯定。

华文文学命名的争议一直都存在,"世界华文文学""华文文学""台港澳暨海外华文文学""华文文学""华语语系文学""汉语新文学"等,这些命名混杂使用,一直难以统一,这也是华文文学学科建设的独立性遭受质疑的原因之一。本年度有两篇论文是对该问题的探讨。一篇是颜敏的《华文文学的跨语境传播研究:对象、问题与方法》[2],在文章第一部分关于华文文学研究对象的界定中,对以上的学科命名逐一辨析,认为"华文文学"从历史(经验)、美学(艺术)、方法(思维)等维度考察,都是最适合的总体性命名。另一篇是朱双一的《世界华文文学:全世界以汉字书写的具有跨境流动性的文学》[3],她详细地辨析了"中文""华文""华语""汉文""汉语",以及是用"语系"后缀,还是用前缀"世界""台港澳",从历史、词义的角度进行了学理性的梳理,认为"世界华文文学"是最佳的学科名称。并在此基础上,对富有争议的"华语语系文学"中引申出来的两个问题:中国是否是殖民者和中国中心主义的问题进行了商榷和辩驳;也对世界华文文学与中国文学的关系问题从文学发展的现实、历史和跨境流动的独特性等角度进行了考察,认为

---

[1] 温明明:《从离散到跨国散居——论"全球化语境中的海外华文文学"》,《华侨华人历史研究》2019年第4期。
[2] 颜敏:《华文文学的跨语境传播研究:对象、问题与方法》,《暨南大学学报》(哲学社会科学版)2019年第6期。
[3] 朱双一:《世界华文文学:全世界以汉字书写的具有跨境流动性的文学》,《华文文学》2019年第1期。

两者的关系应该是"两圆交叉"。颜敏认同"华文文学"的学科命名,朱双一倾向于"世界华文文学"的名称,其实两人对学科名称中心语的内涵和外延持相同的看法,区别在于是否要加"世界"这个前缀。朱双一选择"世界"一词,是与"海外"相比的,"海外"的说法有主与次、内与外、中心与边缘的问题,所以,她认为"采用'世界'一词就可避免这一问题:它涵盖最广,世界上所有国家、地区都可包括在内,且相互之间并无内与外、主与次、中心与边缘的分别,所以是最妥适的用词"。颜敏则认为,"世界"一词由"海外"发展而来,虽然去除了主次、内外的空间政治,但是"世界"的"概念与所指对象之间的裂缝——世界华文文学本应包括全世界所有的华文创作,怎能将数量众多、影响甚大的我国大陆的汉语文学排斥在外呢?"。正是基于这样的考量,她在这两个命名之间选择了"华文文学"。朱双一也并非没有意识到这个问题,她从三个方面——学科设置、中国文学和华文文学的内容含量、中国文学"收编"华文文学的现状,论述了世界华文文学不必将大陆的汉语文学囊括在内。颜敏和朱双一观点不同,是因为两人的论述思路是不一样的,颜敏是从"世界华文文学"的学理内涵考虑的,朱双一则是从世界华文文学与中国文学的现实关系入手的,但其实两人对学科命名的基本问题、基本理解是一致的。她们从不同理路对同一问题的探讨对华文文学研究很有启发意义,也对学科命名的日益清晰化和明确化功不可没。

在研究方法上,颜敏"跨语境传播研究"是很有启发性的探索。跨区域性、跨文化性是华文文学极其显著而独特的文学特征,也是造就它文学意义和文学价值的关键因素。近年来,借用传播学的相关学科知识,从媒介研究的角度介入华文文学,是华文文学研究扩展新思维和新经验的一种重要方法。颜敏是这种研究方法身体力行的实践者,多年来一直致力于华文文学的跨语境研究。2008年,她的博士论文《在杂语共生的文学现场——"台港暨海外华文文学"在中国大陆文学期刊中的传播与建构(1979—2002)》[1]系统地梳理了20世纪70年代末以来台港暨海外华文文学在大陆的传播阶段与传播模式,考察了台港暨海外华文文学融入汉语文学场的过程、方式及效应,并对台港暨海外华文文学跨语境传播的某些成见提出了质疑。博士论文为她日后的跨语境传播研究打下了良好的基础,后续的研究在此基础上

---

[1] 颜敏:《在杂语共生的文学现场——"台港暨海外华文文学"在中国大陆文学期刊中的传播与建构(1979—2002)》,暨南大学博士论文,2008年。

更为深入。而且,她对文学传播媒介的关注也不仅限于文学期刊,而是逐渐扩展到了学术会议、微信、影视传播等,《传播与研究的互动——从"开卷八分钟"看华文文学跨语境传播的几种现象及启示》①《微信与华文文学的跨语境传播及相关问题》②《海外华文文学在内地的影视化传播》③《海外华文文学在内地影视化传播中的语境适应——以〈北京人在纽约〉为例》④都是这方面有代表性的研究成果,也是她的国家社会科学基金青年项目"华文文学的跨语境传播研究暨史料整理"的阶段性成果。本年度,她发表了三篇关于华文文学跨语境研究的论文。《华文文学的跨语境传播研究:对象、问题与方法》⑤"通过对总体性命名的思考、对华文文学跨语境传播中诸多现象与问题的梳理,以及媒介研究视角的深入分析",对"华文文学跨语境传播研究的对象、问题和方法"进行了明晰的梳理和界定。虽然是对跨语境研究基本范畴的探讨,却是颜敏多年来对华文文学跨语境传播深入思考的总结性成果,为日后她在华文文学跨语境传播的研究方面指明了方向,具有奠基性的意义。在这篇论文中,颜敏认为华文文学跨语境传播研究涉及三个层面:其一,梳理 20 世纪 80 年代至今华文文学跨语境传播的流变趋势,以及它与文本解读方式、研究范式之间的关系;其二,"从媒介运作的角度,通过分析媒介的传播策略、运作方式等梳理华文文学跨语境传播的现象与规律,凸显跨语境传播对华文文学发展的深层影响";其三,"以问题或主题等为线索,分析其在华文文学所处媒介场中的传播过程和流动机制,对华文文学的诗学问题进行整体性的宏观思考"。《跨语境传播视野下的华文文学国际学术会议研究》和《历史的跨域想象——"南京大屠杀"的三种写法及其审美效应》则是对以上三个问题域中的具体文学现象、文学问题的研究。《跨语境传播视野下的华文文学国际学术会议研究》从华文文学国际学术会议举办方、参与

---

① 颜敏:《传播与研究的互动——从"开卷八分钟"看华文文学跨语境传播的几种现象及启示》,《世界华文文学论坛》2018 年第 3 期。

② 颜敏:《微信与华文文学的跨语境传播及相关问题》,《华文文学》2017 年第 5 期。

③ 颜敏:《海外华文文学在内地的影视化传播》,《华文文学》2016 年第 2 期。

④ 颜敏、王莉娜:《海外华文文学在内地影视化传播中的语境适应——以〈北京人在纽约〉为例》,《惠州学院学报》2015 年第 1 期。

⑤ 颜敏:《华文文学的跨语境传播研究:对象、问题与方法》,《暨南大学学报》(哲学社会科学版)2019 年第 6 期。

者、时间、地点、主题等因素的差异入手,分析学术会议在"重现和调整华文文学的现实版图,促成华文文学多元主体的交互与抗衡,以及建构有关华文文学的共同体意识"①等方面起到的作用。《历史的跨域想象——"南京大屠杀"的三种写法及其审美效应》则以比较的方法,从严歌苓、哈金、葛亮三位华文作家对"南京大屠杀"题材的写作选择和审美效应入手,分析了华文文学跨域想象的可能与盲见,探讨了不同的想象处境对不同区域的读者"所激发的情感和意识形态效应",以及"与既有的历史轨道必然产生碰撞,甚至偏离"②。颜敏以比较为基本方法,结合传播学的相关知识,对华文文学的跨语境传播研究进行了跨学科的研究尝试。以上论文不仅拓展和丰富了华文文学的研究领域,而且使文学研究与传播学、影视学等其他文化研究领域建立了深刻的联系,既是对传统文本研究的跨界尝试,也意味着华文文学研究范式的转变。华文文学的研究应该与时代、科技的变化同步,才能更好地揭示华文文学发生、发展、接受和影响等跨语境因素。

  总体而言,2019年的北美华文文学研究取得了良好的成绩。不仅研究成果的数量多、质量高,而且注重学术的对话和交流,理论的争鸣、观点的争议都以一种学理的方式在宽松的学术氛围中进行,这大大促进了北美华文文学研究的深化。更为重要的是,研究者普遍意识到了华文文学研究的跨学科性,文化学、传播学、翻译学、人类学等多个学科研究方法的运用,极大地拓展了北美华文文学研究的学术增长点。相信本年度积累的学术成果和学术方法,将对未来北美华文文学乃至世界华文文学的研究产生一定的影响,并不断催生出更有价值和意义的学术成果。

---

  ① 颜敏:《跨语境传播视野下的华文文学国际学术会议研究》,《惠州学院学报》2019年第2期。

  ② 颜敏、裴齐容:《历史的跨域想象——"南京大屠杀"的三种写法及其审美效应》,《中国当代文学研究》2019年第2期。

2019年欧华、澳华文学研究概况

▶欧阳光明　聂文旭[①]

2019年欧洲华文文学(以下简称"欧华文学")、澳大利亚华文文学(以下简称"澳华文学")的批评与研究,从文章的"生产力"角度来看,呈现出不错的增长态势。其中,作家、作品论依然是研究的大宗,并且呈现出向重点作家、作品集中的趋势。与之相比,宏观性、综合性文章的"产量"明显减少,仅有少数研究者涉足其中。之所以出现这样的结果,可能与研究的难度直接相关。与此同时,批评与研究中的问题依然存在,主要表现为研究者批评意识和重构文本能力不足,从而制约了文学研究的深入推进。

一

欧华文学一直以来都保持着较高的创作水准,不管是20世纪70年代从台湾移民海外的郑宝娟、吕大明等华文作家,还是来自大陆的新移民作家山飒、戴思杰等,都取得了杰出的成就。而20世纪40年代来到法国留学并定居的程抱一无疑是佼佼者。这个中西文化的"摆渡人",法兰西学院第一位亚裔终身院士,是"与拉辛、高乃依、孟德斯鸠、伏尔泰、雨果、大仲马、泰纳、柏格森、法朗士等名列一起的'不朽者'"[②]。在1948年赴法留学后,程抱一曾一度与罗兰·巴特、列维－施特劳斯等结构主义大师们交往,接触到了欧洲最前沿的人文社科理论,这为他用结构主义的方法和理论来系统研究中国古典诗歌奠定了基础。事实上,程抱一并不仅仅吸收了西方最新的理论研究成果,他还创造性地解决了一系列难题,将理论的适用性范围大大拓

[①] 作者单位:华侨大学文学院。
[②] 饶芃子、杨匡汉主编:《海外华文文学教程》,广州:暨南大学出版社,2014年版,第208页。

展,并发展出新的理论形态。程抱一的系列成果大多已经被翻译成中文,得到了国内众多研究者的关注,但其多方面的价值与意义,显然还没有得到充分的挖掘。在2019年欧华文学研究中,程抱一成了重点研究对象之一。在张重岗、黄晓敏、林非凡等学者的阐释之下,程抱一的学术研究与文学创作的价值被进一步揭示出来,再次让人们感受到了他的学术研究与文学创作的成就与魅力。

张重岗的《程抱一的文化对话诗学》,应该是近些年来程抱一研究较有分量的成果,文章详细地分析了程抱一"文化对话诗学"的特征。我们知道,对话是程抱一学术研究和文学创作中最突出的特征,在与西方诗人和哲人对话的过程中,程抱一有效地激活了自己的生命沉思和文化意识;也是在对话的过程中,获得了重新认识并发展传统文化精神的巨大空间。张重岗的文章开篇就明确地指出,程抱一的贡献包含三个层面:"首先,他借助结构主义、符号分析学的方法,分析中国古典诗歌和绘画的结构功能,深入了解中国传统文化的堂奥;其次,他创造性地诠释中国的文化思想,从哲学的高度重新激活了中国传统文化中的宇宙论和生命观;再次,他的诗歌和小说创作,把个人的生命体验、深度的哲思和对历史的反思融汇在一起,经验生活和超验思考相得益彰,对存在问题和近现代中国生存状况做了独到的探究。"[①]而贯穿在这三个层面的基本线索,"即中西文化对话"。随后,文章分析了与里尔克的相遇给程抱一带来的巨大影响,认为这不仅仅开阔了程抱一的眼界,更重要的是重新塑造了他的精神世界,深化了他对世界万物和人类命运的思考。20世纪60年代以来,程抱一与罗兰·巴特、列维-施特劳斯、拉康、克里斯蒂娃这些重要的结构主义学者、思想家展开的对话,成功地实现了"其分析方法是结构主义、符号学的,精神内涵则是地道中国原味的"深度解读模式。但程抱一并未就此止步,正如张重岗在文章中所分析的那样:"相对于学术研究,文学创作是他真正的内心渴求,他的终极目标是创造自己而非介绍别人。他更希望用文学的手段翻新自己的生命体验,创造属于自己的充满生机的艺术小宇宙。"[②]确实如此,学术研究需要在已有的材料中展开分析,施展自己的才情,虽然这也能够承载研究者的情思,但总不如在直接的创作中表现得主动与率性。可以发现,程抱一的文学创作,是理性

---

① 张重岗:《程抱一的文化对话诗学》,《暨南大学学报》2019年第8期。
② 张重岗:《程抱一的文化对话诗学》,《暨南大学学报》2019年第8期。

思考与情感表达的自由融合,在与世界、历史、人生对话的创作历程中,进一步完成了对世界"存在"的勘探,以及对世界意义和启示的进一步追问。

法国学者黄晓敏的《〈天一言〉:两个世界的对话》是对程抱一的小说《天一言》的多角度分析。这部给程抱一带来很高声誉的小说,虽然已经有很多的解读文章,但黄晓敏的分析还是显示出了新的意义。文章首先分析了程抱一小说中的文化意识与本土特征,认为小说中出现的地点、景物、意象的书写,都是对中国文化和习俗的反映。而小说的主人公天一,既深受中国传统大家庭文化的熏陶,又"代表了当时的中国青年一代对自由和开放的渴望"。这样的分析,虽然颇具见地,但并未带来多少学术上的冲击,真正让人耳目一新的,是文章第二部分《双语环境与创造性表达》。这一部分重点分析了程抱一的小说创作形式,以及中文和法语相互影响、相互激发之后所产生出来的创造性审美空间。这里,黄晓敏特别注意到了《天一言》中具有独特意义的"附生文"现象。"'附生文'(paratexte),即本文周边及其衍生的内容,其中一部分包括题目、副标题、小标题、序言、前言、注释、插图、目录、后记、出版信息和作者信息等等。"在作者看来,这些内容虽然不构成小说的故事情节,但"同样代表作者的意图"。在这一认识下,作者饶有兴趣地分析了小说的题目、封面、前言等所呈现出来的意义。如"小说题目和封面让我们看到一个事实:两种语言的对话正在开始"。"前言是一部作品的特殊部分,它介于作者和故事叙述者之间,是将'程抱一'和'天一'联系在一起的环节,也是从现实(读者所处的阅读环境)到虚构(小说故事发生的环境)的过渡。"在论及程抱一的法语写作时,黄晓敏注意到了程抱一将汉语创造性地嵌入法语写作中的独特形式,那种或者"将汉语因素穿插进法语",或者"将汉语直接植入"的方式,不但保持了汉语的原汁原味,而且"充分利用双语环境。他换掉法语中一些现成词汇,打碎约定俗成的翻译,重新回到母语,再造翻译"[①],从而向读者传达一种奇异而独特的阅读感受。

林非凡的《结构主义中国诗学关键词研究——以程抱一为例》一文,探讨了程抱一将源于西方语境中的结构主义与中国诗学相结合的途径。无疑,西方语言与汉语,无论书写形式还是表意方式,都有着相当大的差异。要使结构主义这种源于西方"表音体系"中的文学理论成为一种有效解读中国古典文学的理论和方法,需要跨越不少障碍,因为它必须面对古汉语"无

---

① 黄晓敏:《〈天一言〉:两个世界的对话》,《华文文学》2019年第1期。

时态,无语态,无单复数形式,在很多情况下可以无介词,词汇词性可以依据语境变换"的灵活性,以及音形意相结合而形成的表意体系所表现出来的空间性特征。所以,为了使这种理论与方法能够适用于中国古典文学的解读,就必须对其进行适当的改造。为此,程抱一"不仅注意到了汉字的表意性,而且注意到了汉字之间的相互关联,并用结构主义方法进行了无限细分与归类",并在现代汉语语法规则下,通过采用"句法的'省略式结构主义'"的方式,来"展开对唐诗美学的解释"。这样,一方面使得唐诗在结构主义的解读之下,展现出独特的美学意蕴,"程抱一的这种'省略式'并非单纯为了方便概括,而是为了展现唐诗当中所具有的美学特点"[①];另一方面,又摆脱了结构主义二元结构的束缚,而发展出"三元论"的结构划分,这无疑拓展了结构主义的使用范围和分析的适用性。

北岛也是今年欧华文学研究的一个重点。顾文艳的《北岛在德语世界的传播与接受》一文,重点探讨了北岛在德语世界的传播与接受情况。文章指出,北岛作为朦胧诗的主将,其诗歌独特的审美特质和思想锋芒,迅速受到了德语世界汉学家的关注。"石默是北岛1979年初在《今天》第二期上发表短篇小说《归来的陌生人》时用的笔名。这篇小说在华语圈问世的同年就受到了维也纳大学女学者施比尔曼(Barbara Spielmann)的关注,翻译成德语后推介给正在编译苏尔坎普合集的顾彬。"这篇小说,很快就被收录于1980年德国苏尔坎普出版社出版的《中国现代短篇小说集》下卷本《百花齐放:1949—1979》,宣告北岛的作品正式进入了德语地区。此后,在几代汉学家如马汉茂、顾彬的持续关注下,北岛的大量作品被译介到德语地区,"如果算上北岛近几年在奥地利出版的译著,他成书的德语译作总数应是9部,其中诗集5部、散文集2部,除剩下的2部小说外全部由顾彬翻译"[②]。德语地区对北岛作品的传播与接受,是文化、政治多重因素交互作用的结果。虽然德语地区一直有将北岛作品"经典化"的趋势,注重对诗歌艺术审美层面的开掘,但是,因为身份与政治等因素的干预,又在一定程度上背离了"经典化"的接受形式。于是,"政治和审美两个层面的因素",成了诗人被阅读、被阐释、被接受时难以摆脱的宿命。

---

① 林非凡:《结构主义中国诗学关键词研究——以程抱一为例》,《美与时代》(下)2019年第10期。

② 顾文艳:《北岛在德语世界的传播与接受》,《扬子江评论》2019年第4期。

来自新加坡南洋理工大学中文系的卢筱雯在《变调的语言——论北岛诗歌中的离散语境》一文中,从"变调的语言"这一角度,阐释北岛在去国离家之后诗歌语言与形式的变化,为北岛诗歌研究提供了一个较新的视角,同时,也可以让人们进一步思考母语的"纯粹性"与"表达张力"方面的潜在力量。对于华人移民作家来说,新的生存境遇,为语言表达与生命体验提供了一个新的展开方式。卢筱雯对北岛在离散语境下创作的诗歌的分析,清晰地呈现出诗人语言的变化。"我们能够辨认出此时的诗作没有过去独占鳌头的英雄气概,多了点沧桑与对未来的不确定。而'寻找'直接成为离散初期最重要的词语,在生活中寻找不同事物的组合方式,重新思索自己的身份认同。"诗人虽然远离故国,但对原乡的关注,从来没有改变,只是在这种距离中,思考和表述方式发生了变化。"距离成为一道屏障,割断了直接面对社会的联结,反而能使他进入深沉的思索,不再以审判者姿态对中国进行针砭,转以冷静的语言洞彻社会,如此一来便不会使诗的内容过于表面,文字走向肤浅。"离家去国,给诗人带来了深深的创痛,但从另一个角度来看,这未尝不是对诗人的一种馈赠。距离,使诗人有机会更深入地沉思母语,贴近诗歌本身,也让诗人的反思获得更恒久、更深沉的力量。"北岛则以一种比漂流更接近中国的方式归返,离散给了他全新的眼界,能让他反思语言的起源与内在性。早期喧嚣的写作经验来自于愤怒的结论,抵达境外之后在焦虑中害怕失去语言的精粹,因而写下冷静疏离的文字。对他们而言,语言不仅是文化、种族和记忆的载体,还必须从根本上超越现实的沟通和审美,再透过它认清生存的边界。"[①]

李少君的《百年新诗中的北岛与昌耀》一文,在"百年新诗"这样的宏观视野中,将现代性与新诗问题放在一起进行考察,认为"如何理解百年新诗,其实也是如何理解中国的现代性。中国现代性所有的问题,中国新诗也有。现代性问题解决不了,新诗的问题也就解决不好"。在作者看来,北岛与昌耀的诗歌"现代性"的表现有着巨大的差异,并在对比分析中,对北岛及其朦胧诗的价值与局限进行了评析。"朦胧诗本身存在着某种受制于时代约束的难题,试图表达新的时代精神,创造新的现代语言与形式,但因受制于时代和翻译体的影响,再加上表达因时代限制而导致的曲折艰涩,及对所谓

[①] 卢筱雯:《变调的语言——论北岛诗歌中的离散语境》,《华文文学》2019年第1期。

'世界文学'的有意识的模仿和追求,诗艺上难免存在欠缺,诗歌表达方式和技巧难免粗浅和简单化。"①当然,李少君并未将北岛视为新移民诗人,所以对他的分析是放在中国现当代文学的维度上展开的。

将这些新移民作家放在中国现当代文学的维度上进行分析的,李少君并非个例。很多时候,面对那些时常穿梭于国内与国外,特别是那些大部分时间居住在国内的新移民作家,我们还能不能理所当然地将他们视为新移民作家?那些在国内居住时创作的作品,是否还能被纳入新移民文学这个范畴?可以发现,近些年来国内众多小说奖的获奖者,有一部分就来自于新移民作家这一群体,如张翎、陈河等。在一些中国当代文学研究专著中,也能看到这些作家的身影,如洪治纲的《中国新时期作家代际差别研究》。而他的《中国当代文学视域中的新移民文学》一文,也明确地将新移民文学视为中国当代文学的重要组成部分。这样的认识,也出现在陈思和等学者的相关文章中。当然,关于新移民作家的身份归属问题,是一个长期存在争议的问题,这里也没有必要展开讨论。但是对于拥有多重身份的特定作家来说,这就不能不疑虑再三。

虽然虹影已经长期在国内居住,但众多的文章还是将虹影视为新移民文学的代表性作家之一,我们这里也暂时按照这样的"约定",将虹影的研究纳入欧华文学的研究范围。

无疑,无论是从创作数量还是创作质量上看,虹影都称得上是新移民文学的代表作家之一,她与严歌苓、张翎"三足鼎立"之势,还会长期存在。2019年的欧华文学研究中,虹影同样是被重点关注的对象。有关作家论、作品论就多达11篇,分别从身份、主题、意向、性别、文化等方面进行了立体式的研究。王红旗的《母爱轮回:重构人类精神与自然生态关怀伦理——旅英女作家虹影访谈》是与虹影的访谈文章。有意思的是,文章对虹影的介绍部分,有一个这样的说明:"虹影,著名作家、诗人、美食家。代表作有长篇小说《好儿女花》《饥饿的女儿》《K—英国情人》《上海王》《米米朵拉》等。现居北京。"这里的"现居北京"与文章的副标题中的"旅英女作家"形成了一个悖论性的表述,好在这种悖论并没有影响她们之间的谈话。对谈虽然是围绕虹影近些年来创作的童话小说"神奇少年桑桑系列"展开,却并未局限在童话的世界,她们将话题远远地扩展开来,包含了"母亲形象与母爱意义有

---

① 李少君:《百年新诗中的北岛与昌耀》,《中国文艺评论》2019年第4期。

生动独到的诠释""重构起新型的母子关系""重构了一个潜在的人与人之间的伦理秩序""家与家园之爱的双重隐喻""女性生命成长与家庭社会生态博弈""新女性主义的性别观与现实关怀"等问题。正如王红旗总结的那样:"你创作了一部关注人类、生命、生态、生死与哲学,以及东西方文化中现代社会问题隐喻小说,这个隐喻的本体便是自然母亲,比如人与自然,如今城市发展、科技发展与环境恶化,已经成为人类的共性问题。"①在这样的解读中,虹影的"童话小说"就成了一个包罗万象的存在,甚至远远超越了一般严肃小说的内涵。但如果真是这样,小说是否还能被称为童话小说? 如果这是阐释的结果,又是否存在过度阐释之嫌?

对于虹影来说,重庆的山水塑造了她独特的个性,也赋予了她独特的人生经验,并深深地渗透在她的文学创作中。也正是因为这样,她的小说中流动着水的声音,充满了水的意象。龙扬志的《"河的女儿":解读虹影的一种文化维度》一文,就对虹影小说的这种"创作与河流的深刻联系"给予了一番饶有意味的解读,文章认为:"身居异国,海水的那端是长江,她借此打造家国记忆、多元文化共享的文学时空。与河水相关的元素成为她经常使用的意象,这种偏好也许承载着作者的文学与文化寄托,证明异质文化与原乡记忆对心理的塑造,又是她与审美传统保持对接的隐秘通道。"这里,龙扬志对虹影小说中河流(水)这一意象的解读,并没有局限在审美的层面上,而是从更广阔的文化维度,赋予其复杂的意蕴。于是,河流(水)是"故事发生的背景环境",是"人物命运的见证",是"自我失落之后的精神家园",是"生命本体的回归与结局",是"女性意识的觉醒",甚至也是"对罪恶的畏惧与洗涤的渴望"②。这种庞大而繁复的隐喻群,无疑为虹影的小说打开了广阔的想象和解读空间。曾小月的《〈饥饿的女儿〉中的"长江"叙事及其美学价值》也是一篇集中解读河流(水)在虹影小说中的作用与价值的文章。文章试图在所谓的"长江"叙事这一包含着文化地理学的视野中,通过对"长江重庆段的自然景观与人文环境"的思考与分析,来呈现虹影小说的"独特艺术效果"与

---

① 王红旗:《母爱轮回:重构人类精神与自然生态关怀伦理——旅英女作家虹影访谈(上)》,《名作欣赏》2019 年第 7 期。
② 龙扬志:《"河的女儿":解读虹影的一种文化维度》,《粤海风》2019 年第 1 期。

"美学价值"。①

还有一些文章,则分别从性别、身份、认同等方面,对虹影的作品进行分析。如马春花、韩颖的《女性写作中的阶级与历史问题——重读虹影〈饥饿的女儿〉》一文,就从性别、身份的角度对《饥饿的女儿》进行了阐释。但这篇文章显然还有更大的追求,文章并不打算在女性主义的范畴中进行性别与身份的辨析,而是引入了更为宏观的视角——阶级,将其纳入"'饥饿与女人'书写的文化政治谱系中",追寻"在女性的潜意识场景与被压抑者的历史场景之间存在着深切的共鸣"②。毕坤的《论〈英国情人〉中的身份认同焦虑书写》一文,则从"小说在东方主义与自我东方化两种书写模式""女性性别话语""空间理论视角"三个方面,分析了《英国情人》中表现出来的几种不同的"认同焦虑"。③

二

除了这些被集中研究的作家之外,还有杨炼、山飒、方丽娜、高行健、林湄、朱颂瑜、朱大可等作家,也纷纷进入了研究者的视野。

胡王骏雄的《抵达诗人创作生命之源——论杨炼海外诗歌的空间建构》,集中分析了杨炼的海外诗歌创作。众所周知,杨炼是"朦胧诗"的代表诗人,也是20世纪80年代较早进行"寻根诗"创作的诗人之一,创作了大量具有重要影响力的诗歌,如《礼魂》《半坡组诗》《敦煌组诗》《诺日朗》等。在进行诗歌创作的同时,杨炼还建构起了具有鲜明特色的诗歌理论。早在1984年,杨炼发表了《智力的空间》一文,可以说这是一篇诗歌创作宣言,也是对诗歌理论的自觉建构。这篇文章中,杨炼正式提出了从"空间的方式把握诗"的理念。"从空间的方式把握诗,从结构空间的能力上把握诗的丰富与深刻的程度,正是我们创作与批评的主要出发点"。进而指出,"一首成熟

---

① 曾小月:《〈饥饿的女儿〉中的"长江"叙事及其美学价值》,《华文文学》2019年第3期。

② 马春花、韩颖:《女性写作中的阶级与历史问题——重读虹影〈饥饿的女儿〉》,《湘潭大学学报》(哲学社会科学版)2019年第4期。

③ 毕坤:《论〈英国情人〉中的身份认同焦虑书写》,《邵阳学院学报》(社会科学版)2019年第2期。

的诗,一个智力的空间,诗通过人为努力建立起来的一个自足的实体"①。而在诗的"智力空间"这个"自足的实体"中,不但渗透了诗人的主观意识,更重要的,是诗歌的结构形式。"关于智力的空间的思考,并不干涉这个属于诗人主观意识的领域(那将把文学的讨论转向社会、哲学或宗教观的讨论)。它所要探寻的,首先是诗作本身的组合关系,一种结构的形式。"②杨炼的诗歌创作与理论的建构是相互促进的,诗歌的创作为理论的诞生提供了基础,而理论的拓展又为他诗歌创作打开了深入思考的空间,也为他创作那些具有繁复空间意识的大型组诗提供了理论基础。移民之后,杨炼的诗歌,无论是语言还是形而上的思考,都出现了众多变化,但早年奠定的这种诗歌理论,却一直贯穿在他的理论思考与实践之中,并未因移居国外而中断。"诗人一如既往地坚持自己的'空间诗学'观,在诗歌创作中以智力取代时间,构建起精神宇宙与外部世界互通互融的诗意空间,它们围绕着诗歌这个恒定的圆心层层荡开,又层层深入,最终构成了诗人'同心圆'式的诗歌与生命终极程式的诗歌追求与艺术价值。"③

巩佳星的《穿越时空的爱恋:琴者,情也——浅论山飒小说〈裸琴〉》,从"情"与"琴"的合一、叙事形式的"双重架构"、小说的"音乐美""绘画美""建筑美",以及"女性视角"等方面,对山飒的小说《裸琴》进行了较为全面的分析。安静的《"家园已在身后,世界尽在眼前"——从奥华作家方丽娜的"蝴蝶三部曲"谈起》,认为方丽娜的"蝴蝶三部曲"(《蝴蝶飞过的村庄》《夜蝴蝶》和《蝴蝶坊》)展现出了一幅"人类在物质贫困进而精神贫困的压迫下,失去了生存的空间,失去了灵魂的归宿,失去了精神家园"的悲凉"乡愁"的画卷。但是,方丽娜并没有在这样的"乡愁"中沉沦,而是不断寻求救赎之道,即在"土地、村庄与河流"中寻回"抵达家园的一种可能"④。沈建阳的《一场理想主义者的精神漫游——林湄和"80年代"的故事》一文,以林湄的

---

① 杨炼:《智力的空间》,引自谢冕、唐晓渡主编:《磁场与魔力——新潮诗论卷》,北京:北京师范大学出版社,1993年版,第123页。
② 杨炼:《智力的空间》,引自谢冕、唐晓渡主编:《磁场与魔力——新潮诗论卷》,北京:北京师范大学出版社,1993年版,第124页。
③ 胡王骏雄:《抵达诗人创作生命之源——论杨炼海外诗歌的空间建构》,《华文文学》2019年第1期。
④ 安静:《"家园已在身后,世界尽在眼前"——从奥华作家方丽娜的"蝴蝶三部曲"谈起》,《名作欣赏》2019年第6期。

小说《天外》为阐释对象,认为"郝忻等人在《天外》中对'自我'的探询在某种意义上暗合了'80年代'以来'人'的遭遇,因此,它本身也是一个'80年代'的故事"①。这样的阐释着实让人感到意外。而黄海燕、王慧菲的《林湄小说〈漂泊〉中的女主人公文化混杂策略研究》,则运用"混杂性"理论,分析了女主人公杨吉利在"第三空间"中对文化身份的重建。② 张娟的《生态 行走 文化——朱颂瑜生态散文研究》,认为"生态、行走、文化"是朱颂瑜散文写作的关键词。朱颂瑜行走在城市与乡村、东方与西方之间,并在"行走"的过程中,进行着"生态考察","记录下了历史的深度和地域的广度",也"写出了中西方沟通下的'中国故事'"③。赵东的《非常道:高行健小说〈灵山〉的道家寻根意识》另辟蹊径,试图从"道家文化路径"对《灵山》进行研究,认为"高行健从庄子哲学思想中萃取了寻根问道的命题",从"逍遥自在的小说结构方式,反向前进的人物世界观和欲望消解式的历史表达"等方面表现出"道家寻根意识"④。

  朱大可曾经以一个特立独行的批评家的形象为人们所熟知,他的所谓的"朱语",也常为人称道。近些年来,朱大可又为自己的学术创作/文学创作找到了一个新的领域,即在上古神话的世界里纵横捭阖,连续推出了规模庞大的《华夏上古神系》、"古事记系列"(包括《麒麟》《字造》《神镜》),作者运用丰富的考古学知识、强劲的想象力、缜密的思辨推理能力,为读者奉献出一种新颖而驳杂的文本形式。宇秀的《古文明幽暗处的景象——朱大可和他的〈古事记〉》,即对朱大可的"古事记系列"进行了较为简洁而又全面的分析。在宇秀看来,朱大可"所书写的每一个故事和场景,不仅调动了他的历史、考古知识储备和研究成果,以及文学的十八般武艺,而且将这些知

---

① 沈建阳:《一场理想主义者的精神漫游——林湄和"80年代"的故事》,《海南师范大学学报》(社会科学版)2019年第3期。

② 黄海燕、王慧菲:《林湄小说〈漂泊〉中的女主人公文化混杂策略研究》,《福建师大福清分校学报》2019年第3期。

③ 张娟:《生态 行走 文化——朱颂瑜生态散文研究》,《岭南师范学院学报》2019年第4期。

④ 赵东:《非常道:高行健小说〈灵山〉的道家寻根意识》,《内江师范学院学报》2019年第9期。

识和手法,放到逆向思维推理中去展开想象"①。这样的叙述方式,不但使这些文本包罗万象,熔历史与虚构、真实与想象于一炉,而且还处处呈现出巨大的隐喻和象征。在文本形式方面,朱大可也进行了独特的实验。对于长期关注先锋文学的朱大可来说,形式显然是一个不可或缺的写作焦点。比如"词典文体","切得更碎的叙述标题,完全打破了传统章回和现代章节的结构,利用一些伪装成词条的小标题,蓄意诱导读者,让那些神奇而迷离的情节,以碎片化的方式,形成平行、交错、诠释和互文的关系"。这种别样的叙述形式,赋予了文本独特的魅力,也在自由的跳跃与穿插中,显得更加丰盈而繁复。"在小说这条已经被挤烂的航船上,他从题材、样式和手法上,均开辟了另一种可能性空间,为中国当代文学提供了崭新的经验。但同时,他在传统小说诸多领域的越狱,也令现存的文学批评和理论,一时无法找到既定的概念工具来加以评判。他和《古事记》就这样于不经意之间,挑战了现有文学理论和批评的话语秩序。"②这样的论断虽然有些武断和绝对,但也在一定程度上道出了朱大可打破常规式的写作所带来的价值和意义。

这些研究文章,从多角度、多层面展现了作家和作品的价值和意义,为人们进一步理解这些作家和作品提供了多维视角,也为整体性的研究,甚至对于世界华文文学理论话语的建构,提供了必要的资源。

三

相对于作家、作品的研究,今年欧华、澳华文学的宏观性、综合性研究显得沉寂了不少。无疑,这种宏观性的研究,需要更丰富的知识积累、更广阔的研究视野、更多元的理论沉淀,由此而带来的难度,也会相应提高。但无论如何,这方面的研究成果偏少,对于提升该区域华文文学的研究水平,无疑是不利的。在这些不多的研究成果中,黄万华、袁勇麟、计红芳等学者,还是提供了较有分量的思考。

黄万华的《"出走"与"走出":百年海外华文文学的历史进程》一文,对

---

① 宇秀:《古文明幽暗处的景象——朱大可和他的〈古事记〉》,《上海文化》2019年第11期。
② 宇秀:《古文明幽暗处的景象——朱大可和他的〈古事记〉》,《上海文化》2019年第11期。

以东南亚和欧美为主的百年海外华文文学的历史进程进行了宏观性的考察,认为"百年海外华文文学是在不断地走出'中国性'、走出'本土性'的历史进程中走向中华民族文学的新形态,更走向文学的新境界"①。文章将百年海外华文文学的发展分为三个阶段:"各国华文文学诞生后至1945年二次大战结束的'早期';20世纪40年代后期至20世纪70年代的战后30余年;20世纪80年代后的近30余年。"在作者看来,"真正意义上的欧华文学格局形成于二战后",欧华文学在与"世界接轨"的过程中,表现出与东南亚华文文学完全不同的形态。作者在文中重新引述了他于2016年发表的文章《本源与"他者"交流后的升华:欧洲华文文学对中华文化传统的光大》②对这种差异的判断,认为主要表现在如下三个方面:一是"欧华作家虽然不乏感时忧国之责任,但更看重文学本分——自由之思想、独立之人格"。二是"欧华文学无须承担以传承中华文化传统来凝聚族群力量、抗争民族压迫的重任"。在摆脱了直接功利性的干扰之后,"成就了欧华文学对中华文化传统价值的重新发现和提升"。三是欧华文学"散中见聚的状态"为个人化的思考和"艺术追求"提供了有利条件,"提升了海外华文文学的质量"。而20世纪80年代后,欧华文学更是取得了一系列辉煌的成就。欧华文学创作,"既丰富了法语文学的在地性,也丰富了汉语文学的旅外性"。新移民作家的出现,他们在全球化语境中开启的写作,为欧华文学带来了更为多样化的发展。"20世纪80年代后的海外华文文学,已不单一纠结于'中国性''中华性''本土性'等,而是在走出它们的局限性中走向华文文学的新境界"③。

袁勇麟的文章《"他者凝视"与"自我镜像"——早期海外华文文学中的欧美华人记述》,以从晚清至民国一些到欧美考察、留学或游历的使臣、考察者、留学生、学者的华文写作(很多都不是文学性文章)为考察对象,分析了他们在遭遇世界体验(或者说"现代性体验")时的复杂感受,以及对华人形象的刻画。我们知道,1840年以来,古老的清帝国在西方坚船利炮的威逼和野蛮攻击之下,被迫打开了关闭的国门,开启了走向世界的步伐。在这一过

---

① 黄万华:《"出走"与"走出":百年海外华文文学的历史进程》,《中山大学学报》(社会科学版)2019年第1期。

② 黄万华:《本源与"他者"交流后的升华:欧洲华文文学对中华文化传统的光大》,《南国学术》2016年第3期。

③ 黄万华:《"出走"与"走出":百年海外华文文学的历史进程》,《中山大学学报》(社会科学版)2019年第1期。

程中,屈辱和创痛如影随形,那些"开眼看世界"的知识分子,在接触和学习西方的过程中,也开启了漫长的寻找改革与富强之道。他们留下的系列文章,既记录下了遭遇西方(现代性)的震惊与困惑,也展现了封建帝国的知识分子转型的艰难与自大的心理;既有直抒胸臆的感叹,也有掩盖真实的告白。这里,人们熟悉的"器物震惊、文化辩护与制度择取",构成了晚清"知识分子"华文写作的几个重要方面。事实上,这也是他们对西方的认识不断发展的结果。

西方丰富的物产、繁荣的城市风貌、飞驰的机械速度,极大地冲击了这些来自于古老农业帝国的知识分子的人生经验,他们在对现代性感到"震惊"的体验中,一方面感受着这些"奇技淫巧"的魅惑力,另一方面又试图以"博大精深"的古老文明与之抗衡,从而获得内心的平衡。于是,他们的著作中一再出现诸如"物质与机器是形而下的低级之事,中华文化更注重形而上的精神""西方的一切发明创造均可以在中华文化中找到源头"这样的论述。而他们对于西方的制度,也具有复杂的认识,对"专利制度""教育制度""工作制度"等在推动社会进步和发展的过程中所产生的重要作用表示认同,但是,对于西方的政治制度,则保持着批评的态度,这在薛福成、张德彝、康有为、梁启超等人的著作中都有体现。与此相比,"民国时期欧美华人记述"有了很大的不同。虽然"民国时期的欧美华人记述仍有许多文学性不强、政经目的明显的考察记,侧重于记载欧美的社会状况与制度运作"[1],但是,他们的记述中"出现了许多美妙的异国自然风光描绘"这类具有丰富审美性质的文章。这些现代文人的写作,很少被纳入当前华文文学研究的范畴,但也为后来的欧美华文文学创作开启了一种写作传统。

而"近现代欧美华人记述中的华人"又呈现出怎样的形象?这是袁勇麟在文章中试图解答的另一个问题。"华人形象不是近现代欧美华人记述的重点,但无论是晚清使臣、考察者,还是民国时的文化学者,都有意无意地涉及了其时华人形象的描述。其中,既有'他者的凝视'——西方人眼中的华人形象,亦有'自我的镜像'——中国人眼中的华人形象。"[2]在"他者的凝

---

[1] 袁勇麟:《"他者凝视"与"自我镜像"——早期海外华文文学中的欧美华人记述》,《东南学术》2019年第6期。

[2] 袁勇麟:《"他者凝视"与"自我镜像"——早期海外华文文学中的欧美华人记述》,《东南学术》2019年第6期。

视"中,华人形象被严重误解和扭曲,这显然是西方对于华人极度缺乏了解所带来的恶果,也与华人到欧美之后从事体力繁重、西方人不愿意做的工作相关。而在"自我的镜像"中,作者认为梁启超对"中国人之缺点"的论述,是一种"自我东方化"的认识,"毫无疑问,梁启超的这一论点有极强烈的'他者的凝视'在其中,他已'自我东方化'了"①。进而认为这一认识和批判,日后成了"国民劣根性批判"的重要依据。在当下的语境中,特别是在后殖民理论视野下,关于"中国人之缺点"的分析,以及"国民性批判",是否是一种"自我东方化"的表述,已经出现了多种不同的声音,相信这个问题还会持续争议下去。我们希望看到的是真正的学术思考,而非仅仅源于一种情感的判断。

计红芳的《欧洲华文文学特征的一般性与特殊性》一文,对欧洲华文文学的一般性和特殊性进行了分析和归纳。在一般性特征方面,作者认为欧洲华文文学与其他区域的华文文学一样,具有"双重边缘与跨国流动、双重疏离与身份认同"的特征。除了这种一般性特征之外,文章还认为欧华文学具有自己的特殊性,表现为"温和从容的文学精神与双语写作的成功尝试""侦推小说、儿童文学类型与戏剧体裁的开拓"等。② 欧华文学"兼容并包""温和从容"的精神,已经为众多华文文学研究者所认可,公仲、黄万华等学者都有过类似的表述。相对于其他区域的华文文学,特别是东南亚华文文学,欧华文学确实具有这样的特征,它没有太多的喧嚣与骚动,而多了几分沉潜与舒缓。但"双语写作"是否可视为一种独特性,还是值得商榷的。事实上,不同区域的华文文学,双语写作的现象都是存在的。文学体裁的多样化,似乎也难以被视为一种独特性。在《论欧洲华文文学的阶段性发展》这篇文章中,计红芳根据欧华文学的历史发展,将其过程分为四个阶段:"20世纪40年代末的酝酿摸索、50年代初至70年代中的拓荒播种、70年代末至90年代初的勃兴发展等阶段,迎来了众声喧哗的90年代。"③并分别对不同阶段的代表性作家、作品进行了简要评析。文章中,作者对推动欧华文学发展的多种媒体,如报纸、自媒体、文学(文艺)团体等方面进行了梳理和分析,

---

① 袁勇麟:《"他者凝视"与"自我镜像"——早期海外华文文学中的欧美华人记述》,《东南学术》2019年第6期。

② 计红芳:《欧洲华文文学特征的一般性与特殊性》,《盐城师范学院学报》2019年第2期。

③ 计红芳:《论欧洲华文文学的阶段性发展》,《常州工学院学报》(社会科学版)2019年第5期。

将一些以往被华文文学研究所忽视的问题突显了出来。

除了这些文章之外,还有一些研究者在有关海外华文文学的综合性研究文章中涉及了欧华、澳华文学,但这些文章着眼于海外华文文学的整体发展,欧华、澳华文学仅仅是其中的一个组成部分,因此这样的分析难以对欧华、澳华文学的整体性特征进行全面而有效的归纳。而颇为遗憾的是,对澳华文学的宏观性、综合性研究几乎是缺席的。无疑,澳华文学是世界华文文学的重要组成部分,无论是移民经验的表述还是文学的审美特征,都有着不容忽视的价值。而且,一些澳华作家用所在国语言创作的文学,已经得到了当地文学史的垂青。从这些方面来看,澳华文学研究的沉寂,就不是澳华文学本身的不足所产生的结果。因此,加强对澳华文学的研究,是国内华文文学研究亟须重视的问题。

四

近些年来,我们一直在跟踪欧华、澳华文学的研究进展,给我们最直观的感受就是,每年都会有大量批评与研究文章产出。从文章"生产力"的角度来看,这样的"量"算得上是"欣欣向荣"了。但颇为遗憾的是,当我们认真阅读这些文章,会发现有深度、有创见、有穿透力的文章并不多。很长时间里,我们总以为,这是理论的贫乏导致的结果。而现在,我们以为,研究者批评精神与重构文本能力的欠缺,是一个更直接、更重要的原因。

这就涉及什么是批评、什么是好的批评的判断,而这类问题似乎又是仁者见仁、智者见智的。但没有标准的答案,并不意味着没有衡量的尺度。批评,总是与批评者的主体精神、学识修养、批评的勇气与锐气息息相关的。保持批评的独立精神,不断提高自己的理论修养,提升自己的审美洞察力,并以诚实的态度面对作家、面对文本,在深入解读并重构文本的过程中,给出自己的审美判断,是批评者应该重视的几个方面。记得洪治纲在谈及文学批评时,曾频繁提到"艺术立场"这一个词,"一个批评家的思想、勇气、智慧,甚至人格魅力,只有紧系于他的艺术立场之上,方能给人以真正的启发。相对恒定的艺术立场,意味着批评家的诚实,一种对批评职业和批评对象的忠诚。它会让世俗的油滑靠边,使出尔反尔受到职业道德的耻笑。一个优秀的批评家,他的所有华美而灵性的文字,他的敏捷而锐利的审美眼光,他的丰沛而宽广的知识储备,都应该膺服于他内心的坚实的信念和鲜明的艺术立场之中"①。确实,"艺术立场"为"批评"这个见仁见智的问题提供了一个相对稳定的答案,也为研究者该秉承怎样的批评姿态提供了一个依据。

而对于什么是"好的批评",陈冲有一个朴素却深刻的解释:"我想要的好批评,其实就是真读作品、真懂创作、真说实话的批评。"②对于认真做批评的学者来说,"真读作品"或许不是问题,但我们也应该警惕那种不读作品就凭借一套所谓的"理论",开始"不及物"的"空洞"式批评。这样的批评无疑是没有难度的批评,也是没有任何意义的批评。而"真懂创作"显然要比"真读作品"难度大得多。所谓"懂创作",强调的是"懂",这就意味着批评者不仅要阅读作品,更要知道作品的价值与意义,能够判断出作品是"好"还是"不好"。如果"好",那么需要指出"好"在哪里;如果"不好",也需要给出"不好"的理由。因此,这就需要文学批评者以全部心智参与进来,调动自己的审美洞察力和艺术感知力,洞悉作品敏感部位,会心于作者的用心设计,发现被精心隐藏的审美空间,与作者在智性和审美等层面上展开深入对话,从而达到重构文本的目的。"真说实话的批评"应该说更不是一件难事,因为这本来就是批评最基本的要求。但在实际的文学批评中,这也不可思议地变成了一种有难度的批评。

李建军曾经撰文,对于文学批评中的"求真"还是"为善"进行了深入辨析。他认为,文学批评本质上是一种"求真"的工作,对于文学批评来说,"求真"也是一种"为善","一个批评家,如果不能求真,不敢说真话,那么,也就别指望他能在文学的意义上'为善',因为,虚假的判断里,只有'伪善',没有别的"。然而,在很多时候,一个批评家的"求真",却经常遭人诟病,被人误解,甚至带来麻烦。但是,对于真正的批评者来说,应该无所畏惧地面对这些问题,不管面临多么大的困难,也要坚持"求真"这一基本维度。"无论多么艰难,无论可能遭遇多少误解和伤害,任何一个负责任的批评家,都应该克服自己内心的虚弱和恐惧,都应该坦率而勇敢地说真话。如果那些承担批评职责的人,普遍缺乏怀疑的勇气,普遍选择一种苟且、妥协的生活姿态,那么,人们就很难看到有活力、有个性、有思想的批评家,批评就会沦为夸饰

---

① 洪治纲:《主体性的弥散》,长春:吉林出版集团有限责任公司,2009年版,第307页。

② 陈冲:《我想要的新批评》,引自陈冲:《钻一钻牛角尖》,北京:作家出版社,2017年版,第6页。

的广告词、沉闷的说明书、低级的拍马术,就像我们在当下的一些文学批评中所看到的那样。"①无疑,"求真""说实话"的批评,是一个批评者应有的精神向度,也是应该具备的人格力量。"求真""求实"才会发现真正的问题,才会避免文学批评沦为一种表演,才能使文学批评真正成为推动文学健康发展的重要因素。

这里用这么长的篇幅来谈及批评的问题,并不意味着我们对欧华、澳华文学研究的否定,而是想指出,欧华、澳华文学研究还有很大的提升空间,还有亟待开拓的审美之维,还有很多真问题需要解答。或许当我们真正秉承"求真""求实"的批评精神来面对作家作品时,会发现更多具有真正审美价值的作品,也会减少很多随意的判断,更不会在全面把握、深入分析作家之前,就急不可待地宣布一些海外华文作家"与国内的一流作家相比,一点也不逊色,并且略有超越",或者在没有深入分析某作品之前就宣布这是"突破性的杰出作品",是"融汇中西人文探索的力作",甚至是"奇书"等等。我们由衷地期待这样的"突破性",甚至"伟大"作品的诞生,只是在看到这样的判断时,我们还希望看到有真正的数据、证据来论证这样的观点,而不是任"结论"在空中摇摇荡荡。

与此同时,我们还不能忽视研究中存在的另一个弊端,即套用一种现存的理论,囫囵吞枣地用来解读相应的作品。这在欧华、澳华文学研究中并不少见。从某种意义上来说,理论应该是用来解读作品的工具,如果能够打开作品内部的审美空间,揭示其艺术价值,便可以大胆地拿来为我所用。如果仅仅是为了追赶某种理论的热潮,而将理论生硬地套在作品文本上,这就是对理论的误用与滥用了。"我自己的本行虽然是文学理论,但我对档案文献、历史文本,和各种(包括文学在内的)人工创作等材料,始终保持强烈的兴趣。原因在于,我认为理论的创造应落实在历史文献和具体文本之上,只有这样,我们才能触摸到理论的根基以及——假如容许我这么说——理论的精髓。"②刘禾对理论与具体文本之间关系的阐释,为我们运用理论提供了一个有效的参照。确实,理论只有落实在具体的文本上,才能"触及理论的精髓",如果仅仅是借用一种理论框架来强行解读文本,非但不会增加文本的阐

---

① 李建军:《文学批评:求真,还是"为善"》,《文学报》2009年3月9日。
② 刘禾:《帝国的话语政治:从近代中西冲突看现代世界秩序的形成》(修订译本),杨立华等译,北京:生活·读书·新知三联书店,2014年版,第2页。

释深度,反而给人一种削足适履之感,生硬而别扭。当然,我们也有一批自觉地探索理论与运用理论的研究者,他们同样是在深入把握作品文本的基础上,进行理论的归纳与提升,寻找最佳的解读模式,不断将思考推向深入。

  2019年的欧华、澳华文学的批评与研究,在众多批评家和学者的努力下,取得了较好的发展,这种思考和审美判断,一方面加深了对本区域华文文学的理解,另一方面也为建构整体性的世界华文文学研究理论做出了贡献。当然,研究的问题和短板依然存在,需要今后尽力解决和弥补。

第六届国际新移民华文作家笔会暨"新移民文学研究"国际学术研讨会综述

▶刘红英　张明慧[①]

江南绍兴的11月,仍然绿意葱葱,天气温润。坐落在绍兴西北向的浙江越秀外国语学院镜湖校区,景色宜人,莘莘学子洋溢着青春的热力。2019年11月1日至4日,这里召开了来自世界17个国家160余人的国际研讨会——第六届国际新移民华文作家笔会暨"新移民文学研究"国际学术研讨会。本次研讨会由国际新移民华文作家笔会、中国中外语言文化比较学会、浙江越秀外国语学院共同举办,中国世界华文文学学会协办。会议由该校副校长朱文斌教授主持。大会包括两天议程、16场主旨演讲、近80位参会者的分组汇报与交流互动。会议的发言和讨论呈现了世界华文文学研究中出现的新现象、新视角和新方法。

一、新移民文学的诗学建构与整体特质

毋庸置疑,新移民文学日渐成为中国现当代文学研究中的一个热点。作为一门新学科,它的未来还有很大的发展空间。其理论建设与诗学建构当是研究中的重点。本次会议上,公仲的《华文文学研究四十年》、杨际岚的《在历史进程的坐标上》、朱崇科的《论新移民文学生产的危与机》、毕光明的《新移民文学在中国当代文学史中的地位》、张重岗的《华人诗学的可能性》、江少川的《全球村视域下新移民长篇创作新走势》、阙维杭的《异军突起的海外中文小说写作群》,从宏观视角对新移民文学做出总体评估,并进一步探讨它在未来的发展走向以及提出诗学建构。

---

① 作者单位:浙江越秀外国语学院中国语言文化学院、绍兴文理学院。

从文学版图来说,新移民文学主要分为东南亚新移民文学与欧美、澳大利亚新移民文学。相对而言,欧美新移民文学发展势头强盛。欧美新移民文学,有其鲜明的价值取向与风格特质。从横向来看,欧美新移民文学中,"欧风"与"美雨"文化语境不同,欧洲新移民文学与美洲新移民文学也呈现出各自的特色。陈瑞琳的《欧美新移民作家比较》首先梳理了欧洲新移民文学的概况,然后选取欧美具有代表性且创作风格相似的作家进行比较。宋晓英的《论"二代华人"写作中的"归属、流浪与独立"》、王妍的《从"漂泊"到"追梦":二代(三代)移民形象书写研究》、彭燕彬的《新移民文学创作异变书写——以北美作家作品为例》,集中阐释了代际书写的不同。文化身份、女性意识、伦理困境、文化融合、传播学跨学科研究以及战争、疾病等主题类型研究都有所涉及,如白杨的《北美新移民文学中的疾病叙事》、加拿大魁北克郑南川的《从"文化身份认同"看北美华人作家的"类别"特征》、顾月华的《新移民文学的新气象——纽约女作家的一道亮丽风景线》、戴冠青的《精神虚构中的性别诉求——美华新移民女作家笔下的"情人"形象》。此外,朱云霞、刘起林、傅守祥、魏丽娜、孙良好、夏婳、李诠林、张琴、赵庆庆、唐民鸣、杜未未、郭建玲、许文畅、孙基立等相关研究者都提交了论文。他们分别对新移民文学做了专题分析,论述切中肯綮,起承转合,论证逻辑严密,为我们提供了新移民写作特质研究的新路径与新方法。

二、新移民作家作品论与社团、期刊研究

新移民作家队伍越来越庞大,他们的创作除了呈现作为文学流派的群体性特征外,不同作家的创作也凸显鲜明的个性特征。很多研究者深入作品进行个案研究。严歌苓、张翎、张爱玲(其后期创作)、陈谦、施玮、元山里子(李小婵)成为关注较多的研究对象。王红旗、周会凌、於贤德、李明英、王乐、徐榛、钱虹分别从人性、性别、悲剧艺术以及文学定位等多个角度对严歌苓创作加以分析。胡贤林、赵树勤、俞巧珍、崔艳秋分别从张翎写作的地域特色、性别立场、历史突破、艺术特色几个角度进行了阐释。颜浩、张凤、张曦的三篇论文是对张爱玲后期创作的集中阐释,资料丰富,观点新颖。林祁、李良、王艳芳皆选择日本华人女作家元山里子为研究对象。王文胜、任茹文分别从离散视角与性别立场对陈谦小说进行分析。胡德才、罗欣怡对施玮小说《故国宫眷》进行文本阐释。另外有庄雨、杨剑龙、刘红林、孟建煌、

许中华、王莹、许爱珠、樊蕾、张娟、楚琳、刘玉杰、王小平、陈薇瑾、顾月华、计红芳、申美英、王瑞华、庄志霞、张奥列等学者对不同的新移民作家作品做出解读。他们的阐释细微精要,挖掘文本的深层含义与独特价值,推进了新移民文学的内部研究。

海外新移民文学社团的创建与期刊创办无疑为作家的创作搭建了平台,为研究者提供了第一手资料,为海外华文的史料建设提供了基础与可能。本次会议上,第六届新移民文学笔会会长王威先生发表了《海外华文文学社团与华文作家》的精彩论述。他指出:当今在海外各国华人群居的区域,华人写作者的文学社团数以百计。国际新移民华文作家笔会成立于2004年,注册地为美国。目前在华文文学领域里,新移民华文作家独领风骚,是当今海外华文文坛最为活跃的文学群体。国际新移民华文作家笔会,就是在这样的环境下创建和发展起来的。美国华文文艺界协会会长、《红杉林》总编吕红的《兼顾创作与华媒·促新移民文学发展》以北美华文期刊《红杉林》为中心,谈新移民文学的海外阵地与未来发展。中国世界华文文学学会名誉副会长、苏州大学曹惠民教授的《一部丰美、扎实的拓荒力作——评〈加拿大华人文学史论:多元和整合〉》对赵庆庆的《加拿大华人文学史论:多元和整合》进行评说与推介。文章言简意赅,却羚羊挂角。就全球华人文学而言,他认为赵作有其独到的贡献与标志性突破。封艳梅的《凝固的文学场域:欧华报刊〈出谷月报〉的历史与文化研究》认为《出谷月报》兼具文献历史价值、文化价值以及文学价值。另外,本届会议收录2篇综述,可视作对2019年欧美与澳大利亚新移民文学研究的总体呈现。刘雪娥的《2019年北美华文文学研究综述》重点对2019年北美华文文学研究做了整理和归纳。欧阳光明、聂文旭的《2019年欧华、澳华文学研究概况》认为2019年的欧华、澳华文学批评与研究呈现出不错的增长态势,但批评与研究中的问题依然存在,主要表现为研究者批评意识和重构文本能力不足,从而制约了文学研究的深入推进。

三、新移民作家创作谈

本次会议,世界各国的新移民作家不远万里从海外赶回来参会,并且积极地呈上自己的创作论谈。创作是文论建构的一个必要组成部分,新移民作家与研究者面对面地对话,是当代文论的新收获。王兴初、海云、陈屹、董晶、二湘、海娆、黄宗之、朱雪梅、李硕儒、施玮、周励、刘加蓉、融融、沙石、王晓明、叶周、曾晓文、施雨、孙博、高关中、阿心、穆紫荆、刘瑛、方丽娜、老木、黄鹤峰、华纯、弥生、戴小华、王威、姜卫民（冰凌）、刘荒田、卢新华、融融、沙石、少君、申美英、陈九、陈谦、梦凌、施雨、章云、孙基立、江扬、张琪、唐飞鸣、张新颖（庄雨）、谢凌洁、缪玉、许晓东、椰子（陈嘉奖）、郑南川、朱颂瑜、张琴、孙宽余、邹璐、张执任、袁霓等与会者就创作体验做了精彩发言。

　　大会在紧张而愉悦的讨论声中结束。闭幕式上，吉林大学白杨教授进行了大会学术总结。她在回顾过去四十年华文文学教学与研究历程的基础上认为，世界华文文学已然成为中国当代文学的重要组成部分。白杨教授在肯定创作和研究成绩的同时，也对新移民文学创作和研究提出了历史反思和未来期待。主办方浙江越秀外国语学院副校长朱文斌教授在闭幕词中对海内外专家学者、国际新移民华文作家笔会和中国世界华文文学学会表达衷心感谢。他认为，本次研讨会围绕新移民文学的历史与现状展开多方面和多维度的学术交锋，参会者互相启发，均有裨益。本次会议最后宣布了国际新移民华文作家笔会会长的换届工作，下届会长由著名作家卢新华先生担任，并公布了第七届国际新移民华文作家笔会将在武汉举办的消息。

2019 第一届欧洲华文文学国际研讨会暨

第五届中欧跨文化作家协会年会专辑

"在艺术的祭坛上,我们是祭祀者与牺牲者"
——欧华文学的传统、现状及反思

▶赵学勇[①]

正如欧华文学名家赵淑侠先生所言:"在这片处处是文采的大地上,我们这群炎黄子孙要为自己的文化做些什么,需要加倍又加倍的努力。"[②]一个世纪以来,欧华文学就是这样在众多华裔作家的代代笔耕中,以多重的文化视角、独特的生命体验与鲜明的个体意识,在东西方文化的交流共振中呈现出对不同语境下自我主体的重审与再认识,直至对人类共同命运的深沉探寻与反思精神。而这种现代意识与人文关怀的获得与延续,可追溯至20世纪20年代拥有旅欧经验的一众留学生的文学创作之中。

一、"一星的微焰在我的胸中":
现代视域下的20世纪欧华文学

纵观活跃于20世纪文坛的一众文艺名家,不难发现诸多拥有一席之位的作家、理论家、思想家、艺术家都曾有赴欧洲留学、考察或者游历的经验。譬如,徐志摩毕业于伦敦大学及剑桥大学,亦曾于1925年独自游历法国;叶公超获英国剑桥大学文学硕士学位;刘半农曾留学法国,于27岁获得文学博士学位;朱光潜亦于英国、法国求学,获博士学位;苏雪林、李金发、梁宗岱、戴望舒、艾青、李健吾等诗人均具备法国留学经验。此外,还有留学德国的宗白华,漫游欧洲的朱自清,毕业于英国伯明翰大学的戏剧家丁西林,侨居

---

① 作者单位:陕西师范大学文学院。
② 赵淑侠:《披荆斩棘,从无到有——析谈半世纪来欧洲华文文学的发展》,《华文文学》2011年第2期。

欧洲三十多年的小说家凌叔华,1948年秋赴英讲学的余上沅等一众名家。从某种意义上来说,于20世纪前期在中国涌动的各类现代文艺思潮中,欧洲的文艺成就及思想结晶无疑为中国文学家们张扬着现代意识与世界品格的文艺实践活动创造了契机且提供了经验。

应当看到,诸多中国现代作家拥有欧美经验的意义,不仅在于对个人文学追求的塑造与丰富,更因为他们往返欧洲与中国的两地经验而作用于彼时处于现代性焦虑之中的中国文艺,甚至由于这一群体的引进和推介,使得欧洲文艺经验在一定时期内左右了当时中国文学的发展进程。以新月社的理论及实践创作为例,1923年,以北平的欧美留学派知识分子为基础而形成的新月社最初"只是个口头的名称",以"想做戏,我们想集合几个人的力量,自编自演,要得的请人来看,要不得的反正自己好玩"①为初衷,聚集了徐志摩、胡适、徐申如等一众文艺界名士。此后,随着陈博生、余上沅、丁西林、林淑华、梁启超、陈西滢、林语堂、张君劢、黄子美、饶孟侃、叶公超、王赓、林徽因及陆小曼等人的加入,这个具有社交性质的松散组织开始"向右转",表现出较为浓厚的资产阶级民主个人主义的趣味,呈现出以诗歌、戏剧为主,小说、散文、评论等多种文艺形式并进的创作实践。

总体而言,新月派的整体精神在诸多方面渗透着欧洲文化的精髓。首先,在作家个人品格的型塑方面,新月派同人受以19世纪英法浪漫主义和英国文化为代表的贵族文化及绅士气质的影响很深。譬如新月社初创者徐志摩在自述中便言及:"我的眼是康桥友教我睁的,我的求知欲是康桥给我拨动的,我的自我意识是康桥给我胚胎的。"②由此可见,英伦士绅阶层对精神理想的推崇与浪漫气质的培养对其个体塑造的影响。《再别康桥》《翡冷翠的一夜》《沙扬娜拉》《我不知道风是在哪一个方向吹》《偶然》等诗作均呈现出章法的整饬、情感的波澜与对于生命本体的不断追索。此外还有诸如朱湘、闻一多对英国浪漫主义诗人济慈的崇尚,于赓虞对英国浪漫主义诗人雪莱的推崇备至等等。除却个人的影响,新月派初创者徐志摩最初以聚餐会形式组织新月社的灵感便来源于18世纪法国巴黎所流行的"文化沙龙"活动,即通过开辟一个性别、观念、阶层开放的新的社会公共空间,探讨有关西方文化与中国文化中的文学、艺术、哲学、政治等相关的议题。因此,这一聚

---

① 徐志摩:《致新月社朋友》,《晨报副刊》1925年4月2日。
② 徐志摩:《吸烟与文化》,《晨报副刊》1926年10月1日。

会的形式便决定了新月社的综合文化属性,也就不难理解他们的讨论往往不局限在文学创作领域,而是涉及文化艺术、价值观念、社会思潮等诸多方面。其次,在作家的整体倾向上,他们拥护和赞赏守成的改良主义思想,即"我们的态度是修正的态度,我们不问谁在上,只希望做点补偏救弊的工作。补得一分是一分,救得一弊是一弊"①。由此亦可见其受19世纪中叶英、法等国所流行的主张——在资本主义制度下实现渐进社会改良的资产阶级政治浪潮——的影响之深。而这一守成主义的思想也影响了其作为整体的文学实践成果。因此,以上综合意义上的"新月派不仅仅是一个一般的文学派别,而是一个以五四前后美英留学者为主体的留学文化族群和文化派别"②,新月社同人的留学体验还"赋予新月派乃至整个现代中国文化文学非常明显的多源与多元互动展开的倾向和特征"③,这些经验奠定了百年来欧华文学的整体基础,也不断绵延至当下欧华文学的实践之中。

二、"我无法抛却对生的痛感":
20世纪80年代以来的欧华文学现状

新时期以来,面对发生深刻变化的世界文化格局,欧华文学在延续了五四时期留学生写作传统的基础上,进一步呈现出中和包容的多元图景。从文学作品的表现主题而言,这一阶段欧华文学的创作基本可分为以下三大板块:

(一)表现东西方文化交流、对话与碰撞的作品

作为海外华文文学创作实践中经久不衰的主题,当前一大部分的欧华文学创作,还是相当普遍地以现代的表达技巧加之中国的价值观念及审美情趣,叙述中国人于欧洲羁旅生活中的经历与体验。这类创作尤其体现在游记体裁的散文作品中,更加呈现出中西方文化交融的一面。譬如旅法华文女作家吕大明的《衣上酒痕诗里字》《春天的梦痕,秋天的忧郁》《秋水菰浦,明月芦花》等散文小品,读来中庸平和、古典隽永且意蕴深厚。还有一类作品着重从个体的生存角度凸显中西方文化的冲突及异趣。譬如英籍华人

---

① 胡适:《我们走那条路》,《新月》1930年4月10日。
② 周晓明:《留学族群视域中的新月派》,《华中师范大学学报》2000年第1期。
③ 周晓明:《留学族群视域中的新月派》,《华中师范大学学报》2000年第1期。

女作家虹影所宣称的"联结中西文化必读的一本书"①，即其代表作《英国情人》通过讲述英国剑桥学院的浪子裘利安·贝尔与学校系主任的夫人闵之间失败的婚外恋情，巧妙地以跨文化视域大胆审视东西方文化中的性爱观念，并不断尝试触碰二者所能达到的极限，激发了读者的阅读兴趣。较为深沉的，譬如旅居荷兰的著名华人女作家林湄的一众小说作品便通过各阶层欧洲华人面对异国人事的冲突与碰撞，而呈现出其在情爱婚姻、价值信仰中的生存困境。其早期的长篇小说《漂泊》便展现了一名中国女艺术家与荷兰中产阶级青年在结合过程中所产生的矛盾与碰撞。虹影于2004年推出的长篇小说《天望》借中国女子微云和欧洲男子弗来得在成长、离散、流浪和婚姻家庭中的种种经历，结合对各阶层怀揣着理想的华人移民挣扎在现实中的众生百态的侧面描述，以中欧对比的手法充分呈现出在不同文化背景浸润下的具体人物观察世界与解释自身的不同之处。此外，还有作家尝试通过回溯历史，从中国传统文化的现代遭遇切入，展现历史中的中欧文化交流与碰撞。被誉为欧华文学奠基者的瑞士籍华人女作家赵淑侠，便在这条道路上做出了有益的探索。她于1990年完成的长篇小说《赛金花》在中西方文化早期交流及冲突的历史大背景下，通过赛金花个体的特殊遭遇，重新演绎了一代奇女子跌宕起伏的人生经历。作为处于中国社会底层的妓女，赛金花受尽了身体的屈辱与道德的谴责，但是在其随洪文卿出使德国的过程中，公使夫人的身份又意外令其获得了从未有过的尊重与喜悦。而八国联军侵入北京后，联军头目瓦德西与清政府大臣间的周旋又令其以"赛二爷"的形象大放异彩，收获了人生中的高光时刻。由此可见，作者以现代的目光，深刻地重审着20世纪初中西方语境下女性地位的巨大落差以及中国近代社会在西方观照下的屈辱历史。

（二）对个体伤痛与民族伤痕开掘的作品

20世纪70年代末中国兴起"伤痕文学"，诸多欧华文学作家作品亦不同程度地延续了这一浪潮，呈现为"输出的伤痕文学"②创作图景。著名英籍华人女作家虹影的代表作《饥饿的女儿》便是这样一部作品。恰如作家在小说后记中所言："从文体来说，它是自传的。从外观和整体上说，它是我的整体生活。"作者以自传式的手法回溯童年生活经验，将其作为"私生子"的个体

---

① 江晓原：《性感：一种文化解释》，海口：海南出版社，2003年版，第119页。
② 雷达：《新世纪小说概观》，太原：北岳文艺出版社，2014年版，第201页。

遭遇及"文革"时代普遍的饥饿体验加以结合,呈现出一个特殊时代背景下的主人公六六生理与心理的双重"饥饿"的主题——"饥饿是我的胎教——那是我根本无法再经历的世界"①。此外,它不仅展现了其个体所遭遇的痛苦,更是深刻地挖掘了一个国家及整个民族普遍的苦难遭遇与精神挫折。此外,还有诸多虚构的小说作品依然紧扣着个体与民族的"伤痕"展开。譬如老一辈法籍华裔作家程抱一于1998年出版的长篇小说《天一言》,以回忆的形式讲述了主人公赵天一自20世纪20年代出生于战乱动荡的中国后所经历的流浪、迁徙、成长的故事。其中,作家特别刻画了其与东北青年孙浩郎、川戏女演员卢玉梅至深的友谊,为了拯救朋友,他放弃了在巴黎学画的漂泊生活只身回国。在经历了凄厉的死亡与漫长的等待之后,他最终回归于生命之海的"元气"。这部作品,从形而上的层面呈现出作者深沉的思考与反省,因此被认为是"挖掘个人和近代中国最为深沉的痛苦"②的佳作,并获得了法国费米娜文学奖。此外,这类以民族苦难为文本背景的还有章平的"红尘往事三部曲"(《红皮影》《天阴石》和《桃源》)、陈平的《七宝楼台》、虹影的《孔雀的叫喊》等作品。

(三)展现世界性眼光或带有哲学的本质性思考的作品

伴随着近百年来欧华文学的不断纵深发展,诸多优秀的作家已经不再满足于简单的离散书写或情感体验,而是能够自觉地站在广阔的世界文化视野中重新调整自己的定位,以超越国界的"地球村人"的视角寻找全球化背景下人类共同的出路与普遍的诉求。为此,他们能够从更高的层面对人类的本质存在加以哲学性的思考与把握,在个体的思辨过程中观照整个人类的生存境遇。比利时籍华裔作家章平便以独立思考的立场进入诗歌及小说创作领域。其《雪地乌鸦》《我是比利时的章平,你也是的》《一小片章平的阳光》等诗作借着诸多蕴含丰富的意向,表达了其哲学性的存在思考。在其以"文革"为背景的小说"红尘往事三部曲"中,作者也不断声明其"主要的思考不在'文革'事件本身,而是想把'文革'事件作为人类整个发展过程

---

① 虹影:《饥饿是我的胎教》,《新京报》2012年12月1日。
② 饶芃子、杨匡汉:《海外华文文学教程》,广州:暨南大学出版社,2014年版,第211页。

中的一个特殊环节来进行思考"①。此外,林湄于 2004 年出版的《天望》和 2014 年出版的《天外》也不再仅限于普通的离散叙事,而是选择从人类终极关怀的视角提出"中西方文化要互动互补",从而实现"天人相望——人类大有希望"的创作期望。

三、"真正的行者本无目的可言":
欧华文学的当下困境与未来出路

总体而言,相较于羽翼已丰的北美华文文学及东南亚华文文学的发展现状,新时期以来欧洲华文文学的创作实践及相关批评工作仍具有较大开掘的空间,这主要体现在以下三处困境:首先,受较为分散的地理空间的限制与较为保守的文化传统的影响,欧华作家大多呈现出"闭门觅句"的孑立写作样态。虽然它在一定程度上保证了作家自身的主体性地位与其创作过程中的独立性思考,但使得欧华作家之间深度对话交流的空间较为逼仄,也造成了欧华作家与在地作家间较为寥落的互动局面。但同时也应当看到,相关的力量也正在集聚与壮大。譬如 1991 年 3 月,赵淑侠发起创建"欧洲华文作家协会"。作为目前欧洲影响力最大的华文文学团体,协会多年来积极出版小说、散文、诗词以及教育及旅游文集等,立志"以源远流长的中华文化和华文为张本,立足欧洲,衔接原乡本土,以放眼全球的气度来进行文学交流,扩大书写使命和参与的深度广度"②,对欧洲华文文学作家群的凝聚做出了可贵的探索。此外,还有 1988 年成立的"英华写作家协会",1991 年由荷兰作家林湄发起创建的"荷比卢华人写作协会"以及散落于其他国家的数十个华裔文学社团等,无不昭示着欧洲华文文学创作者们进一步团结与深度互通的可能性。其次,从华文作家的世代构成而言,当下仍活跃于欧华文坛的作家以第一、二代移民作家为主。他们的创作受强烈的"中国经验"的影响,更多呈现为单一视角的叙述样态,即停留徘徊于"原乡"与"异乡"间所激起的感怀愁绪中,延续着根深蒂固的中国式思维而较少真正进入欧洲自身复杂的文艺内核中。与此相对的另一极端是,诸多新时期从大陆移民的欧

---

① 江少川:《海山苍苍——海外华裔作家访谈录》,北京:九州出版社,2014 年版,第 172 页。

② 凌鼎年:《欧洲华文作家协会成立 20 周年——瑞士朱文辉当选为新一届会长》,《世界华文文学论坛》2011 年第 3 期。

华作家以所处的优越社会形态自居,所创作的一众作品从特定视角出发携带着较强的政治意涵,仅仅满足了西方读者的中国想象,却并未真正对中西方文化的平等对话交融做出实质性推进。而如程抱一、赵淑侠、虹影等能够进入并深刻融通中西方文化内核,以世界性的高度审视并反思人类命运共同体的作家作品毕竟还是少数。其三,相较于洋洋大观的北美华文文学研究,针对欧华文学创作的研究与批评,无论广度还是深度都明显呈现出滞后与不足的整体样态。在所能检索到的为数不多的欧华文学的相关论文中,评论家大都偏重于对欧华文学整体的发展进程做出概述,而对于具体作家作品的细读阐释较少,且论述基本集中于虹影、程抱一等创作已十分成熟的代表性作家,对于成长中的新世代欧华作家的关注明显不足。从深度而言,针对部分欧华作家复杂深入的创作实践,国内的相关批评尚停留于较为单一的研究方法的运用及较为生硬的西方理论的嫁接上,较少考虑到诸多文论本身复杂的生成语境,因此有时难免导致风马不接的阐释偏差。

基于以上困境,欧华作家或许能够从以下几个方面对自身的创作实践进行有意识的调整与改变:首先,在坚持自身民族文化背景的基础上,应当更加深入地对同样为悠久历史背景下所形成的欧洲文化传统与特质进行吸收、借鉴与领悟,从而真正自如地于多元文化融合中成为"眼界更加开阔,智力更加聪敏,具有更加公正和更有理性观点的个人"[1]。恰如法国哲学家埃德加·莫兰于《反思欧洲》中所言:"欧洲是一个文化概念,不是一个地理概念,欧洲不以其边界定义。"[2]犹太—基督教及希腊—拉丁文明的文化起源,人本主义、理性主义、科学技术等迭起的文明现象及动态的、共同的当下命运使得欧洲在文化认同层面上实现聚合成为可能。因此,面对这样一个处于动态平衡样态的文化旋涡,欧洲华文文学家不仅仅只停留于自身传统的中国经验,既不能只依赖于"出口转内销"式的作品销售模式,亦不能成为西方读者眼中猎奇式、想象式的消遣读物。欧华作家们更应当积极走出舒适地带,尝试在更加广阔的生命体验中真正深入中欧文化的内核,在中西方经验与理性、宗教与道德、传统与现代、伦理与法理的对话及碰撞中不断进行

---

[1] E.M.罗杰斯:《传播学史》,殷晓蓉译,上海:上海译文出版社,2002年版,第190页。

[2] 埃德加·莫兰:《反思欧洲》,康征、齐小曼译,北京:生活·读书·新知三联书店,2005年版,第3页。

对话反思、磨合及超越,从而能够真正被中国及欧洲社会文化所共同接纳,也能够令作者以世界眼光更加从容地应对当下全球范围内人类所共同关心的普遍命题。从这一层面而言,于2003年获得法兰西学院院士殊荣的程抱一、于同年以《狄的情结》获得费米娜奖的戴思杰等欧华作家无疑做出了较为良好的探索。

其次,全球化语境下不断涌现出的炫目多元的文化产品令传统文学的遇冷已成为无须争议的事实。此外,科技创新下迅猛发展的大众传播媒介技术,使得以传统纸媒为主要承担者的文学传播形态也已经发生了历史性的转变。为获得更多的生存空间,传统的文学作品如何在与商业市场及大众传媒的对话中不断选择重新编码、改造甚至解构自身,也成为后现代背景下欧洲华文文学发展所面临的机遇与挑战。作为在异乡选择用华语进行写作的欧华作家,必然会比在地作家更为深切地体会到读者群体的狭窄与接受困境问题。因此,如何将优秀的欧华作家作品推入大众的视野,使其达到应有的传播效果将成为当下欧华文学能否进一步推广深化的关键问题。对此,欧华作家们应当积极综合运用各类媒介资源,并结合座谈、批评、集会等各类方式,使其共同助力于作家作品的宣传推介。在媒介资源的综合运用方面,应当同时注重对于传统报刊媒介与现代网络媒介的运用。譬如由黄育顺所创办的华文报纸《法华报》就从1996年第9期始专设"世华诗苑"与"文艺世界"两个文艺栏目,吸引了彼时诸多有影响力的华裔作家踊跃投稿,为欧华文学作品的发表提供了开放包容的平台。此外,"荷比卢华人写作协会"的会刊《荷露》,作为欧洲唯一的纯文学的华文杂志,也为欧华文学的持续发展提供了园地。但是就网络媒介层面而言,欧华文学的发展无疑显得较为滞后。于20世纪90年代即诞生于美国的网络周刊《华夏文摘》《新语丝》《国风》《橄榄树》《新大陆》及全球首个华文论坛ACT和其他网络平台的搭建、运营与发展,无疑构成了"华文网络创作全球化的里程碑"[1],欧华文学的网络文学发展可以有所借鉴。与此同时,欧华作家们应当通过座谈、批评、集会等各类方式,从命名界定、文艺理论、历史轨迹等学科建设的角度对欧华文学给予确认与张扬。恰如饶芃子感慨华文文学的"每次会议,都有新的论题提出,每次会议之后,都有新的成果问世,不断地拓展这一领域的研

---

[1] 林雯:《论北美华文网络文学的第一个十年》,福建师范大学文学院博士论文,2012年。

究空间"①。通过相关创作分享会议的组织及召开,能够定期为欧洲各国分散的华文创作者们提供一个交流对话、反思学习的平台,也能够进一步促进欧华文学作家与大陆、台湾、香港作家,以及北美、澳洲及东南亚等地区华文文学作家、批评家的沟通与互动,这对于进一步展现欧华文学的特点、推动欧华文学的整体性迈进,无疑是一个良好的契机。

综上所述,虽然当下的欧华文学创作仍存在着进一步发展、提升及深化的空间,但是其在持续建构中所进行的有益尝试,在世界华文文学之林中以包容中和的文化气质、皈依传统的创作指向、追求自省的主体意识,构成了独属于欧华文学自身的特质,也反向形成了"中国现代性的一大特征",即实现了"中外文化在各个领域中的渗透融合",从而指明了"中国文化的唯一前行道路"②。因此,就这一层意义而言,我们有理由期待一个更加开放包容、完善深化且持续焕发着活力的华文文学场域。

---

① 饶芃子:《大陆海外华文文学研究概况》,《世界华文文学论坛》2002 年第 1 期。
② 赵毅衡:《握过元首的手的手的手》,天津:百花文艺出版社,2004 年版,第 197 页。

世界华文文学的经典建构与文学史重述

▶李洪华[①]

在经济全球化、文化多元化的时代语境中,海外华文作家日益成为中国当代文坛一支不可忽视的重要力量。自20世纪80年代以来,世界华文文学发展呈蓬勃之势,除大陆、台湾、香港、澳门以外,东南亚、欧洲、美洲、澳大利亚等地的华文文学也各具特色,取得了令人瞩目的成绩。在世界文学视域内,很难找到像华文文学这样在多元文化空间繁衍发展的语种文学。改革开放40多年来,海外华文文学研究经历了80年代的蹒跚起步、90年代的开拓进取和新世纪以来的繁荣发展。世界华文文学作为一门新兴的独立学科日渐成熟,各类世界华文文学史著述先后出版,不少大专院校开设了"世界华文文学史"课程。然而,综观各类华文文学史著述,不难发现,文学史观念相对滞后,叙述架构单一化和同类化倾向明显。本文试图以《海外华文文学史》(陈贤茂主编,鹭江出版社1999年版)、《世界华文文学概要》(公仲主编,人民文学出版社2000年版)、《台港澳暨海外华文文学教程》(江少川、朱文斌主编,华中师范大学出版社2007年版)为例,探讨世界华文文学的经典建构与文学史重述。

一、华文文学经典建构问题的提出

自1982年在广州召开的第一届台港文学学术研讨会上"华文文学"概念的提出,至1993年在庐山召开的第六届台港澳暨海外华文文学研讨会上"世界华文文学"概念的生成,无论从哪个角度来讲,"世界华文文学"都是一

---

① 作者单位:南昌大学中文系。

个年轻的学科。虽然现在我们提及"世界华文文学"时,不用对概念的本身及其内涵与外延进行过多的厘定和赘述,但是与"古代文学史""现代文学史""当代文学史"等文学史著述相比,"世界华文文学"的文学史著述显然存在诸多不成熟的方面,其中,经典意识的缺失及其对华文文学谱系建构带来的问题尤为突出。

美国著名批评家哈罗德·布罗姆曾说:"没有经典,我们就会停止思考。"经典建构之于文学史著述的重要性向来为研究界所重视。王德威认为,文学史家的首要任务是发掘、品评杰作。如果文学史家仅视文学为一个时代文化、政治的反映,他其实已放弃了在文学领域的学者的任务。换言之,一位优秀的文学史家首先应该具备发现经典、阐释经典的意识和能力。南帆认为,文学经典是一种内核进入特定的文化网络,与诸多因素相互作用而产生的结果,文学经典的承传是历史重构中的承传,重构是历史承传中的重构,承传中有重构,重构中有承传。陈学超认为,作家作品的经典化,往往是通过被纳入国民教育序列、编入教科书而实现的。这就需要我们在多元的个性化研究基础上,影响、推动国家的主流文化,从"专家文学史"发展到"教科书文学史",进入国民教育体系,从而达到建构经典的目的。2012年4月,张炯在"世界华文文学学科建设研讨会"上更是提出,从台港澳文学到东南亚华文文学和欧美澳华文文学,从个别作家作品研究到地区性作家群和文学史的研究,再到综合性的世界华文文学史撰写;从文学研究转向文化研究、身份研究等多视角跨学科的研究,经过众多学者的努力,已奠定了世界华文文学作为一个成熟学科的学术基础,但仍需进一步拓展华文文学的研究对象和填补研究空白,重视双重文化背景和文化表现,在微观研究基础上加强宏观研究,特别是开展经典化研究,把世界华文文学作为一个学科的基础夯得更厚实。

文学史叙述的是文学发展的历史进程,作家作品是文学史叙述的中心。经典作家作品是文学天空中最为璀璨夺目的星座,理所当然要成为文学史叙述的主要脉络和支撑骨架。传统的古代文学史和现代文学史叙述一方面遵循历时性的时间线索,另一方面无不以经典作家作品为基座和灯塔。很难想象,如果古代文学史叙述中没有《诗经》《离骚》《红楼梦》,现代文学史叙述中没有鲁迅、巴金、沈从文,将会是什么样的局面。然而,目前已有的世界华文文学史著述显然缺乏建构文学史的"经典意识",缺乏以经典为坐标的一体化谱系,而是千篇一律地按照地域分界缀连而成的"文学板块"。无论是四卷本的《海外华文文学史》,还是单行本的《世界华文文学概要》《台港澳暨海外华文文学教程》,台湾文学、港澳文学、东南亚华文文学、欧美澳华文文学等不同板块共同组成了世界华文文学史内容。这种地域性、板块式的文学史叙述导致了上述世界华文文学史著述中华文文学谱系去中心的"离散"、作家作品浅表化的"陈列"和文学经典遮蔽性的"缺失"。

世界华文文学是以语种为界定的,在世界范围内,凡是用华文作为表达工具来创作的文学,通称世界华文文学。它既赓续着中华传统,又不断受到世界性冲击,比起单纯的本土文学具有更复杂的品质和样貌,因而更需要经典这一建构文学史的核心元素和基础力量。一方面,华文文学史应该是以经典为支撑的文学发展史;另一方面,华文文学经典作为建构华文文学史的基本依据,是在不断的建构和解构中形成的,只有接受了不同时代检验的优秀作品才能成为经典。检视各类世界华文文学史著述,由于缺乏经典的支撑和张目,在一定程度上导致世界华文文学研究价值、文学史意义和学科地位一直受到不同程度的质疑。因而,世界华文文学的经典建构和文学史重述,对于推动世界华文文学发展,确立其作为学科的合理性和合法性都是十分必要的。

二、建构华文文学经典的途径与标准

建构独立体系的世界华文文学史,必须要有自己的经典作家和经典作品,没有经典的文学史就像没星星和月亮的夜空。那么,何为经典?华文文学是否具备经典?如何建构华文文学经典?刘勰说经典是"三极彝训,其书言经。经也者,恒久之至道,不刊之鸿教也"(《文心雕龙·宗经》)。所谓经典,是指具有典范性、权威性的经久不衰的传世之作,是经过历史选择出来的最有价值、最具代表性的作品。20世纪初以来,"世界华文文学业已涌现出大批优秀作家和作品,他们为中华民族的历史与现实谱写了风云变幻的、广袤而生动的图卷,为描绘20世纪华人的心声与情感,多方面揭示各种人物的复杂性格,表达民族的时代精神和道德伦理理想,寻求真善美的统一,做出了卓越努力。许多重要作家的作品因被译成多国文字而被各国读者广泛阅读"。陈思和先生曾将海外华文作家大致分为四类,并列举了其中的代表性作家:一是早些年在美国定居的一批台湾作家,如白先勇、欧阳子、聂华苓等;二是改革开放后一批出国的大陆作家,如严歌苓、虹影、哈金、北岛等;三是与中国文学有间离关系的,中国人在海外几代以后的群体,如东南亚华文作家;四是定居在世界各国并用所在国语言写作的华裔作家,如汤亭亭、谭恩美等。这些不同时期、不同地域的华文作家不乏"具有丰厚的人生意蕴和永恒的艺术价值,为一代代读者反复阅读、欣赏,体现民族审美风尚和美学精神,深具原创性的文学作品",譬如於梨华的《又见棕榈,又见棕榈》、白先勇的《台北人》、陈映真的《将军族》、余光中的《乡愁》、郑愁予的《错误》、聂华苓的《桑青与桃红》、严歌苓的《小姨多鹤》、金庸的《天龙八部》、虹影的《饥饿的女儿》等等。

那么如何建构华文文学经典呢?鲁迅说"一切都是中间物"。建构华文文学经典首先要树立一个基本框架,在一定的坐标上来确认作家作品的价值。世界华文文学是一个多元共生的话语场,各种文化的交融和冲突造成了该文学场的复杂多变,从而使其具有世界性和多元化特征。20世纪80年代以来,从最初的台港澳文学,到后来的海外华文文学,再到现在的世界华文文学,华文文学的格局和版图在不断拓展,并且表现出诸多不同于中国本土文学的新质。因此,如果仅仅以中国现代文学的分支或亚属来审视华文文学,是远远不够的,我们应该开拓华文文学的世界视野,从世界的广度和高度来考量华文文学。另一方面,世界华文文学要成为一种全球性的文学表达空间,只有具备世界性,才能真正拥有经典意义和经典价值。然而,从目前的世界华文文学史著述来看,其大多追求一种自成体系的文学史框架,不分良莠、泥沙俱下地陈列各地区各时期的华文作家作品,不只是缺乏世界性的视角和眼光,甚至还缺少在中国现当代文学的整体进程中来考察华文文学的视角和眼光。正如黄维樑在论及某些华文文学史著述时所说,"修史者应具章学诚所说的史才、史学、史识、史德",对于作家作品的评论力求"平理若衡,照辞如镜","作品是作家的身份证","文学史的内容,仍应以作家作品为主",但"不能什么都囊括",而应该"是各地区、各文类、各时期的杰出、优秀者"。一个不容忽视的事实是,目前大多数华文文学作品只能在中国内地出版发表,他们也只能把获得中国内地学者和读者的认可作为成功的标志。特殊的地域性和历史性造就了世界华文文学多元融合的特质。杜国清先生在《世界华文文学研究方法试论》中指出,"文化传统""本土精神"和"外来影响"是世界华文文学的三个重要特征,这三者同时包括了世界华文文学的特殊性和共通性。对于具有特殊性和共通性的世界华文文学,需要在世界性和地域性的不同坐标上,对其进行经典性确认和释读。

其次,建构华文文学经典要有一定的标准。经典是经过历史选择出来的最有价值、最具代表性的作品,经典作品的价值判断应该遵循"美学和历史"相统一的标准,即恩格斯当年提出的"从美学观点和史学观点,以非常高的,即最高的标准来衡量"。美学和历史的标准是一个有机的整体。美学的标准是艺术的标准,缺乏艺术性的作品,肯定不能成为经典作品。历史的标准就是内容的标准,包括历史评价和道德评价,就是要将作品放置在历史发展的语境中去评价,它要求作品必须具有符合社会历史本质真实的内容和积极健康的思想倾向。健康的美感与卓越的思想启迪的和谐统一,应该是包括作家在内的所有艺术家追求的最高境界。正如普列汉诺夫所说:"只有那种兼备极为发达的思想能力跟同样极为发达的美学感觉的人,才有可能做艺术作品的好批评家。"对于世界华文文学经典作品的评判必须坚持同样的最高的标准,即"美学和历史"相统一的标准,绝不能因其身份和境遇的特殊性而降低评价的标准。

三、以经典为依据的华文文学史重述

"经典化不仅仅是确立经典的过程,也是给人以精神指向,赋予人生意义的过程。经典追寻是对于深度审美的追寻,是对于心灵深度的探询,给人以理想,给人以希冀,理应成为文学史写作的追寻。"文学史叙述的是文学发展的历史,文学史的不同历史阶段是由代表性作家作品组成的文学区间。文学史在一定程度上可以说就是文学经典化的历史。文学经典构成了文学史的基座和标高。文学经典是在一个时代或艺术价值上具有典范性的作品,对文学经典的书写和阐释反映出叙述者的文学史观。在古代文学史叙述中,《诗经》是先秦文学、《史记》是汉朝文学、《三国演义》《红楼梦》是明清文学的坐标,陶渊明是魏晋文学家,李白、杜甫、苏轼是唐宋文学家,关汉卿、汤显祖是元明文学家的代表。在现代文学史叙述中,鲁迅、郭沫若、茅盾、巴金、老舍、沈从文、曹禺、艾青的作品代表了中国现代文学三十年的高峰。这些单独建章设置的经典作家作品不但标识了不同文学史阶段的高度,而且建构了整个文学史发展脉络的坚实基础,倘若将其掩盖在一般性的文学迷雾和纷繁叙述中,很难想象黯然失色的文学史将会是怎样的面容。

综观已有的华文文学史,大多数采取的是以"地域"或"国别"为单位的"分割"叙述。这种从"文化地理学"出发的叙述方式当然有一定的合理性,既便于对不同地域和国别的华文文学的发展脉络进行比较清晰的梳理,同时也可以对世界华文文学基本面貌进行整体观照。以《台港澳暨海外华文文学教程》为例,该书分为四编,即《台湾文学》《香港文学》《东南亚华文文学》《欧美澳华文文学》,在每一部分内部再按照小说、诗歌、散文、戏剧等不同文体分章设节,"这种安排的好处是一目了然,又具有层次感,反映中国文化向外扩散的趋势。在各编和各章的叙述上则遵循由面到点的原则,先概述不同地区文学发展的状况,让读者有'史'的轮廓感和脉络感"。其他华文文学史著作也基本上采取这种编撰体例和著述方式。然而,我们同时更应该看到,这种叙述方式的局限也是非常明显的:一是缺乏一体性,各自为营。二是各板块的文学力量不均衡,有的篇幅拉得很长,还是难免有"遗珠之憾";有的篇幅很短,仍有拉夫凑数之嫌。譬如,台湾文学之于香港、澳门文学,欧美澳部分之于东南亚部分。三是相当一部分华文作家具有流动性,地域性的板块叙述显得捉襟见肘,尴尬频出。譬如白先勇之于台湾文学、美国华文文学;余光中之于台湾文学、香港文学;龙应台之于台湾文学、德国华文文学;赵淑侠之于台湾文学、法国华文文学、瑞士华文文学等。黄万华曾在《百年海外华文文学的整体性的研究》中提出,大部分华文文学史"尚未有历史的整合,有的在历史的叙述上有较多缺漏,或缺乏史料的提炼,在作家、作品的'入史'上比较粗梳,缺乏'经典化'",这种不足是割裂式华文文学史的一大通病。

　　既然文学经典是文学史建构的基本依据,那么缺乏整一性和经典建构意识的世界华文文学史就亟须以经典为依据进行文学史重述。以经典建构为基本依据的华文文学史重述,首先需要打通洲别国界,以世界华文文学整体观重述文学史进程。虽然华文文学以一种"离散"的形态存在,文学的发展出现明显不平衡,但不平衡的同时也为各板块的华文文学提供了不同样貌和有待整合的空间。我们需要按照大文学史的叙事视角,在中华文化传统和世界一体化进程背景下整体把握华文文学发展的历史分期和进程。其次,华文文学史重述需要确立"经典入史"的标准和规范。文学史也属于历史,修史者要具备史才、史学、史识、史德,对于入史的作家作品,尤其对单独设章立节的经典作家作品力求"平理若衡,照辞如镜",真正做到以"文"为本,以"史"为鉴。文学价值和文学史价值是作家作品成为经典的内在因素,"由此我们就可以见出,文学史的经典秩序具有双重性质,它尊颂经典作品,以此显示出文学秩序的整一,也显示出自己时代的创作与经典作品之间的嗣传关系及合法性;同时,它又改写经典作品的意义,使古代的作品能有合乎自己需要的价值,使得自己时代的创作能够适应历史的变迁,而不必受制于既定的格局中"。其三,华文文学史重述需要坚持整体观照和微观解剖相结合的原则。我们强调整一性和经典意识,并不是消解文化多元和艺术个性,文学的价值和文学史的价值既需要在整一性中得到体现,同样也需要在多样性中进行彰显。正如有学者所提醒的那样:"我们习惯对文学的现代性采取一种整体主义的认知态度。结果是有意无意地抹杀了文学的多元格局。"因此,华文文学史重述中的"整体观照"和"微观解剖"应该相辅相成,缺一不可。我们要从分治思维转向整合思维,继而在整合思维中深入探讨文学价值和文学史价值,尤其在解读经典时,不能简单地进行罗列分类,更应该注重对作品的深度剖析,从而建立融会贯通、开放增长式的华文文学史体系。

"文学经典的魅力就是让我们回归到一种可靠的文字阅读经验"中,"文学经典的承传是重构中的承传,重构是承传中的重构,承传中有重构,重构中有承传"。缺失经典的文学史将会失去其可靠性和合法性。对于尚在成长中的世界华文文学学科而言,以经典建构进行文学史重述,通过经典的规范和价值确立文学史的规范与价值,无疑是亟待解决的问题和切实可行的路径。

离散叙事"传统"书写的突破与
欧华文学的"欧洲风"

▶陆卓宁

全球化进程中,多元文化之间的冲突与融合,从根本上说,核心问题即是价值和价值观的冲突与融合,而对于海外华文文学,显然多了一层离散处境下的选择与规避,甚或可能的超越,这是由离散行为本身所决定的。不论被动还是主动,离散势必会引发由于东方与西方、母国与居住国、记忆与此在等结构意识,由于时间与空间的割裂必然指向的对文化、家园、种族、认同等离散问题的叩问和思辨,因此,与生俱来的身份印记必然成为离散族裔永远无法完成的文化清理。但是,在互联网的共享传媒和"空中飞人"的跨国流动已成为常态的全球化时代,一味地躲进乡愁中以缓解离散之苦既不现实也不合时宜。"文化中国"的想象不能只局限于国族文化认同,而必须面对在多元文化冲突与融合的错综复杂中的主体建构问题,进而则是如何"想象""文明共同体"映照下的人文关怀,以及"合理的人生形式"的"人的文学"。如果说,这已然构成了全球化语境下海外华文文学的新质,那么,欧华文学便是在这一层面的意义上呈现出了对于传统离散叙事的某种突破。

1990年旅居荷兰的著名女作家林湄无疑是欧华新移民文学的代表。其创作成果的丰富性不仅在于诗歌、散文、杂文、小说的多样并进,更在于其对于传统的离散叙事所表现出的突破,并在过程中业已形成的创作观及价值理性。在这方面,尤以其进入21世纪后,分别于2004年出版的《天望》和2014年出版的《天外》两部长篇作品为重要表征。两部作品均为作者十年磨一剑的潜心之作,前者写的是中国女子微云和欧洲男子弗来得(祖上三代人分别具有西班牙、英国和印尼血统)的婚姻故事。全书五章分别以"金""木""水""火""土"名之,暗示世界万象的云谲波诡,由此关联起社会的各行各业的各色人等:教师、医生、记者、科学家、艺术家、精神分析学家、汉学家、律师、房地产商、餐馆老板打工者、非法偷渡移民、流浪汉、人贩子、同性恋者等,及其他们在特定时空、特定文化立场中的沉浮与救赎。后者写的则是郝忻和吴一念这对欧洲华人新移民夫妻,在跨文化跨时空背景下,灵与肉于"欲""缘""执""怨""幻"(分别为全书五章之名)的多重场域里的挣扎与考问,对包括不同社会层次的华人新移民在内的现代人在欲望、情爱、死亡、信仰的多重对立、冲突与矛盾纠葛中的生存困境,表现出强烈的人文情怀。

  作者说:"《天望》意为'天人相望',人不能只贪恋地面上的东西,也要关注'天'的存在。简单地说,也得关注精神与灵魂问题。小说男主角弗来得具有宗教救赎思想,以简单对付复杂的社会,世人觉得他傻,他却觉得世人傻,认为众人活得又累又愚昧,个个均在追求财色和物质东西……《天外》意为'人在做,天在看'。30多年来,中国发生的巨大变化也影响了海外的华人,他们带着完美主义的理想,从东方到西方,不料西方渐渐没落,东方却在崛起,漂泊者自然对离散、移居、身份等词语有着更多的解读和理解。改革开放令人钱多了,生活质量随之提高,然而人性欲望无尽,故终日劳苦愁烦,依然没获得真正的快乐与幸福。永恒仁慈的上帝看到红尘滚滚中的人类整体精神状态在潜移默化中变得怪诞、萎缩或不知所措的焦虑和浮躁,便充满了忧伤与悲悯。"[①]显然,两部不尽相同的离散故事却都承载了作者执着的高蹈出尘的"天问"之思。不论是现代堂吉诃德式的人物弗来得,孤独而悲壮的"举世皆浊我独清,众人皆醉我独醒"的心态,坚持不懈地在绝望中寻找希望、置生死于度外的忘我救世,还是以所谓"传统的人"自律的郝忻,先前在强权意识形态环境下被禁锢的个人化、身体化的生命感知力,即便在现实肉身欲望的泛滥涌动、死亡恐惧的无常胁迫中得以发泄也是虚幻的。那么,超越残缺尘世的真正信仰何处求索?

  作者也曾说自己"既不完全属于东方,也未完全融入西方,可以说是生活在东西方的边缘"[②]。由二元或多元文化之间的冲突和对话而造成的边缘,当然不再是地理边界层面的所指,而是具有了丰富的历史价值与哲学内涵的多元文化共生的开放地带。作者对自己所处的东西方的边缘的认知,

---

[①] 林湄、戴冠青:《文学的魅力与心灵的灯塔——荷兰华文女作家林湄访谈》,《名作欣赏》2017年第11期。

[②] 田帆:《边缘作家的"多元化思考"——记荷兰华人作家林湄和她的新作〈天望〉》,http://news.sina.com.cn/w/2005-01-04/10294710196s.shtml。

是极富智慧的,它需要一种在普遍物象中发现边缘性质的主体建构的自觉,而不是如何融入中心的焦虑。因而,她的离散故事,固然还是写移居族裔于文化冲突中的求生求欲,还是写移居族裔于原乡与异乡间的迎与拒、背离或拥抱及过程中的情感撕扯,但是,已然不仅仅是在传统离散书写中或者自艾自怜中独舐离乡之苦的孤独与寂寞,甚至所谓成功于新乡之后游走于东西方的文化掮客的自负自得……面对移居族裔的众生相,作者自觉于边缘作家的文化视野,看到的是既不属于东方也不属于西方,而是如其所言的"地球村人的生存状况"。她既在世俗层面上真实地刻画出了他们的生存困境,更在形而上的意义上表现出了他们的精神虚脱与无助,甚至,作者的"边缘"观有着无情的代入感,她不讳言:"我虽从美的理想中走出来求真,但真更令我凌乱不堪。"[①]显然,"地球村人"在地理空间上的变迁,已然不再是什么特别沉重的事,而是在这"凌乱不堪"的当下,"地球村人"身心离散却又无处着陆的恐怖与绝望。

比较北美新移民文学凸显的应对全球化语境下的种族冲突、认同危机,特别是离散意识下的"民族寓言"式的叙事,林湄的边缘视角,既表现为更高远的创作情怀,亦在地缘意义层面显现出了特定区域文化的征象,即如何走出当下生态环境恶化、世事变幻莫测、道德伦理脱序、精神王国萎缩……的人类困境。《天望》《天外》出现在当下的 21 世纪欧洲,就作者林湄在作品中表现出的强烈的现代批判、关怀与救赎意识来看,其与欧洲文化的宗教理性/哲辨思维传统、与赵淑侠所揭示的"糅和了中国儒家思想和西方基督教文明"[②]的欧华文学精神肌理的关系便是有迹可循的。换言之,《天望》《天外》如果不是来自特定的欧华文化区域,某种意义上,则是不可想象的。

1979 年便移居荷兰,进而定居比利时的章平,经营中餐馆是他移民欧洲以来从未改变过的谋生方式,而同样也从未改变过的则是他对文学理想的追求。以烹饪作为职业与文人作家,这一看起来异形异向的生活方式竟毫无违和感地成就了一个作家——一个志在"诗和远方"的作家。章平在一次接受访谈时曾有过如下表述:"对海外作家期待自己保持独立思考精神形成了巨大的挑战。在这里使用'期待自己'的词语,是基于部分作家在这方面

---

① 林湄:《天外》,北京:新世界出版社,2014 年版,第 190 页。
② 赵淑侠作品国际研讨会组委会编:《赵淑侠作品国际研讨会论文集·赵淑侠〈开幕致辞〉》,北京:作家出版社,1996 年版,第 13 页。

还保有某些警觉,而大部分作家连这种警觉都已经丢失,他们身上更多的只是对于能够融入或说接近中心什么的主流而感欣喜,他们对于作为作家,需要保持独立思考精神的这一品质,已经没有了警觉,或者说,他们似乎有点不在乎。"①反而观之,章平如此自勉,甚至以慎独、哲思构成了他作品的精神底色。诗歌始终是章平钟爱的文体,从20世纪70年代中期至今,他的大量诗作可谓写尽了整个人生,甚至整个世界,但抒情主人公从未放弃过"保持独立思考精神"。譬如,面对"雪地乌鸦"这一极富画面感而又意味丰富的意象,落脚点则是"我这一生人,究竟是白子还是黑子"②。有意思的是,章平甚至直接以"章平"入其诗作之名,如《我是比利时的章平,你也是的》《一小片章平的阳光》等,前者的诗句如:"我和你是一个人,我和你是两个人/我和你熟悉,比别人更不熟悉/偏偏在这里,同时租用身体/我和你发动了一个人的战争/没法退出,又喜欢互相射击。"③后者则是:"天黑以后,有一点自己的光明""让成功的喧嚣,患一次小儿麻痹症/让失败也听一次,掌声响起来"④。显然,抒情主人公有犹疑有纠结,有警觉有思辨,但与诗人一样,对自己有着期许,以保有一个真实的自我。小说是章平着力最大的场域,从中短篇创作到系列长篇数十种,实实在在地成就了他在欧华文坛、在海外华文文坛的影响力。其中,多为人瞩目的是作者自己命名为"红尘往事三部曲"的《红皮影》《天阴石》和《桃源》三部长篇。这一系列创作均以"文革"为背景,表现出了一代人的苦涩青春及其灵魂自白的克制与孤独。但作者表明:"我主要的思考不在'文革'事件本身,而是想把'文革'事件作为人类整个发展过程中的一个特殊环节来进行思考。"⑤作者的创作意图与文本呈现是否吻合,或者说相得益彰姑且不论,但一如其诗作中抒情主人公从未放弃过"保持独立思考精神",章平的小说创作也始终坚守不为写而写,而是以一个"站在别处"的独特位置为思而写。因此他的小说总有着看待事物的独特视角,有着自己的思维逻辑,并在创作过程中获得自己的创作心得。如他认为:"我发

---

① 江少川:《海山苍苍:海外华裔作家访谈录》,北京:九州出版社,2004年版,第176页。
② 章平:《章平诗选》,墨尔本:原乡出版社,2004年版,第1页。
③ 章平:《章平诗选》,墨尔本:原乡出版社,2004年版,第4页。
④ 章平:《章平诗选》,墨尔本:原乡出版社,2004年版,第257页。
⑤ 江少川:《海山苍苍:海外华裔作家访谈录》,北京:九州出版社,2004年版,第172页。

现,如果你不违背你所认知的生命常识与生命经验的话,我们所能做出的改变是有限的,即使在虚构的时间与历史当中,我们人的爱情、仇恨以及所谓的智慧,也只能深深地陷落在我们人自己的困惑之中。"①这与其说是一种宿命观,莫若说是某种哲思的洞明,唯其如此,才有了永远在上演着的人与人,甚至民族与民族的爱恨情仇,当然也才有了人类对终极思考的执着。

  1991年出国后定居捷克的老木(李永华)近年开始进入海外华文文学界的视野。他曾说:"如果说我是先'当'了作家后才开始写小说的,肯定会被当成笑话。可我真的是进入了欧华作家协会以后才开始写小说的。"②这不合逻辑的事如果成立,肯定有它的理由。事实上老木早在20世纪80年代就已动笔写作小说,出国前后为了生计而在理想和现实中左奔右突,直至安身立命后,写作小说才成为他主要的生活方式。而其间也写下了诗歌、散文、杂文、政论文、中短篇小说,近年的长篇小说则洋洋洒洒数百万字。由于他"曾经用心研读过一段哲学,以后便一直在思考一些哲学上的问题"③,这成了他不论写作何种文体时的一个突出的维度。如在由其创作、旅居德国的紫荆增补完成的长达45万字的长篇小说《新生》(2015)中,主人公康久大致与共和国同龄,其下乡回城,下海移民,穿梭于国内国外及男欢女爱的经历,读者并不陌生。但作者着力于以其潜心研究的"人性哲学",来开掘康久由复杂多谋、抗拒红尘,到"悟善归道"、安于桑梓的性格转变及其心路历程,这就使得小说在新移民文学中具有了一席之地,也契合了作者的人生理想和生命感悟。在作者看来,"生命之门和天堂之门随时都对作为普罗大众的我们打开着。当我们依据生命历程中获得的悟性找到连接它们之间的道路的时候便是我们的新生"④。

  从根本上看,"他乡"与"原乡"当然是离散书写中互相联系的核心场域,但是,随着经济全球化在更深层面已表现为文化的角逐与融合的当下,其含

---

① 江少川:《海山苍苍:海外华裔作家访谈录》,北京:九州出版社,2004年版,第174页。

② 老木:《寻找人性的踪迹》,引自《垂柳:老木中短篇小说选》,布拉格:布拉格华文书局出版社,2015年版,第1页。

③ 老木:《寻找人性的踪迹》,引自《垂柳:老木中短篇小说选》,布拉格:布拉格华文书局出版社,2015年版,第4页。

④ 老木:《人性的挣扎与思考》,引自《新生》,布拉格:布拉格华文书局出版社,2015年版,第5页。

义于离散书写中也不断丰富起来。它们即便仍然作为异文化冲突与对话的二元及其表征，但审视、反思、超越甚至可以心平气和地指向理解与包容，并在这一过程中不断完善主体建构，这一文化向度尤其在欧华文学中呈现为一种自觉的新质。

1994年定居德国的刘瑛曾说过："长时间生活在异国他乡，异乡已成为第二故乡。然而，种种差异依然如影随形，挥之不去。于是，我试着去表现和反映这种差异。我也试图在种种差异中寻求某种理解与融合。我知道，文学，永远不能给出简单答案。我们将在寻找答案的过程中，坚守与扬弃，提炼与升华。"①这也是刘瑛近年结集出版的中短篇小说集《不一样的太阳》的创作理念，其中中篇小说《生活在别处》最有代表性。作者以中欧文化互为"他乡"与"原乡"的别处视角，以女主人公佳颖的女儿语言班圣诞特别作业"介绍你的国家"为轴线，抽丝剥茧地展开了对中欧文化不同优长的探究。作者特别"铺陈"了佳颖与德国友人罗兰德对唐诗《枫桥夜泊》的不同阅读体验，"哲学思维渗透到血液中的德国人"对自然规律强调的是表达准确，因此认为诗中"月落乌啼"不合理，"夜半钟声"不可能。显然，诗人张继对自然况味的传递，意在营造愁绪如云的隽永和意境的深远，诚如佳颖的经验，"体会诗的意境，理解诗的情感，是赏析中国古诗词的关键"②。小说这一情节的设置，颇见作者的机敏，及其在不经意间显露出对东西方文化精髓的感受力与化典能力，蕴藉着的则是作者对中欧文化理解与融合的情怀。

1998年赴瑞士的朱颂瑜也是一个值得期待的海外华文作家后起之秀。她亦曾说："原乡和他乡在我的生命长度很快就到了1∶1的阶段。就是说40年的一半我是在中国度过，另一半是在瑞士度过。我对中国非常了解，也非常理解，而瑞士对我来说也不陌生。所以我在创作的过程里面就常会自然而然产生一种使命感。……作为一个海外作家，我希望能用一些温暖人心的文字和有限的笔力去告诉我的读者，我们心里一直追求的那种理想社会和那种世外桃源，它其实是确实存在的。但是它的实现也许需要我们几代

---

① 刘瑛：《不一样的太阳》，厦门：鹭江出版社，2016年版，第6页。
② 刘瑛：《生活在别处》，引自《不一样的太阳》，厦门：鹭江出版社，2016年版，第118页。

人的共同努力。"①因而,读她的《天地晖映契阔情》②等散文篇什,中瑞一家亲的至情至爱、珠山云水(朱颂瑜为广东籍)辉映下的阿尔卑斯山山麓村落的温馨苍翠、中欧传统文化精髓的古韵今风,都念兹在兹地流溢在其不多的精美文字中。在这里,我们熟见的跨域书写中认同、身份、性别、权力的话语往往已散落在欧华作家对构建多元文化共生的理想世界之中。

很难说这只是一种巧合,欧华作家相对多倾情于对信仰、宗教、哲学、文化的思考,并因此突破了离散叙事更强调认同与冲突的传统书写,而仅仅是属于个人的。吕大明曾说:"我常说,在欧洲久住的作家,笔下的作品总有些欧洲风。"③所谓欧洲风,或许见仁见智,但是,久居以"宗教与理性、信仰与怀疑、神话与批判、经验主义与理性主义、人道精神与科学文化"④的冲突与融合为基本特征的欧洲文明区域,在创作中不同程度地呈现出欧洲文化的精神理性,并由此也使得欧华文学具有这一区域文化特质无疑有其必然性。换言之,欧洲各现代民族国家之间存在着意识文化、宗教信仰、历史演进的同源性,如法国学者莫兰所说:"欧洲文化是犹太、基督教、希腊、罗马四种文化的综合,这四种文化旋涡中又诞生了人本主义、理性主义和科学技术这些可以嵌入外部文化并对其发生影响和改变的文明现象。"⑤显然,欧洲文明这一形而上的通律或共性及其所形成的合力,完全构成了影响欧华文学的精神特质及其与其他区域华文文学和而不同的重要因素。

推而广之,百年海外华文文学由20世纪初中国知识分子拥抱欧洲始,至当下欧华文学具有独特的区域文化精神气质,作为镜像的欧洲,已然构成了海外华文文学发生与发展的极富张力的一元。但是,从近年海外华文文学研究看,欧洲—欧华文学,这一关联海外华文文学发生与发展的突出符号显

---

① 朱颂瑜在"2016年7月世界华文中东欧文学国际研讨会暨第八届文心(布拉格)笔会"上的发言。
② 该文获2010年瑞士国际广播电台瑞士资讯门户网站征文大赛首奖。收录于林婷婷、刘慧琴主编:《翔鹭:欧洲暨纽澳华文女作家文集》,台北:台湾"商务印书馆",2015年版,并被《人民日报·海外版》等多家媒体转载。
③ 转引自高关中:《吕大明:字字珠玑散文美》,收入高关中:《写在旅居欧洲时——三十位欧华作家的生命历程》,台北:秀威出版社,2014年版,第69页。
④ 梅启波:《作为他者的欧洲:欧洲文学在20世纪30年代中国的传播》,武汉:华中师范大学出版社,2008年版,第7页。
⑤ 埃德加·莫兰:《反思欧洲》,康征等译,北京:三联书店,2005年版,第31页。

然未能获得足够的重视。不错,从历史上看,曾经特别是在中世纪,基督教文明一统欧洲的局面,导致了文化思想的单一化、理念化,且经年累月地以它保守的一面,对这一区域的文化气质造成了某种封存影响,必然在潜移默化中影响着世代相承的文学心理品格;同样,也必然对欧华文学相对北美及其他华文文学发展更活跃的区域所表现出的某种收敛自在的品格带来影响。

不过,我们以为,区域华文文学观察/研究与批评话语体系关系密切。近年来,海外华文文学研究所依托的后殖民主义和跨文化批评等话语,固然彰显了不同文化的异质性和独特性;但是,由于未能参与欧华文学历史现场及其演进过程,或曰由于北美新移民文学创作的活跃,在吸引研究者广泛关注的同时也造成区域研究的某种失衡。由此,实则弱化了其他区域海外华文文学的"普遍性"、地缘人文以及区域特征,最终陷落于"论其一点、不及其余"的所谓从善如流的约束之中。

当然,作为散居却又表现为同构的海外华文文学,其各区域文化的"边界是为跨越而设置的"①。同理,欧华文学生发后,在其文学想象之精神特质不断嬗变与聚合的过程中,所遭遇的区域文化的不确定性、模糊性和矛盾性也应该是一种常态,因此,欧华文学不断生发的问题仍值得持续关注。

---

① 艾力克斯·米勒:《祖先游戏》,转引自钱超英:《"边界是为跨越而设置的"——流散研究理论方法三题议》,《深圳大学学报》(人文社会科学版)2012年第5期。

追求自由的灵魂[①]
——评关愚谦的文学自传《浪:一个为自由而浪迹天涯者的自述》

▶胡德才

旅德华人关愚谦(1931—2018)是一位学者型作家,长期执教于德国汉堡大学中国语言文学系,曾任欧洲华人学会理事长、德中文化交流协会会长,其欧洲游记、时事评论以及与妻子海佩春合作编撰的传播中华文化的著作均广有影响。他浪迹天涯的传奇人生更是一个特殊的历史时代的缩影,其中蕴含了许多值得回味和反思的话题。在他的"人生三部曲"中,《浪:一个为自由而浪迹天涯者的自述》(以下简称《浪》)最有代表性,亦最精彩。

一、《浪》是一部什么样的书

关于关愚谦的人生传奇,东方出版社已出版了他创作的自传体著作"人生三部曲":《浪》(2012年版)、《情:德国情话》(以下简称《情》,2014年版)、《缘:人生就要活得精彩》(以下简称《缘》,2019年版)。其中第一部《浪》曾以《浪:一个"叛国者"的人生传奇》由人民文学出版社于2001年5月出版。后出的版本和前一版相比较,除书名的改变外,还有就是作者"把十年前为考虑篇幅不宜过长而删去的内容重新加进来"[②],同时删去了作者在德国的后半生的故事,把它放在了三部曲的第二部《情》里。另外,在文字上也作了

[①] 本文系国家社科基金项目"一带一路沿线国家的华文文学与华语传媒的共生态研究"(项目号17BZW036)的阶段性成果。中南财经政法大学2019年度中央高校基本科研业务费团队项目"中外文化互渗里的世界华文文学研究"阶段性成果。

[②] 关愚谦:《后记:撰写〈浪〉的始末》,引自关愚谦:《浪:一个为自由而浪迹天涯者的自述》,上海:东方出版社,2012年版,第446页。

较多修改。对于后出的版本在内容上的变化,作者后来又作了这样的解释:"当年我以自己的生平经历为素材写了一本自传《浪》,花了近二十年的工夫,送去出版的时候却因内容涉及的话题太敏感或是不合时宜,被删的删,砍的砍。直到2012年,在北京的东方出版社为《浪》出了新版本,才又恢复了它的本来面貌。"①应该说,这两个版本就主体内容和基本观点及倾向而言,并无根本不同,但后出的版本一方面补充恢复了初版时被删除的部分内容,另一方面为保持各部的相对独立完整,作者进行了内容上的调整和文字上的修改,形成最后的定本,本文的论述以此版本为依据。

关愚谦的"人生三部曲"是什么性质的作品?作者有时称"自传",有时称"人生回忆录"。②但谈到《浪》这部作品时,他又说:"我不愿意把它叫作回忆录。"因为作者是把自己人生中的一段历史"当作一个故事"记录下来的。作者虽然"力求历史人物的完全真实",但"凡是我不喜欢的人物,尽量不用真名,同时,为了照顾该书的趣味性、通俗性和可读性,我尽量把一些要写的角色合并成一个,这说明不能个个对号入座,但又不失历史的真实"③。也就是说,作者在《浪》的创作和修改过程中已经运用了小说人物创造的典型化手法,因此,它不是一本普通的回忆录。《海外华文文学教程》在谈到这部作品时,就直接称其为长篇小说,指出:"小说讲述了一个背有'叛国者'罪名、九死一生的中国知识分子在海外漂泊中依然不改爱国情志的心灵历程。"④王蒙在给该作品写序时指出:"他写的与其说是一部纪实小说,不如说是一部忏悔录加血泪史。从中我们可以发现一些最真情最动人的东西。"⑤

严格地讲,纪实性毕竟是《浪》的首要特点,它的传奇色彩是基于作者生平经历的传奇性,作者不是把它当作小说来创作的,尽管它在情节的曲折离

---

① 关愚谦:《自序:不思量,自难忘》,引自关愚谦:《情:德国情话》,上海:东方出版社,2014年版,第7页。

② 关愚谦:《自序:不思量,自难忘》,引自关愚谦:《情:德国情话》,上海:东方出版社,2014年版,第7页、第9页。

③ 关愚谦:《后记:撰写〈浪〉的始末》,引自关愚谦:《浪:一个为自由而浪迹天涯者的自述》,上海:东方出版社,2012年版,第446页。

④ 饶芃子、杨匡汉主编:《海外华文文学教程》,广州:暨南大学出版社,2009年版,第237页。

⑤ 王蒙:《序》,引自关愚谦:《浪:一个为自由而浪迹天涯者的自述》,上海:东方出版社,2012年版,第2页。

奇、人物形象的典型化、细节的真实以及语言的文学色彩等方面具备了小说的要素,但它不是小说。曹景行称《浪》为"一部自传体著作"[①],则是更恰当的说法。作者晚年则称其为"自传体纪实文学"[②],因此笔者称它为"文学自传"。"自传"是其本质,具有纪实性;"文学"是其特质,具有艺术性。《浪》从1968年处于内外交困中的"我"盗用日本友人的护照冒险"逃离祖国"落笔,然后追述其幼年、少年、青年时期的求学与工作经历,"反右"和"文革"初期的坎坷命运与酸甜苦辣的人生体验,以及逃至埃及落入开罗最大的监狱的传奇故事。第二部《情》续写作者出埃及的监狱到德国之后的人生故事,包括攻读硕士、博士学位及谋生的艰辛,任教汉堡大学培育桃李的如鱼得水,和佩特拉异国婚恋的浪漫与温馨,思亲的痛苦与浪子还乡的喜悦与感伤。第三部《缘》叙述20世纪80年代以后至作者晚年的生活轨迹,尤其是对中华文化的传播,搭建中德文化交流的桥梁,成为香港及东南亚地区的专栏作家,和国际政界商界及文艺界名流的交往以及对自己坎坷人生的反思与感悟。三部作品所构成的"人生三部曲"完整地勾画出作者八十余年来丰富曲折的传奇人生,展露出浪迹天涯的海外游子深情眷恋祖国的赤子之心,也塑造了一个随性浪漫、开朗乐观、热爱生活、渴望自由、性格坚毅、富于冒险精神的知识分子形象。作为文学自传,三部曲的纪实性不断增强,而文学性则逐步减弱。因此,《浪》的艺术性最强,成就最高,其价值也将随着时间的推移而愈加凸显。它不仅是关愚谦最具代表性的传世之作,而且会在世界华文文学宝库中写下醒目的一页。

二、关愚谦是一个什么样的人

关愚谦在文学自传《浪》里,根据家谱记载,将自己的祖先追溯至三国时期的大将关羽,家族中赫赫有名的先辈还有元代戏剧家关汉卿和清朝鸦片战争时期的民族英雄关天培。关愚谦的父亲关锡斌是五四时期天津师范大学的学生领袖,曾因赴京声援北京学生运动而被北洋军阀逮捕,出狱后,追

---

① 曹景行:《序言:异乡中的喃喃情话》,引自关愚谦:《情:德国情话》,上海:东方出版社,2014年版,第5页。

② 关愚谦:《缘:人生就要活得精彩》,上海:东方出版社,2019年版,第28页。

随周恩来发起成立觉悟社,后赴法留学。他"敢说敢为,容易冲动"[1],"多年的国外生活,父亲养成了自信、自由散漫的个性"[2]。因此,父亲"虽是一个热情的革命者,但他身上又散发出浓厚的自由主义气息"[3]。后离家从事革命工作,新中国成立后,长期任国务院参事。关愚谦似乎先天就遗传了先辈侠肝义胆、傲骨铮铮、自由不羁的基因。

关愚谦在《浪》里以文学手法塑造了一个独特的自我形象,只要阅读过作品的读者都会印象深刻,难以忘怀。同时,读者对作者当年冒险出走、逃离祖国的选择或许会心生疑惑,思量该如何评价。

关愚谦浪迹天涯的传奇人生是由1968年早春的一个星期五下午,他为寻找割腕自杀的刀片而打开抽屉的瞬间铸成的。其时,他37岁,已经历过"反右"运动被流放至青海四年炼狱般的生活,1962年回到北京后,任职于直属于外交部的中国人民保卫世界和平委员会(简称"和大")。1968年"文革"风暴如火如荼,"和大"的两派斗争也愈演愈烈。关愚谦"反右"时期的历史问题成为对手们整他的切入口和把柄,他被扣上罪名,成为被重点批判的对象。而在此关键时刻,他又因"移情别恋",祸起萧墙,夫妻失和,妻子小题大做,将他告到单位,这等于火上浇油。单位政治派系斗争的激化加上伴侣因个人感情而上升至道德问题的控告,使他内外交困、有口难辩。转瞬之间,"作风恶劣""男盗女娼""右派本性不改""造反派黑手""牛鬼蛇神""罪魁祸首"等种种罪名铺天盖地而来。他想一死了之,认为这是"穿越目前黑暗的唯一通道",但就这样莫名其妙地自我了断,又心有不甘。矛盾纠结之中,他在单位召开全体会议而被要求单独留在办公室写交代材料之时,一时冲动,拉开抽屉,去拿那包剃须刀片。可是首先进入视线的不是刀片,而是护照,一本蓝皮的日本友人的护照,里面还有去埃及和法国的签证。就这样,打开抽屉看见护照的瞬间决定了他的人生将发生重大转折,这是他传奇人生中最惊心动魄的一瞬。他惊惧于自己脑海里瞬间冒出的想法,赶快关上了抽屉,几乎晕了过去。绝望、恐惧、侥幸、冒险,种种情绪、念头在脑中划

---

[1] 关愚谦:《浪:一个为自由而浪迹天涯者的自述》,上海:东方出版社,2012年版,第42页。

[2] 关愚谦:《浪:一个为自由而浪迹天涯者的自述》,上海:东方出版社,2012年版,第43页。

[3] 关愚谦:《浪:一个为自由而浪迹天涯者的自述》,上海:东方出版社,2012年版,第39页。

过,"生存还是毁灭,这是一个问题"。死,还是走? 为什么要选择死呢? 他于是选择了走。走,也就是逃。万一逃不了,大不了也就是一死。"不自由,毋宁死",他想起了中学时和青春偶像露西一起背过的名言。冒险一试吧,他于是铤而走险。他冒名顶替拿着日本友人的护照在下午不到三个小时的时间里完成了在正常情况下至少要三天才能办完的手续。从订机票、领支票,到取机票、盖出境章,以及第二天赴机场、过海关,竟然有惊无险,闯关成功。作品第一章《逃离祖国》所写事件之奇特、情节之离奇,胜过惊险小说,读来扣人心弦。主人公如穿上红魔鞋,别无选择,没有退路,勇往直前,玩命闯关,层层关卡,步步惊心,但都化险为夷,仿佛天方夜谭。作者后来回忆此事,也感慨万端:"每当想起当年那场惊心动魄的逃亡时,我都认为那纯粹是一个奇迹,绝对是一个奇迹。"[1]

毫无疑问,关愚谦当年选择的虽然是求生之路,但实际是荒唐冒险的亡命之旅,几乎没有成功的可能。稍有不慎,事件败露,罪加一等,轻则入狱,重则赴死。可是,他却选择了冒险出逃,其想象力之丰富、意志之坚强、冒险精神之巨大实在令人惊讶。他之所以选择这样极端的方式,不惜以命相搏、冒死一试,其深层的精神动力是什么? 其价值何在? 这是值得我们反思和重新认识的。

关愚谦曾谈到,有朋友看了《浪》的初稿后,对他说:"在打开办公桌,看到那本蓝色的日本护照时,亿万个人里面,恐怕只有一个人敢拿着它闯关,这个人就是你——关愚谦!"作者接受这个评价,但认为没有道出他敢闯的理由,那理由就是"我那锲而不舍追求自由的野性"[2]。就像他到埃及的第一个夜晚,想到自己成了一个没有祖国、没有亲人和朋友的人,心中绞痛难忍,在流泪写给母亲的信中说:"我之所以选择这条路,是因为无奈,我想活下去,像一个自由人那样活下去,我再也受不了那种精神上的折磨。"[3]他的逃离是另一种抗争,需要极大的胆量,并付出巨大的代价,甚至生命。东方出版社的《浪》和人民文学出版社的《浪》书名中的副标题是不一样的,前者为

---

[1] 关愚谦:《浪:一个为自由而浪迹天涯者的自述》,上海:东方出版社,2012年版,第30页。

[2] 关愚谦:《浪:一个为自由而浪迹天涯者的自述》,上海:东方出版社,2012年版,第440页。

[3] 关愚谦:《浪:一个为自由而浪迹天涯者的自述》,上海:东方出版社,2012年版,第369页。

"一个为自由而浪迹天涯者的自述",后者为"一个'叛国者'的人生传奇"。后者的副标题似乎更吸人眼球,更有悬念,更富有文学意味;前者的副标题要直白一些,却直指其深层的精神内核。对关愚谦而言,"叛国者"乃其表象,自由的追求者才是实质。

何谓自由?从消极的方面说,是摆脱外在的束缚;从积极的方面说,就是自我决定,自我创造。自由是人之所以为人的最宝贵的品质,追求自由乃人的本性。人是自由的主体,因为自由,生命才有意义。"生命诚可贵,爱情价更高。若为自由故,二者皆可抛。"匈牙利诗人裴多菲的这首诗被人们广为传诵。黑格尔说:"人之所以自由,就在于他无求于外;这就是精神的主观性。"①俄国哲学家别尔嘉耶夫说:"世界的奥秘就隐藏于自由。……自由是开端,自由也是终结。"②从某种意义上说,人类的使命就在于摆脱奴役、追求自由,而这也正是人类的困境。因此,夏多布里昂说:"没有自由世界上什么也不存在;自由给生命以价值,即使你认为我是自由的最后一位保卫者,我也不会停止为自由的权利而呐喊。"③关愚谦说:"我渴望自由,热爱生命,这是与生俱来的天性,谁都无法夺走。"④《浪》的精神价值正在于书中始终活跃着一个坚忍不拔地执着追求自由的灵魂。

关愚谦从小在上海长大,中学就读于圣芳济中学和上海市西中学,主要接受的是西式教育,深受西方文化的影响,从小受宗教的熏陶,喜爱西方音乐,热爱文学。他生性活泼好动,浪漫随性,无拘无束,敢说敢做,自由不羁,野性不驯。初中时不满于有的同学以大欺小、恃强凌弱,他勇于出手,打抱不平;对捣蛋的外国学生破坏教学秩序,他大胆制止,单打独斗,制伏对手。高中时,和露西在大街上遇到横行霸道的美国兵,他毫不犹豫,大胆出手,大

---

① 黑格尔:《哲学史讲演录》(第2卷),贺麟等译,北京:商务印书馆,1960年版,第66页。

② 别尔嘉耶夫:《自我认识——哲学自传的体验》,引自汪建钊编选:《别尔嘉耶夫集》,上海:远东出版社,1999年版,第354页。

③ 转引自别尔嘉耶夫:《论人的奴役与自由》,张百春译,北京:中国城市出版社,2002年版,第1页。

④ 关愚谦:《后记:华发多情忆往昔》,引自关愚谦:《情:德国情话》,上海:东方出版社,2014年版,第276页。

展中国人的志气。他"天生就是一匹爱自由不愿受约束的'野马'"①。正如他所说:"过去我要自由,不愿做亡国奴,现在我还是要自由,就是自由的思想,自由的呼吸。"②如果说在上海的青少年时期是他自由率性的个性的自然生长形成期,那么到北京上大学直至参加工作、经历"反右"和"文革",则是他试图不断约束自我的过程,也是其自由不羁的天性与抑制个性自由的环境不断磨合、冲撞以致决裂的过程。

雨果曾在《悲惨世界》里写道:"人世间有一种比海洋更大的景象,那便是天空;还有一种比天空更大的景象,那便是内心的活动。"关愚谦对此服膺甚深,他在西方文学艺术的熏陶与启发下,热爱自由,充满幻想,兴趣广泛,爱憎分明,独具个性,具有浪漫气质。他渴慕自由,不仅要人身自由,还要心灵自由。但20世纪50年代以后,不断强化的政治教育和政治环境,虽曾一度将他拉回到现实生活中,其"澎湃的内心活动也被埋在心灵深处",但江山易改,本性难移,亲戚、朋友、同事都感觉到,他"是一个难以驾驭的人"。他虽然多次试图约束自己,但总是事与愿违。一个执着追求自由的灵魂在一个钳制自由思想和行动的环境里的痛苦是常人难以想象的。"我的头脑有时好像爆裂了,那种追求自由的愿望有的时候会变成野性,近于疯狂。我有时会一个人骑车到郊野去大号大叫、自我发泄一番,才会使自己安静下来。"③随性浪漫、锋芒毕露的关愚谦成了"改造"不好的"臭老九",是被批判、被教育的对象。"反右"运动中他被强加以莫须有的罪名,差点被定为"极右分子"。最后在国务院工作的父亲出面,他才被从宽处理,划为"中右分子",下放青海。在下放青海改造期间,他一度当上了记者,对领导要求树立的"假劳模"、"大跃进"中"放卫星"的造假行为都极为不满,因此被党支部书记白日明点名批评。当白书记翻起他的旧账时,他竟晕了过去。醒来之后,他抑制不住强烈的冲动,持刀闯进了白书记的宿舍。在青海的艰难岁月里,他几次险些命丧黄泉,脑子里也几次出现过逃跑的念头。因此他更愿意只身外出采访,奔驰于广漠的旷野,生活在底层人民中间,那就"好比摆脱

---

① 关愚谦:《浪:一个为自由而浪迹天涯者的自述》,上海:东方出版社,2012年版,第254页。
② 关愚谦:《浪:一个为自由而浪迹天涯者的自述》,上海:东方出版社,2012年版,第197页。
③ 关愚谦:《浪:一个为自由而浪迹天涯者的自述》,上海:东方出版社,2012年版,第31页。

了缰绳一般,感到无比的轻松愉快"[1]。

可是,这个为了自由而不顾性命冒险出逃的人,来到开罗,却因非法入境被关进了沙漠里的一座警卫森严的城堡式监狱之中。这是人间地狱,关愚谦在这里度过了一年多可怕的监狱生活,险些病死狱中。最后他为获得自由而绝食抗争才得以离开这人间地狱,进而揭开生命中崭新的一页。而正是在埃及监狱里,他开始了这本书的酝酿和写作。作者身在监狱,心向自由,《浪》就是一部孕育于监狱,反映了作者执着追求自由的心灵历程和惊险传奇的人生旅程的文学自传,追求自由是它的灵魂,也是它最根本的思想价值。

三、《浪》的文学价值何在

作为文学自传,《浪》在人物形象创造、故事情节组织以及文学语言运用上都可圈可点,独具特色,可读性强,显示了较高的文学价值。

坚持历史的真实性与文学表现的艺术性相统一,注重在比较中描写人物、刻画性格,塑造了一组具有丰厚内涵的人物形象,是《浪》的主要文学价值。除了塑造出为了自由而亡命天涯的传主关愚谦这一真实、独特的爱国知识分子形象外,书中与传主的形象形成呼应的最重要的人物就是作者的青春偶像、恋人、红颜知己露西。露西聪明、善良、美丽,在作者眼里,几乎是一个完美无缺的女人。作者基本上是在与自己的对照描写中来刻画露西的。露西与传主的对比描写,一方面表现出他们的差异,露西生在豪门,传主生在小康之家;露西成熟稳重、较为理性,传主随性浪漫、容易冲动。另一方面则在对比中突显出他们的一致性,他们同气相求,心有灵犀,思想相似,精神相通,人生命运殊途同归。从一定意义上讲,露西是与传主前半生关系密切的最重要的人物,因此也是《浪》中除传主之外着笔最多的人物。其中最关键的是,她和传主一样,也是一位执着追求自由的人。他们是上海市西中学的同学,也是彼此的初恋。他们曾一起上教堂,一起受洗,后来又一起在北京上大学。传主深爱着露西,露西虽然也喜欢传主,却总把他当小弟弟看待。1951年,传主和露西从北京回上海过春节,他们在露西家的大厅里自

---

[1] 关愚谦:《浪:一个为自由而浪迹天涯者的自述》,上海:东方出版社2012年版,第254页。

由自在地跳舞时,露西向他坦露心迹:"我知道你很喜欢我,我也很喜欢你。和你在一起,我感到轻松愉快。""可是,我是一个非一般的女性。我追求自由,我不愿意受约束。过去,我想方设法要摆脱家庭的约束;至于宗教,如果没有你,我也可能不会去受洗。我不希望将来成为什么名人或英雄,我只希望是一个自由人。"[①]可以说,露西一生都在为成为"一个自由人"而奋斗、挣扎、苦恼、抗争和妥协。

露西虽为富家小姐,但中学时代就离开舒适的家庭投身革命,成为地下党员,经历过国民党的牢狱之苦。新中国成立初期,她拒绝父母要她留在香港的安排,来到北京求学、工作,过着简朴的生活,努力改造自己。可是,"反右"运动以后,出生在资产阶级家庭却成为她的罪过,成为被批判的由头和把柄,她被划为右派,直至被打成"反革命",开除党籍。丈夫因此离开,婚姻破裂,她被调离北京,工作被悬置。她主动要求重新分配,选择了青海,去寻找音讯久隔的传主,两人终于在寒冷荒凉的西宁久别重逢。两个追求自由的灵魂得以坦诚相对,同病相怜,相濡以沫。"他们的灵魂,像他们的毫无掩饰的身体一样纯洁无瑕。他们暂时忘记了烦恼和悲哀,忘记了痛苦和屈辱,沉醉在爱情带来的巨大欢乐和无限甜蜜之中。"[②]但他们都是戴罪之身,多情而理智的露西不愿给恋人增添新的痛苦,宁愿独自承受人生的不幸,梦圆西宁,此生足矣,于是恓惶之中毅然离去。此后,她远赴香港,结婚生子,后随夫赴美,因夫妻不和,又返回香港,不知所终。

露西出生富室,却不娇气;美貌聪慧,但淡泊名利;温柔多情,又自我克制。她心地善良,处处替他人着想;个性独立,绝不随人俯仰;坚贞执着,勇敢追求自由理想。做"一个自由人"是她发自内心深处的渴望,做人处事不带任何功利性,不计任何得失,亦不惧任何风险。学生时代与传主美好的初恋,纯洁自然;投身革命时信念坚定,置生死于度外。批评传主思想改造运动中自我检查时的哗众取宠,对传主流放青海时甘做"工具"表示不满,这些都见出露西的成熟、深刻和品格的坚贞高洁、思想的始终如一。但这样一位近乎完美的现代知识女性却一生坎坷,颠沛流离,屡遭不幸,令人感慨唏嘘。

---

① 关愚谦:《浪:一个为自由而浪迹天涯者的自述》,上海:东方出版社,2012年版,第166页。
② 关愚谦:《浪:一个为自由而浪迹天涯者的自述》,上海:东方出版社,2012年版,第272页。

与露西形成对照的还有三位女性：传主的母亲、妻子美珍和藏族姑娘安卓玛吉。传主的母亲言忠芸，是辛亥革命后中国培养的第一批女大学生之一，出生在诗书世家，受过良好的教育，早年在基督教女青年会工作，后长期在上海担任小学教师。母亲知书达理、正直善良、温柔贤惠、善解人意、勤劳坚强、忍辱负重、待人宽厚、教子严厉，是一位平凡而又伟大的母亲。母亲对传主的成长、性格和思想的形成产生了深远的影响。从某种意义上讲，露西和传主母亲的对照描写是相映生辉的，她们是同一类型的知识女性，充满爱心又很知性，且富有现代意识，是最理解传主的两个人，也是传主最念念不忘的两个人。

相比较而言，传主的妻子美珍和露西形成了鲜明的反差。她们都是上海人，都是知识女性，都非常漂亮，却是截然不同的两个类型，"露西典雅、端庄，大方，秀丽；美珍小巧，聪颖，玲珑，动人"。更主要的区别是，露西坦诚直率、通情达理、善解人意、理性聪慧，然而美珍心胸狭窄、多愁多疑、语言刻薄、感性冲动。当然，在一个非理性的动乱岁月，她们都成了时代的牺牲品。

相对于母亲、恋人和妻子，安卓玛吉只能算是传主传奇人生中的一次偶然的外遇。安卓玛吉是传主流放青海当记者时采访的一位藏族青年突击队女队长，但在一次短暂的采访中，彼此一见钟情。安卓玛吉活泼开朗、热情奔放、果敢麻利，又温柔多情。她是生长在西部山野里的一朵美丽的雪莲，没有世俗的杂念，没有道德的束缚，任性而为，率性而爱，无拘无束，自由自在。以安卓玛吉为代表的生活古朴甚至带些原始状态的藏族普通人民，正映照出作者所生活的政治化的现实社会的平庸平淡、无趣无味、毫无光彩。安卓玛吉就像一尊自由的女神，在那个禁欲的年代，点燃了作者爱的欲望，也照亮了人性的光辉。安卓玛吉美丽惊人，但和露西相比，又迥然不同："露西安闲、娇嫩，犹如西湖里的荷花；而安卓玛吉则粗犷、健美，好似高原上的雪莲。"[1]

《浪》还成功塑造了特定历史时代和特殊环境中的性格各异的各种人物，包括传主的亲人、同事、领导、朋友、狱友，如传主甚少接触的父亲，为革命出生入死，对家庭却不太负责，对妻子有些无情，在关键时刻能助子女一臂之力。传主的叔父虽为商人，却有情有义，对传主少年时代的家庭多有资

---

[1] 关愚谦：《浪：一个为自由而浪迹天涯者的自述》，上海：东方出版社，2012年版，第314页。

助,弥补了传主早年缺失的父爱。传主在青海结识的司机朋友唐师傅耿直豪爽、乐于助人、大仁大义,却在青藏公路上为保护国家财产被劫匪杀害,英年早逝。作品中的很多人物,虽然着墨不多,但大多性格鲜明,令人印象深刻。

精心组织情节,故事性强,具有传奇色彩,注重人物事件叙述的完整,前后呼应,线索清晰,因此,《浪》具有较强的文学性。

《浪》的主体部分由十章组成,第一章《逃离祖国》和第十章《入埃及记》首尾呼应,事件相连,中间八章插入往事追叙,叙述家史童年、少年时代、上海解放、大学时光、初入社会、"反右"运动、流放青海、"文革"初期八个阶段的社会情状和作者的人生故事。再加上开篇的《序曲:埃尔斯特湖畔的回忆》和结尾的《回响:人生的喜剧和悲剧》,以现在的眼光回望四十年前的往事,反思人生八十年的悲喜,抒发对祖国的深情挚爱和对母亲的无尽思念与忏悔,领悟做人之道和生活哲理。全书形成一个完整的套层结构,现在时态的"序曲"和"回响"是第一层,首尾两章叙述四十年前的"逃离"事件是第二层,中间八章叙述"出逃"之前的生命旅程是第三层。第三层是第二层"逃离"事件发生的前提和原因,第一层是对第二层事件导致作者浪迹天涯的生命之旅的反思与总结。这样完整的结构显然是精心构思、刻意组织而成,也是该作品文学价值的重要体现。

《浪》以"一本蓝色的日本护照"开篇,所写事件奇特,情节惊险,虽是真实事件,但叙事手法、叙事节奏都是精心选择的,读来扣人心弦,引人入胜。作品叙述传主和露西的爱情故事一波三折,尤其是露西处于被划为右派、婚姻破裂的人生低谷时,历尽艰辛,来到青海,寻找传主,两人终于梦圆西宁。但不久又梦断西宁,可谓患难见真情,人生多憾事,好梦终难圆。这样的情节不是小说,胜似小说,读来有惊喜之感,既出人意料,又在情理之中。此外,"万里他乡遇故知"写传主在西宁意外见到亲人三姐,并得到她的热情帮助和照顾;传主与唐师傅的友谊、与安卓玛吉的情缘以及"冒死一听圣诞乐""草原夜间走孤骑"等情节都很精彩,给人留下深刻的印象。

感情真挚,直抒胸臆;自我解剖,毫无掩饰;语言自然,富有情韵,这些也增加了《浪》的文学韵味和艺术感染力。因为是文学自传,尽管作者力求客观公允,但作者坦诚的自我解剖、深刻的反思与忏悔、难以抑制的感情抒发,使作品具有强烈的主观倾向和浓郁的抒情色彩。如写传主与露西在西宁的重逢与别离、相爱与相思,都饱含深情,令人动容。在露西离开之后,适逢圣诞前夕,传主思念露西,回想起当年和露西一起在教堂做礼拜的情景,因而渴望听到圣诞音乐,于是想起湟源县三姐播音室里的那台短波收音机,用那台收音机一定能收听到外国音乐!如是就有了"冒死一听圣诞乐"的情节。那时收听"敌台",被人发现是会被定为"现行反革命"的。但传主全然不顾,"感到理智已经抑制不住自己,我发疯了"。于是在大雪纷飞、冰天雪地的日子,来到青藏公路拦车前往湟源县城,差点被一辆大卡车撞死。最后在三姐的播音室里,找了近一个小时,才听到圣诞歌曲。此刻,他血液奔腾,心潮起伏。"一个个音节敲打我的灵魂。露西!你在哪儿?你是不是也在收音机旁,听着与我耳中一样的旋律?"传主对露西刻骨铭心的思念,使他在"草原夜间走孤骑"时,也在梦中"骑在马上,抱着露西,向边境奔去",期望在风高夜黑之时与露西冒险偷渡成功。

传主对母亲的思念和忏悔之情也流淌于全书的字里行间,"我一生里最大的罪过是对母亲的背叛,最不可原谅的行为是对母亲的伤害,最痛心疾首的是不能让母亲在人世间与我再相见!天长地久有穷时,此恨绵绵无绝期啊"[1]。传主逃离祖国,到达在异国他乡的第一时间,最先写下的文字是给母亲的信,在此后的传奇人生中最大的遗憾是没能再见上母亲一面,他将最深切的思念献给了母亲。从某种意义上说,《浪》也是一本献给母亲的书。

在德国哲学家卡西尔看来,"人的生活世界之根本特征就在于,他总是生活在'理想'的世界,总是向着'可能性'进行,而不像动物那样只能被动地接受直接给予的'事实',从而永远不能超越'现实性'的规定"[2]。人是有精神追求的,没有了想象的激情,没有了人生的梦想,没有了对理想的追求,没有了对现实的超越,生活将一片死寂,人将只是行尸走肉。因此,关愚谦为了自由而浪迹天涯的人生传奇是值得反思和重新评价的。《浪》以文学手法书写关愚谦自己的人生故事,既具有历史认识价值,也具有思想启迪意义和文学价值。关愚谦始终对祖国满怀深厚的感情,并在后半生的文化创作活动中获得了真正的自由。

---

[1] 关愚谦:《浪:一个为自由而浪迹天涯者的自述》,上海:东方出版社,2012年版,第440页。

[2] 恩斯特·卡西尔:《人论》,甘阳译,上海:上海译文出版社,1985年版,第4页。

"二我差"与转述:论虹影《饥饿的女儿》中的不可靠叙述[①]

▶汪梦玲　赵小琪

1961年,韦恩·布斯在《小说修辞学》中首次提出不可靠叙述理论,将隐含作者的规范作为衡量不可靠叙述的标准。但因为隐含作者本身的难以把握性,塔马·雅克比等批评家发展出了不可靠叙述领域的认知派,主张以读者规范为标准。安斯加·F.纽宁认为:"不可靠叙述者往往会表现出一些文本矛盾,其中既有故事与话语之间的矛盾,也有文本外围的元素。显示叙述者不可靠性的其他一些文本元素还包括叙述者话语内部矛盾、言行不一的矛盾以及对同一事件的多角度讲述之间的矛盾。"[②]《饥饿的女儿》相较虹影其他作品来说,是一部自传色彩非常浓厚的小说。该作与虹影的生平经历紧密相连,与其意识形态密切相关。小说主人公六六所经历的一切,大都基于虹影本人的体验,因而不可避免地带有相当大的主观色彩,也给小说中不可靠叙述的出现埋下了伏笔。而本文正是从认知方式所看重的文本矛盾出发,探寻《饥饿的女儿》中普遍存在的不可靠叙述。

一、"二我差"的眼光:六六叙述的不可靠性

2016年该书由四川文艺出版社重新出版时,虹影在新版说明中写道:"写作如同爬梯子,目的不是目标,而是为了看清自己从何而来,看见那些消失在记忆深处的人和景致,把他们的形象记录下来。三十五岁时写作《饥饿

[①] 本文系2018年湖北省高等学校省级教学研究项目"基于慕课的《世界华文文学经典欣赏》混合式教学模式研究"(2018033)的阶段性成果。

[②] 引自费伦:《当代叙事理论指南》,北京:北京大学出版社,2007年版,第91页。

的女儿》这本书就是经历了这样的过程。"①小说主要采用第一人称视角,而"在第一人称回顾往事的叙述中,可以有两种不同的叙事眼光。一为叙述者'我'目前追忆往事的眼光,另一为被追忆的'我'过去正在经历事件时的眼光"②。在《饥饿的女儿》中,叙述者追忆往事的眼光,即35岁的虹影创作时的眼光。而过去正在经历事件的眼光,即当年经历着一切的18岁的虹影的眼光。眼光包含了一个人的认知感受、情感态度以及立场观点等内容。申丹有关叙述声音与叙述眼光的理论认为:"如果叙述者采用的是其目前的眼光,则没有必要区分叙述声音与叙述眼光,因为这两者统一于作为叙述者目前的'我'。但倘若叙述者放弃现在的眼光,而转用以前经历事件时的眼光,那么就有必要区分叙述声音与叙述眼光,因为两者来自于两个不同时期的'我'。"③

当小说中明确是18岁时的六六亲历事件的眼光时,叙述声音与叙述眼光就产生了分离。我们也就能在文本中看到叙述者的叙述与人物六六的叙述之间的矛盾冲突。当第一人称叙述者在讲述当年往事时,是第一人称外视角。不同于全知全能的第三人称外视角,第一人称外视角并不能观察自己不在场的事件,故而在视野上和内视角一样受到限制。这种情况下,不可靠叙述通常不会发生在事实/事件轴上,而是发生在价值/判断轴和知识/感知轴上。这种不可靠叙述主要体现在叙述自我和经验自我对人物事件相互冲突的评价和认知上。在第一人称文本中,经验自我与叙述自我都出自"我",这两种视角有时难以区分,但是一般情况下,总结性的片段往往出自叙述自我。为了陈述方便,下文中的经验自我简称为六六的视角,而叙述自我简称为叙述者。

在18岁经历事件时的眼光下,六六对周围的一切都抱有不满的情绪。对从不给她好脸色看的母亲、沉默寡言的父亲、只顾自己的兄弟姐妹以及南岸这一片脏乱的天地,她都感到厌烦。不仅如此,她与历史老师之间充满激情的恋情也如昙花一现,未见到阳光便消失得无影无踪。在仍被蒙在鼓里

---

① 虹影:《饥饿的女儿》,成都:四川文艺出版社,2016年版,第5页。
② 申丹:《叙述学与小说文体学研究》,北京:北京大学出版社,2004年版,第209页。
③ 申丹:《叙述学与小说文体学研究》,北京:北京大学出版社,2004年版,第210页。

时,六六便感叹:"究竟我为什么要出生到这个一点没有快乐的世界上?有什么必要来经受人世这么多轻慢、侮辱和苦恼?"①而当私生女的真相和历史老师死亡的消息接踵而至时,这个18岁的少女终于无法忍受,选择了逃离。"这个朝夕相处的家根本就不是我的家,我完全不是这个家里的人,我对家里每个人都失去信任。"②她与母亲之间剑拔弩张,她对母亲强烈的不满、厌恶与恨更是溢于言表。

但实际上,在叙述者追忆往事的眼光下,体会过人生苦难的叙述者对母亲的经历和自己的经历有了更深刻的理解。叙述者写出了对母亲的回忆与谅解。第一章,在六六心中她与母亲"相看两厌"。而叙述者说:"在我和母亲之间,岁月砌了一堵墙。看着这堵墙长起草丛灌木,越长越高,我和母亲都不知道怎么办才好。其实这堵墙脆而薄,一动心就可以推开,但我就是没有想到去推。"③在母亲痛苦地亲口告诉六六她和小孙的婚外情后,六六没办法理解母亲,也没办法接受生父,决定心肠硬到底。而叙述者说:"这个被母亲用理智撕毁的场面,需要我以后受过许多人生之苦,才能一点一点缝补起来。在当时,我怨母亲,我不愿意理解她。母亲给我讲的一切,没有化解我与她之间常年结下的冰墙。可能内部有些开裂,但墙面还是那么僵硬冰冷,似乎更理由十足,这是我一点办法也没有的。"④这种带着愧惜的口吻,明确地表达出了对母亲的理解以及她心中怨怼的消解。

六六与叙述者在其他方面,比如与生父、养父、历史老师等人的情感和认知方面都存在类似的冲突。35岁的虹影比年少的六六经历更多,回忆中自然形成两种不同的道德眼光,充分调动了读者的阐释机制,让读者不断地做出自己的判断。此外,叙述者讲述六六身世时,也不忘将家庭其他成员的生平一一道来。每个人性格的背后,都有过往经历的支撑。如此,读者便知在六六眼中,冷漠自私的兄弟姐妹实则各自也有难处。这便是叙述者与六六之间叙述的不同。叙述者告诉读者事情的前因后果,多侧面地展现事件,为读者提供了更丰富的信息。而六六着眼于自身生活的不幸福,充满了对母亲、父亲(养父)、生父乃至家人的不满。虹影一方面想要写出当年六六心

---

① 虹影:《饥饿的女儿》,成都:四川文艺出版社,2016年版,第57页。
② 虹影:《饥饿的女儿》,成都:四川文艺出版社,2016年版,第252页。
③ 虹影:《饥饿的女儿》,成都:四川文艺出版社,2016年版,第14页。
④ 虹影:《饥饿的女儿》,成都:四川文艺出版社,2016年版,第238页。

中的恨与不满,另一方面又想道出她对母亲乃至家庭的理解和心中的忏悔。

赵毅衡在叙述学理论中也曾特地指出这种现象:"在第一人称小说中,叙述者与人物似乎是一个人……我们可以发现第一人称小说中的这二者依然是不同主体……前者话语犀利尖刻,后者的心理生动、亲切,这二者的区别可以被称为'二我差'……无论作何种处理,'二我差'问题总是第一人称回忆式小说的内在矛盾。""如果处理得好,'二我差'可以变成一种张力,一种使叙述主体复杂化并且复调化的手段的。"[①]在《饥饿的女儿》中,两个"我"之间的差异与赵毅衡的论述就非常相符,也正因为这些差异,读者能从中看到一个更加丰满的人物形象,厘清人物多年的心路历程。

二、浪漫者的幻想:大姐叙述的不可靠

《饥饿的女儿》在整体上采用的是第一人称,但文本所讲述事件的时间和空间都超出了主人公六六这个第一人称视角提供者所能亲历的范围。当虹影想要了解并叙述在其出生或是记事之前所发生的事件,就需要借助其他的方式和途径。这一限制的解决方式呈现在小说文本中便是六六从大姐处打探当年所发生的事件。如此一来大姐便成为往事真相的提供者,六六便成为转述者,而大姐的叙述在根本上决定了小说文本叙述的可靠性。大姐一方面是与六六发生互动的人,另一方面是叙述材料的提供者。母亲从乡下逃婚来到重庆,与袍哥结婚,而后又带着襁褓中的大姐逃出袍哥家,与当船员的父亲结婚生子的这一段故事,是六六从大姐处了解到的。因为性格、经历等多重原因,大姐的叙述表现出了明显的不可靠色彩,构成了小说中不可靠叙述的另一来源。

大姐与母亲之间的关系一向不好,经常争吵,甚至动手。而大姐又是一个不安分的人,总是闯祸惹事,闹得所有人不得安宁。在母亲外出的时候,六六询问大姐母亲的去向。"大姐酸溜溜地说:'不管妈,妈准是过江去城中心看二姐,妈心疼二姐,心里没有我们这几个儿女。'"[②]实际上,母亲去找六六的生父了,且文中并没有证据表明母亲偏心二姐,漠视其他子女。不仅如

[①] 赵毅衡:《当说者被说的时候:比较叙述学导论》,北京:中国人民大学出版社,1998年版,第150页。

[②] 虹影:《饥饿的女儿》,成都:四川文艺出版社,2016年版,第76页。

此,大姐还总是欺骗六六。不论她说不会骗六六,还是说会帮助六六,实际上都是谎言。她刚说完:"我们俩在这个家情形一样,我们俩要团结一致,我不会把你的事告诉别人的,你也不会把我的事告诉别人的,是不是?"①就被证实为谎言,"三哥一开口,我就明白大姐在离家前,把我给出卖了,她把我这段时间问她家里的事,以及她的种种推测全都抖了出来"②。大姐行事乖张,总是说着与事实不符的话。

母亲与袍哥的结合在大姐的描述下充满了英雄救美、一见钟情的浪漫色彩,是英俊有为的青年与美貌坚忍少女之间的故事。"大姐坚持说,男人的这一伸头,是我们家的第一个命运决定关头,因为他马上被母亲的美貌勾掉了魂。……母亲这才正眼看清进来的是一个英俊的青年。他关切的眼神,一下子就触动了她的心。"③因为大姐的这种夸张叙述,六六不止一次怀疑大姐叙述的可靠性,在这种矛盾冲突中,读者也开始思考事情的真相。"大姐生性浪漫,老是没命地爱上什么男人,我没办法阻止她的讲述,也没本领重新转述她说的故事。"④"我不知道这段家史,有多少是大姐在过龙门阵瘾。说实话,大姐比我更适合当一个小说家。"⑤大姐最开始描述这个男人时重点放在他考究的服装、英俊的外貌、不低的社会地位以及他对母亲的一见钟情上,仿佛这是郎才女貌天造地设的一对。但实际上袍哥是个经常有婚外恋且殴打母亲的人,在母亲出走寻找未果后他旋即找了个初中生结婚了。从袍哥的为人处事来看,大姐的叙述夸大了袍哥身上的浪漫色彩,任凭她的心意把袍哥与母亲的往事进行了浪漫化处理。

与之产生鲜明对比的是,在讲述母亲与父亲的结合时,大姐的叙述显然缺少激情,叙述的内容也变得单薄。"大姐说到这一段时,三言两语打发过去,我几次回到这个题目上来,她几次虚虚地迈过去。"⑥从六六的语言中,我们可以知道大姐在叙述这一段故事时,隐瞒了很多事情,她所讲述的比她知道的要少。"那些早已逝去的年代,大姐在江边不过是匆匆画了一幅草图,

---

① 虹影:《饥饿的女儿》,成都:四川文艺出版社,2016年版,第225页。
② 虹影:《饥饿的女儿》,成都:四川文艺出版社,2016年版,第256页。
③ 虹影:《饥饿的女儿》,成都:四川文艺出版社,2016年版,第90页。
④ 虹影:《饥饿的女儿》,成都:四川文艺出版社,2016年版,第90页。
⑤ 虹影:《饥饿的女儿》,成都:四川文艺出版社,2016年版,第92页。
⑥ 虹影:《饥饿的女儿》,成都:四川文艺出版社,2016年版,第100页。

她很明显略去不提一些至关重要的笔墨。"①在六六发现大姐叙述的不充分时,读者也意识到了。大姐所言比她所知的要少还体现在,当她讲到自己去江边接三个月未归家的父亲回家时便无论如何也不肯往下说了。她对母亲和小孙所做的恶劣的事情,也避开不谈。

此外,大姐有关袍哥生死的叙述也与事实不符。"母亲得到口信已晚了好几个月,袍哥头早被绑缚刑场。那天是大镇压,据说,赴刑场的途中死刑犯在车上暴动,一群死囚跳车亡命沿街奔逃,手提机枪就只能就地扫射。"②这一段叙述说母亲得到口信晚了,而又有机枪扫射一事,很容易让读者认为,袍哥在这一次动乱中已经死去,他的故事告一段落。但从后面的叙述中,可以得知袍哥并没有死而是被收监,此外还招供了自己的全部关系,成了一个出卖朋友却没能自救的人。至此,袍哥在大姐叙述中建立起来的英俊仗义的形象彻底被瓦解。

大姐叙述的重心向袍哥倾斜,不仅因为她生性浪漫,还因为她对生父的感情。在大姐的话语间,我们能感受到她对生父的好奇与向往。她对于自己有个流氓父亲扬扬得意,认为那也是好汉。她虽然明白母亲与当船员的父亲的结合是她能够活下来的前提,但仍然对这段婚姻不喜。母亲从未带她去见生父,她为此恨着母亲。也正因如此,生父的形象在她心中便多了随意想象的成分。

大姐作为母亲和袍哥生下的孩子,与六六一样,都有两个父亲。而母亲的出走让她的身份变成了"妻子与前夫生的孩子"。除了大姐与六六,其他兄弟姐妹的生父均是作为船员的父亲。细细梳理过来,这个家庭的亲缘关系比普通家庭复杂得多。而大姐向来特立独行,不与父母和兄弟姐妹亲近,这样的处境与六六颇为相似。此外她从不孝顺父母,不停地换男人。这种有悖于社会伦理道德的行为,显然受到了母亲的影响。在母亲指责大姐频繁离婚时,"大姐一把拉住我,对母亲说:'全是你,你自己是个坏母亲,你没有权利来要求我,我就是你的血性。'"③。

关于母亲与小孙之间发生的事情,大姐是知道的,但是她并没有对叙述者虹影和人物六六讲述。这和大姐在母亲与小孙之间扮演的角色有关。大

---

① 虹影:《饥饿的女儿》,成都:四川文艺出版社,2016年版,第100页。
② 虹影:《饥饿的女儿》,成都:四川文艺出版社,2016年版,第172页。
③ 虹影:《饥饿的女儿》,成都:四川文艺出版社,2016年版,第185页。

姐撞破了母亲与小孙的事情,便整日与母亲、小孙针锋相对。她不仅急切地把母亲的不贞告诉了父亲,还带着报复心理四处宣扬家庭丑闻,侮辱殴打母亲。她做的事情完全没有顾及家中其他人,她的行为直接导致了矛盾的爆发与激化。在六六面前一直游刃有余、充当姐姐的她,自然遮蔽了自己不光彩的一面,以保持自己的形象。大姐不可靠叙述背后折射的是这个家庭亲缘关系的畸形。她憎恨母亲,与继父关系生疏,与生父家庭保持来往。可以说母亲有违道德的行为,在一定程度上影响了她的一生。

三、现实者的重担:母亲叙述的不可靠

小说看似讲述的是六六的成长史,但实则更多地记录了母亲的故事。通过描述母亲如何逃婚,如何在不同时期与不同男人纠缠,又如何撑起这个八口之家的艰难生活,以及母亲对她与小孙的故事的讲述,虹影才能简要勾勒出往事的全貌。母亲与大姐在小说中有着相似的地位,一方面是与六六对话的人物,另一方面也是事件的提供者。母亲叙述中的不可靠性也在这两个维度间展开。

为了筹划六六与生父见面,母亲撒了一连串谎,给读者提供了很多错误的信息,产生了事实轴上的不可靠叙述。"'妈妈去哪了?'她说去看二姐,'父亲想了想,回答我,'好像她说要去城里罗汉寺烧香。'"[1]"母亲说,二姐的小孩拉肚子,害得她去烧香也没烧成。我知道母亲没有说实话,她过江一定是去办只有她自己知道的事。"[2]"吃中饭时,父亲让我和五哥不要等母亲,一早母亲就去城中心二姐家,帮二姐照看生病的小孩。"[3]在这组对话出现时,读者并不能知道母亲过江的真实目的,六六本人的疑惑也是读者心中的一个悬念,调动着读者的阅读兴趣。母亲在日常对话中的不可靠叙述还体现在她行为的前后矛盾上。27 岁的六六前往北京之前回了一趟重庆,给了母亲一笔钱,并且答应以后都会寄钱回家。"'一笼鸡不叫,总有只鸡要叫,'母亲说,'我知道你会最有孝心。'"[4]但实际上,早在这之前,母亲持有

---

[1] 虹影:《饥饿的女儿》,成都:四川文艺出版社,2016 年版,第 201 页。
[2] 虹影:《饥饿的女儿》,成都:四川文艺出版社,2016 年版,第 217 页。
[3] 虹影:《饥饿的女儿》,成都:四川文艺出版社,2016 年版,第 220 页。
[4] 虹影:《饥饿的女儿》,成都:四川文艺出版社,2016 年版,第 293 页。

的是截然相反的观念。在六六18岁生日那天,她说:"六六,一早你就没影了,也不帮妈妈举杆杆晾衣服。人一大就不听妈的话。也是,竹子都靠不到,还能靠笋儿?养这么多儿女,一个不如一个。"①在18岁之前某年的除夕夜,母亲说:"少说这些掺水话。我才不靠她,包括你们这几个大的。我老了,谁也不会来照顾,我很清楚,她以后能好好嫁个人,顾得上自己的嘴,就谢天谢地了。"②那么,显然"我知道你会最有孝心"这句话是非常不可靠的。只能说母亲希望子女能养家,但是这些子女实际上靠不住。在六六答应寄钱回家之前,她自己也不知道六六是否最有孝心,这体现了母亲对子女的一种复杂心态。

到目前为止,虹影一共出版了三部有关她自己的作品:《饥饿的女儿》《好儿女花》和《小小姑娘》。这三部作品都带有相当明显的自传色彩,将三部作品结合起来,读者便能察觉到在《饥饿的女儿》中母亲作为往事真相的提供者的不可靠性。许德金认为,自传中存在一种特殊的不可靠类型,即互文性不可靠性。"同一自传作家关于同一时期的两部自传的出入所导致的互文性不可靠性。"③实际上,《饥饿的女儿》在笔者看来并不能算严格意义上的自传文本,但被称为"自传立法者"的法国学者菲利普·勒热讷在区分自传和自传体小说时提出了"自传契约"的概念。结合虹影本人在访谈中称其作品为自传的说法,我们可以将《好儿女花》以及散文集《小小姑娘》作为《饥饿的女儿》的文本外参照。尤其是《好儿女花》,它讲述的是虹影回家参加母亲的葬礼的情形,由此牵连出诸多往事。曾在《饥饿的女儿》中讲述过的母亲的往事被扩充,建构出一个更加丰满立体的形象。

在《饥饿的女儿》中母亲讲述了她与小孙之间相遇、相知、相恋到最后分离的全过程。饥荒年,父亲因工伤被扔在离家三百里外的医院,母亲去看望过一次后,回到重庆,一个人吃力地照顾全家。做工被人刁难之际,小孙替她解围,为她谋得一个新工作。两人发展迅速,发生关系后,她怀上了六六。而在一连串波折后,两人彻底分开。"是他支撑了我,他就像老天爷派来的,你不晓得,他救活了我们全家,你不晓得他有多好。"④母亲在讲

---

① 虹影:《饥饿的女儿》,成都:四川文艺出版社,2016年版,第70页。
② 虹影:《饥饿的女儿》,成都:四川文艺出版社,2016年版,第161页。
③ 许德金:《自传叙事学》,《外国文学》2004年第3期。
④ 虹影:《饥饿的女儿》,成都:四川文艺出版社,2016年版,第228页。

述这一段经历时,将重心放在了小孙和她之间的故事上。母亲丝毫不为自己的行为开脱。父亲则容忍下妻子的婚外恋,悉心照顾母亲的私生女。如此对比之下,让人觉得父亲是受害者,而母亲是一个婚内出轨的"坏女人、坏妈妈"。

同样的,在《好儿女花》中母亲对出国后又归国的虹影,再次讲起了这一段往事。不同的是,母亲这次将叙述的重点放在了父亲身上。在《好儿女花》中,读者得知父亲在宜宾住院一住就是三个月,并且与一名护士发生了婚外恋。"母亲赶到宜宾,到医院看见护士第一眼,心里就明白了,对父亲说,她不仅仅是护士。父亲没有回答。母亲找到护士家,护士打开门,没有想到,一脸惊讶。母亲发现她床下有父亲的布鞋,屋外晒着男人的衣服。那布鞋是母亲一针一线做的,母亲不是嫉妒一个比自己年轻的女人。母亲走了。父亲伤好后,眼睛确认不能再在船上工作,便回重庆了。父亲再也没有回宜宾。母亲在事过三十多年后,还记得这事。我真想知道父亲怎么想?母亲说父亲不时寄钱给那母女俩,母亲说她们可怜。"①

在《饥饿的女儿》中,母亲只字未提父亲在宜宾与护士之间的事情,恐怕也未曾对家中其他人提起过。母亲将这件事情隐瞒了下来,破坏了这段往事的完整性,从而令读者在做出价值判断时,缺少了一个重要的参考。母亲、父亲在那个特殊的时期,各自都有一段婚外情。虽然这并不能改变母亲与小孙之间事情的性质,但是能影响读者的价值判断,同样也影响了当时六六的价值判断。可以说,对照文本外的文本,母亲对这段往事的不充分叙述是非常明显的。

母亲叙述的不可靠在一定程度上误导了读者,但同时也成了读者了解其性格的一个窗口。表面上她隐瞒的是自己筹划六六与其生父的见面,实际上她想要避免这个家庭再次被这件事情影响,也避免自己再一次陷入当年进退两难的局面。当年她的婚外情让这个家的每一个人受到了持续性的欺辱。如今一旦她去找小孙的事情暴露,家庭会再一次遭受舆论的攻击和道德的羞辱。

母亲在《饥饿的女儿》中没有讲父亲那一段婚外情,也许是因为她认为这和小孙没有关系,可以不必讲。又或许她了解自己这个叛逆的女儿,认为讲出来后会引起轩然大波。不论出于何种原因,母亲的这种不可靠叙述,凸

---

① 虹影:《好儿女花》,南京:江苏人民出版社,2009年版,第102页。

显了母亲的隐忍,也让养父在六六心中的形象得以保全。养父是那个悉心照顾襁褓中的她,没有借机伤害她性命的抚养她的父亲。知道自己私生女身份后,她认为,"只有父亲才是我心里唯一的父亲,父亲对我比家里其他人对我要好得多"①。同样的,这位父亲在读者看来也是一位虽然被命运磋磨,但道德上没有污点,甚至接纳了出轨的妻子及其私生女的老实男人。

　　写《饥饿的女儿》时虹影35岁,母亲告诉她养父与女护士的故事是在事件发生30多年后。这种时间上的吻合,让我们有理由认为虹影在写作《饥饿的女儿》时,就知道了父亲的这一段婚外情,但她是在十年后写《好儿女花》时才道出了这一切。她写《饥饿的女儿》时,养父还健在。但写《好儿女花》时,养父与母亲都去世了,写起来便无所顾忌。这种不充分叙述,不仅是作为故事人物的母亲的不充分叙述,同样也是叙述者的不充分叙述。

　　将两个文本结合起来,会发现这个家庭里发生了太多不符合当时社会道德要求的事情。父亲、母亲各自有一段婚外情。袍哥嫖妓,娶继室。大姐读书期间便交男朋友,成年后更是换过几任丈夫。而六六与比自己年长二十岁的已婚男人有一段不伦恋,后与小姐姐共侍一夫,而后又改嫁另一个男人。母亲的两次出轨行为,造成了大姐和六六这两个特殊身份的孩子生活的苦难和心灵的创伤。因为特殊的身份,大姐和六六经历的磨难比常人更多。她们的行为处事,尤其是在两性关系上更容易与社会道德发生冲突。

　　因为袍哥嫖妓、殴打妻子,所以母亲私自离开他虽显得情有可原,但仍违反当时严格的道德准则。"家乡待不住,按照家乡祠堂规矩,已婚私自离家的女人要遭沉潭。"②而她趁丈夫不在家的时候,与小孙发生婚外情,更不被世人所容。母亲的叙述强调了受打压的政治身份以及经济的困窘,以使婚外恋的发生显得合情合理。在母亲看来,这个年轻的男人在那段时间满足了一家人的饥饿的胃,也让她获得了作为一个女人的欲望和爱。在死亡的威胁下,她的婚外恋行为的悖德色彩便隐于幕后。"他们一点也不从容地做完爱后,房门就响了,孩子们接二连三地回来,一切都像是注定的,安排好了的。"③母亲在此给这段婚外情加上了命中注定的神秘色彩,

---

①　虹影:《饥饿的女儿》,成都:四川文艺出版社,2016年版,第253页。
②　虹影:《饥饿的女儿》,成都:四川文艺出版社,2016年版,第97页。
③　虹影:《饥饿的女儿》,成都:四川文艺出版社,2016年版,第227页。

弱化了道德批判色彩。母亲强化行为动机的难以自持或迫不得已,以及为自己粉饰反道德行为,体现了她对自身行为的维护以及建构理想身份的需要。

"别处"叙事与中西文化的体察感悟
——论欧洲华文作家刘瑛的系列中篇小说创作

▶王荣[①]

在当代海外华文文学创作活动中,欧洲华文作家刘瑛的系列中篇小说,不仅是欧洲华文文学活动中具有广泛影响的创作成就之一,同时也是能够充分展示出作家独到的艺术风格及其审美追求的代表性作品。其中,在叙事内容和思想主题方面,作品以德国社会生活、文化教育为叙事情境与故事场景,聚焦中国社会关注的子女成长、道德伦理及女性家庭等问题;在叙事模式及视角上,以全聚焦或内聚焦的逻辑性叙述,展现中西文化及人物性格与关系的冲突,表现并突出中西文化的差异和对当下中国传统文化的反思、评判。在当代海外华文文学写作中,在中西对照与融汇沟通等"学人小说"叙事创作活动中,刘瑛是一位重要作家。

一

事实上,如同大多数海外作家一样,刘瑛也是在国内接受了系统的高等教育,并经历了多年的工作、生活等社会磨砺之后,才移居于海外的。因此,对不同社会制度及政治文化的体察感悟,不仅规定了她认知世界与生活的立场态度及价值观念,同时,也深刻影响或左右着她对美学趣味、创作方法及接受对象等的选择。或如作家所称:"我一直有个潜意识,就是希望有不同文化背景的人读我的小说,能从中看到有血有肉的差异,相互了解,相互

[①] 作者单位:陕西师范大学。

包容,同时,从这些差异中看到某些共同点。"①因此,"开始写作的时候,先进行了整体构思,有意识地从不同侧面书写文化差异。虽然写的都是中篇,各自独立,同时又能够连成一体",以达到"力图从生活的点点滴滴开始,从大处着眼,小处着笔,'既有深度,又有高度'地、比较透彻地反映东西方文化的种种差异"②等创作目的。

《生活在别处》是2010年刘瑛公开发表的第一部中篇小说作品,同时也是确立了其小说基本叙事特征、艺术风格及创作追求的一部代表作。作品讲述了移居于德国的佳颖一家三口,在学校学习、师生交往、朋友相处等日常生活中,因社会文化等方面的"别处"而引发的现实冲突与文化沟通问题。同样,《马蒂纳与爱丽丝》透过一位中国新移民家庭主妇的眼光,塑造了两位生活经历、年龄性格不同的德国现代女性形象,表现了中西文化背景下女性的权利意识、家庭伦理及政治立场等观念的差异与自觉的选择。《不一样的太阳》通过母亲泓韵及其女儿蔚伶在德国学习及生活的故事,揭示出中国与德国教育理念及人格养成的文化差异与社会基础。其后,发表的《遭遇"被保护"》《大维的背叛》和《梦颖经历的那些事儿》,分别讲述了德国社会对于家庭暴力及妇女保护的体制性运作,以及来自于中国的青少年新移民在德国学习、生活及其心智成长的故事。

2016年3月,刘瑛的中篇小说集《不一样的太阳》被收入"新世纪海外华文女作家丛书",由鹭江出版社出版。作品集中展示了作家在小说创作上的艺术特征及文化追求。其中,"别处"的文化及生活叙事,不仅有别于一般的异域他国的传奇或神秘故事的写作,以及对于中国文化及民族道德的外宣或推介等演绎性故事,而且整体上构成了其知识女性及学者叙事的艺术创作立场,形成了立足于人文关怀和现代性文化剖析等之上的"学人小说"品质。

---

① 刘瑛、王红旗:《在"第二故乡"时空下,重构中西文化的融合之境——与德华女作家刘瑛对谈(上)》,《名作欣赏》2018年第22期。
② 刘瑛、王红旗:《在"第二故乡"时空下,重构中西文化的融合之境——与德华女作家刘瑛对谈(上)》,《名作欣赏》2018年第22期。

二

在刘瑛的文学创作活动中,可以说《生活在别处》和《不一样的太阳》这两部中篇作品,充分体现及代表了作家在小说叙事艺术及美学风格上的努力与追求。诚如作家自己所述的那样,她的作品中讲述的这些海外故事,除了无意于且"少有那种生活在底层的挣扎、困惑、痛苦和纠结"的异域情调的记录书写之外,立意于刻画描写"不同文化背景的人"的"日常生活"及其"有血有肉的差异",发现中西文化及社会生活"追求真、追求善的共同点"。这成为刘瑛小说作品叙事内容和人物塑造的基点,以及叙事形式方面的一个重要美学准则。同时,这种中西文化对照融汇和联系博引的叙事手法,以及对于现实人生和中国文化的深沉关怀与剖析评价,也反映出当代海外华人小说创作与现代中国文学艺术传统的内在关系。

《生活在别处》的叙事情境以"全知全能"的第三人称叙事方式展开,焦点置于中国文化及当下读者最为关注的子女教育问题上,由此展开"别处"他国的生活场景及文化风貌。其中,对于中国读者来说,最具有艺术冲击力的阅读感受,包括主人公霖霖筹备完成学校展出作品的经历,与德国人罗兰德的空中偶遇及其一家人的交往故事,以及作品中通过凯敏夫妇应对女儿在学校由虱子引起的种族纠纷,与女儿的班主任夏塔曼和"耶和华见证人"传教者艾凯的交往,在旅游度假途中与皮特夫妇等德国社会不同阶层人士的相识相知的日常生活故事,所展现并感受到的现代德国文化中的平等意识和理性精神,以及德国文化中对智慧道义、宗教信仰与人格操守等价值观念的信奉与坚守。同时,中西文化对照下引发出的文化差异及价值观冲突,应当说更能触动当下中国读者的阅读反应及思考。如果说罗兰德对于中国古典诗词名篇《枫桥夜泊》的"定量分析"与数理评判,只是显示出中国古典抒情美学和诗歌意境的创作追求,与西方史诗艺术传统和叙事美学趣味之间存在的一种"误读"的话,那么,关于中国文化中负有盛名的"三十六计",以及历史人物诸葛亮的"中国智慧",被他国视为"诡计",则显然并非一种思想文化的误读或差异,而是来自不同世界观与价值观的质疑及冲突。诚信作为人类社会活动和道德伦理中基本的行为准则,使读者从作品故事情节及人物关系中得以理智上的体悟与反思。同样,在《不一样的太阳》讲述的海外"子女教育故事"中,"太阳"这个在中国社会,特别是孩子教育中常见的用语,也被赋予了新的象征性和丰富的文化意味。因此,即使在"别处"异国,对于华人家庭来讲,子女的教育及心智的成长,依然是他们海外生活如同"太阳"般的中心。于是,围绕女儿蔚玲从择校开始,到建立家长与班主任的关系,以及为女儿同学及朋友的操劳付出等等,处处都显示出在中国文化及家庭关系中,那种对于独生子女教育如"太阳"般的宠爱与用心。在中国子女教育及学校生活中常见的,或者能够被理解认知的一些事件,诸如:家长与老师良好的互动关系,与子女同学、朋友的友好相处,学习成绩的排名与升级,家长作业签名等,却在作品描写的海外学校生活中,遇到了诸多问题及前所未有的心灵冲击。这其中所关乎的人际关系与诚实信任等方面的文化认同与社会现实,给读者一种"不一样的太阳"下的阅读感受和审美体验。

应当说,虽然在当代海外华人文学及女性作家的小说创作中,刘瑛公开发表或出版的作品数量还不算多,但是,作家基于知识女性的文化睿智及"学人小说"的叙事模式,表现出其作品独特的个性及艺术风格。从而在讲述中西文化相互交融中的"别处"他国的"海外生活"故事中,反映当下世界及文化开放背景中,对中国社会文化及价值观念,包括对子女教育及道德成长的体察感悟,使作品能够在当下的中国读者的接受过程中,产生审美的共鸣及人文的智性之美等叙事功能。

三

采取中西文化对照比较的视野、叙事角度,以及超越具体讲述与描写的故事情节和人物形象的智性书写,联想、剖析、反思中西文化与价值观念的差异融通,表达当下深切的社会关怀及人文理想等,构成了刘瑛中篇系列作品不同于其他海外华文小说的特点。

众所周知,从文化层面对于中国传统文化进行剖析、批评与反思,是中国现代文学艺术传统的重要组成部分。正因为如此,五四文学革命和新文学创作活动,在接受来自西方的人道主义、民主主义与科学主义等文化思潮后,确立了"人的文学"的艺术观念,汲取现实主义、浪漫主义及现代主义的表现手法,创作出各种类型的文学作品,展开对于中国传统文化中的"非人""愚昧"等劣根性的揭露剖析与否定批判。其中,除了包括一些新文学作家立足于不同文化立场,采用异域他国题材,以中国青年读者为接受对象创作的"中国故事",如许地山的《缀网劳蛛》、老舍的《老张的哲学》《文博士》等作品之外,更值得注意的,是那些新文学作家在身处他国之际,所讲述和创作的一些"海外故事"作品。如1924年至1929年间,老舍在英国伦敦大学亚非学院任教时创作的长篇小说《二马》,就以中西文化对照的叙事视角及讽刺幽默的笔法,通过马氏父子在英国的日常生活及情感经历等海外故事,刻画及批判了"老派中国人"老马的保守愚昧与好面子等市侩哲学的文化劣根性,塑造及张扬了新一代青年小马积极进取的活力与个性。自称"两脚踏东西文化,一心评宇宙文章"的林语堂,则在1935年赴美以后创作的《京华烟云》等系列长篇小说作品中,通过中西文化与小说艺术之间的对照印证,以及"中国故事"情境中人物形象的塑造与思想主题的开掘,赞颂中华文化及人文精神的独特气质与价值取向。这些现代海外华文文学作品,充分体现出中国现代文学主流创作的审美趣味和艺术品格,以及所追求的现实关怀与"文学的启蒙"的艺术传统。同时,"学者"型作家和"学人小说"的叙事模式,也在美学规范和文体形式上,与一般的消费性或娱乐性的通俗读物形成了鲜明的区别。

刘瑛作为当代欧洲华文作家,以身居海外"别处"的新移民作家的艺术眼光,凭借系统的国内高等教育知识背景,在文学叙事中清晰地意识到,"人与人之间存在着差异,民族与民族之间存在着差异,国家与国家之间存在着差异,文化与文化之间存在着差异。宗教存在着差异,思维同样存在着差异。林林总总的差异,让这个世界充满了矛盾与冲突。也正因为这些差异,构成了这个世界的多姿多彩与生生不息。……于是,我试着去表现和反映这种差异。我也试图在种种差异中寻求某种理解与融合"①。同时,也得到了一份能够超然、客观冷静地直面"别处"他国日常生活的自由洒脱,能够措置裕如地叙述与表现自己身处其中的"海外故事"及心路历程。刘瑛的系列中篇小说作品,在叙事模式和表现手法方面,既不同于老舍小说"全知全能"的第三人称叙事视角和讽刺手法,及其叙事姿态、方法背后所表现出的一种文化上居高临下的自信;亦有别于林语堂系列长篇小说作品,将彰显与褒扬中国传统文化及其统摄下的人格气质与道德观念,视为向西文化和社会生活推介的使命。而是主要采用有限制的第三人称叙事角度及智识性与思辨性的叙述手法,立足于全球化的文化背景和价值观念,凭借现实主义的创作

---

① 刘瑛:《不一样的太阳》,厦门:鹭江出版社2016年版,第6页。

精神和"启蒙文学"的现代文学传统,反映并表现在新的历史文化境遇中,中西文化和价值观念的冲突融汇、沟通更生。从而不仅在文体上形成了一种由"别处"叙事与中西文化和价值观念融汇构成的艺术形态,以及平实自然、博识巧喻与理性节制的"学人小说"的文体风格,而且,在叙事角度和表现手法等方面,也清楚地显示出其与中国现代文学艺术传统和小说文体传承之间的内在关系。

惊悚的悬念　冒险的游戏
——论旅德华文作家梁柯的小说创作

▶ 封艳梅

悬疑小说在中国又称侦探小说、推理小说、惊悚小说，一般融合文化、心理、犯罪等多重元素，以巨大的悬念、曲折的情节和严密的逻辑，深受读者喜爱。中国悬疑小说的前身被认为是古代的志怪小说和公案小说，主要是一些鬼怪的奇异故事。中国现代悬疑小说开端被认为在民国时期，主要描写赌博仇杀等故事。在西方，19世纪的爱伦·坡被誉为侦探小说的鼻祖，之后出现了享誉世界的侦探小说家阿瑟·柯南·道尔，他的《福尔摩斯探案集》深深影响着一代代的读者。2003年，丹·布朗的《达·芬奇密码》，将宗教、哲理、高科技融为一体，赢得了全球读者的青睐，掀起了悬疑小说的阅读热潮。中国当代悬疑小说即在此背景下发展起来。1999年"榕树下"等文学网站的出现，进一步推动了中国当代悬疑小说的繁荣，涌现出一批优秀的悬疑小说作家，如那多、南派三叔、蔡骏、雷米等，培育了一批热爱阅读悬疑小说的读者。梁柯便是其中一员，他自称是"硬汉侦探小说、惊险小说，美剧和连环杀手研究的发烧级爱好者"[1]。

2015年，"发烧级爱好者"梁柯开始创作，转而成为当代华文文坛一名极具潜力的悬疑小说新锐作家，出版了长篇小说《第十三天》（2016年）、《人间猎场》（又名《蜘蛛》，2017年）、《游荡者:悬命时刻》（2018年）、《暗夜之奔》（2019年），短篇小说《校园枪击案策划指南》被改编成短片《一日英雄》。这些作品想象力丰富，融合了悬疑、推理、冒险、犯罪、复仇、软科技等多重元素，故事暗藏玄机，设计巧妙，悬念层层迭起，扑朔迷离，情节奇特，扣人

---

[1] 梁柯:《第十三天》,上海:上海文艺出版社,2016年版,第359—360页。

心弦。

一、悬疑/惊悚:巧妙的叙事艺术

悬疑小说以悬念为核心,按照一定的逻辑形成独特的故事链。一个优秀的悬疑小说家,创作时犹如下棋时排兵布阵,每个悬念如同一个棋子,缜密地搁置在恰当的位置,刺激读者强烈的好奇心,激发读者的期待,使读者不由自主地跟随小说里的人物活动处于焦虑、紧张、担忧甚至是恐惧的状态,希望能尽快知道真相,也希望小说中的人物能够脱离险境。然而小说家常常又制造种种阻隔,延宕读者抵达终点的脚步。梁柯的小说即是如此。小说常以事件的发生为主要线索,围绕主人公的行动搭建起一个个层层嵌套的故事框架,拖延主人公和读者顺利抵达终点的时间,使得阅读变成了"期待、假想、发现、填补空白,又被推翻,再期待、假想、发现、填补空白的反复过程"[①],作者一步一步地设置悬念,读者一层层解疑。

(一)曲折离奇的叙事情节:《第十三天》

小说《第十三天》讲述了被关押在意大利最高级别监狱的亚裔连环杀人案主谋陈默,越狱回国寻找失踪的女儿雯雯的故事。陈默历经种种曲折最终寻回女儿,之后回到监狱自首并找回内心的平静。故事时间、章节安排和情节线索具体如下:

第一天,第一章,陈默接到女儿失踪的家书,通过意大利黑手党莫西亚诺家族的大公子文森佐成功越狱,回到九安。

第二天,第二章,见到妹妹陈静及其男朋友赵亮、妻子的哥哥赵宝钢。

第三天,在警察老高帮助下,通过银行监控,找到郑建军。

第四天,第三章,接到绑票电话,找到黄毛、文身男,得到线索:一个福建人的 ID。

第五天,第四章,找到白大褂老郑,得到新线索:人贩子团伙老大姓秦及其手下大林的姘头莉莉(小胡)。

第六天,第五章,找到莉莉,约大林去水库,一场混战后,在农家小院内解救了一帮被拐卖的儿童,但没有女儿雯雯。接到老秦电话,要求用大林交换雯雯。

---

① 朱立元:《接受美学导论》,合肥:安徽教育出版社,2004 年版,第 190 页。

第七天和第八天，第六章，陈默一人来到柳阳刁埠村，救出小女孩，发现不是雯雯。

第九天，第七章，老秦死，留下线索：钱包里的意大利名片和"很远很远的地方"。陈默联系文森佐，得知意大利黑手党萨伦托·瓦伦汀来到中国。陈默将黑手党一行人杀死，发现U盘线索。

第十天，第八章到第十章，找到时骅集团总裁宁德为，追踪其至烂尾楼中，解救三个小女孩并见到女儿雯雯。但不幸他们被抓并被带到一艘公海的船上，这是故事高潮部分。经过惨烈厮杀，文森佐与宁德为死，赵亮、陈静、雯雯得救。

第十一天，第十章，陈默被路过的邮轮所救。

第十二天，第十一章，陈默向神父忏悔他在替妻子复仇时，杀了神父无辜的女儿。陈默被神父宽恕，并当晚在神父陪同下自首。

第十三天，揭发文森佐的杀人事实，安心服刑，找到宁静，故事完。

从这一简略的故事框架中可以看到，小说叙事线索清晰，在"女儿雯雯失踪"这个大的悬念之中，巧妙地设置了一系列小悬念：绑架、拐卖儿童，恋童癖，意大利黑手党。在小悬念被一一揭开后，却发现被扣在了一个更大的阴谋之中，大小悬念交织在一起，使得小说一波三折，险象丛生。这种曲折离奇的情节设置，正是梁柯悬疑小说的魅力所在。

（二）悬疑惊悚的艺术结构：《人间猎场》

谋杀案件可谓悬疑小说永恒不变的母题，《人间猎场》正是这样一部将悬疑与惊悚合二为一的作品。小说主人公警察叶四明，外号老四，卧底时不幸身染毒瘾，意欲自杀，在寻求死得其所的过程中破获一起杀人案。小说既有环环相扣的推理过程，又有血腥变态的杀人场景描写，带给读者惊悚的感官刺激，营造出紧张、惊奇、恐惧等综合艺术效果。按照"设疑—参与活动—解疑"的故事发展，其悬疑的设置和故事线索如下：

第一天，第一章到第三章，悬念信息：(1)水库发现六十一具遗骸和一个做工精美的假肢。释疑人/线索：庞晓燕。(2)庞晓燕曾被学校保安跟踪。释疑人/线索：保安刘长胜。(3)谋杀现场墙上血字：666666。释疑人/线索：庞晓燕前男友赵明轩。

第二天，第四章和第五章，悬念信息：(1)庞晓燕借高利贷，手臂被砍。释疑人/线索：毒枭彭守军。(2)又一起谋杀案，现场床底冰箱内发现女碎尸。释疑人/线索：王鹏。

第三天,第六章和第七章,悬念信息:(1)现场的颅骨。释疑人/线索:整容医生刘守本。(2)冰箱是谁送的?释疑人/线索:快递员黄鑫。

第四天,第九章到第十二章,悬念信息:(1)江玥前夫方顺开被杀,江玥失踪。黄鑫留下录像要杀一个大人物。释疑人/线索:秦鸣。(2)六十多具尸体切口整齐、印尼肉桂种子、美国生产的装尸编织袋、庞晓燕的日记、社交软件上的陌生人。最终找到杀人凶手:畅销书作家、恐怖大师姜森。

《人间猎场》的每一条线索都巧妙相扣,恰如其分地推动着情节发展,主要的悬疑是:谁杀了庞晓燕?六十四具尸体背后的凶手是谁?在揭开悬念的过程中,又设置了王鹏被谋杀、江玥被绑架、江玥前夫方顺开被杀等节外生枝的突发事件,极大地增强了小说的张力。小说最精彩的部分,莫过于连环杀人案凶手姜森的情节设置,其线索分别在第六、七、十一、十二章出现,这些线索若隐若现地穿插在一直追踪的悬念之中,最后一刻被揭开。悬疑之外,小说有剥人脸皮、碎尸等细节描写,也有大段的变态血腥场面描写,又常将侦查过程置于漆黑的夜环境中,形成了小说诡异恐怖的气氛。小说的阅读过程,常常是行到绝路时,突然又柳暗花明,读者始终在此起彼伏的悬念中,体验着步步惊心、跌宕绵长的恐惧感。

(三)惊险的软科幻元素:《游荡者·悬命时刻》《暗夜之奔》

科幻小说与奇幻小说、侦探小说、推理小说、探险小说、惊险小说、恐怖小说并无十分清晰的边界,但区别的核心在于,科幻小说具有科幻性。美国著名的科幻编辑兼科幻评论家坎贝尔认为,科幻小说就是"以理性和科学的态度描写超现实情节"[1]。与当前中国大热的科幻小说,如刘慈欣的《流浪地球》这类"硬科幻"不同,梁柯的《游荡者·悬命时刻》和《暗夜之奔》在悬疑和冒险之中,巧妙地糅合了软科幻因素。所谓软科幻,涉及人类学、政治学、语言学、神学、社会学、心理学、生态学、未来学等软科学领域。主人公徐猛每次醒来,会发现自己被困在不同的躯体内,他在这些接受过他器官移植的身体内游荡,后来甚至在接受过他所捐赠血液的躯体内游荡。这种极具想象的软科幻因素,使得小说更加多元有趣。

作为一部悬疑小说,《游荡者·悬命时刻》有着非常清晰的悬疑脉络。自小遭父母遗弃被黑社会豢养的危险杀手徐猛,在一次行刺后,驾车逃离时不慎将小姑娘李若颜撞成重伤。他入狱一年后刑满释放,却发现自己所熟

---

[1] 王晋康:《漫谈核心科幻》,《科普研究》2011 年第 3 期。

悉的杨叔和江湖都不知所终。自此，徐猛开始了对杨叔的追寻。一天，梦中惊醒的他发现自己变成了一个陌生人，并收到一条神秘短信，他按短信地址找去，见到的是被他撞瘫痪的李若颜。随后发现有人想要杀李若颜，怀着内疚的心情，徐猛开始了对李若颜的守护之旅。他在不同身体间游荡的过程是：段河→杨九荣→胖子庞凤伟→少年→康永军→段河。故事的最后，层层迷雾被化解，原来李若颜是刘兴继医生准备将其肾移植给恐怖分子阿卜杜拉·艾哈迈德的病人，而徐猛苦苦寻找的杨叔，则是这位恐怖分子在缅甸时期的战友。故事的高潮发生在一辆急驰的列车上，徐猛（此时附身在卧底警察段河身上）与李若颜一起，粉碎了杨叔和阿卜杜拉·艾哈迈德打算利用病毒炸弹报复社会的阴谋。之后，李若颜嫁给了经武（即段河），而徐猛的灵魂依然每天在不同躯体间游荡。

《暗夜之奔》融合了悬疑、动作、爱情等元素，采用了男女主人公双线叙事方式，讲述了徐猛对李若颜再度守护的故事。这是一场绝处逢生的空中限时营救，故事惊心动魄，悬念层层递进，出其不意的转折设计，带给读者惊险刺激的阅读体验。

从某种意义上说，《游荡者·悬命时刻》不仅仅是一部悬疑小说，也是一部成长小说，小说两位主人公：花季年华的徐猛和李若颜，都在非正常情况下长大，缺少温情与温暖，两位主人公一起经历各种生死考验之后，逐渐成长成熟起来。

二、英雄/罪犯：形象扁平也动人

悬疑小说以悬念设置为核心，主要人物是侦破迷局的主要行动者，与之相对的是邪恶者形象。在梁柯的小说中，行动者具有正义英雄的色彩，代表着善，邪恶者即罪犯，代表恶。对这两者的命运安排，采用了"善有善报，恶有恶报"结局模式，所有正义的一方都得以善终，所有阴谋制造者、变态杀人犯、人贩子等恶的一方都被消灭。

（一）正义英雄形象

悬疑小说大师詹姆斯·N.弗雷将悬疑小说的本质定义为"现代的英雄

神话"①。他认为悬疑小说中的这些英雄"都充满勇气,擅长自己生计所系的本职,具有特别的天赋,受过伤,并且几乎总是在某种意义上的'法外之徒'"②。这些英雄不同于其他类型作品中闪耀着智慧与理性之光的英雄,"这里的英雄常常是粗暴、野蛮和目无法纪者,生活在社会的边缘地带"③。梁柯小说中的人物也是如此。这类形象有:《第十三天》的主人公陈默,一个被关押在意大利最高级别监狱中的亚裔连环杀人案主谋;《人间猎场》的主人公外号老四,一位卧底时不幸身染毒瘾的警察;《游荡者·悬命时刻》的主人公徐猛,一名自幼遭父母遗弃而后被黑社会豢养的危险杀手。

首先,梁柯小说中的"英雄人物",都带有某种自身的残缺。无论是连环案杀手陈默、身染毒瘾的警察老四还是少年杀手徐猛,他们都不是传统意义上的英雄。故事发生前,他们普通如我们,甚至是某种意义上的"法外之徒"。但当他们置身特殊事件中时,如寻找失踪的女儿、追查杀人案真凶和保护被追杀的少女,他们的英雄神话元素被"启动",转化为正面人物,做出了正义的选择。陈默拒绝加入意大利黑手党文森佐一伙,选择决一死战,救出了女儿、妹妹和妹夫;身染毒瘾的老四找出了变态杀人凶手姜森,破获了连环杀人案;徐猛背弃了一直寻找的如养父般的杨叔,选择粉碎他们的阴谋,保护了更多无辜的生命。在这些故事中,他们化身为英雄,打败了邪恶的一方。

其次,与英雄的头衔相对应的,是英雄所具备的素质和技能。梁柯小说的主人公都聪明睿智,胆识过人,精力充沛,极具勇气与冒险精神,同时也带着野性。他们选择依靠个人的智慧而非法律去解决问题,都心狠手辣,虽然屡屡遭受磨难,却又总能化险为夷。陈默曾是一名经受战争洗礼的士兵,精通格斗,熟悉各种武器,具有军人强健的体魄和钢铁般的意志,他可以只身前往拐卖儿童的团伙头目秦老大家中,与一村人战斗,足见他的勇气和冒险精神。身染毒瘾的卧底警察老四,细致谨慎,机警灵敏,善于查找线索和推理,能够体察罪犯的心理,格斗力也超强,在寻找杀害赵晓燕的凶手的过程

---

① 詹姆斯·N.弗雷:《弗雷的小说写作坊:悬疑小说创作指导》,田忠辉译,北京:中国人民大学出版社,2015年版,第3页。
② 詹姆斯·N.弗雷:《弗雷的小说写作坊:悬疑小说创作指导》,田忠辉译,北京:中国人民大学出版社,2015年版,第10—11页。
③ 詹姆斯·N.弗雷:《弗雷的小说写作坊:悬疑小说创作指导》,田忠辉译,北京:中国人民大学出版社,2015年版,第15页。

中,表现出极强的判断力和超凡的勇气。当他被姜森困住后,仍然选择绝地反击,靠着非凡的智慧和超强的意志力,赢得了最后的胜利。

最后,这些人物具有求仁、尚义等中国传统文化特质。小说中的英雄人物都讲义气、守信用、重友情,富有自我牺牲精神等。如《人间猎场》中的警察老四,曾单枪匹马救出被群殴的朋友,甚至胳膊被打成骨裂;也曾抛下发高烧的儿子,去救要自杀的朋友。这些行为的背后,是"杀身成仁、舍生取义"的选择。老四毒瘾难戒,他选择以死明志,在追踪真凶的过程中,常有一种赴死的壮烈,如在追踪赵晓燕前男友赵明轩时,与其疯狂飙车,他对自己说:"死吧,死能洗刷我所有的恶名!死吧,这样的死配得上我!"①

(二)罪犯形象

悬疑小说中,罪犯是邪恶的化身。而在梁柯小说中,这邪恶甚至到了变态的程度。这一系列人物有《人间猎场》中的变态杀手姜森、黄鑫、黄安;《游荡者·悬命时刻》中报复社会的黑社会人物杨千里、恐怖分子艾哈迈德;《第十三天》中人贩子老秦、以杀人为乐的黑手党文森佐、有恋童癖的宁德为。这些人物都具有鲜明的标签性的特征,同时作家也写出了这些人物性格扭曲的原因。

变态杀手姜森,是生于印度尼西亚的华人,为了生存,在美国当过屠宰厂工人,以军医身份参军,退役后从商,之后成为畅销书作家。表面看,这一切再正常不过,可实际上,他回到中国后,由于挨批斗,又逃到柬埔寨、越南……这些经历使他形成了自己的"丛林法则",自认为是顶天立地、生杀予夺的猎人,像上帝一样,别人的生死不过是他一念之间的事情。

黑社会人物杨千里,青年时期曾是一名理想主义者,去缅甸闹革命,后来陷入黑社会,家破人亡,最终他成了心中充满仇恨的报复社会者。

以杀人为乐的黑手党文森佐,是意大利黑手党头目的儿子,因其癫狂乖戾失去父亲的信任,被剥夺了继承权,于是他设计杀了自己的父亲,完成黑手党的权力交接。

有恋童癖的宁德为,心理学硕士毕业,患有积聚性心理压力创伤,小时候因为长相丑陋、腿脚残疾而受到嘲笑,暴富后染上了恋童癖,希望通过童真少女治愈他童年时期的心理创伤。

鲁迅在《华盖集》中言:"勇者愤怒,抽刃向更强者;怯者愤怒,却抽刃向

---

① 梁柯:《人间猎场》,南昌:百花文艺出版社,2018年版,第60—61页。

更弱者。"这些如撒旦般邪恶的人,本质上是无法享有温暖生活的怯懦者,但无论其邪恶原因如何,恶终究是恶,是不被原谅的,也是必将被消灭的,这些人物的毁灭,也是读者希望看到的结局。

从人物形象上看,虽然这些邪恶的人物略显扁平,但作为类型化小说的读者,"更愿意接受扁平、浅显的人物,其原因也许就在于,他们希望把自己从恐怖中隔离出来。在这些扁平、戏剧性甚至卡通化的人物身上,有一种不真实的性质,这可以让读者拉开距离,或者可以让他们读到的谋杀显得没那么恐怖"[①]。

此外,梁柯塑造人物的功力非凡,有时只寥寥几笔,人物形象就鲜活起来,即使是配角,也常常有血有肉,令人印象深刻。《第十三天》中陈默妻子的哥哥赵宝钢,贪财自私,为了钱出卖自己的亲外甥女,但最后知道真相后,舍命救了陈默。此外,陈默善良隐忍的妹妹陈静和性格犹豫的妹夫,《人间猎场》中追星的老四的儿子、吸毒寻找灵感的歌星秦鸣、因追踪凶手被杀的刑警队队长蒋经武,《游荡者·悬命时刻》中为理想而误入歧途的医生刘兴继和为爱迷失的女助手郑红,都让人留下深刻的印象。

三、真实/虚构:丰富的艺术魅力

梁柯在真实与虚构之间,创作出跌宕起伏的故事,其写作素材大多来源于现实生活,如曾一度出现在人们视野中的三元人才市场、拐卖儿童的社会现象等。小说的场景也是我们熟悉的商场、医院、火车站、高铁车厢、电梯间等等,非常具有画面感。一些情节设计惊险刺激,如绝境求生、追踪寻人、潜伏跟踪、喋血街头等。其丰富的艺术特色表现在以下几个方面。

(一)游戏的创作理念

艺术起源于游戏,是"想象力和知性的自由游戏"[②],或者说,"游戏是艺术作品的存在方式"[③]。作为文学艺术的小说,也是一种游戏的存在方式,正如杰出的小说家米兰·昆德拉所言,"最初,伟大的欧洲小说都有一种娱乐

---

① 詹姆斯·N.弗雷:《弗雷的小说写作坊:悬疑小说创作指导》,田忠辉译,北京:中国人民大学出版社,2015年版,第74页。
② 曹俊峰:《康德美学引论》,天津:天津教育出版社,2012年版,第240页。
③ 马海军:《加达默尔的游戏说》,内蒙古大学硕士论文,2008年。

性,所有真正的小说家都怀念它"①。对于悬疑小说而言,其本身就像庞大的游戏一样被构思出来,极大满足了人类喜欢探秘的共性——让人们在相对稳定安逸的生活中,体验惊险的悬念和刺激。这也是这类小说在全世界畅销的原因之一。梁柯的创作理念也是如此,他希望自己的小说能为读者带来快感,毕竟"天天拉着大车往上赶,老看着没有尽头的路面也挺闷的",他希望这些故事,能让读者"好奇、揪心、哈哈大笑",能"从混凝土一般的现实里逃脱一小会"②。

(二)紧凑的时间设计

梁柯的小说时间设计得非常紧凑,《第十三天》主线时间仅为十三天,《人间猎场》为四天,《暗夜之奔》是八小时的倒计时设计,《游荡者·悬命时刻》虽没有明晰的时间标注,但可以按照主人公每一次醒来会在不同的躯体间游荡,推测出故事的时间。短篇小说《校园枪击案策划指南》主线时间仅为一天。这样的时间设计,使得小说叙事节奏快,事件发生密集,形成了小说特有的紧张感。

(三)"好莱坞式"的决战场景

与邪恶者最后的对决,是每一部出色的悬疑小说必定会出现的情节,邪恶者与英雄狭路相逢,上演一出扣人心弦的"决战场景"。纵观梁柯的小说,决战场景的设置非常"好莱坞式"。《第十三天》的决战发生在一艘远离海岸的船上,《人间猎场》的决战发生在偏僻幽静的别墅,《游荡者·悬命时刻》发生在一辆急驰的高铁上,《暗夜之奔》发生在飞机上。阅读这些作品就像驾驶一辆在狭窄赛道上奔驰的赛车,读者在作家的笔下体验着一场场斗智斗勇的紧张刺激的决战,心跳加速到顶点,在见证违法者受到惩罚后获得心理满足感,故事随之落下帷幕。在神话范式中,故事的这一部分叫回归,英雄打败坏人,再次回归我们的生活之中。

(四)温情脉脉的感情线索

梁柯的小说感情描写着墨不多,但将人与人之间的情感描写得细致入微。如《第十三天》中陈默对妻子和女儿的爱、与妹妹陈静之间细致入微的浓浓的亲情;《人间猎场》中叶四明与医生江玥,互相理解,共同经历危险的

---

① 米兰·昆德拉:《小说的艺术》,董强译,上海:上海译文出版社,2014年版,第121页。

② 梁柯:《游荡者·悬命时刻》,武汉:长江文艺出版社,2018年。

劫后余生的复杂情感;《游荡者·悬命时刻》中徐猛与李若颜,两位花季少男少女共同成长、互相理解和朦胧的好感贯穿在小说之中;《暗夜之奔》中徐猛对李若颜的守护……这些感情元素为小说营造了一种别样的温情。

四、结语

艺术作为上帝笑声的回音,创造出了令人着迷的想象空间。梁柯的小说艺术特色鲜明,悬念设置严谨,场景切换节奏感十足,阅读他的小说犹如观看电影大片一般酣畅淋漓。小说取材大都来自现实生活,无论是故事发生的场景地点,还是表现的现实事件、社会问题等,使得小说具有逼真的现实感。在思想上,小说暴露了一些现实问题,也揭示了人性的复杂。唯一有所不足的是,悬疑小说作为一种智性小说,梁柯在创作中的知识性元素还有所欠缺。当然,我们有理由期待作者创作出更优秀的作品成为悬疑小说的典范。

写作必备的勇气

▶ [德]刘瑛

为什么要写作？这似乎是每一位写作者都会被问到或即将被问到的问题。

看了不少作家的传记或访谈，大多数人的写作起因，都是"有话想说"。之后，出于偶然或必然的原因，走上了写作的道路。

英国著名作家乔治·奥威尔在分析作家创作的动机时，断言作家都是出于"自我表现的欲望"。他认为，作家是"希望人们觉得自己很聪明，希望成为人们谈论的焦点，希望死后人们仍然记得你，希望向那些在你童年的时候轻视你的大人出口气等等。如果说这不是动机，而且不是一个强烈的动机，完全是自欺欺人"[1]。不管这种分析是否客观，有一点是可以肯定的，那就是，作家希望把自己的观察与体验以及所思所想通过文字的形式表现出来，与众人分享。

9年前，我还是一位普通读者。在参加了一次作家与读者的见面会后，受到启发和鼓励，开始了文学创作。9年后，我发表了不少微型小说、短篇小说以及系列中篇小说，出版了两本书。其中，中篇小说集《不一样的太阳》由鹭江出版社出版发行，被收入"新世纪海外华文女作家丛书"，同名小说被改编成电影在美国上映并入围多个国际电影节奖项。从当年的读者变成今天的作家，我被文学评论家们归到了"新移民作家"的队伍中。

在前一段的写作过程中，我重点书写的是新移民在海外的生活。确切地说，就是华人新移民在德国的生活状况，反映的是东西方文化的种种差

---

[1] 乔治·奥威尔：《我为什么要写作》，董乐山译，上海：上海译文出版社，2011年版。

异,主要通过华人女性的眼光、视角和立场来表现这一切。"对异质文化观念的不断认知、不断适应,使华人女性的生命体验不断丰厚;对自身文化传统的不断回望、不断反思,使华人女性的生命故事不断升华;从不同角度、不同视野对优劣异同的不断对比,不断探求,又使华人女性的思考打上了浓厚的东西方文化相交错、相印证、相磨合的底色。这一切,已成为海外华文文学创作园地中不可忽视的一朵奇异之花。"①

如果说,最初的写作完全是出于偶然,或纯粹是因为"一时兴起",那么,9年后的今天,当写作成为一种生活方式,逐渐抵达某种高度,需要继续攀登,以求新的突破时,我不由得停顿了下来,并且时常在夜深人静时问自己:我为什么要写作?

在资讯发达、知识爆炸的今天,每一个人都可以借助网络来表达自己,每一个人都有了更多倾诉欲望的渠道。阅读快餐化,知识碎片化,而文学,越来越被边缘化。

大凡从事写作的人,都希望自己能写出一部了不起的作品,成为一位了不起的作家。如果不能写出既有厚度和深度,又有力度和高度的作品,不能实现某种思想上或艺术上的突破,而只是一味地在原地打转转、挠痒痒,那么,写作还有意义吗?

当我开始把笔触伸过去,伸向一个个真实的灵魂,在存在或逝去的生命中辨别真伪,在人物的命运中触碰政治的时候,我发现,那里有很多很难跨越的禁区。这些禁区,足以让所有的灵感、才气瞬间触礁、逃遁。在一次次的犹豫和放弃之后,我发现,对于一个作家来说,写作,不光需要灵感和才气,更重要的,是必须具备足够的勇气。

第一,作家要有面对真实的勇气。

这其中,理所当然包括讲真话的勇气。

鲁迅先生在《野草·立论》一文中讲了这么一个故事:一户人家生了一个男孩,全家高兴透顶。满月时,抱给客人看。一个说这孩子将来要发财的,他得到一番感谢;一个说这孩子将来要当官的,他收获几句恭维;一个说这孩子将来要死的,他得到一顿痛打。"说要死的必然,说富贵的许谎。但说谎的得好报,说必然的遭打。你……""我愿意既不说谎,也不遭打,那么,

---

① 刘瑛:《女性经验与生命故事》,引自王红旗主编:《中国女性文化(第二十一辑)》,北京:社会科学文献出版社,2017年版。

老师,我得怎么说呢?""那么你得说:'啊呀! 这孩子呵! 您瞧! 多么……哎唷! 哈哈! Hehe! he,hehehehe! ……'"

这个故事非常形象生动地诠释了"说真话"所面对的后果。

作家是生活和历史的记忆者和记录者。从某种程度上说,也是社会的良心。因而,"说真话"应该是作家必须遵循的基本职业道德。

今天的新移民作家,大多出生于20世纪60年代。80年代走进大学校园后,都经历了那个时代的思想解放和精神洗礼。在"实践是检验真理的唯一标准"的大讨论之后,"实事求是"成为全社会的共识。世界各种思潮、各种文明成果,在大学校园里传播、碰撞、激荡、融合、创新。思想文化、科学艺术、社会经济,在那一时期全面复苏。巴金在《真话集》里对此有过记录。他说:"我在北京看见不少朋友,坐下来,我们不谈空洞的大好形势,我们谈缺点,谈弊病,谈前途。没有人害怕小报告,没有人害怕批斗会。大家都把心掏出来,我们又能够看见彼此的心了。"那是一个在遭遇了历次政治运动之后,非常难得的、充满了信任与友善的时期。"有尊严,有信任,有诗意,有干劲,有奔头",是那个时代中国知识分子的精神风貌。

我之所以特别提到那个时代,是因为我们这一代人,世界观成形于那个时代,叙事风格大多打上了那个时代的烙印。

之后,随着"出国潮",我们到了异国他乡,在另一种文明社会中开始求学、求生、求发展的新征程。这种经历,让我们的视角开始逐渐发生变化。

作家在写作时,都必定带着自己真实的情绪。然而,并非所有的写作环境都可以让作家心无旁骛,直抒胸臆。是像《皇帝的新装》里的小男孩那样,直通通地道出真相,还是克制委婉、用叙事技巧掩盖真相?

经常会听到这种感慨:"现在说真话的人越来越少了。"这说明,人们内心多多少少都向往说真话。但作家常常不得不面对这样的窘境:一方面,要遵循真的精神,还原一种真实的状态;另一方面,又面临着作品被掐头去尾、修改删除的恼人结局。人们期待真话,但同时又希望或要求真话能有分寸,最好是针对别人,不伤害自己,不伤及自己的国家、党派和种族。切中时弊、真实深刻的作品,往往不容易面世。

第二,要有面对政治的勇气。

曾经看到一则精彩的幼教故事。阿姨问孩子甲,你要大苹果还是小苹果,甲说要大的。阿姨批评他自私,并给了个小苹果。又问孩子乙,乙说要小的,阿姨表扬了他,并分给他一个大苹果。这样一来,其他孩子纷纷效法说:"我要小苹果。"

说真话的,受到处罚,说假话的,得到奖励。这其实不仅仅是"幼教故事",更是一个让人思考的现象。

每一位作家,当写作到达一定阶段时,都不可避免地需要面对和处理一个问题:文学与政治的关系。如果一个作家毫无政治倾向,那么可以断定,这个作家不可能写出有人文情怀、有力度的作品。

写出了著名小说《1984》的英国作家乔治·奥威尔说:"没有一本书是能够没有丝毫的政治倾向的。有人认为艺术应该脱离政治,这种意见本身就是一种政治。"①

作家的创作题材,往往由自身的生活经历和其生活的时代所决定。作者在写作时,无论写作技巧多么高超,都无法完全掩饰自己的感情倾向和是非取舍。

我们这一代人,经历了三年困难时期,经历了"文化大革命"、粉碎"四人帮"、恢复高考、"实践是检验真理的唯一标准"的大讨论、出国留学热,等等,每一段经历,都与政治或多或少有关联。而我们的父辈,经历了更多的政治运动和历史变迁。写他们的故事和命运,写他们遭遇的"触及灵魂"的思想改造,不可避免地都会与政治相关联。"政治好比是音乐会中间的一声手枪响,它会破坏气氛。"但作家在写作的过程中,却必须时时面对它。是选择赞美它、歌颂它,还是批判它、反思它,或者不停地回避与闪躲?这一切,都取决于作家的认识水准和写作勇气。

第三,要有面对未来的勇气。

从某种意义上说,作家是为未来而写作——即便几百年后,读者也能在作家的作品中感受到当时的社会状况,触摸到历史的脉搏跳动。就像今天,我们在读《飘》时,能看到19世纪美国南北战争的时代画卷,看到战争和贫穷带给人的伤痛与斗志,看到爱的得到与失去。就像两百多年后,我们在读《傲慢与偏见》时,能感受到19世纪初英国乡绅阶层的礼节、成长、教育、道德、婚姻的情态。挪威作家易卜生在一百多年前写出的作品《人民公敌》,里面所反映的有关"言论自由"、有关"媒体讲真话"、有关"政府应担负的责任"等等问题,即便放在今天,仍具有极大的现实意义。

---

① 乔治·奥威尔:《我为什么要写作》,董乐山译,上海:上海译文出版社,2011年版。

优秀的作品能够跨越时间、跨越国界、跨越种族、跨域意识形态而长存于世。

以往没有任何一代作家像我们这一代，生活在一个高科技发展日新月异的时代。新的技术不断改变着人们的生活方式和生存状态。以往也没有任何一代作家像我们这一代，生活在一个全球化日益紧密的时代。资讯和交通的日益发达，让不同语言、不同种族、不同信仰的人有了更多的交流渠道和移居便利，由此给文学提供了全新的创作题材和视角。

应该看到，无论社会发展如何迅猛，万物自有其生存的逻辑。我们的祖先把人的情感归纳为"七情六欲""喜怒哀乐"。纵观古今，人性与情感并未因技术的发展和生活状态的改变而彻底改变。从远古社会到封建社会，从工业革命时代到信息时代，社会发展天翻地覆，但人性和人情，却似乎并无大变化。所以，今天再读古今中外文学名著，如《战争与和平》《巴黎圣母院》《傲慢与偏见》《变形记》《金瓶梅》《红楼梦》，尽管时代久远，我们仍然能感受到一以贯之的人性，对书中所表达的情感并不会陌生。

所以，关注人性，关注人的命运，是任何一个时代的作家都必须面对的课题，是作家为过去绘出生活蓝本，为未来提供经验与教训，为将人性和人情留在文字中所做的努力。

第四，要有面对孤独的勇气。

有不少哲学家、作家诠释过孤独。"孤独，是和自己独处的学问。"优秀的作家大都具有这种独特的素质。

写作，其实是一种孤独的生活方式。当一个作家开始沉下心来写一部作品时，便开始成为孤家寡人。他必须集中精力，独自伏案，与笔下的人物同呼吸共命运。尤其在进行长篇小说创作时，需要一年，甚至好几年的时间，如果没有足够强的独处的定力，根本就无法完成这种艰巨的创作。所以，有不少作家说过，写作是一桩消耗精力的苦差事。完成一部长篇小说，就像生一场痛苦的大病一样。

作家的才能就像油田和金矿一样，如果不去开掘，必定会永远埋在地下。随着时间的推移，随着挖掘的不断深入，会越发感觉到，天赋的作用是一时的，坚持的作用是长久的。在这种坚持当中，尤其需要孤独的勇气。

思想丰富的人能在孤独中突破困境，提炼出最深刻的精神精髓。所以，作家必须让自己在适当的孤独中保持独立的力量，这是创作优秀作品的前提。

好奇心:文学创作的原动力

▶[德]昔月

不管经历多么精彩,不管时间多么充裕,不管生活多么富有,也不管文笔多么流畅,如果缺乏好奇心,我们的文学创作,就会成为燃料不够的跑车、营养不足的食品。我认为,好奇心才是文学创作的原动力,而其他的诸如创作题材、写作技巧、行文特色等,均是技术问题,都在好奇心之后!下面,就以我个人为例,谈谈这方面的体会。

想当年,从东北林区走出的我,对这个世界充满了好奇,常常在日记里用诗歌抒发自己的情感。后来,被分配到一个跟文学毫不沾边、所学专业也不受重视的国家级科研单位,加上家庭出现了长期内耗,好奇心渐渐地被磨没了。20世纪初定居德国后,一种全新的生存环境和生活方式,极大地诱发了我的好奇心,我忍不住把这一份份的好奇心输入了电脑,终于踏上了文学创作之路。我不仅要感谢热爱读书写作的"洋夫",还要感谢自己经历的两次手术,让我在调养身体的同时,有更多的时间来考虑精神需求,并看淡了物质享受。

2005年4月初,我随夫参加了他表姐夫举办的七十周岁生日宴会,我为晚宴的火爆气氛所感染,更为表姐夫把所有礼金捐献给一家治疗白内障的公益组织的善行所感动,于是,写出了海外生活的第一篇章——《汉斯的生日》,没想到《欧华导报》5月就刊登了。自此,我开始给德国的三家中文报社投稿,且百发百中,极大地激发了我的写作热情。

2005年至今,我的写作生涯已满14年。14年里,我一共写出1000多篇文章,有散文、游记、动植物介绍,及200多首诗歌。当然,跟文学大家一年或几年只写一部经典小说,一生仅出一本或几本文学巨著没有任何可比性。我只是想说,由于自己保持了一颗强烈的好奇心,才做到了天天笔耕不辍,时时乐此不疲。

  我的创作生涯,可分为两个时段。第一时段,从2005年4月到2013年5月,算是初级练笔阶段。8年里,我一共写出近百篇散文和游记,《欧华导报》刊登了32篇,《欧洲新报》(原名《欧洲时尚经济导报》)刊登了9篇;40多篇发表在同学的"群博"里。第二阶段,从2013年5月到现在(2019年5月),这也是我创作的高峰时段,90%以上的文字,是在这6年间完成的。这里,我要特别感谢我们协会,是协会的文学氛围让我不敢怠慢,努力拼搏。

  2013年5月,我们协会第一次年会在德国林道召开,我受益匪浅。为了与大家更好地互动,我在新浪网站注册了博客。自从有了这个网络平台,我的创作热情更加高涨,一发不可收。

  当我行进在国内外的旅途中,当我参观各种博物馆或艺术馆时,当我看到美艳的花花草草时,当我观察那些可爱的野禽小鸟时,当我与亲朋好友聚会或者聊天时,就情不自禁地举起手中的相机,脑海里开始琢磨,是不是可以写成一篇博文呢?我的博客有8个系列,6年中发表了850多篇文章,其中植物和"美尼"图话两个系列最具特色。所谓美尼,就是美因河和尼达河的简称。我为这两个系列书写了260多篇文章,占整个博文的近三分之一,大多是篇幅短小的动植物介绍文章,素材全部来自我家附近。怀着好奇心,我几乎天天在野外东瞧西望,拍摄了近万张动植物图片,回到家里就变成了一篇篇图文并茂的博文。《华商报》总编发现我喜欢"拈花惹草",便为我开设了个人专栏,专门介绍德国的野菜和动植物。

  正因为我加入了协会,有了博客,有了专栏,后来还加入国际田园诗社、新西兰诗画摄影社、中国爱情诗刊欧洲站、凤凰诗社欧洲总社等多个文学艺术群体,我的精神生活特别充实,写作水平也大大提高。2013年至今,我在协会的两报专栏共投稿8篇,其中发表在《华商报》上的6篇被收录在《走近德国》一书中,有26篇发到了协会公众号上;有8篇博文被推荐到新浪首页,1篇被选入中国《环境教育》杂志,1篇被选入《在希望的田野上》一书,1篇被编入《印象槟城》一书;美国《红杉林》发表1篇,美国《伊利华报》发表2篇;《华商报》《德国华商》杂志公众号共发表27篇,其中包括个人专栏10篇;"法兰克福旅游"公众号选用4篇。近几年来,我还热衷于诗歌创作,在多家网络诗社或公众号上发表诗歌100多首。《中国爱情诗刊》《国际田园诗》"新西兰诗画摄影社"和"华人头条"均发布过我的个人诗歌专辑,有1首自由诗被选入《中国新诗百年精选》。一共获得了以下奖项:《欧洲新报》

举办的征文比赛优秀奖三次、新西兰"全球旗袍诗歌创作征文比赛"优秀奖、"2017第三届中国诗歌春晚会"欧洲分赛区二等奖、"廉动全球——华人好家风"征文比赛成年组优秀奖、"华人头条""缘来华人头条"征文优秀奖,"世界跨年同题诗《诗和远方》大赛"跨年同题诗奖。

经过两年的努力,终于出版了一本个人散文集《两乡情苑》,30多万字,收录了81篇文章。该书分为"异乡情怀""故乡情愫""人生情趣"三大部分,文章不仅涉及了国内外亲朋好友的故事,还有许多对景物和动物的具体描述。实际上,这就是一本中欧跨文化的作品集。

中国的汉字是象形文字,好多字非常有趣。比如"我"字,如果少了第一笔,就成了一个"找"字。有人说,官员找的那一撇是权利,商人找的那一撇是金钱,军人找的那一撇是荣誉,学生找的那一撇是分数。而我们搞文学创作的人呢?要我说,找的那一撇就是好奇心!有了好奇心,并保持它的新鲜度,就能找到自我、完善自我!

那么,好奇心是什么呢?百度说,好奇心是个体遇到新奇事物或处在新的外界条件下所产生的注意、操作、提问的心理倾向;好奇心是个体学习的内在动机之一、个体寻求知识的动力,是创造性人才的重要特征。维基百科这样说:好奇心和人类各层面的发展都高度相关,有好奇心才会引发学习的过程,以及想要了解知识及技能的欲望。《好奇心》一书的作者、英国的莱斯利,把好奇心归为人类除了食物、性和庇护所之外的第四驱动力。现代社会各行各业都充满了竞争,如果没有强烈的好奇心,就不会产生浓厚的求知欲,也不可能胜任许多需要创造性的工作。

中外科学家由好奇心所引发的发明创造的例子,数不胜数。如英国的发明家瓦特,如果不是看到壶盖儿被开水掀动,就不会发明蒸汽机;两次获诺贝尔奖的波兰科学家居里夫人,要不是童年时就具有强烈的好奇心,也不至于那么忘我地做科学实验,终于发现了一种新物质——镭。文学和艺术大师们也不例外,细数起来,几乎没有一位大成就者不是靠好奇心"起家"的。如没有受过正规教育的达·芬奇,从小至老一直保持一颗好奇心,才成为史上最著名的博学家之一;德国大文豪歌德,从小也有着极强的好奇心,优越的家庭环境又充分地满足了他的好奇心,最后成为世界级的大师。

好奇心,能激发潜能;好奇心,能开发智力;好奇心,能实现梦想。反之,缺乏好奇心,就是无源之水、无本之木,就不可能有丰富的想象力和创造力。虽然搞文学创作的人,主要靠形象思维,跟要求严丝合缝的科研工作者大不相同，但好奇心是一样的。我觉得，文学创作的好奇心，比科研层面要宽得多，因为所关联的事物多，表象又极其纷纭复杂。如果说科学研究是纵向深入，那么文学创作就是横向联合。现实世界里，有许多令人感兴趣的矛盾交叉点，如果用文字把它们系统而合理地梳理好，就会成为一篇不错的文章；若再穿插各种人物和事件过程，就会形成一篇让人喜闻乐见的小说。如果你好奇这广袤无垠的宇宙，就会写出动人心魄的科幻作品；如果你好奇这绚丽多彩的地球，就会描绘出一幅幅精美的文字画面。

尽管从互联网中能发现好多知识，好多人已熬制出"鸡汤"，但我们每个搞文字的人只能借鉴和学习，不可反反复复地咀嚼别人"吃过"的东西。要想跟上时代的步伐，那就得时时刻刻保持一颗好奇心，探索新领域，写出具有个性的文章。

尽管我所写的东西，仅限于散文、游记和诗歌，缺乏深度，也不够长度，还达不到文学大家所认可的广度和高度，但每篇文章都是由好奇心引发的原创作品，都是我的亲身感受和经历，很多诗歌带有田园风情的味道。由于性格使然，我的文章的语言比较活泼，这也许是被不少读者喜欢的原因之一吧。

到了知天命之年，我才开始步入文学之路，虽然起步很晚，但毕竟没有虚度留德的好时光。可写来写去，仍处于"小打小闹"阶段，与在座的文友相比自惭形秽，不值一提。由于自己的文学修养差，基本功也不扎实，好奇心又是蜻蜓点水式的，至今还写不出有分量的大部头作品或让人惊艳的好文章。但不管怎样，凭借这份好奇心，我嗅到了文学殿堂的墨香，感受到了中国语言文字的无穷魅力，享受到了写作时的无比快乐。

文学领域，是人才济济的殿堂，是群芳争艳的花园。光有好奇心，当然远远不够，还得有丰富的写作知识和行文技巧，有坚忍不拔的开创精神。既然有缘加入此圈，那么就应不懈努力。我争取在海外的文坛里，做一棵不太逊色的小小的鼠尾草。

悟与求索：对欧洲华文文学创作的思考与实践

▶ [德]子初

  欧洲华文文学，是立足于欧洲之土壤、用中文创作的文学，它是在中华大地上生长的禾苗，移植到欧洲陌生的国土中，汲取了这块土壤的养分，经历了风霜雨雪的考验而不败，进而盛开出更加鲜艳夺目的华文文学之花。与中国本土文学相比，它有着自己鲜明的特点，那就是它以跨文化的视角，审视和观察新环境下中外文化之差异和特点，描述新环境下演绎出的故事和人性。

  我初涉写作是在 2013 年，那时正当四十不惑，几十年的奋斗打拼、上下求索、跌宕起伏的人生经历，我有太多的人生感悟想表达。2013 年来德国生活后，我仿佛找到了表达的突破口，着手写作。

  理工科出身的我，深感文学功底与写作技巧先天不足，我边写作边学习。经过几年的实践和积累，2018 年是我取得可喜收获的一年，我在国内外刊物上发表的文章超过百篇，达到 70 多万字，其中在中国期刊发行量排名第一的《读者》以及百种重点期刊之一的《世界博览》上发表的作品达到 11 万字。作品被选入《四十年来家国》等 6 部图书中，我的第一部 20 万字的散文集《德国故事》由中国的当代世界出版社出版。文学家赵桂藩教授为《德国故事》作了序，他写道："子初之作，表里爽朗。主旨通明，文笔流畅。求实不隐，务美倾囊。写人尽情，写物穷状。子初之作，心手恒适。思维锐敏，启目洞瓷。表述铦细，运笔刻丝。慧心妙手，有度张弛。子初之作，洵美如歌。遒丽跌宕，委婉亲和。"

  曾任中国驻美国旧金山总领馆文化领事、中国驻澳大利亚大使馆文化参赞兼作家的毛信礼教授评价道："生动、具体、客观。"

  中国少年儿童新闻出版总社原总编王怀倜先生评价道："人物刻画丰

满、形象鲜活、有趣。故事充满传奇,引人入胜,感人至深。"

在几年来的写作实践中,我对欧洲华文文学创作有了一些思考和领悟。

从涉猎时评类文章到散文集《德国故事》出版

我的写作始于时评类文章,并从2014年开始为中国的《世界博览》杂志供稿,文章刊登在文化版和"焦点"栏目,主要撰写关于德国的文章,陆续发表了《被"占领"之我见》《德累斯顿大轰炸》《教钟纪念日》《揭秘迪加戈西亚岛》《世界杯在德国》《在德国考驾照记》《2014年德国书籍里的中国》《德翼折翼,真相迷离》《恐怖袭击下个目标是谁?》《奶粉代购也疯狂》《难民潮下的德国》《众说纷纭大众尾气门》和《德国纳税自由日》等。与此同时,我在德国《华商报》和《欧洲新报》上发表散文以及时评类文章,如《离真相大白还有多远?》《911到底发生了什么?!》等。

从2017年初开始,我作为《世界博览》杂志的特约撰稿人,接受总编的约稿撰写每期的封面文章。每期主题是由总编根据当时国际国内时局及焦点新闻拟定的,我陆续发表了《中国女子在跨国婚姻中的境遇》《尘封已久的自传往事》《国外高利贷市场一瞥》《印度社会及生活方式》《印度见闻》《法国大选舞弊?马克龙背后的政治力量》《人在国外》《难民:你所不知的触目惊心的现实》《欧洲边境风云录》等。

这一年为《世界博览》封面文章撰稿,使我越来越感到我的写作正趋向国际政治这个方向,离文学渐行渐远,而这并非我写作的初衷。深思熟虑之后我毅然终止了与《世界博览》的合作,在时评类写作方面踩了急刹车,接着在德国《华商报》我的专栏"子初物语"上陆续刊出了散文。2018年11月我的散文集《德国故事》出版。

《德国故事》力图向读者,特别是中国读者展现一个真实、客观、完整的德国,出版后受到读者朋友的广泛好评。读者的普遍反馈和评价是,故事生动感人,人物刻画栩栩如生,文笔细腻、自然、平实,对于了解真实的德国很有意义。有的读者评价道:"落笔生花,温雅舒润,像涓涓流水淌入读者的心田。"

我另著有《孟浩然集笺》,并主编了《中国古代文学大辞典》《中国古代名言隽语大辞典》《古代文学知识辞典》和《古代汉语名言辞典》等中国古典文学作品。

我看欧洲华文文学的发展与不足

欧洲华文文学作为海外华文文学的重要组成部分,其发展和繁荣与海外华文文学的发展休戚与共、一脉相连。海外华文文学近 20 年来取得了有目共睹的巨大成绩,作家队伍空前壮大,优秀作品频出,目前欧洲华文文学随着海外华文文学的发展也进入一个生机勃勃、方兴未艾的时期。然而应该看到欧洲华文文学仍然存在亟待解决的问题和不足。

欧洲华文文学的创作,在整体作品选题上经历了最初阶段,即偏重于华人移民在异国的生活,例如留学生活、在异国的打拼与奋斗、思乡情怀、跨国婚恋中的情感纠葛以及个人生活中东西方文化差异与冲突等等,亟待突破瓶颈,向下一个更成熟的阶段发展,即在选题和关注点上应该向更深层次探索,在所在国主流社会和主流文化层面进行探索和尝试。目前欧洲华文文坛不乏个别作品在这方面做出了有益的尝试,例如刘瑛的中篇小说集《不一样的太阳》,从德国华人移民的生活经历、矛盾与冲突出发,对两国文化进行了理性的思考。作品涉及的人物从市长竞选人等政治人物,到教师、商人、律师、社区公务员、学生等等,涉及的领域包括教育、宗教、哲学、政治、法律等多个社会层面,作品表现出一种积极、热切地融入德国社会的愿望,以开放、平等、自信的态度和开阔的国际视野,对德国社会和文化深入细致地体验和观察,作品发现和反映了中德之间在民族、文化、宗教、思维等方面的差异,并试图在种种差异中寻求某种理解与融合,表现出一定的思想深度,这是欧洲华文文学发展中可喜的突破。

然而从整体上来看,一方面,大多数作品的选题仍然围绕着个人视角、个人境遇,视野局限于华人生活圈子和生活状态。长此以往,欧洲华文文学的题材将会越来越狭窄甚至枯竭。我认为,欧洲华文文学写作者,在经历了异域生活的洗礼和历练后,相对于久居本土的国内作家,他们的家国情怀应当更加厚重与深沉,他们的文学创作应当具有更加开阔的国际视野,他们描写生活的视角应当更加独特与开放,他们对文学素材的感知和捕捉应当更加敏锐和犀利。另一方面,在作品的思想性上,欧洲华文文学创作不应仅仅停留在发现和反映东西方文化差异上,而更应该深刻挖掘在种种表层差异下的那些更复杂和深刻的内涵,从更深的层面和角度思考人生、探索人性、寻觅题材,在创作中追求人性深度和思想力度。

在这方面,我自己有一些不同的探索和实践。高瞻才能远瞩,立足点决定了一个人的视角和关注点。我的写作从一开始就跳出了个人化的范畴,并且跳出了华人圈子。旅居德国以来,我带着审视和思索的目光,对所居住国德国的政治、经济、社会、文化、传统、人文、历史、意识形态等各个领域和层面有了比较深入的观察、思考和比较,关注德国民众的生活状态与境遇,了解和认识德国社会的普遍价值观,有了很多感悟,发现了很多有趣有意思的故事,其背后是一个个鲜活的人物。我的创作灵感被激发,写出了一篇篇文章,它们是德国社会现状的缩影,真实反映了德国现今社会状况和民生百态。

散文集《德国故事》汇集和精选了我近年来发表的 40 篇散文,每一篇文章都是一个生动有趣的故事,每一个故事仿佛描绘了一幅缩影图,串接起一幅德国现今社会的全景图。书中分四个章节,第一章从各个层面反映不同阶层的德国人的生活状态;第二章主要通过对德国社区生活和乡村风貌的描写,反映德国普通民众对传统文化不遗余力、身体力行地传承与弘扬,讴歌了德国人民的精神风貌和人文情怀,展现德国民众普遍的价值观和道德情操;第三章是对历史、对战争的回顾与深刻反思,以鲜为人知的史实揭示了战争使人民遭受的深重苦难,控诉了战争的罪恶;第四章主要从政治、经济、社会、民生等多方面反映当今德国社会和民生状况,揭示了民主体制下的社会矛盾与不公,揭示了中德两国意识形态和国策方针的迥异。

《艾普一家》写的是一个生活上极其困窘的德国大家庭——艾普一家,他们每年都会去苏联摩尔维亚和格鲁吉亚帮助当地困难农户农耕,折射出他们精神层面的富有。《女友伊纳丝》写的是德国中产阶层人士领养埃塞俄比亚和尼泊尔孤儿,并为这些孤儿义务募捐的感人故事。《养女丽萨》描写德国家庭收养南美贫困儿童的故事,这些文章都反映了德国人博爱的人文情怀。《古董农机展》《土豆节》《教钟纪念日》《别样村庄》通过对德国社区文化生活的描写,反映了德国乡村风貌和质朴的民风,以及普通百姓对传统的传扬,揭示了德国社会的普遍价值观。《霍夫农场》通过描写一个智障患者经营农场的情况,反映德国从政府到民间对弱势群体的人文关怀。散文中热爱中国、痴迷中国文化的德国人勃兰登堡先生(《勃兰登堡先生》),大学毕业后找不到工作、自我奋斗的年轻人莫妮卡(《柏林女孩莫妮卡》),网球少年(《年幼的对手》)等人的故事,描写了德国人的现实生活,反映出他们自我奋斗、百折不挠、坚忍不拔的优秀品质。《世界杯在德国》通过足球反映德国人炽热的爱国情怀和集体主义精神。《在德国考驾照记》,则通过在德国考驾照经历中的诸多细节,全面揭示德国社会的普遍价值观,是对德国社会道德观、价值观和人文精神的深刻观察、领悟和思考。《德累斯顿——永恒的美》则是通过一段鲜为人知的历史来反思历史,使人们对"战争罪行"有一个新的认识和思考。《小镇移民局见闻》《路遇难民伊斯麦尔》和《宁静美好的日子何时再来?》,批评德国政府的难民政策和措施,使社会犯罪率大幅上升,百姓怨声载道。

这几年,我的文学创作,无论是时评还是散文,始终以跨文化的视角,探索和挖掘在中外差异表层下更深层的内涵,揭示德国人的精神气质和德国社会的普遍价值观。

东西方差异与融合共生

这些年,为了亲身感受家乡日新月异的发展,为了不远离那一切被我称为"根"的东西,我每年在北京和德国各住半年,也因此得以从不同的视角近距离观察和比较东西方社会的各个层面。往往使我感触良多的并非文化上的差别,而是意识形态以及政治体制、国策方针的迥异。

在村里的英语角,我与德国人就叙利亚问题有过一次激烈的争论。他们坚定地支持以美国为首的西方国家对叙利亚的轰炸,坚持叙利亚巴萨德政权应该被取缔,建立一个民主的政府。而我则认为动辄就对一个主权国家进行轰炸,以"民主"为幌子把西方意志强加于人,这是对国际法的公然践踏。而对于任何国家的政治体制,应该由该国人民自己来决定。在《村里的英语角》一篇中对这一情节有详细的记述。

还有一次,2017年我与德国一对好友夫妇之间关于朝核问题有过一场激烈的辩论,他们认为中国应该与西方保持一致,对朝鲜进行制裁,从而逼迫朝鲜在放弃核武器问题上就范。我认为朝核问题有其背后的原因,应该坚持谈判解决问题而非武力,为此我写了《一场针锋相对的辩论》一文。

近年来,西方媒体对中国多有负面歪曲的不实报道,导致西方国家民众产生一些误解,这种误解是社会整体的,而非个体的,其背后有政治体制和意识形态等方面的原因,甚至我的德国女友也颇有微词。对于这种误解,我耐心地解释和陈述事实,争取让更多的朋友了解事实真相。

多年前在日本我曾经与多位来自不同西方国家的人就苏联解体问题做

过探讨，他们一致认为这是一个由非民主国家转变为民主国家的成功案例。当我指出苏联解体后出现的经济崩溃，超过70%的人生活在贫困线以下，老人没有退休工资，物价飞涨1600倍，卢布贬值并且退出国际交易币种体系以及犯罪率急剧攀升等，他们却说这是新生儿诞生之前必不可少的阵痛。由此我认识到西方对他国的所谓的"民主"更迭，哪怕以国家衰亡和人民遭受苦难为代价都在所不惜。我认识到东西方在意识形态领域的差异是根深蒂固的，即便是好朋友间也存在着政治见解以及价值和思想体系的不同。

在政治体制方面，中德两国也有着很大差异，我在《风景这边独好》一篇中揭露了德国社会的种种不公，批评政府对民众疾苦和民生问题不闻不问，以致在国家富强的同时贫困指数却逐年上升，百姓怨声载道。对比中国政府带领人民脱贫致富，把人民利益摆在至高无上的位置，印证了习主席那句话：为什么人的问题是检验一个政党、一个政权性质的试金石。显示出中德两国在政治体制以及国策方针方面的迥异。

然而，文化差异也好，意识形态、政治见解迥异也罢，正视差异的存在，求同存异，以海纳百川的胸怀，相融相生，而非相克相冲，有我没你。以开放的视野和高瞻远瞩的眼光，取人所长、补己所短、相得益彰、融合共生，才是我们应该追求的更高境界。

跨文化交流实践活动对文学创作大有裨益

文化是一个群体的生活方式、行为模式、风俗习惯、价值体系、传统及信仰等的综合体现。旅居德国以来，我积极自觉地参与了很多跨文化交流活动，不失时机地介绍中国，传播中国文化，并在这些活动中以跨文化的视角对德国社会的各个层面以及政治、经济、社会、历史、宗教、意识形态等各个领域进行观察、了解、比较和思考，深入挖掘文学创作题材，获得创作灵感与素材。

我曾访问一所乡村小学英语课堂，在课堂上教老师和学生们中国式的单手十以内数字表示法，又在河北省重点中小学教师培训活动中，为中德孩子们牵线搭桥，最终促成8位河北省的小朋友与德国下萨克森省吉坊区（GIFHORN）卡尔巴拉小学的8位同学建立了鸿雁传书的通信交流联系。在此活动中，传播了中国文化，促进了中德人民的交流和了解，我为此所写的散文《乡村小学英语课堂访问记》也收录在《德国故事》一书中。

在平日与德国亲友邻居的交往中，我都会向他们讲述和宣传中国的方方面面、点点滴滴，受到我的鼓励和感染，有亲戚和邻居加入旅行团来中国游览观光。有位邻居在中国的观光旅游中拍了5000多张照片，回德国后在村里社区活动中心举办了介绍中国的讲座，我被邀请负责在活动中通过照片向来宾介绍中国。

2014年和2015年夏季我在村里社区举办了两场钢琴演奏会，演奏了20多首古典、民族和通俗乐曲，其中有钢琴独奏曲《黄河》中的《黄水谣》以及中国芭蕾舞剧《鱼美人》中的插曲《水草舞》等中国乐曲。在演奏《黄水谣》之前，我向来宾们介绍了中华民族的母亲河黄河。此次演奏会也载入了我们村的村志，当地报纸对此次演出前后都做了报道。在我的散文《别样村庄》中记述了这一场景。

我还帮助指导村里勃兰登堡老先生学习中文，我的散文《勃兰登堡先生》记述了他与中国神奇的渊源和情愫，以及他孜孜不倦地学习中文、学习老子《道德经》的感人故事。

另外，在国内，我向国人介绍德国文化和德国国情。2019年2月26日我在北京举办了"认识一个真实客观的德国"讲座，从五个方面介绍了德国，包括：德国人无私助人博爱的人文情怀、德国的社区生活、历史回顾德国人民遭受的深重苦难、低调的德国富豪、德国的社会问题和社会矛盾。

2019年10月我应邀在北京第二外国语学院欧洲语学院和文化与传播学院举办跨文化交往系列讲座，把我在跨文化交往中的实践、感悟与大学生和研究生们分享。

这些跨文化交流与实践活动不仅可以促进中德人民之间的友好交流与理解，而且对我的写作也大有裨益。

深入生活、拓展视野乃欧洲华文文学进一步发展关键所在

文学创作来源于对生活的深入体验和观察，而视野的开阔与否、立足点的高低决定了作品的思想深度。我的文学创作，我所撰写的故事，仰赖于我对所在国生活的深入体验，深入德国社会主流生活圈中，接触到不同层面的人和事，生活之泉丰盈，以跨文化的视角和国际视野主动、自觉地观察、体验、思考和比较，以敏锐的嗅觉和洞察力发掘写作素材。我的社交圈子中大部分是德国人，我几乎每天与他们一起在俱乐部里打球、喝咖啡、举办各种

聚会,与他们深入密切地交往。此外,我积极地参加社区生活,了解其中的人和事,邻居、亲戚、好友以及他们的故事都成了我写作的素材,我体会到深入生活是文学创作永不枯竭的源泉。

如今,虽然欧洲华人总数只有200多万,在约6000万全球华侨华人总数中仅占3.3%,但欧洲华文文学作为海外华文文学的重要分支,以如此微弱的人数比例撑起了海外华文文学的一片天地。长期以来,欧洲华文文学的写作者们坚持不懈地以华文来创作,并在这方领地上取得了长足的进步,获得了可喜的成就和发展。

欧洲华文文学要跟随时代发展的脚步,欧洲华文文学的创作者们要进一步拓展视野,深入生活,从多元文化的视角来关注居住国主流社会的各个层面,关注移民的新思潮和动态,充分发挥欧洲华文文学的特性和地域优势,挖掘、创作出更具鲜明特色的、更有思想内涵和时代意义的、更能深刻揭示人性的文学作品。这也是我自己今后文学创作的目标和努力的方向。

从拒绝到深陷其中的作家梦

▶ [德]谭绿屏

从小做的是画家梦,没想当作家。如今当上了半个作家,实乃造化弄人。皆起因于当初习画心切而负笈欧洲游学。少不更事时曾经断然拒绝当作家的一幕,淡忘已久却又清晰地浮现眼前。小学读书在南京名校力学小学。五年级和六年级的语文老师是一位曾经教私塾的老先生,上课时眉飞色舞地"之乎者也",成语朗朗上口。我很喜欢听他讲课。未料小学毕业之际(1959年)老先生突然急急跑来找我谈话。那会儿我正和一位女同学在操场一角的沙坑玩堆沙。应声站起,我立在沙坑旁。很多同学在操场上玩,我心里也想着去玩,低着头好生奇怪,不知老先生找我干吗。老先生抑扬顿挫的声音响在耳边:你的作文写得很好,前途未可量也。好好努力,将来当作家。不谙世事的我一听,不仅没感到高兴,反倒头脑立刻炸开了,辜负了老先生语重心长的教导。我噘着嘴回答:我才不要当作家呢,我要当画家。老先生似乎很惋惜,搓着手像是自言自语地说:哦,画家也很好,画家也很好。回家忿忿然报告母亲,母亲一边对着窗户放下画板径直去厨房,一边呵呵一笑头也没抬地背对我说,作家也很好啊。当然啦,我固执的头脑丝毫没有被打动。

1984年我放弃了江苏省旅游品销售公司外宾部现场画师的"宝座",克难飞临德国。难以回想那时候的德国竟然看不到一张中文报纸,见不到一个中文字。身处遥远陌生的异国他乡,满心的压抑无处言表。终于在打工的中餐馆如饥似渴地读到老板扔弃的《欧洲日报》,写作的冲动在一片荒芜的心田中渐渐萌芽。1986年第一篇作品寄给了《欧洲日报》。因为信息闭塞,弄不清发表没有。事隔经年偶遇汉堡中华会馆中文学校女校长,她关切相告,才知道早已分6期连载发表了。发表的报纸遍寻不到,不得已无可奈何地停笔。三年之后有幸得到跟我学画的学生家长提供的一些台北的《"中央"日报》，第二篇关于绘画艺术的文稿上了《"中央"日报》副刊。第三篇即万分意外荣获1990年度《"中央"日报》的散文大奖。这个时期普天下我连一个作家也不认识。1991年1月在台北"中央"日报社大厅接受著名诗人余光中教授亲自颁奖，我甚至都不知道他是何许人也。尔后喜得《"中央"日报》副刊约稿，为其撰文，得到优厚的稿费，不知不觉又被海内外多方转载。此期的大量作品陆续发表于20世纪90年代以台胞读者为主的德国华文报刊。从此冥冥之中一只脚踏上了写作的行船，把因远离故土而积压心头、无处宣泄的情感化作文字，写作让我格外体验到生活的乐趣和人生的意义。即使在其后长期没有稿费的窘迫中，也没有断尾克寻回头是岸之路。尽管多位有识之士一再向我提出忠告，我仍不可救药地深陷其中、流连忘返。

登上了写作这条大船，遨游文学浩瀚云天，内心感悟深省：读者好比是太阳，作者好比是月亮。怎么说呢？我们知道月亮是不发光的，因为有了太阳才反射出光亮。一个作者千辛万苦，星沉月黑，码字熬夜，独坐孤写，好不容易被报人主编发送"天际"，如果没有读者阳光般地捧读，则焕发不出明月的光华。作者在读者的阳光照耀下，俏为明月，发出光辉。读者也大功告成，造就了一个个作家。我感谢我越来越多的读者，他们是我的太阳，奉送给了我催生活力的灿烂阳光。我也将阳光回敬给许许多多需要帮助的新秀作者。

登上了写作这条大船，1992年起我先后应邀加入多个海外华文作家协会：世界华文作家协会（欧洲会员，总部台北）、世界微型小说研究会（欧洲理事）、海外华文女作家协会、世界华文作家交流协会、文心社（文心社德国分会会长）、世界华文作家交流协会、风笛诗社、中欧跨文化作家协会、海外文轩。2002年出版文集《扬子江的鱼，易北河的水》。2004年9月作为特邀代表参加了第十三届世界华文文学国际学术研讨会，以后每两年一次的会议均应邀到会。2005年于江苏省美术馆举办个人画展，同时在南京市作协举办个人作品座谈会。

在我写作和绘画的生涯中，主题性的作品，特别是绘画创作，凝聚了自己的心灵气血，就像自己生养的孩子。其实功夫有加的文学写作何尝不是这样？我对文学的付出，如同母亲对儿女的付出，不计回报，乐在其中。绘画和写作常在心中互换、互补，难免也少不了互争时空，令人忙乱、令人沮丧。然而对于中国文化的推广和交流，绘画和写作如同矗立于心中的一座画山和一座文山，成为我开垦不尽的金山和银山。生命对于我，已有双倍的意义。

日新月异，年华入秋。岁月如大江东去不复返，我自觉应争抢日渐老去的年华。眼见一代勤勤恳恳、坚忍不拔的华文写作之人，已在德国经济危机造成的困顿中顽强崛起，却在国际大视野的华文研究中遭遇冷落。凭借着对文学的迷恋，殷殷期望将这份厚爱传递给海外文学的新生力量。力所能及地推荐一些优秀的德国和其他欧洲华人作家，发扬文学济世济民无上荣光的精神。2012 年 10 月心怀如此抱负，忙乱中抽身赶赴绍兴参加需自理费用的"第九届东南亚华文文学研讨会"，力求彰显在当时几乎闻所未闻的欧华文学、德华文学。欧华文学、德华文学如地平线上的春雷，其势声声，不可小看。经过多年来的推动努力，喜得连锁反响与广泛支持，欧洲新移民文学快速壮大的实力获得越来越多展现的机遇。

想来赴欧得神功造化，多一名作家多结一枚天地善果。

聆听内心的召唤

▶[德]夏青青

青青子衿，悠悠我心。

我在出国前读初中时初次接触《诗经》，不知为何独爱这两句。那时我并不知道其后没多久会出国，不知道当日对这诗句的理解多么肤浅，更不知道二十多年后我会在海外以"夏青青"为笔名开始用中文写作。

在海外有一个庞大的中文写作群体，我是其中之一员，不过与其他作者成年后出国不同，我十多岁小小年纪就出国，在当时可算一个异数。

我本名叫宋丽娟。家中姐妹排行"丽"字，父亲从"但愿人长久，千里共婵娟"中取"娟"字，作为我的名字。我祖籍河北石家庄，1983年出国，迄今整整三十五年了！因为家庭原因，我很早来到德国，学习德语，读中学，上大学，步入职场，成为母亲。时光倏忽，我从青葱少女转眼人到中年。每天为了工作和孩子奔忙，怎么还有时间写作呢？当听说我有一份全职工作还有两个孩子时，很多为家庭忙碌的全职妈妈这样问，很多在职场奔忙的中年男女这样问。这么多年怎么没有变成"香蕉人"？不但会说，而且还能写中文呢？知道我旅居海外三十多年的人这样问。我通常微微一笑，回答说：不过是喜欢罢了。

是的，喜欢，刻骨铭心地喜欢。我自幼喜爱文学，父亲是语文老师，我上小学时他就时常命题让我写日记，给当时只身旅居德国的祖父写信，父亲亲自点评。童年家境贫寒，可是父亲从不吝惜买书订杂志的钱，鼓励我和他的学生们广泛阅读。父亲成为我的语文老师后，更是课上课下耳提面命，他的悉心指点在我心中播下爱好文字的种子。

我的祖父同样热爱中华文化。他在20世纪60年代踏足欧洲，那个年代欧洲华人人数有限，人人为生活和学业奔忙，无暇他顾。祖父只身漂泊海外，面对文化荒漠深感痛心，他投入时间、精力、财力，台前幕后为传播中华文化奔走数十年。祖父藏书丰富，初到德国那几年，我没有努力学习德语，积极融入德国，反而一心沉浸书海，废寝忘食地阅读中文书籍，古典和现代、经典和通俗、中国和外国、繁体和简体，来者不拒，徜徉书海，手舞足蹈。我家文化氛围浓厚，父母亲深具孝心，每逢传统节日或者长辈生日，父亲总会组织家庭晚会。客厅红烛高照，鲜花盛放，布置得喜气洋洋，祖父端坐，看儿孙们一一献艺。父亲多才多艺，每次贡献不同节目。他擅长古体诗词，总会写诗填词。他勤于书法，总会亲笔书写诗词作品。父亲还会拉二胡，吹奏笛箫，晚会献艺乐声悠扬。家里其他人也不甘落后，虔诚的母亲献唱圣诗，喜欢戏剧的大姐咿咿呀呀甩动衣袖，嗓音极佳的二姐放声高歌，我会朗诵自己或者父亲写的诗词。小小客厅内，烛光盈盈，温馨无限。

我在德国读中学的时候，跟国内的老同学们书信来往频繁，每年写下数万字的书信体散文，书写海外生活，倾诉内心种种，同时尝试古体和现代诗歌。可惜少女时代稚嫩却真诚的文字大多散佚了，不曾保留下来。

步入大学，一度学业受挫，后专注学习，一门心思埋头读书，毕业后立志在职场站稳脚跟，足有十几年不曾用中文写下片言只语。直到2008年，冥冥之中上天指引，寂寂暗夜中我听到内心的召唤。

2008年，我工作稳定，家庭安定，现世安稳，岁月静好，不免思忖难道生活从此风平浪静再无挑战了吗？2008年，是我旅居德国二十五周年，也是祖父去世近十周年，我心潮起伏，萌生写点什么的愿望。就在此时，在某个秋天的周末，我到商场闲逛，目光无意中被一本小说的封面吸引，随手拿了起来，当时全然不知道，我随手拿起的不是一本书，而是少女时代的梦想。

那本小说名为《但丁别墅》，是一本从英文翻译成德文的小说。小说主要讲述四五位不同年龄、不同经历、不同身份的主人公，徘徊在人生岔路口，聆听内心，回归自我，重新选择的故事。这故事深深触动了我，我也像书中的主人公一样审视内心，再一次看到未竟的梦想，那被茫茫红尘中的柴米油盐模糊了的梦想。我没有多想便坐了下来，拿出纸笔，在停顿将近二十年后重新开始用中文书写。2009年，我断断续续手写五大本，翻译了这部小说。从最初的磕磕绊绊，到后来的日渐流畅，我逐步拾起了中文，在工作之余开始写作。

在相隔几乎二十年后重新提笔，内心澎湃，想要诉诸笔端，首选的题材来源于自己的生活。我一向认为，写文应该以真实生活为基础，不要无病呻吟，不要空中楼阁。当然文章也不仅仅是真实生活的再现，而要经过加工提炼，艺术性地再现生活，因此我选择散文作为主攻方向，抒情散文是我写作的重点。作品题材有对童年生活的回忆，处女作《故乡的冬天》描写童年时度过的冬天，那美丽、寒冷又温暖的日子，归乡后的感慨则化为《毛毛草和太阳花》《绿》《故乡的路》三篇，倾诉《故园之恋》，一首《牧羊曲》引出一篇青春之歌《黄花正年少》；有对亲人的感恩和怀念，《五月槐花香》《母亲的砧板》《橘柚》《昙花》《蝴蝶》等，或感恩，或追忆，或哀悼；有在欧洲生活的点滴，在文字中《寻》找青春的足迹，《梦回康桥》品味青春，在《棕榈树之梦》中回顾奋斗历程；有漫步于欧洲风光中的感悟，大西洋畔一天之内徜徉四季(《大西洋，一天的四季》)，《那天》行走高山之巅追蝴蝶看花儿(《当我来看此花时》)；也有日常琐碎组成的平常生活，《一度夕阳红》遍西天，一度《夏日香气》迷醉。通过这些作品，我大量练笔，提高文字功底。为了提高文字能力，我甚至有意写了几篇押韵散文，或者说散文诗，《明月光》和《涛声依旧，月落风霜》是其中两篇比较有代表性的文字。其一诗意地抒写我对文学的追求和挚爱，其二通过一首歌曲回忆出国前夜，串起和童年挚友三十年的友谊。

  重新提笔，最初"偷偷摸摸"，感觉不好意思，没有告诉家人和朋友，自己偷偷写。渴望交流，可是并不想走到人前，身边也不认识可以交流的朋友，因而选择了在网上交流。出国日久，对国内的网络平台非常陌生，偶然在德国报刊看到一篇文章写百度，众里寻他千百度，便选择了百度。2009年夏天我在百度注册，网名为"天涯芳草青青"，2010年元旦在百度开辟博客。一度我的百度空间在新人空间排行榜名列榜首。通过空间的朋友，来到百度文学类贴吧，开始在贴吧活动，并在2011年成为百度文学类贴吧"天涯芳草吧"的吧主。在这里我借助网络广泛交友，结识了一批文学爱好者，大家一起组织诗会和其他文学活动，点评、交流、唱和、互动，激起并促进大家的写作热情。2011年我在"天涯芳草吧"组织"白玉兰诗会"，吸引了众多爱好者参与，收到各类作品一百余首，礼请评委点评，在百度贴吧中一时掀起一股"白玉兰热"。作为发起人我没有参赛，但是写了一篇古体散文《白玉兰诗会序》，记录这次网络盛会。通过贴吧，我结交了山东庆云的一批文学好友。在2012年秋天，趁回乡之便造访离故乡不远的庆云，网络朋友在现实中见面，文友们纷纷提笔纪念，我收到一批诗歌、书法、绘画、散文等沉甸甸的礼物，深感网络虚幻，友谊真实。后来选择部分纪念作品，在《欧华导报》上整版刊登，其中包括后来收入我的文集中作为代序的《天涯芳草赋》。这篇辞赋的作者"悠扬琴风"（本名：信书勇）文采出众，是与我经常交流探讨写作的文友之一。我跟其他文友的互动作品也有部分收入文集。四五年前百度关闭博客，微信兴起后，当年的朋友们纷纷转到微信，百度贴吧式微，我也被朋友们拽到微信，转换场地和交流方式，继续我的文学追求。

据说人体细胞每天不停更新，每过七年身上所有细胞全部更新一次，这意味着每过七年我们每个人都将成为全新的自己。从 2008 年秋天偶遇《但丁别墅》，2009 年重新提笔翻译这部小说开始，七八年过去了，我迎来生命中的又一个转折点。

2016 年春天，我敬爱的父亲和老师去世了！哀伤之余，为告慰父亲在天之灵，我筛检过去数年的作品，联系出版社，个人文集《天涯芳草青青》于 2017 年春由中国文联出版社出版。

父亲去世后，感觉自己应该继承祖父和父亲的遗风，有所担当。文集出版是我写作生涯的里程碑，之后觉得自己应该有所改变，走出小我面向社会了。走出家门、走向社会的第一步是走出网络，步入现实，我开始结交在德国生活的文友，寻找组织，先后加入欧华作协以及中欧跨文化作家协会，出席作协年会，参加文友联谊活动，结识了在文字中神交已久的文友，收获满满。大家相互鼓励，写作更有动力。

为了开阔视野，拓展题材，我的目光落到在德国生活的华人身上。我在德国生活三十多年，祖父生前交游广阔，得以亲眼看见德国华人的变迁。三十多年间，从 20 世纪六七十年代少数台湾留学生，从 80 年代第一批屈指可数的大陆留学生，到新世纪的"新新人类"小留学生，华人人数爆炸，学历大幅度提高。在德国有限制地开放就业市场后，华人从事的行业、职业更是五花八门，白领数不胜数，佼佼者不在少数。旅德华人，每个人有每个人的故事，每个人身上既有时代的烙印，也有个人独特的风采。经过三十多年，我认为应该有人系统地采访报道，写一写华人自己的故事了。一两个人，甚至一二十个人不具有代表性，至少要写几十位、一百位，甚至更多。于是我从 2016 年底开始了名为"莱茵河畔的华人"的系列采访，计划花七八年的时间，走访一百位在德国生活的华人，客观地记录他们的人生轨迹，为旅德华人群体画像，让时代记住他们的风采。

系列采访之初，遇到一些困难。首先是人选问题，出于不同原因，不少人不愿走到人前，担心自己不是合适的人选。其实他们误会了，这个系列的目标并不放在那些世俗注目的所谓"成功人物"身上，一个社会是由形形色色不同类型、不同年龄、不同职业、不同经历的人组成的,每一个堂堂正正生活工作的人都值得尊敬,都值得被书写。其次,这种题材与我过去熟悉的抒情散文不同。虽然都是非虚构写作,但是这个系列应该属于传记文学的范畴,应该是有可读性的文学作品,与其他散文有相同处,也有很多不同处。从2017年2月开始,这个系列在《欧洲新报》连载,每个月一篇,迄今已经公开发表25篇。通过摸索,我逐渐掌握散文式传记这种体裁。通过报刊、微信等不同渠道,已经有越来越多的人了解并关注这个系列采访。两年后,我深感自己选择的这个题材没有错,很有意义,值得继续写下去。

在进行系列采访的同时,我也尝试用德语写作。今年初第一次用德语创作,写了一个短篇《握手》,被朱文辉老师青目推荐,收入瑞士普隆出版社出版的《古今新旧孝亲文集》。有时我想,应该尝试把"莱茵河畔的华人"系列用德语重写,把华人的故事介绍给德国人和德国社会。或许现在,因为时间和精力有限,时机还不成熟,但是未来应该做这方面的考虑。

在关心旅德华人的同时,我也关注在德国生活的其他民族,陆续写了几篇他们的故事。未来我会继续写。

从2008年秋天偶遇《但丁别墅》,暗夜中听到内心的召唤开始,十年过去了!回首过去的十年,我可以说自己没有虚度。虽然写文无法维生,虽然采访让我本已忙碌的步履更加急促,但是我不后悔,不后悔聆听内心的召唤而做出的选择,在写作的道路上我会继续走下去,努力走得更远。

漂泊的灵魂需要港湾

——小说《永远的漂泊》的创作

▶ [德] 丁恩丽

当我们来到异国他乡时，面对的一切都是陌生的，突然之间就变成了"聋哑人"，这个时候我们孤独而且脆弱，寂寞将要把我们吞噬。

在这个时候，当我们听到母语时就感到欣慰，甚至会流泪。二三十年前，信息还没有像今天这么发达，连打个国际长途电话都很难。

我刚来到德国时，就遇到了这样一群人。他们是越南华侨，原本没有准备出国，是被逼出国的，所以，当他们来到德国后非常失落，他们特别不能忍受的是：他们不能听中文说，不能说中文了。他们心里非常郁闷，郁郁寡欢，有的甚至已经有了心理问题，在这个时候他们看到了一个来自祖国的我，可以听和说中文。他们都纷纷跟我说：啊！久违了母语，听到母语耳朵都要出油了。我们能打扰你一些时间吗？我们只为能听能说中文。所以，我从他们那里听到了很多他们的故事、他们的苦难、他们的困惑，所以，我有了小说《永远的漂泊》的创作灵感。我在这篇小说里塑造了一个灵魂没有港湾的人物，如果他能够接受命运，在新的生活环境里好好生活，适应新的环境，同时能用母语记录和安慰自己的心灵，而不仅仅只是叹息，那么他也就不会永远地漂泊了。

在我的个人经历里，我还认为，母语写作有治愈心灵的作用。当我们在异国他乡感到孤独时，母语就是我们最好安慰，当你为听母语读母语的文字而流泪时，你有很多的情绪需要倾诉，而这个时候倾诉的最佳方式就是书写，用文字来安慰我们的心灵，文字能治愈我们心灵的创伤。

我曾经写过一篇散文《写博治愈了我的抑郁症》，这篇文章也被收在了我的这本册子里。

漂泊的灵魂需要港湾,而这个港湾就是文字。

多瑙河畔的生命舞曲

▶[匈]阿心

一个人的兴趣爱好，仿佛是天生的。自上小学，我就偏爱语文，爱看小说。为看小说，曾多次受父母的指责，他们说，看小说看小说，整天捧着这些闲书有什么用？在他们看来，似乎看小说有百害而无一利。但是，叛逆也好，逆反也好，父母越是反对，我越是偷偷地看，从"地上"转入"地下"。各门功课中，我的语文成绩最好。作文多次被老师作为范文当堂读出，当时心里咚咚地跳，又有几分自喜。因爱看书，从初中起就是图书馆的常客。晚自习时，大多阅读各种文学杂志，将许多作家与他们的作品刻在脑海中，也憧憬着有朝一日自己的名字变成铅字，印在书上。"文革"中当知青下乡，晚上点着煤油灯看书，常常最后一个熄灯，早晨起来，发现两个鼻孔被熏得黑黑的。即便是运动搞得如火如荼，那些所谓"四旧"的书却未在民间绝迹，被无数爱书的人悄悄珍藏、传看。从许多世界名著中，我默默吸收着精神营养，笃信"知识就是力量"。工作后，与单位图书管理员打得火热。遇上热爱文学的同学朋友，视为知音，自然有聊不完的话题。那时也曾悄悄动笔，写了所谓具有时代风貌的小说《我们这一代》，写着写着，就写不下去了。当时自己心里对许多事物充满了困惑、迷惘，加上一些条条框框，不能写出真实的内心世界，感到无从下笔，又不愿违心地写那些流行的"假大空、高大全"式的人物，就此搁笔。终于，"文革"结束了，祖国的春天来了，文学的春天更是百花绚烂，我却开始了初为人母的人生体验。工作，带孩子，上"没有围墙的大学"——黄河科技学院，自学英语等等，忙得不亦乐乎。待孩子稍大一点，才真正动笔，业余时间尝试着写小说、散文。稿纸几箱，全是退稿。我依旧锲而不舍，埋头耕耘，许是精诚所至吧，上帝终于为我打开了发表作品的大门。

20世纪80年代初，我收集并编写了笑话百篇，稿子交给了河南人民出版社。编辑约我见面说,因稿件太多,只选了你的部分笑话,书的封面注明你与另一作者合著。我说,当然可以。毕竟是我的处女作啊,形式不重要。1983年初,手捧散发着油墨香的《笑话》时,激动之余,充满感恩。1985年春,我将短篇小说手稿《健康带菌者》送到《百花园》杂志社,责任编辑是个叫曾平的小伙子,看了一眼标题,他温和地说,先放到这儿吧,看看再说。望着他的桌上堆积如山的稿件,我心里凉凉的。不久,竟接到他的回信:"作品有新意,一万多字有点长,建议删节修改至六七千字。"之前我的小说不是被退稿,就是泥牛入海。彼时,我的心差一点蹦了出来,遇到单位里几个年轻姑娘,我手里摇着编辑部的来信,与她们分享我的快乐。一位姑娘兴奋地说,翟老师要当作家了!我深知,离作家的头衔还差得远,但毕竟是迈出了文学道路上的第一步。这一步,走得好艰难。我曾问时任郑州市作家协会秘书长的寇云峰老师,加入郑州市作家协会有什么条件。他回答道,一般来说,要求在市级刊物发表五篇作品以上,但是你的《健康带菌者》一篇就可以了。这篇小说得到了《百花园》编辑的好评,反响较大,分量够了。就这样,我于1987年初加入了郑州市作家协会。同时,通过在黄河科技学院中文专业的系统学习,我汲取了深厚的文学滋养,创作水平有了一个质的飞跃。几年中,相继在国内报刊发表了一些短篇小说、小小说和散文,其中小小说《阿二和阿三》获《小小说选刊》首届"海燕奖"好作品奖;散文《辉煌的瞬间》获《文汇报》"旅游征文二等奖"。

  20世纪90年代初,我随丈夫一起来到匈牙利,居住在首都布达佩斯,这座城市被称为多瑙河畔璀璨的明珠。二十多年来,在这片陌生的土地上,我经历了孤独与失落、困惑与徘徊、拼搏与挣扎,最终走出了心灵的低谷,在年逾花甲之际,能够从容坦然地生活在异国他乡的阳光下。这种力量不仅来自内心的坚强,更为重要的是,我心灵深处始终怀着美好的梦想——文学。是文学,陪伴着我在远离祖国与亲人的地方,度过了无数个孤独寂苦的夜晚。生活是最好的老师。温良敦厚的匈牙利人接纳包容了我们这些海外游子,给了我们施展才华的机会,使我们在异域有了自己的家。蓝色的多瑙河是我创作的源泉,美丽的布达佩斯给了我创作的灵感。夜深人静时,或经商之余,我拿起了笔,抒发着海外华人浓浓的思亲思乡情,记录着旅匈华商历尽艰难、奋力拼搏的创业历程,展现了匈牙利优美的风景名胜,书写了中国人与匈牙利人之间的友谊与包容。

  1995年初的一个清晨,我突发了在布达佩斯街头晨跑的念头,并写下了散文《冬天的色彩》。我带着这篇文章心怀忐忑地走进《欧洲导报》报社，编辑看了文章，非常赞赏。看了我的简历，要给我立个专栏，编辑想了想说，叫"阿心手记"吧。因是周报，他们要我尽量每周写一篇。我也算是专栏作家了？蓝蓝的天上白云飘，白云下面心儿怦怦跳。人生最大的幸福，莫过于付出的劳动得到认可。对于写作者，文章有人欣赏，就足够了。每周一篇既是压力，也是动力啊。于是，我无论再忙再累，也尽量每周六交稿。

众所周知，20世纪90年代初，许多闯东欧的中国人都是乘坐国际列车，扛着大包小包来欧洲打拼的。当时有人称为"国际倒爷"，我也有幸成为其中一员。通过七天七夜国际列车的颠簸，经历了初次踏出国门的喜悦与迷惘，以及看到车上流动的百货商店，我写下了《再见！国际列车》。海外华人创业的初期非常艰难，每一个出国的同胞都有自己打拼的生动故事，那首《爱拼才会赢》的歌曲唱出了许多人的心声，我写了《巨龙巨龙你擦亮眼》《汪洋中的一条船》等作品。长期在异国土地上生活，时刻感受着东西方文化的撞击与融合，与匈牙利人之间的友谊与纠葛，使中国人在思维和观念上也有了一些变化，于是我写了小小说《下次AA》《没有警察》《爱按门铃的劳尤什太太》《退休邮递员伊琳卡》、散文《租房风波》《泪眼》《耐人寻味的跨国婚姻》等等。有人说过，在东欧，老外给中国人打工。在匈牙利创业的华商，大部分都雇佣过匈牙利的员工。根据中国老板与形形色色的国外打工者之间的许多真实生动的故事，我发表了叙事性散文《黑眼睛蓝眼睛》、小小说《我不是个好老板》。我在与外国客户打交道中，与他们建立了深厚的友情，华商与匈牙利客户之间的信任与冲突、感动与无奈，促使了散文《曾经的客户》的诞生。匈牙利优美的名胜，以及匈牙利人乐观的生活态度和对大自然的热爱，深深地感染了我，便有了《永远的巴拉顿》《会唱歌的湖》《匈牙利人与花》《街头演奏者》《春到多瑙河》《布达佩斯不相信眼泪》《去一趟歌剧院》等几十篇散文。一个偶然的机会，听说市场练摊的一位朋友，在年三十中午卖货时给母亲打电话拜年，弄不明白时差的老太太说了句：你们是不是也吃着呢？过年了，叫朋友来热闹一下。那位朋友是当笑话讲的，我听后却五味杂陈，便写下了小小说《越洋电话》，那个叫娟娟的女华商在寒冬顶风冒雪练摊时，不忘给国内亲人拜年的感人场面，是匈牙利华人创业初期艰苦生活的真实写照。我的小说、散文发表后，一些华人朋友告诉我，看了你的《越洋电话》，都掉泪了。有人说，你就是那个写"阿心手记"的阿心呀，看了你的散文，还以为阿心是一个十八岁少女呢。有人见面叫我《浪漫之旅》中的昵称——"小心阿姨"。有的华商主动约我，要我把他们的创业故事写出来。

《百花园》与《小小说选刊》的编辑寇云峰老师，几次回国见面，我把在海外发表的小小说拿去，他很欣赏，推荐到《小小说选刊》等刊物转载。《越洋电话》被《中学生阅读》转载，著名作家刘思老师还写了一篇评论《此情无价》。小小说《莎莎的生日 Party》的创作，是因为参加一位亲友给女儿办的生日派对，我发现，宾客中除了我，每年都有新面孔。主人为什么年年岁岁换宾客？我意识到，这是一个很好的小说素材。我将她女儿办生日派对的故事，作为一些华人在匈牙利生活的缩影。2009 年，时任《百花园》副主编的寇云峰老师，看了我的两篇小小说《莎莎的生日 Party》《下次 AA》，立即打电话鼓励我，同时，他写了《探究世态人情中的文化密码》一文，对作品进行了精湛的分析与评论。

2016 年 10 月，祖国母亲没有忘记我这个在异国漂泊的游子，发来了邀请，让我到北京参加第二届世界华文文学大会，我心里是满满的幸福。三百余名海内外华文作家济济一堂，听了他们精辟的论述，犹如干禾遇甘霖，我努力地吸收、学习，受益匪浅。记得同年夏天，在布拉格召开的中东欧华文文学国际研讨会上，曾结识了许多文友。大家相互赠书，交流创作体会。参加研讨会，打开了我的视野，拓宽了我的思路。

参加了几次文学会议，我萌生了出书的念头——让"孩子"回家，书名是《爱按门铃的劳尤什太太》。因是三十多载文学创作的结晶，我的这部作品在体裁方面既有小说，也有散文、随笔。时间跨度也较大，既有出国后异域漂泊的人生感悟，也有出国前初涉文坛的青涩荷露。有句老话叫"十年磨一剑"，我把自己三十多年来发表的文章收集成书，可谓"数十年磨一书"了。一个简单的"磨"字，饱含着数十年来异域闯荡的生活磨难、精神与意志的磨炼和长期文学创作的磨砺。历经三十多年，从故乡到他乡，青丝磨成白发，终于把著书立说的梦想变为现实，我感到非常欣慰。

我的新书问世后，得到一些研究海外华文文学的学者、评论家的鼓励与支持。东南大学教授张娟老师著文《以一物之微而见天下之大——读阿心〈爱按门铃的劳尤什太太〉》，她说："阿心的小小说通过一个个侧面，捕捉生活的聚焦点，以这个点为中心，生出很多枝桠，并通过矛盾错位，负载了深刻的主旨意蕴，容纳了社会、政治、人生、历史，令人在单纯中见到丰富。"在书评中，张娟老师还谈及："阿心的写作还有很大一部分是散文，这些散文大部分是她人生的一些片段,一些零星的思想和生活的感悟,所谓'灵犀一动,心有所感'……阿心就是这样,布达佩斯的经商生活、路上遇到的行走、子女的教育、闲暇时的旅游等等,都成为她的写作素材,靠着对生活的敏感和热爱,她总是抓住自己稍纵即逝的情感,写出实实在在的生活感受。因情而动,依实写来,以一物之微而见天下之大。"著名文学评论家、学者樊洛平教授在题为《蓝色多瑙河畔的华人新移民生活描摹——也谈匈牙利华文作家阿心的文学创作》一文中写道:"对于从黄河科技学院走出来的匈牙利华文女作家阿心而言,无论人生的路多么遥远,深藏心底的文学梦始终是一种召唤,陪伴她在远离故乡和亲人的异国他乡,度过无数个漂泊的日子……阿心的文学创作,多以小小说和散文见长。前者透过异国生活者的融入视角和切身经验,抒写旅匈华人的新移民奋斗生活和居住国的文化风习,对人情世态的深刻洞悉与独特表现,捕捉社会万象的精确迅捷与见微知著,发掘生活焦点和作品'戏眼'的巧妙构思,让这类小小说尽显文学轻骑兵的创作优势。后者则以他乡行走者的观察和感悟,流连于大自然的山水天地,描写匈牙利美丽的风景名胜,将那些如诗如画的绘染,激情抒发的哲理沉吟,以及对真善美的钟情与讴歌,一起融汇在触景生情的散文写真中,由此完成了作者精神人格的内化……熟悉的、邂逅的、素昧平生的,各色人等之间有真情流淌,林林总总的故事充满质朴鲜活的生命张力。在欧华文学的大花园里,浸润着黄河之水和多瑙河之波的阿心创作,今后应该会走出更加宽广的前景。我们有理由这样相信。"美国著名华人评论家、作家陈瑞琳看了我的《爱按门铃的劳尤什太太》一书,点评了我的一些文章:"《你是中国人》,此篇有深度,我们中华民族走向世界,要怎样建立自己的文化修养与形象,把自己最美的东西展现出来,提出了一个重要话题。《别了,痛苦》,艺术性强,文字漂亮,很幽默。'痛苦'用了许多遍,每次都用得很好。《耐人寻味的跨国婚姻》中,一些在匈牙利的中国女孩嫁给外国人,过得不太好,与美国不同。美国精英对中国女孩情有独钟,喜欢东方女性,这些女孩受过很好的教育,上的名牌学校,中国男人反倒不太好找对象。中国男人找美国女人不易,婚姻不稳定,美国女人随时离婚,离开家庭。与东欧差异巨大,此书写出了很重要的东西。作品整体上写出了匈牙利华人生活的方方面面,改革开放以来,中国人走向欧洲,所经历的集体性的心灵痛苦,选择什么样的道路,呈现出今天这样一种局面,这是一个艰难的探索。东欧很复杂,既受到社会主义很深的影响,又受社会变革的影响。从书中看到优雅、文明的东西,也看到贫穷现象,这种混杂糅合,对这个国家的思考,会不会有一些新的结论?怎样看待这种历史现象?"此外,陈瑞琳老师在2019年5月法兰克福第一届欧洲华文文学国际研讨会上的题为《看欧华文学的新格局——重点作家案例分析》的论文,其中《阿心——来自异域的红尘》一篇,分析了我的部分作品。匈牙利著名华人作家陈典老师评论道:"收到大作,醉心展读,爱不释手。阿心优美的笔触,亲和心态,抒写出一阕异域风情。读阿心的作品,大开眼界除外,还有美美的心灵享受……状物写人,青翠欲滴,成就一篇篇范文。怪不得几十年后,犹有阿心写就的秀文美句被人推崇……"

我的新书问世,在匈牙利华人社会引起了一些反响。一位华人著名企业家看了我的书说:"阿心这本书可以作为匈牙利华人创业的史料保存。"有位朋友说:"看了你的书,感到很亲切,你写的人和事,感觉就发生在我们身边。"还有位新移民朋友说:"通过读你的书,使我了解到,当年来匈牙利的华商创业的艰难与拼搏。"与此同时,我收到了许多人的读后感言,在与读者的互动中,我始终被他们温暖的话语感动着、激励着,让我在创作道路上砥砺前行。

多年的笔耕不辍,我在匈牙利华文报刊上发表了反映旅匈华人生活的散文、随笔、小小说数百篇。一些作品在国内外荣获奖项:散文《难忘八姐妹》获《河南商报》"知青回忆征文"二等奖;《寻梦的路有多远》获2018年河南省高校新闻奖副刊类一等奖;小小说《我不是个好老板》获2019年"武陵杯"世界微型小说大赛三等奖。一些作品被收集成书:诗歌《乡愁是一条河》被收入"台港澳暨海外华文爱国诗歌精选"系列丛书;散文《心,随祖国母亲一起跳动》被收入浙江文艺出版社"庆祝新中国七十华诞面向海外华人作家隆重征稿"作品选《故乡的云》;小小说《莎莎的生日Party》、散文《永远的巴拉顿》等8篇被收入匈牙利华文作协会员作品选《多瑙河的呼唤》;《天使点灯》等篇被收入匈牙利华文散文集《欧洲纪事》。另有多篇作品在海内外报刊发表并被转载。

异国漂泊生活中,以文会友,我加入了匈牙利华文作家协会并任副会长,还是国际新移民华文作家笔会会员、中欧跨文化作家协会会员。在匈牙利打拼的日子里,也许我不具有经商才能,也许我的经营理念不如一些华人同胞灵活,但欣慰的是,文学创作始终是我的精神家园。出于对文学的热爱,才有了几十年的默默耕耘与在异国文化荒漠中的孤独坚守,才有了今天的一点成果。光阴如梭,一晃来匈牙利已近三十年了,我从滔滔黄河边,来到如诗如画的蓝色多瑙河畔,我用文学的色彩,以生命的力量,谱写着一首首美妙的舞曲,享受着创作带来的快乐。只要身体允许,我会一直写下去,直到地老天荒。